17.7.2022

Anne Griesser

DER FLUCH DES BLUTALTARS

Anne Grießer, Jahrgang 1967, ist in der Wallfahrtsstadt Walldürn geboren und aufgewachsen. In den vergangenen Jahren hat sich die in Freiburg lebende Schriftstellerin und Entertainerin als preisgekrönte Krimi-Autorin und –Herausgeberin weit über Baden hinaus einen Namen gemacht. Ihre Auftritte mit den »Mordsdamen« sind Kult. Nach »Das Heilige Blut« ist »Der Fluch des Blutaltars« der zweite historische Roman über Walldürn.

Anne Griesser

Der Fluch des Blutaltars

Historischer Roman
zur Walldürner Wallfahrt

SILBERBURG

Sollte dieses Werk Links auf Webseiten Dritter enthalten, so machen wir uns die Inhalte nicht zu eigen und übernehmen für die Inhalte keine Haftung.

1. Auflage 2019

Lektorat: Matthias Kunstmann, Karlsruhe.
Umschlaggestaltung und Satz:
César Satz & Grafik GmbH, Köln.
Coverfoto: Bearbeiteter Ausschnitt aus »Das Heiligblutwunder von Walldürn« von Hans Ulrich Bühler (um 1590–1640), (Öl auf drei Kupfertäfelchen, Entwurf zum Heilig-Blut-Altar von Zacharias Juncker, 1626 in der Wallfahrtskirche Walldürn fertiggestellt),
© picture-alliance / akg-images.
Druck: CPI Books, Leck.
Printed in Germany.

ISBN 978-3-8425-2139-1

Besuchen Sie uns im Internet und entdecken Sie die Vielfalt unseres Verlagsprogramms:
www.silberburg.de

Ihre Meinung ist uns wichtig
… für unsere Verlagsarbeit. Wir freuen uns auf Kritik und Anregungen unter:
meinung@silberburg.de

Kapitel 1

Miltenberg, im Oktober 1619

Der Regen prasselte wie ein Kieselsteinschauer auf das Dach der Sankt-Jakobus-Kirche. Die gestärkten Röcke der gottesfürchtigen Bürgerinnen raschelten bei jeder Bewegung, ihre feuchten Wollumschläge rochen nach totem Schaf. Die Luft war muffig und reizte empfindliche Nasen zum lautstarken Entladen. Am Altar hob der Pfarrer eben die Hostie und leierte mit leiser Fistelstimme die magischen Worte der Wandlung herunter. Kaum jemand hörte ihm zu. Er war für seine ausladenden und eintönigen Andachten bekannt.

»Psst! Komm endlich! Wir haben nicht viel Zeit!«

Die leise Stimme ging im Regenguss unter.

Philipp Juncker seufzte. Er liebte den Sonntag, doch er hasste den Besuch der Messe. Danach erst begann der süße Müßiggang, der den Tag zu etwas Besonderem machte. Ein aufdringliches Geräusch aus nächster Nähe ließ den Jungen zusammenfahren. Es dauerte einen Moment, bis er begriff, dass es nur sein eigener Bauch war, der sich zu Wort meldete. Nahm der Gottesdienst denn heute gar kein Ende?

»Philipp! Worauf wartest du denn noch?«

Diesmal war die Stimme lauter. Sie kam von schräg hinten, wo sein Freund und Mitschüler Nikolaus saß.

Philipp warf einen kurzen Blick auf seinen Vater, zwei Plätze weiter links, auf seine Mutter, drüben auf der Frauenseite, passte einen günstigen Moment ab, duckte sich blitzschnell, huschte aus der Bank und schlich verstohlen aus einer Seitentür. Wie immer bot das allgemeine Gedränge beim Abendmahl die beste Gelegenheit, die Messe vorzeitig zu verlassen.

Vor der Kirchentür empfing Philipp ein lauwarmer, kräftiger Guss, der ihn im Nu durchnässte. Nikolaus stand bereits ungeduldig unter einer Kastanie, deren sprödes Laub den Regen nur wenig abhielt.

»Wo bleibst du denn, du lahmer Esel?«, drängte er Philipp. »Wir müssen uns beeilen!«

Philipp zuckte die Schultern. Obwohl er froh war, der Messe entronnen zu sein, lockten ihn Nikolaus' neue Freunde nur wenig. Die Kohlsuppe im Elternhaus erschien ihm da schon wesentlich verführerischer. Doch Nikolaus war ganz versessen darauf, die Zwillinge Conrad und Johannes Hauck im Schwarzviertel zu treffen. Dort, in den engen Gassen der Vorstadt, würde Michael Juncker, Philipps Vater und ihrer beider Meister, sie bestimmt nicht suchen, wenn ihm ihr Verschwinden überhaupt auffiel.

Die Zwillingsbrüder standen lässig an eine Hauswand gelehnt, die Hände tief in den Seitentaschen ihrer weiten Beinkleider vergraben, ihre Gesichter trugen einen spöttischen Ausdruck. Sie waren in Miltenberg als Herumtreiber und Tagediebe bekannt und wer seinen Ruf nicht gefährden wollte, ging ihnen lieber aus dem Weg. Auch Philipp und Nikolaus hatten das bis vor Kurzem so gehalten, doch das war vor der Anwerbung gewesen.

Unter einem weit vorstehenden Erker waren die zwei leidlich vor dem Regen geschützt. Conrad, der Kräftigere der beiden, kaute auf einem Strohhalm herum. »Na, ihr Steineklopfer! Hat man euch früher gehen lassen?« Er zwinkerte Philipp so herablassend zu, dass dieser eine leise Wut in sich hochkriechen spürte. *Besser ein Steineklopfer als ein dummer Sprücheklopfer*, dachte er, aber natürlich wagte er nicht, das laut zu sagen, denn die Hauck-Zwillinge waren so alt wie Nikolaus, also zwei Jahre älter als er selbst, und zudem deutlich stärker. Er hätte unweigerlich böse Prügel bezogen, wenn er sich mit ihnen angelegt hätte. Also schluckte er seinen Ärger hinunter.

»Pah«, sagte Nikolaus. »Glaubst du etwa, wir haben um Erlaubnis gefragt?«

Philipp runzelte die Stirn. Sein Freund wollte sich vor den beiden Raufbolden groß aufspielen. Seit die Werber in Miltenberg eingetroffen waren, hatte Nikolaus sich verändert.

Johannes boxte Philipp feixend in die Seite. »Du bist auf jeden Fall zu schmal«, grinste er boshaft. »Wie eine Bohnenstange. Dich würden sie niemals nehmen.«

»Und euch?«, platzte Nikolaus heraus. Seine Neugier war nicht länger zu zügeln. »Haben sie euch genommen?«

»Na klar«, sagte Conrad großspurig. »Was hast du denn gedacht?« Er spuckte einen saftigen Bollen aus und wischte sich mit dem Handrücken den restlichen Speichel vom Mund. Einen kurzen Moment lang herrschte Stille und nur der Regen schlug kleine Krater in den schlammigen Boden. Dann ertönte die Glocke wie ein mahnender Hammerschlag und läutete zur Mittagsstunde.

Nikolaus' Wangen röteten sich. »Sie haben euch wirklich genommen«, murmelte er und ein sehnsüchtiges Funkeln trat in seine Augen. »Was haben sie euch bezahlt?«

Johannes griff in seinen Hosensack und beförderte eine Handvoll Münzen zutage. Seine dicken Lippen verzogen sich zu einem selbstgefälligen Grinsen. Es waren mehr als der Monatslohn eines Handwerksgesellen – aber doch nicht so viele, wie Philipp vermutet hatte.

Nikolaus schien dies nicht zu stören. »Zum Henker!«, rief er begeistert aus. »Das ist ein hübsches Sümmchen! Was wollt ihr damit anfangen?«

»Na, was wohl?«, grinste Conrad. »Wir kaufen uns eine Pike und ein buntes Wams, damit unsere Feinde schon von Weitem die Flucht ergreifen, wenn sie uns sehen! Conrad und Johannes, der Schrecken aller Heere! Zwei Teufelskerle, die dem Tod ein Schnippchen schlagen. Das ist wahre Freiheit, Nikolaus!

Ein flottes Leben voller Abenteuer. Was schadet es, wenn uns das Schicksal morgen trifft – wenigstens haben wir heute gelebt! Haben gestochen, gehurt, gesoffen, gespielt! So frei bist du nur als Soldat, Nikolaus!« Er holte tief Luft und nickte seinem Bruder zu, der nun seinerseits das Wort ergriff: »Das hier …«, er schlug sich auf den Hosensack, bis die Münzen klimperten, »… das ist ja nur das Handgeld. Der Sold wird noch viel höher sein! Und selbst das Handgeld reicht aus, um in Würzburg die jüngste und feurigste Hure der Stadt zu kaufen. Beim Teufel, genau das werde ich tun, bevor es in die erste Schlacht geht.«

»Würzburg?«, fragte Nikolaus erstaunt.

»Morgen geht es zur Musterung, du Schafkopf«, übernahm nun wieder Conrad das Wort. »Du hast wohl keine Ahnung vom Söldnerleben, was? Auf dem Musterplatz in Würzburg wird uns der Kommandant in Augenschein nehmen. Doch das ist nur Formsache. Mit dem Nachsprechen der Eidesformel wird der Vertrag geschlossen und wir sind Soldaten.«

Johannes klopfte noch einmal auf seine Münzen. »Vielleicht holt uns der Gevatter auf dem Schlachtfeld«, sagte er und zuckte die Schultern. »Vielleicht aber auch nicht. Wenn er uns verschont, werden wir als reiche Männer zurückkehren. Wir werden plündern, was nicht niet- und nagelfest ist und vielleicht werden wir sogar Offiziere, denn nirgends sonst kannst du es so schnell zu etwas bringen wie beim Heer. Verflucht noch mal, Nikolaus! Warum kommst du nicht einfach mit?«

Philipp hielt den Atem an. Er wagte es nicht, seinen Freund anzusehen. Nun war sie ausgesprochen, die Frage, vor der er sich schon den ganzen Tag gefürchtet hatte. Er wusste, wie sehr Nikolaus von einem Leben in Freiheit träumte. Wie schwer es ihm fiel, tagein, tagaus seiner Arbeit als Bildhauergeselle nachzugehen. Wie unruhig er war, seit es geheißen hatte, die Anwerber kämen nach Miltenberg, um Söldner für die Katholische Liga zum Kampf gegen protestantische Truppen zu beschaffen.

Und jeder gesunde Mann mit Mumm in den Knochen könne auf dem Schlachtfeld sein Glück finden.

Philipp konnte diesem Ruf wenig Gutes abgewinnen. Freier als ein Handwerkerdasein mochte das Leben eines Landsknechtes wohl sein, aber auch frei von Annehmlichkeiten. Philipps Träume reichten immer nur bis ins nahe Walthüren. Denn dort lebte Katharina, die Frau seines Herzens, die er zu heiraten gedachte, sobald er alt genug dafür war. Ein verstohlenes Zwinkern von ihr ließ sein Herz höher schlagen als jeder Gedanke an weit entfernte Kriege.

Philipp war mit seinen fünfzehn Lenzen ohnehin zu jung für das Soldatenleben. Nikolaus hingegen war schon siebzehn und damit im besten Alter für den Eintritt ins Heer.

Conrad musste den wehmütigen Blick in Nikolaus' Augen wahrgenommen haben. »Bis zum Einbruch der Dunkelheit sind die Werber noch da«, flüsterte er ihm ins Ohr. »Überleg es dir. Zu dritt wären wir unschlagbar!«

»Wir müssen jetzt nach Hause, Nikolaus«, schaltete sich Philipp verzweifelt ein. Er wollte seinen besten Freund, der ihm wie ein Bruder war, nicht verlieren. »Meine Mutter wartet mit dem Mittagsmahl.«

Johannes lachte laut auf und Philipp wusste im selben Moment, dass er einen Fehler begangen hatte. »Das Mittagsmahl wartet!«, äffte Conrad seinen Tonfall nach. Er gab Nikolaus eine leichte Backpfeife. »Na, geh schon, du Feigling. In deine warme Stube, in deine Werkstatt, zu deinen Steinen. Nicht jedermann ist eben fürs Soldatenleben geschaffen.«

Einen Moment lang sah es so aus, als wolle Nikolaus weglaufen, direkt zum Stand der Werber, doch dann ließ seine Anspannung nach, seine Schultern sackten nach unten und er folgte Philipp wortlos bis zum Vögeleinstor, zum Haus der Familie Juncker. Das dröhnende Gelächter der Zwillingsbrüder verfolgte sie noch eine ganze Weile.

»Später«, rief Conrad ihnen hinterher, bevor sie außer Hörweite waren, »später kommen wir zu euch in die Werkstatt, um unseren Abschied zu begießen! Vielleicht hast du es dir bis dahin anders überlegt, Nikolaus!«

* * *

Durchnässt und niedergeschlagen erreichten sie beide schließlich das Junckerhaus. Meister Michael musterte seinen jüngsten Sohn und seinen Gesellen mit hochgezogenen Augenbrauen, sagte aber nichts zu ihrem vorzeitigen Verschwinden aus der Kirche. Philipp gegenüber versagte seine väterliche Autorität allzu oft, er brachte es einfach nicht übers Herz, dem Lieblingssohn – und dem einzigen, der noch im Elternhaus lebte – die notwendige Strenge entgegenzubringen.

Das Tischgebet wurde gesprochen und Martha Juncker schöpfte zuerst den Männern, dann sich selbst aus einem großen Topf Kohlsuppe in die Teller. Schweigend machten sich alle ans Mittagsmahl, denn Meister Michael schätzte es nicht, wenn bei Tisch sinnlos geplappert wurde.

Philipps Gedanken schweiften ab. Wie konnte er Nikolaus nur von dem Gang zu den Werbern abhalten? Das prahlerische Gerede der Zwillinge hatte mit Sicherheit Eindruck auf ihn gemacht. Aber die Wahrheit lautete: Noch nie war einer glücklich oder reich von den Landsknechten zurückgekehrt! Die meisten kamen gar nicht wieder, und wenn doch, dann arm wie die Kirchenmäuse, oft verkrüppelt, im besten Fall noch als Deserteure, die rechtzeitig das Weite gesucht hatten.

Warum sah Nikolaus das nicht ein? Die Abenteuerlust konnte man auch ohne Kriege befriedigen. Wer wusste schon so genau, wie sich die Lage im Lande noch entwickelte? Seit die protestantischen Delegierten vor Jahresfrist in Prag zwei kaiserliche Räte aus dem Fenster geworfen hatten, brodelte es allerorten. Wenn Nikolaus etwas erleben wollte, konnte er auf Wanderschaft gehen, seine Gesellenjahre in der weiten Welt verbringen und später Meister werden, ein Ziel, das sich wirklich lohnte. In zwei Jahren, wenn auch Philipp so weit war, konnten sie sogar gemeinsam losziehen, sich die Hörner abstoßen, danach eine Werkstatt übernehmen und sich eine Frau zum Heiraten suchen.

Wie immer, wenn er seinen liebsten Zukunftstraum träumte, schob sich das Bild von Katharina Keim vor Philipps inneres Auge. Ihre sanft geschwungenen Lippen, die gerade Nase, die hübschen, dichten Wimpern und die schmalen, blonden Brauen, die wie formvollendete Brücken ihre rehbraunen Augen überspannten. Die zarte Haut, die aufs Vorteilhafteste mit dem hellen Haar harmonierte.

Philipp zweifelte keinen Moment daran, dass er dieses Mädchen, das ihm schon in mancher Nacht den Schlaf geraubt hatte, eines Tages zur Frau nehmen würde. Daran konnte auch die Tatsache nichts ändern, dass er Katharina Keim erst viermal gesehen hatte, bei seinen Reisen mit dem Vater nach Walthüren. Und auch der Umstand, dass er bislang noch kein Wort mit seiner Angebeteten gewechselt hatte, ließ ihn nicht an einer gemeinsamen Zukunft zweifeln. Hatte sie ihm nicht jedes Mal, wenn er ihr in den Gassen des Wallfahrtsstädtchens begegnet war, zugelächelt, zweimal sogar gezwinkert? War das nicht Beweis genug, dass sie ihn wahrgenommen und Gefallen an ihm gefunden hatte?

In den schlaflosen Nächten, wenn Nikolaus im Nebenbett längst laut schnarchte, wagte Philipp es manchmal, ihren Namen laut auszusprechen. Allein der Klang löste ein wohliges Gefühl in ihm aus und genügte, um seinen Körper in Feuer zu versetzen.

»Pass doch auf!« Die Stimme seiner Mutter riss ihn aus den Gedanken. Martha Juncker wies auf Philipps Hemdbluse, auf der sich ein dunkler, nasser Fleck ausbreitete. »Du hast gekleckert. Auf das gute Sonntagshemd.«

»Mir schmeckt es eben!«, erwiderte Philipp keck. Er sah, wie seine Mutter zu einer Antwort ansetzte, doch in diesem Moment hielt vor dem Haus ein offener, einspänniger Karren. Eine tiefe, etwas derbe Stimme zügelte das Pferd. »Brr«, hörte man sie bis in die Stube tönen. »Brr. Bleib stehen, du verdammter Gaul!«

Eine zweite Stimme antwortete leiser, sie war nicht zu verstehen. Dann wieder die derbe: »Verzeiht mir den Fluch, Magister. Ich vergaß Eure Anwesenheit.«

»Mich musst du nicht um Vergebung bitten, Thaddäus, sondern deinen Herrn«, sagte der andere Mann nun vernehmbar. »Nicht mich hast du beleidigt, sondern ihn.«

Die zwei Männer stiegen vom Karren, der unter ihrem Gewicht ächzte und erst wieder verstummte, als er seine Last los war. Die derbe Stimme gehörte Thaddäus Stumpf, Nikolaus' Vater. Die andere war Philipp gänzlich unbekannt.

»Geh öffnen«, sagte Michael Juncker. Ihm war keine Verwunderung anzumerken. Philipp lief zur Tür, während seine Mutter zwei weitere Holzteller auf den Tisch stellte und ein paar Kanten Brot dazulegte.

»Verfluchter … ähm, übler Regen!«, schimpfte Thaddäus Stumpf statt einer Begrüßung. Er war bis auf die Haut durchnässt und auf dem Fußboden der Juncker'schen Stube bildete sich eine große Wasserlache. Mantel, Beinkleider, der kupferfarbene Kopfpelz des Alten: Alles triefte. Selbst die langen Haare auf den Warzen in seinem geröteten Gesicht hingen klamm nach unten. Thaddäus bot dem Hausherrn die Hand zum Gruß, dann umarmte er seinen Sohn Nikolaus, wobei ein warmer Schimmer in seine Augen trat.

Der zweite Mann stand indes noch unter der Tür. Er war wesentlich schlanker als der alte Stumpf und obwohl er kaum jünger sein konnte, wirkten seine Züge knabenhafter, sein Körper strammer, sein Haar war zwar ergraut, aber noch üppig vorhanden. Auch er war durchnässt, doch ertrug er den Regen mit größerer Würde, als könne ihm ein wenig Wasser nichts anhaben. Seine Kleidung verriet seinen Stand, er war Priester.

Michael Juncker deutete eine kleine Verbeugung an, als er sich an den Fremden wandte: »Magister Jodocus Hoffius, seid ein willkommener Gast in meinem Haus.«

Magister Hoffius? Philipp spitzte die Ohren. Der Priester aus Walthüren, von dem seit Jahren unzählige und unerhörte Geschichten die Runde machten? Der im Rufe stand, Wunder zu wirken, die er mithilfe eines mächtigen, heilkräftigen Altartuches zustande brachte? Was wollte dieser berühmte Mann in Miltenberg? Was wollte er von Michael Juncker?

Erwartungsvoll starrte Philipp seinen Vater an, doch der verzog keine Miene. »Setzt Euch«, sagte er zu den Gästen. »Es gibt zwar nur Kohlsuppe mit ein wenig Speck und Brot – doch davon reichlich.«

Magister Hoffius machte eine unwirsche Handbewegung. »Wir sind nicht zum Essen gekommen, Juncker, wie Ihr Euch wohl denken könnt. Es gibt Geschäftliches zu bereden.«

Ergeben nickte Meister Michael und erhob sich vom Tisch. »Dann lasst uns nach drüben in die Werkstatt gehen, wo wir ungestört sind.« Er gab Thaddäus ein Zeichen, ihnen zu folgen, was dieser widerwillig seufzend tat, nachdem er einen sehnsüchtigen Blick auf den dampfenden Suppentrog geworfen hatte.

Kaum waren die drei Männer verschwunden, schob auch Philipp seinen leeren Teller von sich. »Ich bin satt«, unterbrach er seine Mutter, die ihm nachschöpfen wollte.

»Ich auch«, beeilte sich Nikolaus zu versichern.

»Nanu«, wunderte sich Martha Juncker. »Schmeckt euch die Suppe nicht?«

»Sie ist wunderbar. Ich werde später noch eine Schüssel davon holen.« Damit sprang Philipp vom Tisch auf und stürzte aus der Stube. Nikolaus folgte ihm auf den Schritt. Wie immer verstanden sie sich wortlos. Geduckt schlichen sie hinüber in die Bildhauerwerkstatt, die sie am Sonntag normalerweise mieden.

Meister Michael hatte seine Gäste in die Schreibstube gebeten. Dort standen drei Schemel, auf denen es sich die Männer mehr oder weniger bequem machten. Die Stube besaß ein großes, unverglastes Fenster, durch das der Meister seinen Gesellen, den Sohn und die Gehilfen in der Werkstatt im Auge behalten konnte, während er sich um die Rechnungen kümmerte.

Philipp und Nikolaus mussten sich tief unter einen Werktisch kauern, um nicht beim Lauschen erwischt zu werden. Das Fenster hatte den Vorteil, dass sie trotz der geschlossenen Tür jedes Wort verstehen konnten, welches drüben gesprochen wurde.

»… noch in diesem Jahr!«, sagte der Priester aus Walthüren. Seine Stimme klang resolut. »Wir haben lange genug gezögert. Die Zeit ist reif.«

»Philipp ist noch nicht so weit«, warf Meister Michael ein.

Eine Faust wurde auf den Tisch gehauen. »Das höre ich nun schon seit drei Jahren, Juncker! Ich habe genug davon! Ich habe Euch bereits eine Anzahlung auf den Auftrag gegeben und wenn es Euch nur ums Geld geht, dann sollt Ihr meinetwegen eine zweite haben. Aber es muss endlich losgehen, bevor wir im Kriegstreiben versinken! Ich vermute, dass die Kämpfe noch zunehmen werden. Gerade deshalb ist es so wichtig, unsere Wallfahrt zu stärken! Das Korporale ist eine Zuflucht für die vielen Menschen, die jedes Jahr nach Walthüren pilgern, um Hoffnung, Trost, Ablass und Mut in schweren Zeiten zu finden. Unsere Kirche ist dem Ansturm kaum noch gewachsen, zur Wallfahrtszeit muss ich draußen vor dem Portal einen zweiten, tragbaren Blutaltar aufbauen lassen! Wir brauchen einen prächtigen, großen, dem Wunder angemessenen Schrein, Juncker! Des Korporales würdig! Und wir benötigen ihn so bald als möglich. Auf die Meisterschaft Eures jüngsten Sohnes kann und will ich nicht länger warten. Ich habe den Auftrag schließlich Euch erteilt, Meister Michael, nicht Philipp. Ganz im Vertrauen, Juncker: In Walthüren, wo Eure Familie immerhin ihre Wurzeln hat, munkelt man seit Jahren, Euer jüngster Sohn sei geistesschwach und gar nicht in der Lage, eine Werkstatt zu führen. Erst recht nicht, ein Meisterwerk zu vollbringen.«

Nikolaus kniff Philipp vertraulich in die Seite, doch dieser beachtete ihn nicht, wagte kaum zu atmen, um ja kein Wort zu verpassen.

»Das ist nicht wahr«, antwortete Meister Michael ruhig. »Philipp ist verträumt. Er hat eine weiche Seele, die ihn jünger erscheinen lässt. Manche werden früher erwachsen, andere später. Meine älteren Söhne haben sich ebenfalls ganz unterschiedlich entwickelt: Johannes war ein Wunderkind, hat schon ganz früh seine handwerklichen Glanzleistungen erbracht und viele bedeutende Aufträge erhalten. Mein Ältester hingegen, Zacharias, hat einige Zeit gebraucht, bis sich sein ganzes Können entfaltete. Heute lebt er als Bürger in Würzburg.« Ein leiser Stolz schwang in Meister Michaels Stimme mit. »Aber Philipp«, fuhr er fort, »Philipp wird sie alle übertreffen! Wartet es nur ab, Magister! Ich weiß, wovon ich spreche. Gerade seine Verträumtheit und sein weiches Gemüt sind beste Voraussetzungen für die Schaffung vollendeter Kunstwerke. Er hat von all meinen Söhnen die sanftesten Hände und wenn er erst die Technik ausreichend beherrscht, wird er Skulpturen von solcher Schönheit, Reinheit und Lebendigkeit schaffen, dass Euch der Atem stockt, Magister Hoffius!«

»Nun«, sagte der Walthürner Priester scharf, »so lange können wir nicht warten. Entweder Ihr beginnt Euer Werk noch in diesem Jahr, oder ich muss den Auftrag einem anderen übergeben.«

»Michael«, schaltete sich nun erstmals Thaddäus Stumpf ins Gespräch ein. Die Lauscher unter dem Tisch zuckten zusammen, denn sie hatten die Anwesenheit des Alten fast vergessen. »Michael«, sagte er noch einmal, diesmal nachdrücklicher. »Hast du *meinen* Sohn denn ganz vergessen? Immerhin hast du nicht nur einen Lehrling, sondern auch einen Gesellen, der seine Fähigkeiten endlich beweisen möchte!«

»Da hört Ihr es!«, sagte Hoffius. »Es gibt keinen Grund, noch länger zu zögern! Teilt mir so bald als möglich Eure Pläne mit und gebt mir Bescheid, welche Materialien Ihr benötigt, damit ich das Werk in die Wege leiten kann.«

»Nikolaus!«, schnaubte Meister Michael, nun nicht mehr ruhig. »Bei Gott, der Junge ist ein Steinmetz! Er stammt aus einer Steinmetzen-Familie und wird auch immer ein solcher bleiben. Dieses Handwerk beherrscht er – aber ein Künstler, ein Bildhauer von Format wird er niemals sein! Thaddäus, du weißt so gut wie ich, dass ich deinen Sohn nur unserer alten Freundschaft zuliebe als Lehrling bei mir aufgenommen habe. Ich bin nicht mehr der Jüngste. Ich brauche einen Nachfolger. Und der wird sicherlich nicht Nikolaus Stumpf heißen!«

Eine anhaltende Stille folgte. Eine Stille, die sich in der Schreibstube ausbreitete wie eine Eisdecke und auch die beiden Jungen unter der Werkbank erfasste. Thaddäus Stumpf war der erste, der nach einer schieren Ewigkeit wieder sprach. »So ist das also«, sagte er leise. »Ich danke dir für deine Aufrichtigkeit, alter Freund.«

Magister Hoffius räusperte sich. »Eure Nachfolge könnt Ihr später regeln, Juncker. Ich muss wissen, ob Ihr Euch nun unverzüglich ans Werk macht oder nicht.«

Wieder breitete sich Stille aus, dann antwortete Meister Michael erschöpft: »Philipps Lieblingsmaterial ist Alabaster. Wir werden den Altar in Alabaster gestalten. Der Hauptverantwortliche bin ich, Philipp ist mein Gehilfe. Er wird eben schneller erwachsen werden müssen, als Gott es vorgesehen hat.«

»Wohl gesprochen, Juncker. Das höre ich gern. Nun, Alabaster ist teuer. Ich werde sehen, was sich machen lässt. Jetzt kann ich mich getrost auf den Rückweg machen.«

»Bitte geht nicht mit leerem Magen!«, insistierte Meister Michael. »Nachdem alles Wesentliche besprochen ist, erweist mir die Ehre, einen Teller Kohlsuppe und frisches Brot mit mir zu speisen.«

»So soll es sein.«

Die Männer erhoben sich, schwungvoll der Priester, müde und schwerfällig die beiden anderen. Sie verließen die Werkstatt, ohne die Lauscher unter dem großen Tisch zu entdecken.

* * *

Der Regen trommelte noch immer sein gleichmäßiges Lied auf die Dächer. Doch die Tonart hatte sich geändert. War es vorher Marschmusik gewesen, ein Stakkato, das Abenteuer und Aufbruch verhieß, so hatten sich die Trommelschläge nun in Moll-Akkorde verwandelt, die ein Trauerlied begleiteten. Philipp wusste, dass er etwas sagen, die richtigen Worte finden musste, um seinem Freund das eben Gehörte zu erleichtern. Doch es wollte ihm nicht gelingen. Denn obwohl er ahnte, wie schwer Meister Michaels Urteil Nikolaus getroffen haben musste, hörte er sein eigenes Herz singen. Nie zuvor hatte er von seinem Vater ein solches Lob vernommen! Zwar hatte Meister Michael ihm gelegentlich wohlwollend zugenickt, aber nie hatte er auch nur im Ansatz zu verstehen gegeben, welch große Hoffnungen er in Philipps Fähigkeiten setzte!

Ein Altar! Ein großes, gottgefälliges Werk – und Meister Michael wollte es in seine Hände legen! Ein Altar, der das wundermächtige Heilig-Blut-Korporale der Stadt Walthüren beherbergen sollte, so viel hatte Philipp den Worten des Magisters entnehmen können. Es stimmte, Alabaster, das fein schimmernde, edle Gipsgestein, war sein Lieblingswerkstoff. Und es stimmte auch, dass er sanfte Hände besaß, die sich weniger für die grobe Arbeit, dafür umso mehr für die Feinheiten der Bildhauerei eigneten. Zum ersten Mal wurde Philipp bewusst, wie sehr er sein Handwerk liebte. Es war ihm schon immer leicht gefallen, Steine zu behauen und Figuren herauszuarbeiten, doch das hatte er als selbstverständlich erachtet. Schließlich waren auch alle seine Brüder Bildhauer geworden. Aber nie hatte er gehofft, einmal etwas wirklich Großes zu schaffen, ein bedeutendes Kunstwerk, das sein eigenes bescheidenes Dasein um Jahrhunderte überdauern konnte. Welch erhebender Gedanke!

Philipps Herz machte einen Sprung, als ihm einfiel, was die Arbeit in Walthüren noch bedeutete: Er würde Katharina nahe sein! Sie täglich sehen. Vielleicht konnte er seiner Angebeteten schon viel früher einen Heiratsantrag machen, als er es selbst in seinen kühnsten Träumen für möglich gehalten hatte.

»Ein Steinmetz also«, erklang plötzlich Nikolaus' Stimme und riss ihn aus den rosigen Gedanken. »Nichts weiter.« Der Freund klang so verbittert, dass Philipp ein Schauer über den Rücken lief. »Vielleicht sollte ich doch aufbrechen und mich als Landsknecht anwerben lassen. Dort nehmen sie auch einfache Steineklopfer.«

»Nein!«, rief Philipp. »Hör auf, so zu reden!« Er wollte Nikolaus die Hand auf die Schulter legen, doch dieser stieß ihn grob zurück. »Die Worte meines Vaters waren hart. Zu hart! Du darfst nicht alles glauben, was du gehört hast. Meister Michael ist mein Vater und die Vaterliebe macht ihn blind. Ich weiß wohl, dass ich sein Augapfel bin. Deshalb will er nur meine Fähigkeiten anerkennen und verschließt seinen Blick vor deinen! Du bist ein guter Bildhauer, ich weiß es. Ein anderer Meister wird das erkennen, glaub mir! Wirf dein Leben nicht weg, indem du es als Soldat aufs Spiel setzt!«

»Du willst mich trösten? Wie edel von dir! Aber tief in deinem Innern weißt du, dass dein Vater recht hat.«

»Das ist nicht wahr! Du wirst deine eigene Werkstatt haben, besser noch: Wir werden gemeinsam eine Werkstatt haben und wir werden …«

»Verträumt und ein bisschen zart«, unterbrach Nikolaus ihn spöttisch. »So hat Meister Michael dich beschrieben. Und verdammt blauäugig – das hat er vergessen. Träum weiter, Junge!«

Nikolaus kroch unter der Werkbank hervor und stand breitbeinig vor Philipp.

»Lass uns nicht streiten«, stammelte dieser. »Und tu nichts Unüberlegtes!«

Nikolaus sah aus, als wolle er noch etwas sagen, doch dann drehte er sich um und stapfte aus der Werkstatt.

»Warte!«, rief Philipp ihm hinterher, doch bis er unter dem Tisch hervorgekrochen war, fehlte von seinem Freund bereits jede Spur. »Nikolaus!« Er rannte zur Tür, riss sie auf – und prallte mit Conrad und Johannes zusammen, die ihn mit glasigen Augen angrinsten. Sie waren schwer bepackt und ihr Atem stank nach billigem Wein.

»Hoppla«, sagte Conrad mit schwerer Zunge. »Schön, dass wir dich antreffen, Kleiner. Wo ist denn dein Freund?«

»Lasst mich vorbei! Nikolaus ist …« Philipp versuchte, die beiden aus der Werkstatt zu drängen, aber sie lachten nur und stießen ihn zur Seite.

»Ist er endlich zum Werber gegangen?«, fragte Johannes. »Dann werden wir auf ihn warten, um gemeinsam auf den

Krieg zu saufen.« Er stellte einen großen Krug Branntwein auf die Werkbank und lümmelte sich daneben. »Willst du auch einen Schluck, Kleiner?

»Nein, ich …«

»Na los. Trink schon. Wer weiß, wann du wieder Gelegenheit dazu bekommst.« Grob stieß er Philipp den Krug in den Mund und zwang ihn, das Gesöff zu schlucken. Philipp hustete, der Branntwein lief ihm rechts und links aus den Mundwinkeln. Die Zwillinge grinsten. »Und?«, fragte Johannes. »Ein Wohlgenuss, nicht wahr?«

Das Gesöff schmeckte widerlich, nach Teer, faulen Äpfeln und rohen Zwiebeln, aber nachdem der erste Abscheu überwunden war, ergriff Philipp trotzig den Krug und nahm drei weitere, tiefe Züge.

»Ich muss Nikolaus suchen«, sagte er. »Wir haben uns gestritten.«

»Der kommt schon wieder«, zuckte Conrad die Schultern. »Der ist eh zu feige, um sich anwerben zu lassen. Dann saufen wir eben mit dir, Philipp.« Er rülpste laut. »Das ist ein Befehl!«

Johannes schob ihm den Krug hin. »Trink.«

Philipp nahm drei weitere Züge und fühlte seinen Widerstand erlahmen. Eine angenehme Wärme breitete sich in ihm aus. Hatten die Zwillinge nicht recht? Sollte Nikolaus ruhig schmollen! Er würde sich schon wieder beruhigen.

Der Branntwein schmeckte mittlerweile recht passabel und rann leicht über die Zunge. Zu Philipps Überraschung hatten sich die Zwillinge verdoppelt und standen nun zu viert vor ihm. Ein wenig unscharf waren sie obendrein. Zumindest an den Rändern. Sie kicherten.

»Wasss gibt's denn zzu lachen?«, fragte Philipp. Die Worte ließen sich nur mühsam formen.

»Nach den paar Tropfen bist du schon betrunken?«, fragte Conrad und schüttelte verächtlich den Kopf.

»Betrunken? Unsinn.« Neugierig deutete Philipp auf die Rucksäcke und Truhen der beiden. »Wass habt ihr denn da?«

»Unser Marschgepäck«, verkündete Johannes stolz. »Feste Kleidung, ein paar Schuhe zum Wechseln, ein scharfes Messer. Und das hier …«, er deutete auf ein Holzfass. »Das ist Schießpulver.«

»Schschießpulver?«

»Jawohl. Jeder Soldat trägt neben der persönlichen Habe einen Teil der Ausrüstung. Uns hat man ein Fässchen Schießpulver anvertraut.«

Philipp wankte auf das Gepäck zu, den Krug in der Hand, dessen Inhalt sich allmählich dem Ende entgegen neigte. »Isst das nicht gefährlich?«, fragte er und hielt sich an der Werkbank fest. Das Fässchen schlug Purzelbäume vor seinen Augen.

»Gefährlich? Natürlich, du Dummkopf! Wenn du es anzündest, hast du das schönste Feuerwerk, das du dir denken kannst! Allerdings wirst du es nicht lange genießen können.«

»Dann bringt das lieber raus.«

»Wir haben ja nicht vor, es anzuzünden!«

Philipp war sich nicht so sicher, er kannte die Zwillinge gut genug.

»Ich packe es lieber weg«, murmelte er und trug das Fass hinüber in die Schreibstube. Dann trank er den Krug mit dem köstlichen Branntwein leer. Conrad und Johannes hinderten ihn nicht daran. Sie sagten gar nichts, lachten auch nicht mehr. Hatte es ihnen die Sprache verschlagen?

»Habt ihr noch mehr davon?«, wollte Philipp wissen und fand sich auf dem Boden wieder. Er war über seine eigenen Füße gestolpert.

Zwei starke Arme zogen ihn hoch. »Ich denke, du hast genug!«, hörte er die tiefe Stimme von Thaddäus Stumpf.

Augenblicklich fühlte er sich ein wenig ernüchtert. »Esss ist nicht so, wie ess ausssieht …«

»Schon recht.« Der Alte gab ihm einen Klaps auf den Rücken. »Ich werde es deinem Vater nicht erzählen. Ich war schließlich auch einmal jung.« Dann blickte er sich im Raum um. »Ich suche meinen Sohn.«

»Wir haben uns gestritten«, erklärte Philipp.

»Er reist mit mir nach Walthüren. Seine Lehrzeit ist um. Nun wird er mein Gehilfe. Er ist ein guter Steinmetz.« Der Alte stapfte aus der Werkstatt.

»Nach Walthüren?« Philipp drehte sich um, doch die Bewegung geriet ihm zu schnell und der Raum begann sich vor seinen Augen zu drehen. Dann wurde alles dunkel.

* * *

Als er wieder erwachte, fand er sich allein in der Werkstatt. Sein Schädel brummte und hinter den Augen saß ein stechender Schmerz. Er hatte keine Ahnung, wie lange er weggetreten war. Da er den Branntwein noch auf der Zunge spürte, konnte es nicht allzu lange gewesen sein.

»Nikolaus?«, rief er. »Conrad? Johannes?«

Er erhielt keine Antwort.

»Meister Thaddäus?«

Nichts. Das Gepäck der Zwillinge war ebenfalls verschwunden. Nur der leere Krug stand noch auf der Werkbank.

Mühsam rappelte sich Philipp auf. Der Boden schien sich verflüssigt zu haben, jeder Schritt war eine Herausforderung. Ein spaßiges Gefühl, hätte nur sein Schädel nicht so geschmerzt!

Auf einmal kitzelte ein seltsamer Geruch seine Nase. Er kam aus der Schreibstube und war scharf und beißend. Philipp schlurfte hinüber, doch die Stube war menschenleer. Das Fässchen mit dem Schießpulver stand noch auf dem Schemel. Ein kleines, blaues Flämmchen tanzte darauf zu.

Jetzt erkannte Philipp den Geruch. Es war Schwefel! Plötzlich fiel alle Benommenheit von ihm ab und er konnte einen Moment lang klar denken. Feuer! Himmel, sobald die Flamme das Pulverfass erreichte, würde die gesamte Werkstatt in die Luft fliegen! Er musste etwas unternehmen!

Fieberhaft schätzte er die Entfernung zwischen der Flamme und dem Fässchen ab. Unmöglich. Er konnte es nicht rechtzeitig schaffen. Das Feuer war nicht mehr zu löschen, seine einzige Chance lag in der Flucht. Er musste hier raus, so schnell wie möglich.

Philipp spürte sein Herz bis zum Hals pochen. Seine Beine wogen zentnerschwer. Die Füße verhedderten sich, er stolperte und stürzte zu Boden.

Ein alles betäubender Knall zerfetzte die Luft, ein durchdringender Gestank erfasste seine Nase, ein grenzenloser Schmerz seinen gesamten Körper. Dann versank die Welt erneut in Schwärze.

Kapitel 2

Walthüren, im Mai 1622

Vogelgezwitscher drang durch das Fenster in die enge Schlafstube unter dem Dach, Stimmengewirr, das Klappern eines Karrens und die Geräusche der alltäglichen Arbeiten. Es musste schon recht spät am Morgen sein, denn die Luft erwärmte sich zunehmend. Seit Tagen schien die Sonne ungewöhnlich heiß. Die Felder vor den Stadttoren sogen Licht und Wärme gierig auf, denn der Winter war endlos und eisig gewesen. Kein Mensch wusste, wie lange der frühe Sommer noch anhalten würde. Im vergangenen Jahr hatte es auch im Juni noch geschneit, die Schafe waren auf der Weide erfroren und zu Pfingsten stürzten gemeinsam mit riesigen Hagelkörnern dreizehn Vögel tot vom Himmel. Böse Zeichen, wisperten die Leute und bekreuzigten sich.

Philipp drehte sich im Bett um und verkroch sich tiefer unter seinem Strohsack. Sonne, Regen, Schnee und Hagel – was juckte ihn das Wetter? Am liebsten hätte er den ganzen Tag auf seiner Bettstatt verbracht, wo er mit niemandem reden musste und vor den Fallstricken des Alltags gefeit war. Das ganze Leben war eine einzige tiefe Grube, in die man jederzeit stürzen konnte. Jeder Schritt ein Wagnis, jeder Tag barg Gefahren. Er hasste es, aufzustehen. Nur im Bett, in seiner engen Kammer, fühlte er sich frei und geborgen. Nur hier schlich sich gelegentlich ein Lächeln auf seine Lippen, hier, wo keiner ihn sah und störte. Warum konnte er nicht einfach den ganzen Tag in dieser Stube bleiben?

Leise Schritte trippelten die schmale Treppe empor. Philipp zog sich den Strohsack übers Ohr. Vielleicht ließen sie ihn ja heute in Frieden, wenn er einfach schwieg?

Die Schritte verharrten vor seiner Tür, ein kurzes Zögern folgte, dann klopfte jemand vorsichtig an.

Anna. Er hatte sie längst am Gang erkannt, niemand sonst setzte die Füße so sorgfältig und bedächtig auf. Philipp hielt die Luft an und bewegte sich nicht. Er konnte das unsichere Innehalten seiner Schwägerin regelrecht riechen, ihren leisen Seufzer erahnen. Würde sie umdrehen? Leise nach unten tänzeln und ihrem Gatten Zacharias mitteilen, dass sein Bruder noch schlief?

Die Klinke bewegte sich und ein scharrendes Geräusch ertönte. Philipp spürte tiefen Verdruss in sich aufsteigen. Natürlich ging sie nicht. Sie ließen ihn niemals in Ruhe. Niemals.

Annas kleine Hand legte sich auf seine Schulter. »Aufstehen, Philipp! Es ist ein so wundervoller Tag. Willst du ihn verschlafen?«

Wundervoll? Was sollte an einem Tag wundervoll sein, wenn man ihn nicht sehen konnte?

»Die Sonne lacht, lieber Schwager. Und wir sind schon fast mit dem Frühstück fertig. Nun komm schon.«

Sie drehte sich um, Philipp hörte es am Rascheln ihres Kleides. Dann stiegen die zarten Füße wieder die Treppe hinab, beschwingter, als sie heraufgekommen waren, jetzt, da die unangenehme Aufgabe des Weckens erledigt war.

»Die Sonne lacht«, ahmte er hämisch ihre Stimme nach, als er wieder allein war. »Die Sonne lacht …«

Die dumme Sonne konnte ihm gestohlen bleiben. Was hatte er schon von ihrem Strahlen, wenn er den blauen Himmel nicht sehen konnte, die kleinen Schäfchenwolken, die darüber zogen, die grünen Wiesen vor der Stadt und die bunten Blumen?

Ja sicher, er konnte die warmen Sonnenstrahlen spüren. Wenn er sich ihnen zu lange aussetzte, verbrannten sie seine Haut und er schwitzte. Und das war auch schon alles, was die

Sonne ihm bescherte. Er pfiff auf sie, genau wie auf Regen, Schnee oder Nebel.

Fluchend setzte er sich auf. Es nützte ja nichts. Wenn er nicht nach unten ging, würde das nächste Mal nicht die zarte Anna kommen, sondern sein Bruder persönlich, und dessen Weckmethoden waren weit weniger sanft als die seiner Gattin.

Philipp hatte in den vergangenen Monaten jeden erdenklichen Trick ausprobiert, um sich einen Tag Ruhe zu verschaffen. Funktioniert hatte keiner. Langsam tastete er sich zum Waschtisch. Er setzte die Füße vorsichtig auf, denn wenn die Schritte auch nur ein bisschen zu groß gerieten, schlug er sich den Zeh schmerzhaft am Tischbein an.

Das kalte Wasser, das Anna am Vorabend frisch in die Schüssel gefüllt hatte, war mittlerweile lauwarm geworden. Ein paar getrocknete Rosenblätter schwammen darin herum. Philipp klatschte sich eine Handvoll ins Gesicht, benetzte auch seine Arme, dann hielt er inne. Das musste an Körperpflege bis zum Abend genügen – ein Krüppel brauchte schließlich nicht nach Rosenwasser zu duften.

»Krüppel«, sagte er laut. »Krüppel.« Damit er es nur nicht vergaß.

Auf dem Weg zu seinen Kleidern, die er auf dem einzigen Schemel in seiner Kammer abgelegt hatte, stieß er sich dann doch noch den Zeh an. Verflucht! Was stand da auf dem Boden herum, mitten im Weg, wo es nicht hingehörte?

Ein leises, überschwappendes Geräusch erinnerte ihn daran: der Nachttopf. Er grinste böse. Anna würde aufwischen müssen, wenn sie den Topf leerte.

Dann seufzte er. Warum war er eigentlich so gehässig? Anna hatte ihm schließlich nichts getan – sie hatte ihn nur geweckt und das in bester Absicht und auf Geheiß ihres Ehemanns, seines Bruders. Genau genommen war Anna immer freundlich zu ihm und bemühte sich um sein Wohlwollen. Sie leerte seinen Nachttopf freiwillig, denn Philipp war durchaus in der Lage, diese Tätigkeit selbst zu verrichten. Warum konnte er ihr dafür nicht einfach dankbar sein?

Tief sog er die warme Luft durch die Nase. Er wusste genau, warum er seine Schwägerin so scheußlich behandelte. Weil er ein Krüppel war. Ein hässlicher, grausamer Krüppel. Und als solcher durfte – nein, *musste* er sich auch hässlich und grausam betragen. So einfach war das.

* * *

»Mein Bruder gesellt sich doch noch zu uns!« Zacharias klang spöttisch und ein wenig ärgerlich. »Was verschafft uns die Ehre? Hunger? Durst? Oder ist dir nur wieder eine Bosheit eingefallen, mit der du uns den Tag verderben kannst?«

Schweigend umrundete Philipp den Tisch, bis er zu dem Platz gelangte, der üblicherweise für ihn bestimmt war. Er tastete nach dem Bierkrug, nach der Schüssel mit Hafergrütze, nach dem Löffel, doch seine Hände griffen ins Leere.

»Warum musst du ihn immer ärgern, Zacharias?«, seufzte Anna. »Lass ihn in Ruhe.« Philipp hörte, wie sie aufstand, Richtung Küche lief, um ihm sein Morgenmahl zu bringen. Weit kam sie allerdings nicht.

»Bleib sitzen, Weib.«

»Ich will ihm doch nur eine Schüssel Hafergrütze …«

»Setz dich wieder an den Tisch, sage ich.«

Anna gehorchte. Sie wusste ebenso gut wie Philipp, was der Tonfall ihres Gatten zu bedeuten hatte: Der Hausherr stand kurz vor einem seiner gefürchteten Wutausbrüche. Die kamen schnell, unvorhersehbar und waren gewaltig.

»Ich glaube, mein Bruder wird sich heute sein Morgenmahl selbst holen.« Nun klang die Stimme leise und bedrohlich, ein gefährliches Anzeichen.

»Aber zuerst …«, fuhr Zacharias unerbittlich fort, »… zuerst wird er sich ordentlich waschen. Wir leben hier in einem Bürgerhaus, nicht im Schweinestall. Du stinkst, Philipp, und das dulde ich nicht in meinem Haus! Hast du mich verstanden?«

Eine böse Erwiderung lag Philipp auf der Zunge, doch er schluckte sie hinunter. Stattdessen senkte er den Kopf, einmal, zweimal, ein angedeutetes Nicken nur – gerade genug, um Zacharias keinen Anlass zum Wutausbruch zu liefern.

»Gut«, sagte Zacharias, ein wenig ruhiger. »Sobald du sauber bist – und ich meine wirklich sauber, auch dort, wo du jede Nacht an dir herumfummelst –, sobald du also nicht mehr stinkst, kannst du in die Küche gehen, dir einen Teller Grütze holen, einen Krug Bier, und essen und trinken, soviel du magst. Schließlich bist du mein Bruder und sollst weder Hunger noch Durst leiden. Anna wird dir allerdings nicht dabei helfen.«

»Aber Zacharias! Er weiß doch gar nicht, wo alles steht! Wie soll er …«

»Schweig! Ich schätze deine Meinung, Anna. Aber in dieser Angelegenheit will ich keine Widerrede mehr hören! Du hast meinen Bruder lange genug verhätschelt. Er ist kein kleines Kind und bis auf seine Augen ist alles an ihm heil. Höchste Zeit, dass er endlich lernt, seinen Alltag zu meistern! Fast drei Jahre ist der Unfall nun her! Wahrlich lange genug, um sich mit dem Schicksal abzufinden, wie es sich für einen Christenmenschen gehört. Lange genug, um Verbitterung und Boshaftigkeit abzulegen. Doch wie kann er lernen, auf eigenen Beinen zu stehen, wenn du ihn umsorgst wie eine Glucke ihr einziges Küken?«

Anna schwieg und Philipp war sich sicher, dass sie die Lippen gekränkt zusammenkniff. Es war grausam von Zacharias, so etwas zu sagen, wo er doch genau wusste, wie sehr seine Frau darunter litt, nur ein einziges Kind geboren zu haben, einen Sohn, der vor wenigen Jahren allzu früh verstorben war.

»Von nun an weht ein anderer Wind«, fuhr Zacharias fort. »Ich werde es nicht länger dulden, dass du hier den ganzen Tag müßig herumlungerst, Philipp. Deine Laune wird dadurch nicht erträglicher. Von nun an wirst du deinen Beitrag zu unserem Haushalt leisten. Es gibt genügend Dinge, die auch ein Blinder tun kann.«

Krüppel, dachte Philipp bitter.

»Ja, verzieh nur das Gesicht! Ich will deine üble Stimmung nicht weiter ertragen. Was glaubst du, weshalb Vater und Mutter dich nicht mehr bei sich haben wollten? Warum sie mich baten, dich bei mir aufzunehmen?«

Eine warnende Stimme meldete sich in Philipp. *Halt bloß den Mund*, sagte sie.

»Weil sie es nicht mehr mit dir aushalten konnten!«, fuhr Zacharias unbarmherzig fort. »Deinen Griesgram, deine Klagen, dein Schweigen. Weil du sie krank gemacht hast mit deinen stummen Vorwürfen, die sie nicht verdienen.«

»Das ist nicht wahr!«

»Oh, mein Bruder spricht mit mir! Welch seltenes Vergnügen! Natürlich ist es wahr.«

»Nein! Sie sind alt. Sie konnten sich nicht ausreichend um mich kümmern.«

»Und warum hast du ihnen diese schwere Aufgabe dann nicht erleichtert? Mein Gott, Philipp! Vater hat dich immer besonders innig geliebt. Dein Schicksal hat ihm das Herz gebrochen. Und du selbst wärst der einzige gewesen, der seinen Kummer hätte lindern können. Indem du dich mit deinem Los abfindest, das Beste daraus machst. Gott hat es dir so zugeteilt! Du hast dein Augenlicht verloren, das ist schlimm. Aber du bist kein mittelloser Bettler. Du hast eine Familie, die sich um dich kümmert. Du hast ein Zuhause. Aber das alles ist dir nichts wert, du bedauerst dich den lieben langen Tag und verleidest den Menschen deine Anwesenheit. Dein Verhalten ist schändlich.«

Philipp schnappte nach Luft. Die Worte seines Bruders waren ungeheuerlich. Wie konnte Zacharias es wagen, Gott für sein Unglück verantwortlich zu machen? Philipp hatte sich nie etwas zuschulden kommen lassen. Die Explosion war gewiss nicht Gottes Werk gewesen. Sie war das Werk des *Bösen*. »Du weißt nicht, wovon du sprichst!«, stammelte er.

»Schluss jetzt!« Zacharias hieb die Faust auf den Tisch. »Du wirst dich in Zukunft besser betragen, sonst sitzt du nicht mehr gemeinsam mit uns am Tisch. Hast du das verstanden?«

Philipp knirschte mit den Zähnen. Wie er den Bruder hasste! Dieses selbstgerechte Gebaren verabscheute! Er versuchte, sich Zacharias' Gesicht vorzustellen, doch es fiel ihm schwer. Zwischen ihm und seinem Bruder lagen dreiundzwanzig Jahre. Schon als er ein kleiner Junge war, lebte Zacharias mit seiner Frau Anna in Würzburg. Sie hatten sich nur selten gesehen. Philipp erinnerte sich an einen hoch gewachsenen, kräftigen Mann mit dichtem, ein wenig struppigem, gelbem Haar, buschigen Brauen und hellen braunen Augen. Die Leute sagten, sie sähen einander ähnlich. Am ehesten war ihm das Lachen des Bruders im Gedächtnis geblieben. Wenn Zacharias in heiterer Stimmung war, konnte er so tönend und mitreißend lachen, dass sich kein Mensch dem entziehen konnte. Dann flogen ihm alle Herzen zu. Seit Philipp in seinem Hause lebte, hatte er dieses Lachen allerdings nur selten gehört.

»Ob du mich verstanden hast?«, riss ihn der Ältere aus den Gedanken. Philipp knirschte noch einmal mit den Zähnen. *Geh zum Teufel*, hätte er am liebsten gesagt, doch er nickte zögernd.

»Gut. Dann haben wir das geklärt. Nach dem Frühstück entleerst du deinen Nachttopf und dann kommst du zu mir in die Werkstatt.«

»In die Werkstatt?« Philipp erschrak. Das war unmöglich. Schon bei dem Gedanken daran zog sich alles in ihm zusammen. »Nein«, sagte er, und schüttelte unwillkürlich den Kopf.

»Was genau war unklar an meinen Worten?«

»Das kann ich nicht. Tu mir das nicht an, Zacharias!«

»Hast du Angst, sie fliegt in die Luft? Ich kann dir versichern, dass es bei mir kein Schießpulver gibt.«

»Das ist es nicht.«

Nein, das war es beileibe nicht. Die Vorstellung, eine Bildhauerwerkstatt zu betreten, und ganz besonders die seines Bruders, war schlicht unerträglich. Es hätte schließlich *sein* Altar werden sollen, sein Meisterwerk, an dem Zacharias nun arbeitete. Nachdem die Werkstatt des Vaters verwüstet worden war, nachdem Michael Juncker seinen jüngsten Sohn Philipp schwer verletzt und mit scharfen Splittern in beiden Augen auf dem Boden liegend gefunden hatte, war die Welt des Alten zusammengebrochen. Noch am selben Tag hatte er den Vorschuss, den Magister Jodocus Hoffius ihm für seine Arbeit gezahlt hatte, zurückgegeben und den Pfarrer von Walthüren gebeten, seinen ältesten Sohn Zacharias in Würzburg mit dem Auftrag zu betrauen. Was der Pfarrer nach kurzem Zögern getan hatte. Und der hoch verschuldete Zacharias hatte gern angenommen.

Gemeinsam mit seinem Augenlicht musste Philipp all seine Hoffnungen begraben. Der Traum von der eigenen Werkstatt war ausgeträumt, der von einer glücklichen Ehe mit Katharina Keim ebenso. Wer heiratete schon einen Krüppel?

Philipp *konnte* die Werkstatt des Bruders nicht betreten. Das war zu viel verlangt.

»Und vergiss bloß nicht, dich zu waschen, bevor du mein Refugium betrittst!«

Geh zum Henker, sagte die innere Stimme noch einmal. *Damit er dir den Kopf abschlägt, dich rädert und vierteilt!* Doch diesmal suchten die Worte ihren Weg ins Freie, Philipp konnte sie nicht zurückhalten.

»Der Teufel soll dich holen, Zacharias Juncker!«

Anna schrie entsetzt auf. Philipp wartete nicht, bis sein Bruder aufspringen und ihn schlagen konnte. Er stieß seinen Schemel um und rannte flinker, als er es sich zugetraut hätte, aus der Stube und vor das Haus. Dort rutschte er aus, fiel in eine schmierige, übel riechende Lache, rappelte sich wieder auf, wischte sich die dreckigen Hände am Beinkleid ab und stolperte weiter, irgendwohin, die Orientierung hatte er schon beim Sturz verloren. Erst als er sicher war, dass sein Bruder ihm nicht folgte, blieb er stehen. Noch einmal brüllte er laut: »Der Teufel soll dich holen, Zacharias Juncker!«, dann kamen die Tränen der Wut und füllten seine hässlichen, nutzlosen Augen.

* * *

Nur ganz allmählich kam er wieder zu sich. Lautes Stimmengewirr und die heiße Sonne rissen ihn schließlich aus seinem gerechten Zorn. Er war auf den Boden gesunken, hatte eine Mauer zum Anlehnen gefunden und den Kopf tief in den Händen vergraben.

Philipp tastete seine Umgebung ab. Wo war er gelandet? Er konnte sich nicht erinnern, ob er vor dem Junckerhaus nach rechts oder nach links gelaufen war.

Noch nie hatte er das Haus alleine verlassen. Immer begleitete ihn Anna, wenn er den Steinmetzbetrieb des alten Thaddäus Stumpf besuchte, und Nikolaus oder seine Schwester Emilia brachten ihn zurück.

Philipp verabscheute es, vor die Tür zu treten. Die Gewissheit, dass alle Menschen ihn sehen konnten, er sie aber nicht, war ihm zuwider. Stets malte er sich aus, wie die Leute ihn anstarrten, mit den Fingern auf seine zerstörten Augen zeigten und ihn auslachten. Oder, schlimmer noch, wie sie mitleidig den Kopf schüttelten. Ihm zusahen, wie er sich hilflos vorantastete, tollpatschig gegen eine Mauer lief, immer wieder gegen dieselbe, denn wenn er dachte, er hätte die Richtung geändert, narrten ihn allzu oft seine Sinne. Die Alten mochten nur leise in sich hineinkichern – die Kinder waren weniger zaghaft: Sie lachten lauthals und verspotteten ihn mit derben Schimpfworten und hämischen Liedern.

Der Schweiß lief ihm über die Stirn. In der ungewöhnlichen Hitze des Tages konnte er selbst die unangenehmen Ausdünstungen riechen, die er verströmte. In diesem Punkt zumindest hatte sein Bruder recht. Und nachdem Philipp vor dem Haus in eine Jauchepfütze gestürzt war, stank er vermutlich nicht nur, sondern war auch völlig verdreckt.

Taumelnd erhob er sich. Er musste hier weg. Musste herausfinden, wo er gelandet war, und den Weg zum Hause Stumpf finden, dem einzigen Ort, der ihm neben seiner engen Schlafkammer eine gewisse Geborgenheit bot. Vorsichtig tastete er sich ein paar Schritte an der Mauer entlang nach links. Aus dieser Richtung kam Stimmengewirr, dort konnte er immerhin jemanden fragen, wo er sich befand. Sehr weit war er ja bestimmt nicht gelaufen.

Das Bild des Städtchens stand von früher noch sehr lebendig vor seinem inneren Auge. Das Junckerhaus befand sich unterhalb der Kirche, das wusste er, es lag direkt an der breiten Hauptstraße, welche die Bürgerhäuser sowie den Kirchen- und Burgbezirk von den ärmeren Handwerker- und Tagelöhnerhäusern auf der anderen Seite trennte. Es lag auch nicht weit vom Rathaus entfernt, das mit seinem Fachwerk und den massiven steinernen Arkaden zu den prächtigsten Gebäuden der Stadt zählte. Weiter oberhalb, am Plan, hielten die Dürmer, wie sich die Einwohner nannten, ihren Markt ab. Hier konnte man Rüben und Kohl kaufen, Dinkel und eingelegten Hering, Zwiebeln, auch fetten Speck oder ein geschlachtetes Huhn. Wahrscheinlich kam das zunehmend lautere Stimmengewirr von dort.

Der Gedanke an solche Köstlichkeiten ließ Philipps Magen knurren – schließlich war er ohne Frühstück aus dem Haus gestürmt. Da die ersten Schritte an der Mauer entlang gelungen waren, beschleunigte er mutig seinen Gang.

»Pass doch auf! Hast du keine Augen im Kopf?«

Der Mann, mit dem Philipp zusammengestoßen war, wartete keine Antwort ab, sondern entfernte sich schnell und schimpfte leise vor sich hin. Philipp konnte hören, wie er sich mit der Hand die Kleidung säuberte.

Vorsichtig betastete Philipp seine Nase, die nach dem Aufprall höllisch schmerzte, aber zum Glück nicht gebrochen schien. Er musste sich noch immer auf der Hauptstraße befinden, vielleicht in der Nähe des Oberen Torturms, weiter konnte er noch nicht gelaufen sein. Die Steinmetzwerkstatt des alten Stumpf lag in der Oberen Vorstadt, vor den Toren Walthürens, wo sich einige Bauernhöfe angesiedelt hatten, Handwerksbetriebe und seit wenigen Jahren auch ein paar stattliche Herbergen, der *Römische König* zum Beispiel, in dem wohlhabende Pilger abstiegen, die nach Walthüren reisten, um vor dem Heilig-Blut-Korporale Ablass von ihrem Sünden zu erbitten. Bei dem Gedanken lief Philipp ein kalter Schauer über den Rücken. Die Obere Vorstadt! Auf dem Weg zu Nikolaus kam er unweigerlich am Haus von Katharina Keim vorbei!

Eine Gänsehaut breitete sich über seinen Körper aus. Katharina, die ihm sicher nicht mehr zuzwinkerte oder lächelte, wenn er vorüberging. Die ihn wahrscheinlich wie alle anderen belustigt oder mitleidig anstarrte. Seit dem Unglück hatte er sie nicht mehr getroffen. Wie auch?

Philipps Herz zog sich zusammen. Wie gerne hätte er sie noch einmal im Leben gesehen, wenigstens ein einziges Mal. In den guten Nächten, wenn ihn nicht das Grauen heimsuchte, wenn er nicht die tänzelnden Flammen sah, die, bösen Dämonen gleich, auf das Pulverfass zukrochen, in diesen wenigen, kostbaren Nächten träumte er von Katharina. Von ihrer schlanken Gestalt, dem kerzengeraden Rücken, den glatten, zierlichen Händen, die so viel kleiner waren als seine eigenen. Dichtes, kastanienbraunes Haar fiel ihr leicht gelockt bis zu den Hüften. Sie trug es meistens offen, dann glänzte es in der Sonne und der Wind trieb mit einzelnen Strähnen ein neckisches Spiel. Ihre Brüste zeichneten sich deutlich unter ihrem bunten Kleid ab. Ihre Lippen lockten rot und üppig – wie zum Küssen geschaffen. In den braunen Augen schimmerte manchmal ein goldenes Licht, wie Philipp es bei niemandem sonst je gesehen hatte. Immer, wenn er ihr begegnet war, umwehte sie ein zarter Fliederduft. Dass sie zurückhaltend und sich ihrer Schönheit gar nicht bewusst war, machte Philipp fast krank vor Liebe.

»Heirate mich«, sagte er einmal in Traum zu ihr. »Heirate mich und ich will dafür sorgen, dass es dir gut geht und deine Hände immer so zart bleiben, wie sie jetzt sind.« Er erfuhr nie, was sie geantwortet hatte, denn in diesem Augenblick erwachte er, zitternd und schwitzend, und die Welt um ihn herum versank in Finsternis.

Du bist ein dummer Narr, schalt er sich. *Niemand heiratet freiwillig einen Blinden, schon gar nicht eine Frau wie Katharina.*

»Was stehst du hier so blöd im Weg herum?«, riss ihn die Stimme einer alten Frau aus den Gedanken. »Bist du nicht der Krüppel aus dem Junckerhaus? Hast dich wohl verlaufen, was?«

Philipp schüttelte den Kopf. »Nein«, stammelte er. »Ich wollte nur …«

»Du wolltest dich an diesem Unfug hier beteiligen? Pfui Teufel, schäm dich!«

Jetzt erst nahm Philipp wahr, dass sich das Stimmengewirr zu einem handfesten Geschrei gesteigert hatte. Um ihn herum wogte eine Menschenmenge, von der eine unheilschwangere Stimmung ausging. Es klang, als sei ganz Walthüren auf den Beinen.

»Was ist hier los?«, fragte er die Alte, in der Hoffnung, sie stünde noch neben ihm.

»Was los ist? Ich dachte, du wärst nur blind, ich wusste ja nicht, dass du auch hinter dem Mond lebst.«

Wie ein Schlachtgesang drangen jetzt laute Rufe an sein Ohr: »Brennen soll der Schuh-Lenz! Brennen soll der Schuh-Lenz! Verbrennt den Elenden! Brennen, brennen, brennen!«

»Wer ist der Schuh-Lenz?«, fragte Philipp.

»Na, der Flickschuster aus der Untergasse. Sag bloß, du hast nicht mitbekommen, dass man ihn beschuldigt, beim Hexensabbat gewesen zu sein?«

»Mehr noch als das!«, mischte sich eine zweite, jüngere Frauenstimme ein. »Zwei Tage, nachdem er den Stall vom Ritterwirt betreten hat, kam dort ein Kalb mit fünf Beinen und zwei Köpfen auf die Welt! Und die Kuh ist bei der Geburt verreckt!«

Unwillkürlich bekreuzigte sich Philipp. Er tastete nach dem Amulett, das er um den Hals trug. Es schützte ihn vor Zauberei und schwarzer Magie. Die Hexenplage, die seit einigen Jahren das Land heimsuchte, hatte Walthüren bislang verschont. In den Nachbarorten hörte man jedoch immer wieder von schrecklichen Vorkommnissen. Hatten die Hexer und Druden nun auch den Wallfahrtsort erreicht?

Philipp war dem Flickschuster Lenz schon einmal begegnet. Seine Stimme hatte nichts Außergewöhnliches an sich gehabt. Aber waren es nicht gerade die Unscheinbaren, vor denen man sich am meisten fürchten musste?

»So ein Unsinn«, erwiderte die Alte. »Ich habe bei der Geburt des Kalbes geholfen, und ich kann dir versichern, Mechlerin, es war eine ganz normale Totgeburt. Da war nichts Ungewöhnliches an dem Tier festzustellen, nichts Monströses, außer dass es sich an der Nabelschnur erwürgt hat, was bedauerlich ist, aber hin und wieder vorkommt. Die Kuh war schon lange krank. Wen wundert es also, dass sie die schwere Geburt nicht überlebt hat.«

Immer mehr Leute versammelten sich auf der Straße. Das Gedränge nahm zu und schließlich wurde Philipp von der Mauer gerissen und mitgetrieben. »Na komm schon«, sagte die Alte, die noch immer neben ihm war. »Nimm meinen Arm und halte dich gut fest. Sonst trampeln sie dich nieder.«

»Danke«, stammelte Philipp und klammerte sich an die Frau.

»Deine Nähe wäre mir allerdings lieber, wenn du nicht vor Schmutz starren und wie ein Ochse stinken würdest.«

Philipp hatte Mühe, sie noch zu verstehen. Es mussten gut hundert Stimmen sein, die gemeinsam schrien. »Brennen soll der Schuh-Lenz! Brennen soll der Schuh-Lenz!«

Die Alte fiel nicht in den Choral ein. »Schau sie dir nur an!«, sagte sie zu Philipp, doch dann stockte sie und schluckte. »Nein, schauen kannst du ja nicht. Das war gedankenlos von mir. Aber vielleicht erkennst du ihre Stimmen? Es sind die Tagelöhner, die Raufbolde und die Ohnvermögenden, die am lautesten schreien. Hörst du? Den Matthias, den Knecht vom Ritterwirt, haben sie zu ihrem Anführer ernannt, ausgerechnet den!«

Die Meute hatte sich, sofern Philipps Sinne ihn nicht trogen, von der Hauptstraße weg, hin zur Untergasse, zur Flickschusterei bewegt.

»Wenn sich die Obrigkeit nicht kümmert, wenn Keller und Zentgraf schweigen, werden wir eben selbst das Feuer legen, um uns vor dem Teuflischen zu schützen!« Eine vom Suff gezeichnete, heisere Stimme übertönte alle anderen. »Beim Hexensabbat hat man den Schuh-Lenz beobachtet! Seine Nachbarin hat alles gehört! Alle Frommen wollen sie aus der Stadt vertreiben und das Ohnkraut hegen!«

Ein lautes Raunen durchlief die Menschenmenge. In die darauf folgende Stille hinein ergriff die Alte das Wort: »Die

Frommen vertreiben? Dann hast *du* ja nichts zu befürchten, Matthias!«

Vereinzeltes Gelächter war zu hören, doch die meisten der Versammelten schnappten entsetzt nach Luft. Auch Philipp erschrak. Was dachte sich die Alte dabei? Wie konnte sie es wagen, gegen einen Gerechten zu sprechen und für einen Hexer?

»Margarethe Kilian! Natürlich! Du solltest dein loses Mundwerk besser im Zaum halten, Weib! Auch von dir hört man zweifelhafte Geschichten. Du sollst nicht nur die Macht haben, Kindern zur Welt zu verhelfen, sondern auch Gegenteiliges bewirken!«

Wieder durchlief ein Raunen die Menge und Philipp zuckte zusammen. Am liebsten hätte er sich der Alten entzogen, doch dann wäre er inmitten des Gedränges ganz auf sich allein gestellt gewesen.

Die Hebamme Margarethe Kilian seufzte und schwieg.

»Du glaubst nicht, dass der Schuh-Lenz ein Hexer ist?«, fragte Philipp sie vorsichtig.

»Ich weiß es nicht, Junge. Im Allgemeinen glaube ich nur, was ich mit eigenen Augen sehe. Ich bin alt, und ich habe nicht nur Frauen bei der Geburt geholfen, sondern ebenso vielen Leuten bei allerlei Gebrechen beigestanden. Wenn einer dabei gestorben ist, hatte das mannigfaltige Gründe – Anzeichen von Zauberei habe ich allerdings niemals gefunden.«

»Du zweifelst an der Existenz des Bösen?«

»Oh nein. Daran sicher nicht! Vielleicht ist der Schuh-Lenz tatsächlich ein Hexer. Vielleicht auch nicht. Es ist nicht die Aufgabe von Matthias, dem Ritterwirtsknecht, das herauszufinden. Wozu haben wir einen Pfarrer? Einen Keller und einen Zentgrafen aus Mainz?«

»Komm raus, du Elender!«, rief die Meute. »Komm raus, wenn du nichts zu verbergen hast!«

»Würdest du dich an seiner Stelle aus dem Haus trauen?«, fragte Margarethe.

»Wahrscheinlich nicht«, gab Philipp zu. »Kein vernünftiger Mensch stellt sich dem Pöbel.«

»Verbrennt ihn«, schrie eine junge Frau und ihre Stimme überschlug sich vor Hass und Eifer. »Wenn erst die Flammen an ihm lecken, wird er uns schon verraten, wer die anderen sind und was sie geplant haben! Brennen soll er, brennen!« Sofort fiel die Meute wieder in den Ruf ein.

»Er kommt nicht raus, der Feigling.« Matthias spuckte lautstark aus. »Na schön, wenn er nicht zu uns kommt, gehen wir eben zu ihm!«

»Ja, stürmen wir sein Haus! Findet ihn! Verbrennt ihn!«

»Genug jetzt!« Margarethe erklomm ein paar Stufen und stand nun erhöht über den Menschen. Sie zog Philipp hinter sich her. »Seid ihr denn alle wahnsinnig geworden? Wenn der Flickschuster unter Verdacht steht, müssen unser Pfarrer und der Keller ihn dazu befragen. Ihr habt kein Recht, ohne Prozess ein Urteil über ihn zu fällen!«

»Du schon wieder!« Die Stimme des Knechts klang gehässig. »Warum bist du so versessen darauf, den Lenz zu verteidigen? Steckst du etwa mit ihm unter einer Decke? Bist du eine von ihnen? Wenn ich es mir recht überlege, gibt es genügend Anzeichen dafür, dass auch du der schwarzen Magie frönst. Bist du eine Hexe, Margarethe? Sollen wir dein Mal suchen? Hast du Unzucht mit dem Teufel getrieben?«

Philipp spürte, wie sich die Haare auf seinen Armen aufrichteten. Er versuchte sich loszureißen, doch die hageren Hände der Alten hielten ihn fest umklammert. Sie lachte. »Du bist ein Narr, Matthias! Ein Narr und ein Tunichtgut. Geh nach Hause, bevor ein Unglück geschieht. Geht alle nach Hause, damit ihr euch morgen nicht schämen müsst für das, was ihr getan habt.«

Ihre Worte vermochten es nicht, die Stimmung zu beruhigen.

»Der Schuh-Lenz muss brennen«, wiederholte Matthias. »Aber bevor wir sein Haus überrennen, kümmern wir uns um dich!« Er wandte sich an den Pöbel: »Schnappt sie euch! Sucht ihr Hexenmal! Und wenn ihr es findet, soll sie mit dem anderen zusammen in den Flammen schmoren.«

Philipp spürte, wie die Menschenmenge auf ihn zu wogte, dann wurde seine Hand der Alten entrissen. Sein Herz klopfte bis zum Halse, er wurde angerempelt, gestoßen, getreten. Schließlich gelang es ihm, unter den Stiegen, auf denen Margarethe gestanden hatte, Zuflucht zu finden.

Er zitterte am ganzen Leib. So tief wie möglich kauerte er sich in sein Versteck und hoffte inständig, keiner käme auf die Idee, er könne etwas mit der Hexe zu tun haben. Hatten sie gesehen, wie er an ihrem Arm hing? Würden sie ihn ebenfalls ergreifen?

Mitten hinein in seine Angst hörte er ein leises Flüstern direkt am Ohr: »Nimm meine Hand«, wisperte jemand und berührte seine Schulter. »Du musst hier weg.«

Philipp griff zu. Wer immer die Person sein mochte, er musste ihr vertrauen, wenn er sich aus dieser gefährlichen Lage befreien wollte.

Die Hand war zart und klein. Sie zog ihn durchs Gedränge, er musste sich zwischen den Menschen hindurchschlängeln, die sich in die Gegenrichtung bewegten. Niemand nahm von ihnen Notiz. Erst als sie die Untergasse hinter sich gelassen hatten und wieder auf der Hauptstraße standen, blieb seine Retterin stehen. Sie keuchte und auch Philipps Atem ging schneller.

»Danke«, sagte er. »Mein Gott, vielleicht hast du mir das Leben gerettet!«

»Ach, das glaube ich nicht. Sie werden schon wieder zur Vernunft kommen.« Noch immer flüsterte sie, obwohl niemand auf der Straße war.

»Da bin ich mir nicht sicher«, zweifelte Philipp. »Sag mir, wer du bist! Ich kann dich nicht sehen, wie du vermutlich bemerkt hast.«

»Oh. Erkennst du mich nicht? Ich dachte …« Nun sprach sie lauter und ein Hauch von Fliederduft stieg Philipp in die Nase.

Nein, dachte er. Nein! Nicht so.

»Ich bin Katharina Keim. Früher hast du mich angelächelt und mir zugezwinkert.«

Ihm schwindelte. Am liebsten hätte er sich unsichtbar gemacht.

»Danke«, stammelte er noch einmal, leise, kaum hörbar. Dann rannte er los. Rannte durch die leere Straße, dorthin, wo er das Obere Tor vermutete, rannte wie ein Besessener, als sei der Teufel hinter ihm her. Zweimal stürzte er, stolperte über irgendwelche Hindernisse, schlug sich die Knie blutig, zweimal rappelte er sich wieder auf. Die Hände streckte er nach vorne, um nicht gegen Mauern und Häuser zu rennen, doch es nützte nicht viel, immer wieder stieß er sich an, taumelte und fing sich im letzten Moment. Bald hatte er jegliche Orientierung verloren und wusste nicht mehr, in welche Richtung er lief. Hatte er das Obere Tor durchquert? War er in der Oberen Vorstadt gelandet? Er lauschte auf ein Zeichen, auf den Lärm der Handwerksbetriebe. Brüllte da nicht das Vieh vom Stubenkatzenhof? Aber er konnte ebenso gut in die andere Richtung gelaufen sein, steuerte vielleicht durch das Untere Tor aufs Marsbachtal zu.

Er versuchte sich zu beruhigen, doch es gelang ihm nicht. Inzwischen war er völlig außer Atem. Er blutete aus mehreren Wunden und zu dem Gestank seiner beschmutzten Kleidung gesellte sich der Geruch von Schweiß.

»Nikolaus!«, rief er aufs Geratewohl. »Nikolaus? Bist du hier?« Es war nur ein Wimmern, der verzweifelte Versuch, die Orientierung wiederzufinden. »Hört mich jemand? Nikolaus …« Er weinte und raufte sich die Haare.

Schließlich war es eine Frauenstimme, die ihm antwortete: »Philipp! Um Himmels Willen!«

Vor Erleichterung wäre er beinahe zum dritten Mal gestürzt.

»Emilia! Gott segne dich.« Er schwankte, die Welt drehte sich, doch dann waren da zwei feste Arme, die ihn auffingen, eine Frau, die ihn an sich drückte, die Schmutz und Gestank ignorierte.

»Philipp! Was ist denn geschehen?«

Als seine Augen vor drei Jahren noch ihren Dienst taten, war Nikolaus' Schwester ein pummeliges, kleingewachsenes Kind von zwölf Jahren gewesen, mit Pausbacken, grünen Augen und wirrem, rotbraunen Haar, das sich kaum bändigen ließ. Sie trieb sich oft mit den Nachbarjungen herum und prügelte sich mit ihnen. Ein Wildfang, hatte Nikolaus sie immer genannt, dabei jedoch gelächelt, weil er die Kleine abgöttisch liebte.

Philipp konnte mit dem frechen Gör damals nicht viel anfangen. Inzwischen war sie die beste Freundin, die er hatte.

»Du siehst aus, als wärst du in eine Schlacht gezogen! Bist du alleine gekommen? Ohne Begleitung?«

Eine Schlacht? Philipp verzog das Gesicht. »Ja, so ähnlich.« Ein Krieg, der schon am Frühstückstisch begonnen hatte und in der Hexenjagd sowie der Begegnung mit Katharina gipfelte. Ein einziger Tag, der sein ganzes Leben durcheinanderwarf. Eine Schlacht gegen das verhasste Schicksal.

»Kann ich etwas zu essen haben?«, fragte er.

»Komm rein. Natürlich. Während du isst, fülle ich dir den Zuber. Du musst dich waschen.«

Das hatte er heute auch schon gehört. »Ist Nikolaus nicht da?«, wollte er wissen.

»Nein, er ist auf einer Baustelle in Buchen. Er bleibt die ganze Woche fort.«

»Und dein Vater?«

»Dem geht es nicht gut. Er liegt im Bett.«

Gierig verschlang Philipp Brot und Käse. Den Krug Dünnbier, den Emilia ihm reichte, stürzte er mit einem Zug hinunter. »Ah«, stöhnte er, »bei Gott, das tut gut.« Die Nahrung belebte ihn und er hörte auf zu zittern.

»Zieh dich aus«, befahl Emilia, als er satt war. »Du kannst nach dem Bad ein Hemd und Beinkleider von Nikolaus haben. Ich wasche deine Sachen und du nimmst sie beim nächsten Besuch wieder mit.«

Philipp zögerte. Er hatte sich noch nie vor einer Frau ausgezogen. Aber genau genommen war Emilia ja gar keine Frau, sondern nur die Schwester von Nikolaus und noch dazu ein Kind.

Sie kicherte, als er sich ein wenig verschämt seiner stinkenden Lumpen entledigte.

»Glaubst du etwa, du bist der erste Jüngling, den ich nackt sehe?«

Nein, natürlich nicht. Emilia war in einem Männerhaushalt aufgewachsen und hatte sich immer schon mit Jungs herumgetrieben.

Philipp fröstelte, als er in den Zuber stieg. Das kühle Wasser kam ihm eisig vor. Außerdem brannte es auf seinen Wunden.

»So. Während ich dich abschrubbe, erzählst du mir, was vorgefallen ist.«

»Ich kann mich selbst waschen, Emilia.«

»Vielleicht. Aber ich kann es besser.« Sie fuhr ihm sanft mit den Händen über den Oberkörper und Philipp erschauderte. Zum ersten Mal fragte er sich, ob die Kleine wirklich noch ein Kind war.

Sie gab ihm einen freundschaftlichen Klaps auf den Rücken und begann ihn mit Holzasche einzuseifen. »Ich lasse es mir doch nicht entgehen, deinen wohlgeformten Körper zu betrachten! Weißt du eigentlich, wie gut du gebaut bist?«

Philipp spürte, wie ihm das Blut in den Kopf stieg. »Emilia!« stammelte er. »Das … schickt sich nicht.«

Sie lachte. »Na schön. Dann schließe ich eben die Augen, während ich dich einseife. Dann sind wir beide blind. Und jetzt erzähl schon!«

Er wollte nicht. Aber das war er ihr wohl schuldig. »Der Schuh-Lenz ist beim Hexensabbat gesehen worden«, begann er, weil er nicht wusste, was er sonst sagen sollte.

Sie lachte. »So ein Blödsinn.«

»Du solltest dich nicht darüber lustig machen! Man weiß nie, ob sie einen gerade belauschen. Sie können sich in Fliegen und allerlei Geschmeiß verwandeln, weißt du.«

»Das glaubst du nicht im Ernst, oder?«

»Es ist allseits bekannt!«

Emilia versetzte ihm erneut einen Klaps, diesmal fester. »Und ich dachte, ich kenne dich«, sagte sie.

»Willst du etwa leugnen, dass es schwarze Magie und Hexen gibt?«

»Mir ist jedenfalls noch keine untergekommen.«

Philipp schnappte nach Luft. »Na, weil sie sich verstecken! Weil du sie auf der Straße gar nicht erkennst. Sie sehen aus wie wir, sind Meister der Täuschung. Du erkennst sie nur an ihrem Mal, das sie aber gut verbergen. Doch wehe, du kommst ihnen in die Quere! Sie haben die Macht, dir Krankheiten anzuhexen, großes Unglück zu beschwören. Sie können dich töten. Oder dir das Augenlicht nehmen …«

Er biss sich auf die Zunge. Das hatte er nicht laut sagen wollen. Doch er konnte die Worte nicht mehr rückgängig machen.

Emilia hielt mit dem Waschen seiner Brust inne. »Du denkst, ein Hexer hat die Werkstatt deines Vaters verwüstet?«

»Es wäre eine Erklärung.«

»Aber Philipp, warum denn?«

»Mein Gott, ich weiß es nicht! Wie sollte ich mich in die dämonischen Gedanken eines Zauberers versetzen können?«

»Das ist doch Unsinn. Es war ein Unfall! Solche Dinge geschehen einfach.«

»Nichts auf dieser Welt geschieht einfach so. Predigt uns Magister Hoffius nicht jeden Sonntag in aller Ausführlichkeit, dass alle Dinge Gottes Willen unterliegen? Erzählt er uns nicht auch, wir sollten Tanz und Spiel und alles Böse meiden? Wenn Gott die Macht hat, Gutes zu tun, so hat der Teufel die Gabe, Böses zu bewirken. Und wenn die Rechtschaffenen das Werkzeug Gottes sind, so sind die Hexen die Handlanger des Satans.«

»Es war nicht der Teufel, der das Pulverfass in die Luft gesprengt hat.«

»Woher willst du das wissen? Ich habe die Flammen gesehen, die auf das Fass zugetänzelt sind! Sie waren böse, glaub mir! Sie hatten Augen und einen Mund, der hämisch grinste. Woher sollen sie gekommen sein? Irgendetwas muss sie ja entzündet haben.«

Emilia seufzte und fuhr fort, mit einem großen Tuch Schmutz und Blut von seinem Körper zu waschen. »Helfen dir diese Gedanken, dich mit deinem Schicksal abzufinden?«, fragte sie leise.

»Nein. Ich hasse es, ein Krüppel zu sein.«

»Aber das bist du nicht! Du bist blind, aber alles andere an dir ist schön und wohlgestaltet.«

»Was nützt mir das? Ich werde niemals bekommen, was ich mir am meisten wünsche. Niemals!«

»Was wünschst du dir denn?«

»Meine Arbeit zum Beispiel. Seit ich kein Bildhauer mehr sein kann, weiß ich, wie viel sie mir bedeutet hat.«

»Du könntest deinem Bruder in der Werkstatt helfen.«

Hatten sich denn heute alle gegen ihn verschworen?

»Na los, sag schon. Was wünschst du dir noch?«

»Was … sich alle wünschen. Eine Familie. Eine Frau …«

Emilia lachte laut auf. »Da sehe ich die geringsten Probleme! Kinder zeugt man nicht mit den Augen.« Sie berührte Philipp vorsichtig dort, wo ihn noch nie eine Frau berührt hatte. Es durchzuckte ihn wie ein Blitz. Ein unbeschreibliches Gefühl breitete sich in ihm aus, doch er ließ es nicht zu und stieß ihre Hand grob beiseite.

»Lass das!«, sagte er heiser. »Verspotte mich nicht! Ich werde nie bekommen, was ich will. Ich habe *sie* getroffen. Heute in der Stadt. Sie hat mich gesehen, stinkend, in schmutzigen Lumpen! Mein Gott, ich konnte das Mitleid in ihrer Stimme hören.«

Scham und Wut überkamen ihn und er wandte das Gesicht ab.

Emilia ließ von ihm ab und pfefferte den nassen Lappen in den Zuber. »Ach«, sagte sie bitter. »*Sie* natürlich. Katharina. Das hätte ich mir ja denken können. Wenn du dich dermaßen selbst bemitleidest, geht es immer um *sie*!«

Philipp machte Anstalten, aus dem Zuber zu klettern. »Wo sind meine Kleider?«, fragte er. »Ich habe deine Zeit und deine Hilfe lange genug in Anspruch genommen.«

Sanft drückte Emilia ihn zurück ins Wasser. »Lass uns nicht streiten. Wir sind doch Freunde.« Ihre Stimme klang nicht mehr zornig, sondern traurig. »Du hast recht. So, wie du bist, wirst du Katharina Keim nicht erobern können. Du bist ein Griesgram, der die ganze Welt hasst, am meisten aber sich selbst. Wenn du Katharina wirklich für dich gewinnen möchtest, dann musst du zuerst dich selbst ändern. Fang wieder an zu leben, Philipp! Es gibt so vieles, was du tun kannst! Du kannst lernen, dich mit einem Stock selbstständig durch die Stadt zu bewegen. Und du kannst Geschichten erzählen, traurige oder lustige, die Leute zum Lachen bringen, so wie früher. Du musst aufhören, Trübsal zu blasen. Dein Leben ist nicht verloren.«

»Wird mir irgendwas davon nützlich sein, Katharina zu erobern?«

»Ich weiß es nicht. Ich kann nicht in die Zukunft sehen.«

»Willst du mir dabei helfen, Emilia?«

Sie schwieg so lange, dass er schon befürchtete, sie sei weggegangen.

»Ja«, sagte sie schließlich leise. »Wenn es dein innigster Wunsch ist, dann werde ich dir dabei helfen.«

Kapitel 3

Walthüren, wenige Tage später

»Und ich sage euch, es kommen nur wenige Mädchen als *Jungfrauen* vom Tanze heim!«

Die Stimme donnerte mit der Kraft eines Orkans von der Kanzel. Sie erreichte auch noch die hintersten Plätze und keiner wagte es, zu husten, den Rotz hochzuziehen oder ein anderes unpassendes Geräusch zu verursachen. In der Kirche von Walthüren konnte man in diesem Moment eine Nadel auf den Boden fallen hören.

Der schmächtige Priester legte eine Kunstpause ein, während der er jedes einzelne seiner Pfarrkinder musterte. Nicht wenige senkten den Kopf, als sein Blick sie streifte.

»Und deshalb ist es nur recht und billig ...«, hob er an und zwei Männer direkt unter der Kanzel zuckten zusammen wie geprügelte Hunde. »Es ist sogar unsere Pflicht, den Tanz und das Würfelspiel zu verdammen, sowie alle anderen lästerlichen Vergnügungen, die doch nur zu verderbtem Verhalten, Wollust und Sünde führen!«

Im Gegensatz zu vielen alteingesessenen Dürmern schätzte Philipp die ausufernden Predigten des Magister Jodocus Hoffius außerordentlich. Jetzt würde der Pfarrer gleich die Namen derer verkünden, die in der vergangenen Woche besonders liederlich gelebt hatten.

Die Gemeinde hielt den Atem an. So eine Predigt konnte gut und gerne zwei Stunden oder länger dauern, doch langweilig wurde sie nie. Der Magister war ein Meister der Rede.

»Wie lange erlauben euch Gottes Gesetz – und die kurfürstliche Verordnung aus dem Jahre 1615 – das Feiern und Trinken im Wirtshaus? Nun?«

Niemand antwortete und Magister Hoffius erwartete es auch nicht. »Starrt mich nicht an wie Ziegen und Schafe!«, wetterte er. »Bis zum Einbruch der Finsternis! Was in der hellen Jahreszeit immerhin acht Uhr bedeutet – und an Festtagen sogar neun! Sollte das nicht ausreichen, um ein wenig Zerstreuung zu finden?«

Seine Schäfchen nickten, es blieb ihnen nichts anderes übrig.

»Und warum kommt mir dann zu Ohren, dass zum Pfingstfest der Wein bis weit nach Mitternacht floss, die Musik erst in den Morgenstunden verhallte, dass getanzt und gelacht wurde, bis alle trunken unter dem Tisch lagen?«

Philipp wusste, was nun kommen würde. Der Pfarrer war ein eifriger Verfechter des Glaubens und ein unermüdlicher Kämpfer für Sitte und Wahrung der heiligen Gebote. Er scheute sich nicht, die Schandtaten seiner Schutzbefohlenen laut von der Kanzel zu rufen, auf dass jeder sie hören und verdammen konnte. Die Dürmer liebten ihn nicht gerade dafür, aber sie wagten es auch nicht, sich gegen ihn aufzulehnen. Seit Magister Hoffius vor sechsunddreißig Jahren das Pfarramt in Walthüren übernommen hatte, war die Kirche jeden Sonntag prall gefüllt und keiner schlich mehr heimlich in irgendwelche Nachbardörfer zu den Lutheranern, wie es vorher der Fall gewesen war.

Philipp hoffte, die Dürmer hätten in der vergangenen Woche so viel gesündigt wie nie zuvor. Mochte dieser Gottesdienst noch Stunden dauern! Denn wenn er um war, blieb Philipp nichts anderes übrig als …

»Ochsenwirt!«, unterbrach Hoffius seine Gedanken. »Kennst du die Vorschriften nicht?«

»D… doch«, stotterte eine eingeschüchterte Männerstimme. »Es war jedoch eine Hochzeit …«

Der Pfarrer seufzte in gespielter Betrübnis. »Eine Hochzeit! So, so. Eine Hochzeit ist euch also wichtiger, als Gottes Gesetz und ein anständiges, gefälliges Benehmen? Schämen solltet ihr euch! Wenn ihr so weitermacht, wird nicht einer von hundert die Seligkeit erlangen! Und wenn ich die ganze Stadt anzünden und alles verbrennen würde, hätte ich weniger gesündigt, als wenn ich auch nur noch einen Tanz erlaubte! Matthias Kuhn!«

Philipp spitzte die Ohren, als der Name des Ritterwirtsknechtes fiel, der vor drei Tagen die Menschenmeute angeführt hatte. Für kurze Zeit vergaß er, was ihn nach der Messe erwartete.

»Du hast den Schuh-Lenz und die Hebamme Margarethe der Hexerei bezichtigt.«

»Nun, er wurde beobachtet …«

»Halte dein loses Mundwerk im Zaum, Elender, bis ich mit dir fertig bin! Du hast es gewagt, das Recht in deine Hände zu nehmen, ein Urteil zu fällen, das dir nicht zusteht, und die Leute aufzuwiegeln! Und ihr alle seid ihm gefolgt, wie die Lämmer dem Mutterschaf, ohne über die Folgen eurer Handlung nachzudenken! Ihr würdet auch um das Goldene Kalb tanzen, wie die Juden es zu Zeiten Mose getan haben! Habe ich recht?«

Noch immer war die Stille in der Kirche fast greifbar.

»Hätte der Amtskeller nicht Kenntnis von eurem Treiben erhalten und im letzten Moment eingegriffen, hättet ihr leichtfertig zwei Menschen erschlagen! So wie ihr euch täglich streitet, prügelt und umbringt, ohne an die Folgen eurer Taten auch nur zu denken! Vergesst niemals, dass Gott eure Frevel sieht, jeden einzelnen, und euch dafür zur Rechenschaft ziehen wird. Manche erhalten ihr Urteil beim Jüngsten Gericht – andere schon im Diesseits. Seht ihr nicht, wie viele krumme und schlechte Kinder ihr zeugt? Das ist die Folge eurer gewalttätigen Streitlust und eures liederlichen Lebenswandels! Philipp Junker!«

Philipp erschrak, als sein Name fiel. Nie zuvor war er selbst Opfer von Hoffius' Schmähreden geworden. Demütig senkte er den Kopf. Heute war es ihm gleichgültig. Selbst die ungerechteste Beschuldigung war besser als das, was ihn nach dem Gottesdienst erwartete.

»Hast du nicht im Übermaße dem Branntwein zugesprochen, kurz bevor dir eine Explosion das Augenlicht nahm? Manche Untaten bestraft der Herr sofort!«

Es war nicht der Wein, meldete sich seine innere Stimme zu Wort. *Der Wein kann kein Pulverfass entzünden.* Jemand musste das Feuer gelegt haben, ein Mensch mit bösen Absichten. *Vielleicht war es sogar Hexenwerk.* Philipp umfasste sein Amulett und betete still ein Vaterunser.

»Der Zentgraf, der Keller, die Räte und ich, wir haben den Schuh-Lenz und die Margarethe Kilian aus Höpfingen gestern auf Herz und Nieren zu den Vorwürfen befragt, *peinlich* befragt und den Flickschuster für unschuldig befunden. Bei der Hebamme ist die Angelegenheit noch nicht geklärt. Ihr hättet also zumindest einen gerechten Menschen dem Feuer übergeben, ihr Elenden!«

Das war Philipp neu. Zwar hatte er gehört, dass der Zentgraf dem Treiben ein Ende bereitet hatte, doch von der Vernehmung erfuhr er zum ersten Mal. Peinlich befragt! Das bedeutete, man hatte den beiden Schmerz zugefügt, vielleicht einen Fingernagel gezogen, oder glühende Zangen unter ihren Achseln angesetzt, um sie zur Wahrheit zu bewegen.

Noch nicht geklärt? Philipp verspürte ein großes Unbehagen, wenn er daran dachte, dass die Hebamme vielleicht tatsächlich eine Hexe war.

»Es ist eure Aufgabe, als glühende Vorbilder in Glauben und Sitte voranzuschreiten! Ihr seid auserwählt durch ein mächtiges Wunder, den Menschen, die als Pilger zu euch kommen, den Weg zu einem gottgefälligen Leben zu weisen. Euch hat sich der Herr mit einem Wunder offenbart, das im gesamten Christenland seinesgleichen sucht!«

Unruhig rutschte Philipp auf der harten Bank umher. Wenn der Magister vom Blutwunder sprach, neigte sich die Predigt unweigerlich dem Ende entgegen.

»Fast drei Jahrhunderte ist es her, dass die Zustände in Walthüren schon einmal so schändlich waren wie heute! Damals, im Jahre 1330, war selbst der Vertreter Gottes, der Leutpriester Heinrich Otto, schwach im Glauben und im Vertrauen auf seinen Herrn. Er zweifelte an Gottes leibhaftiger Anwesenheit bei der Messe – ja, er zweifelte an der Zeremonie des Abendmahls, bei der ein Priester kraft seiner Worte das Brot in den Leib Christi und den Wein in sein heiliges Blut zu verwandeln vermag.«

Ein Raunen ging durch die Menge. Zwar hatten die Dürmer die Geschichte ihrer Wallfahrt schon hundertmal vernommen, doch Hoffius erwartete dieses Zeichen ihrer Ergriffenheit.

»Und eines Tages, da geschah es, dass Heinrich Otto den Kelch mit dem bereits konsekrierten Wein, mit dem Blut Christi also, in seiner Ignoranz aus purer Unachtsamkeit umstieß.«

Ein junges Mädchen unterdrückte mühsam einen entsetzten Aufschrei. Eine Fremde vielleicht, eine Besucherin, die die Geschichte noch nie gehört hatte. Hoffius senkte die Stimme: »Und der Herr in seiner grenzenlosen Macht offenbarte sich ihm.«

Andächtige Stille kehrte ein. Auch Philipp lauschte bewegt. Er hatte das Wundertuch einst mit eigenen Augen gesehen. Ein verblichenes, im Laufe von drei Jahrhunderten ergrautes Korporale, das Altartuch des Pfarrers Heinrich Otto. Als das Blut Christi darüber geflossen war, hatte es ein eigentümliches Bild geformt: In der Mitte, deutlich erkennbar, der Gekreuzigte mit der Dornenkrone und um ihn herum elf weitere dornengekrönte Häupter.

Obwohl die Zeit ihre Spuren hinterlassen hatte, obgleich das Bildnis mit den Jahren verblasst war und seine Strahlkraft verloren hatte, spürte Philipp eine nie gekannte Macht von ihm ausgehen. Ein seltsames Glücksgefühl und eine unerklärliche Wärme flossen bei dem Anblick der Reliquie in seine Seele.

Wie gebannt hatte er auf das Wundertuch gestarrt. Hatte die Zeit sowie die Menschen um sich herum vergessen und war ganz in der Betrachtung des Bildes versunken. Es war ein Sog, der ihn immer tiefer mitriss. Erst als der Pilger hinter ihm laut hustete, ihm einen Stoß versetzte und »du bist nicht allein hier, Bursche« nuschelte, konnte Philipp den Blick wieder abwenden und der magische Moment war vorüber. Seither rann ihm jedes Mal, wenn er an das Korporale dachte, ein merkwürdiger Schauer über den Rücken.

»Erst am Totenbett berichtete Heinrich Otto seinem Beichtvater von dem Wunder und verriet ihm, wo er die Reliquie versteckt hatte.«

Philipp wusste, dass in Walthüren noch eine andere Geschichte im Umlauf war, wonach ein junges Mädchen, eine entfernte Nichte des Leutpriesters, das Wundertuch im Auftrag Heinrich Ottos geborgen und vor den Klauen habgieriger Diebe bewahrt hatte, doch dafür interessierte sich Magister Hoffius nicht, ihm ging es einzig um die Bedeutung des Wunders für seine Pfarrkinder und die Pilger, die dank seiner unermüdlichen Werbung nicht nur aus der näheren Umgebung, sondern seit einigen Jahren auch aus Würzburg, Aschaffenburg und von noch weiter her ihren Weg nach Walthüren fanden, um das Korporale mit eigenen Augen zu sehen, vor ihm auf die Knie zu fallen, den Herrn um Vergebung ihrer Sünden zu bitten oder seinen Beistand in schweren Zeiten zu erflehen.

»Vergesst dieses Wunder nie!«, schloss Hoffius seine Predigt. »Denn ihr seid auserwählt, es zu wahren und zu pflegen. Und deshalb müsst ihr gottgefälliger leben als andere und den Pilgern leuchtende Vorbilder in Glauben und Sittlichkeit sein.

Das ist eure heilige Pflicht und ich werde nicht ruhen, bis ihr das verstanden und beherzigt habt!«

Philipp konnte ein leises Zittern nicht mehr unterdrücken. Es war nicht den Worten des Pfarrers geschuldet, sondern der Tatsache, dass die Messe nun gleich beendet war, und er dann …

»Amen«, schloss Magister Hoffius.

»Amen«, antwortete die Gemeinde.

… in die Werkstatt seines Bruders musste.

* * *

»Hier sind wir also.«

Philipp hing wie ein Mehlsack an Zacharias' Arm und spürte eine bohrende Angst in sich aufsteigen. Es gab kein Zurück mehr.

»Na, komm schon. Glaubst du, ich weiß nicht, wie schwer es dir fällt? Aber es muss sein. Hernach wirst du dich besser fühlen.« Zacharias war nun wieder ganz der ruhige, fast ein wenig phlegmatische Mann. Es war, als hätte es den Wutausbruch niemals gegeben. Philipp zweifelte jedoch an den Worten des Bruders. Wieso sollte es ihm nach dem Besuch der Werkstatt besser gehen?

Die Ereignisse in Walthüren hatten den bösen Streit zwischen den Brüdern in den Hintergrund gedrängt. Als Emilia Philipp an jenem Tag frisch gebadet und in sauberen Kleidern zurück nach Hause brachte, hatte sich der Ältere längst beruhigt und nicht weiter nachgefragt, warum Philipp es versäumt hatte, in der Werkstatt zu erscheinen.

Am folgenden Morgen jedoch, als Philipp gewohnt spät zum Morgenmahl erschien, war sein Platz nicht eingedeckt. Missmutig ertastete er sich den Weg in die Küche. In einem einfachen, grob gezimmerten Schrank fand er Teller und

Löffel. Der Gang zum Herd mit der Hafergrütze war danach verhältnismäßig einfach, er musste sich ja nur an der Hitze des Ofens orientieren. Am Topf verbrannte er sich die Finger, doch er unterdrückte einen Fluch und füllte den Teller mit dem zähen Brei, der würzig duftete. Anna war eine hervorragende Köchin.

Sechs Schritte hatte er bis zum Schrank benötigt, fünfeinhalb waren es vom Herd zurück an den Tisch. Er beschloss, sich die Zahlen für die Zukunft zu merken, und begab sich ein zweites Mal in die Küche, um einen Becher Dünnbier zu holen. Dies gestaltete sich jedoch schwierig. Nachdem er endlos herumgesucht hatte und sich wie ein Narr vorkam, wollte Philipp schon entmutigt auf das Getränk verzichten, als Anna wortlos seine Hand ergriff und sie zu dem großen Bierkrug führte.

Insgesamt, das musste er sich eingestehen, war ihm das Ganze leichter gefallen als vermutet. Und auf eine merkwürdige Art versetzte ihn die einfache Tatsache, dass er sein Frühstück selbst geholt hatte, in ein Hochgefühl und erfüllte ihn mit leisem Stolz.

Der Besuch der Werkstatt war jedoch eine Herausforderung, der er sich nach wie vor nicht stellen wollte. Vier Tage lang hatte Zacharias ihn in Ruhe gelassen. Vier Tage lang dachte Philipp, sein Bruder hätte die Angelegenheit vergessen oder fallen gelassen. Mit jedem dieser vier Tage entspannte er sich ein wenig.

Doch er hatte sich zu früh gefreut. An diesem Sonntag hatte Zacharias ganz beiläufig beim Frühstück erklärt, er wolle Philipp nach der Messe endlich zeigen, wie weit die Pläne und Arbeiten für den Altar mittlerweile vorangeschritten waren.

Fieberhaft überlegte Philipp sich eine plausible Ausrede, doch ihm wollte beim besten Willen keine einfallen. Und so stand er nun hier, zitternd vor Unbehagen, an der Schwelle zur Werkstatt hinter der Kirche.

Die Tür knarrte, als Zacharias sie öffnete. Im Innern war es kühl und feucht, der kurze Sommer hatte am Vortag durch ein starkes Gewitter mit sintflutartigen Regenfällen ein jähes Ende gefunden. Es roch nach Gips und Stein, ein wenig süß und erdig zugleich. Nichts war mit dem Duft einer Bildhauerwerkstatt vergleichbar.

Philipp leckte sich den Steinstaub von den Lippen. Der vertraute Geruch versetzte ihn in glücklichere Zeiten, in die unbeschwerte Kindheit und Jugend im Hause seines Vaters. Auch ohne Augenlicht konnte er sich genau vorstellen, wie es hier aussah: Hammer, Meißel, Bohrer, Raspeln, Feilen, alles lag fein säuberlich sortiert auf den Werkbänken, die am Sonntag ordentlicher aufgeräumt waren als unter der Woche, wenn damit gearbeitet wurde. Sicher standen einzelne Figuren herum, Heilige, Engel und Kirchenfürsten, einige von ihnen erst grob behauen, für den Laien noch kaum erkennbar, andere schon kurz vor der Vollendung, nur noch auf die Feinarbeit, die letzte Politur oder kleine Korrekturen wartend.

Um die Fertigstellung dieser Figuren, die Zacharias geplant und entworfen hatte, kümmerte sich Melchior Preuß, sein Geselle, der ihn von Würzburg nach Walthüren begleitet hatte.

In der Mitte der eigens dafür eingerichteten Werkstatt würde jedoch das Hauptstück stehen, der eigentliche Altar.

»Es ist eher ein Schmuckrahmen für den Schrein mit dem Korporale als ein echter Altar«, riss Zacharias Philipp aus seinen Gedanken. »Er wird groß, viel größer als der alte. Der Magister plant einen Anbau für diesen Altar, eine Kapelle, weil er die Grenzen der jetzigen Kirche sprengen würde.«

Groß und prächtig, dachte Philipp bitter. *Ein Meisterwerk. Und es hätte meines werden sollen.*

»Komm, ich erkläre dir den Aufbau.«

Am liebsten hätte sich Philipp die Ohren zugehalten. Was interessierten ihn die Komposition und die Ausarbeitung des Werkes? Es war schlimm genug, dass Zacharias oft beim Abendmahl von seiner Arbeit sprach und von den Schwierigkeiten, die sie ihm bereitete. Nicht immer war es Philipp geglückt, rechtzeitig die Stube zu verlassen. Er wusste schon jetzt mehr über den Altar, als ihm lieb war.

»Der Sockel ist aus Sandstein«, begann Zacharias gnadenlos. »Vorne verwende ich den feineren, hellgrauen, hinten den etwas gröberen, roten. Wenn der Altar fertig ist, wird davon nichts mehr zu sehen sein, denn alle Ornamente, Figuren und Reliefs arbeite ich in Alabaster.«

Philipps Magen zog sich zusammen. Alabaster. *Sein* Material!

»Ich verwende den gelblichen Alabaster aus Bad Windsheim. Er ist von mittlerer Härte und lässt sich nicht so schnell blauschlagen.«

Philipp schnaubte verächtlich. Beim Blauschlagen blieb der Stein zwar intakt, aber seine Struktur ging verloren und er verfärbte sich. Ein Meister sollte kunstfertig genug sein, damit ihm das nicht passierte. Ihm selbst war nicht einmal als Lehrling ein solcher Fehler unterlaufen.

»Im Moment gibt es allerdings Ärger mit dem Nachschub. Ich habe Nachricht aus Ochsenfurt, dass es Probleme mit dem Wiegen gibt. Das Schiff nach Miltenberg, auf das der Alabaster verladen werden sollte, ist längst abgefahren. Morgen wollte ich ihn mit Thaddäus und seinem alten Karren selbst dort abholen. Jetzt weiß ich nicht, wann wieder ein Schiff den Main herunterkommt.«

»Der Krieg wird daran schuld sein«, murmelte Philipp. Insgeheim freute er sich über den Rückschlag.

»Nein, diesmal nicht. Es muss sich um irgendein dummes Missgeschick handeln. Dem Zwischenhändler in Ochsenfurt wurde fälschlicherweise der Auftrag erteilt, das Material bis auf Weiteres zurückzuhalten. Wenn ich den erwische, der das verbockt hat, der kann etwas erleben! Magister Hoffius hat getobt, Geduld gehört ja nicht gerade zu seinen herausragenden Tugenden.«

Zacharias nahm Philipps Arm und zog ihn näher an den Altar heran. »Die Predella ist schmal und schon fast fertig, ich zeige sie dir später.«

Zeigen? Philipp stieß empört die Luft aus. Wie sollte das gehen?

»Zwischen der Staffel und den Flügeln des Mittelgeschosses schaffen fliegende Putten einen Übergang. Das Kernstück meines Altars ist der Mittelteil, in dem sich der Schrein mit dem Korporale befindet. Er wird nur an den Wallfahrtstagen geöffnet, deshalb ist der Außenschmuck bedeutender als der innere. Eine Eisentür schützt das Tuch, davor befinden sich zwei weitere Türen aus Kupferblech, sie werden von einem Freund von mir, Ulrich Bühler aus Würzburg, bemalt.«

»Gemälde?« Philipp konnte sich den überraschten Ausruf nicht verkneifen. »Auf einem Alabaster-Altar?«

»Ja«, sagte Zacharias und in seiner Stimme klang leiser Stolz mit. »Das habe ich mit Bühler und Hoffius gemeinsam ausgeheckt. Das Ergebnis wird von universeller Strahlkraft sein, du wirst schon sehen …« Er stockte, aber nur kurz.

»Stell dir einen See vor, Philipp, einen Waldsee, an dessen Ufer Bäume wachsen, die sich im Wasser spiegeln. Der See wäre ohne diese Bäume nur ein Tümpel, die Bäume hingegen erlangen durch die Spiegelung doppelte Ausdruckskraft. Das Auge nimmt die Wasseroberfläche als ruhendes Element wahr, welches den Felsen und den Tannen am Ufer erst die nötige Mitte verleiht. Genauso ist es mit meinem Altar. Die Reliefs und die Gemälde gehen eine harmonische Einheit miteinander ein – die plastischen, unbemalten Darstellungen aus Alabaster gewinnen durch die farbigen Bilder auf Kupferblech erst ihre majestätische Stärke.«

Verwundert stellte Philipp fest, dass die Stimme seines Bruders einen entrückten Klang angenommen hatte. Der Altar war nicht Zacharias' erstes großes Werk, aber offenbar hatte der Auftrag etwas vollbracht, was die früheren Arbeiten nicht vermocht hatten: Er hatte den Künstler in ihm geweckt und eine Saite zum Klingen gebracht, die zuvor noch nicht ertönt war. Zum ersten Mal schämte sich Philipp seiner missgünstigen Gedanken. Er war nie auf die Idee gekommen, der Altar könne auch für Zacharias eine herausragende Bedeutung haben.

»Die Reliefs und die Gemälde erzählen in acht Bildern die Geschichte des Wunders. Oben links fängt es an, mit der Szene, in der Heinrich Otto das Korporale im Altar versteckt. Es folgen zwei Gemälde auf den äußeren Flügeltüren: Auf dem ersten beichtet der Pfarrer sein Geheimnis, auf dem zweiten wird das Korporale wiederentdeckt. Rechts außen folgt ein Relief, worauf eine Delegation das Wundertuch dem Papst in Rom vorlegt.«

Zacharias atmete tief durch. »Und dann«, sagte er mit einem feierlichen Unterton, »dann kommt unten das Relief, welches mir am meisten Kopfzerbrechen bereitet: Die ersten Wallfahrer erreichen Walthüren. Als einzige meiner Darstellungen ist die Szene nicht in einem Kirchenraum angesiedelt, sondern in der Natur, in der Landschaft unserer Heimat. Das bedeutet mir viel.«

Philipp hustete leise. Er hätte gerne etwas erwidert, wusste jedoch nicht was. Noch nie hatte Zacharias sich so geöffnet, nie hatte er seine innersten Eindrücke preisgegeben.

»Es folgen zwei Gemälde: Ankunft und Empfang von Prozessionen und schließlich mein viertes Relief: Die Verehrung des Korporales in der Kirche von Walthüren.«

Zacharias schwieg und Philipp wusste, dass er etwas sagen musste. »Diese Reliefs«, begann er zögernd, »sind sehr einzigartig. Du wirst für deine Arbeit weder auf Vorbilder noch auf Schablonen zurückgreifen können.«

»Richtig«, antwortete Zacharias. »Ich muss alles selbst und neu schaffen. Fluch oder Segen – was meinst du?«

Ich weiß nicht, dachte Philipp. *Für mich wäre es ein Segen gewesen.* Er hatte schon immer am liebsten Neues geschaffen und sich von den Vorlagen der älteren Meister entfernt. Ob diese Vorgehensweise auch seinem Bruder lag, konnte er nicht sagen.

Zacharias seufzte. »Ich weiß, was in deinem Kopf vorgeht! Ich kann deine Verzweiflung spüren, auch deinen Neid. Ich weiß, dass *du* den Altar hättest bauen sollen. Und es tut mir leid, dass alles anders gekommen ist. Aber Philipp, auch mir bedeutet das Werk viel! In Würzburg war ich hoch verschuldet und mein Ruf als Bildhauer war nicht der beste. Ich habe zu viel ausprobiert und oft auch zu zögerlich gearbeitet, was mir den Unwillen mancher Auftraggeber eingebracht hat. Nun bin ich über vierzig Jahre alt. Der Altar ist vielleicht meine letzte Gelegenheit, Großes zu vollbringen und mir meinen Platz neben Hans, unserem berühmten Bruder, zu sichern. Auch ich will etwas schaffen, was die Zeiten überdauert! Ich spüre, dass dieser Altar etwas in mir weckt, meine Gedanken quellen über. Allerdings …« Er seufzte. »Allerdings bin ich es nicht gewohnt, ohne Vorlage zu arbeiten. Es reizt mich, doch ich bin auch unsicher. Und deshalb … Philipp, *du* hast dich nie um Vorlagen geschert. Willst du mir helfen?«

Philipp spürte Verzweiflung und Wut in sich aufsteigen. Helfen? Wollte Zacharias ihn verhöhnen?

Es entstand eine Pause, doch da Philipp beharrlich schwieg, fuhr Zacharias fort: »Komm, ich erkläre dir den Rest der Komposition. Der Mittelteil wird von zwei Freistatuen auf Konsolen gerahmt. Diese schmücke ich mit weiteren Reliefs. Das Obergeschoss des Altars strebt in die Höhe. Zunächst folgt eine Travée mit drei muschelgekrönten Nischen, in denen sich mehrere Figuren befinden. Darüber ausladendes Volutenwerk mit Putten, Fruchtschnüren und emporblickenden Engeln und zuoberst der Heiland, der seine Wundmale präsentiert.«

Philipp konnte kaum noch zuhören. Seinem Bruder helfen? Wie sollte er das bewerkstelligen? »Verspotte mich nicht«, presste er mühsam hervor. »Ich bin blind, Zacharias! Ich kann deinen … verfluchten Altar nicht einmal sehen!«

»Ich meine es ernst, Bruder. Komm her. Ich zeige dir, wie du den Altar sehen kannst. Du brauchst dafür deine Augen nicht.«

Er griff nach Philipps Händen und führte sie zu einem Relief, das schon deutlich spürbar und offensichtlich fast fertig war. »Was siehst du?«, fragte er gespannt.

Widerwillig ließ Philipp seine Finger über den glatten Stein gleiten.

Zunächst konnte er die Rundungen, Kanten und Mulden nicht weiter zuordnen, er ertastete lediglich einen wilden Steinbruch aus Furchen, Tälern und einigen glatten Flächen. Was sollte das? Was bezweckte Zacharias?

Dann geschah etwas Seltsames. Nach und nach begann der Alabaster unter Philipps Händen zum Leben zu erwachen. Die Spalten, Mulden und Wellen fügten sich mit einem Mal zu Figuren und Bildern zusammen, die Philipp deutlich vor seinem inneren Auge sehen konnte.

»Da sitzt ein Mann«, rief er erstaunt. »Er hat den Arm auf eine Tischplatte gestützt und hält den Kopf schief.«

»Ja. Wunderbar! Was siehst du noch?«

Nun tastete Philipp nicht mehr ziellos umher, sondern ging systematischer vor, folgte dem Relief von links nach rechts.

»Hinter dem Tisch sind weitere Menschen. Männer mit Bärten und langem Haupthaar. Rechts sitzen drei im Vordergrund, der mittlere mit nacktem Oberkörper. Ich …« Philipp kicherte leise. »Ich kann das Rückgrat spüren und den Schlitz in seinem Hintern, wo das Gewand verrutscht ist.«

»Sehr gut. Weiter, Philipp, weiter!«

»Einer hält eine Flasche oder Kalebasse in der Hand. Vielleicht hat er zu viel getrunken. Aber vielleicht beugt er sich auch nur seinem Gesprächspartner am anderen Ende der Tafel zu, das kann ich nicht erkennen. Moment mal. Nein, alle Männer blicken zu einem hin, der in ihrer Mitte sitzt. Ihr Gesichtsausdruck deutet auf Niedergeschlagenheit hin. Aber ganz sicher bin ich mir nicht. Sie könnten auch nur aufmerksam sein.«

»Du hast recht. Man soll sich nicht sicher sein. Die Ambivalenz ist beabsichtigt. Was sagt dir das Relief? Was stellt es dar?«

»Es sind dreizehn Männer, die hier versammelt ist. An einer langen Tafel. Der Tisch ist mit einem Tuch gedeckt. Ein Mann hält einen Krug in der Hand. Ich glaube zumindest, dass es ein Krug ist.«

»Ja, das stimmt.«

»Es gibt keinen Zweifel daran, was das Werk darstellt. Es kann sich nur um eine Abendmahlsszene handeln, allerdings in einer neuartigen Ausführung, die sich an keiner mir bekannten Vorlage orientiert.«

»Sehr gut, Bruder. Genau so ist es. Die Abendmahlsdarstellung auf der Predella ist ganz allein mein Werk. Ich habe sie ohne Vorlage gearbeitet. Ist dir aufgefallen, wie groß die leere Fläche auf dem Tischtuch ist?«

»Ja, sie wäre eine gute Grundlage für eine Gravur.«

»Und das wird sie auch. Wenn der Altar fertig ist, werde ich mich dort als Erbauer mit Namen und Jahreszahlen verewigen.«

Die Worte schnitten Philipp ins Herz, aber nicht mehr so tief wie zuvor.

»Glaubst du mir nun«, fuhr Zacharias fort. »Du kannst den Stein mit deinen Händen und deiner Seele fühlen und das ist mehr, als manch sehender Steinmetz von sich behaupten kann. Hilf mir, Philipp, sei mein Ratgeber!«

Ein gewaltiger Sturm tobte in Philipps Brust. Er konnte und wollte nicht antworten, die Erfahrung, die er eben gemacht hatte, war zu neu für ihn.

»Jetzt müssen wir nach Hause«, sagte Zacharias. »Anna wird längst mit dem Mittagsmahl auf uns warten.«

Philipp war so aufgewühlt, dass er den nächsten Worten seines Bruders zunächst keine Aufmerksamkeit schenkte.

»Heute Abend bekommen wir Besuch. Oswald Keim, der Schmied, wird bei uns speisen. Ich brauche dringend neue Meißel und Bohrer für meine Arbeiten. Natürlich ist er mit der Herstellung von solch speziellem Werkzeug nicht vertraut. Meine Wünsche lassen sich besser bei einem Abendessen als in seiner Schmiede besprechen. Er bringt seine Tochter mit. Ich glaube, du kennst sie. Sie heißt Katharina.«

* * *

Der Nachmittag jenes Sonntags zog sich länger hin, als jeder andere zuvor. Wie ein gefangenes Tier lief Philipp in der Stube auf und ab, derart in Gedanken versunken, dass er sich mehr als einmal die Zehen anstieß und sich am ganzen Körper blaue Flecken holte. Üblicherweise zog er sich sonntags nach dem Mittagessen in seine Kammer zurück, um sich von den Strapazen des Kirchgangs zu erholen. Doch daran war heute nicht zu denken. Seine Nerven waren angespannt wie Bogensehnen, Ruhe schien unmöglich. Jedes Mal, wenn er an den abendlichen Besuch dachte, setzte sein Herzschlag aus, die Eingeweide hüpften.

Er wusste nicht, ob er sich freuen oder fürchten sollte. Würde sie ihr Zusammentreffen auf der Straße ansprechen? Seine überstürzte Flucht? Sollte er mit ihr reden, oder war es besser, den Mund zu halten und das Reden den anderen zu überlassen?

Schließlich wurde Anna sein Herumgerenne zu viel: »Wenn du keinen Mittagsschlaf hältst«, sagte sie resolut, »kannst du mir ebenso gut beim Geschirrabwasch helfen. Dann kann ich mich um die Vorbereitungen fürs Abendessen kümmern.«

Ausnahmsweise war es Philipp recht, für die Hausarbeit eingespannt zu werden. Seine Hände suchten fieberhaft nach einer Beschäftigung. Er spülte die Becher, Teller und Pfannen so ausgiebig, dass Anna verständnislos den Kopf schüttelte und irgendwann eingriff: »Genug jetzt! Alles ist sauber, du musst nicht ein viertes Mal von vorne anfangen!«

Philipp nahm seine ziellose Wanderung wieder auf und wünschte, sein Unterricht bei Emilia wäre schon weiter fortgeschritten. Zweimal hatte sie ihn bislang im Laufen mit dem Stock unterwiesen, doch Philipp ging das alles viel zu langsam. Nun, da er den Entschluss gefasst hatte, sein Leben neu zu erlernen, war er schrecklich ungeduldig. Emilia hatte ihm erklärt, wie er den Stock halten musste: Vor dem Körper und dann stets damit nach rechts und links ausschlagend, damit er Hindernisse wahrnahm, bevor er dagegenlief.

»Woher kannst du das?«, fragte er sie verwundert.

»Ich habe es ausprobiert.«

Philipps anfängliche Begeisterung verflog schnell, als er feststellte, wie langsam er auf diese Art vorankam. »Warum bin ich in der ganzen Zeit, die wir geübt haben, nur eine so kurze Strecke gegangen?«, fragte er missmutig.

»Du bist im Kreis gelaufen. Du neigst dazu, immer ein wenig nach links auszuscheren und so warst du bald wieder am Ausgangspunkt.«

Philipp wunderte sich. Er hatte den Eindruck gehabt, geradeaus zu gehen.

»Vielleicht musst du dich ein wenig nach rechts halten, um den Linksschwung auszugleichen.«

Er versuchte es.

»Jetzt bist du wieder im Kreis gelaufen. Diesmal nach rechts.«

Wütend warf Philipp den Stock von sich. »Das hat keinen Zweck!«, fluchte er. »Es wird mir niemals gelingen.«

»Unsinn. Du musst nur fleißig üben.«

Philipp stieß auf seinem Weg durch die Stube erneut am Tisch an. Wenn er besser mit dem Stock gehen könnte, würde er jetzt einen Spaziergang unternehmen, um die Zeit bis zum Abendessen zu überbrücken. Aber so blieb ihm nichts anderes, als dieses stupide Auf und Ab, Auf und Ab.

»Philipp!«, rief eine fröhliche Stimme vor dem Haus. »Bist du da?«

»Emilia?« Er wandte sich zur Tür, von wo die Stimme kam. »Gerade habe ich an dich gedacht. Dich schickt der Himmel!«

»Das höre ich gern.«

»Wollen wir einen kleinen Spaziergang unternehmen? Mir fällt die Decke auf den Kopf.« Sie nahm ihn oft sonntags mit auf eine Runde durchs Städtchen, manchmal hinunter zum See, manchmal Richtung Amorbach, auf dem uralten Pfad, der hinter der Mainzer Kellerei begann. An ihrem Arm fühlte Philipp sich geborgen und konnte die frische Luft genießen.

»Heute nicht«, sagte sie bedauernd. »Vater leidet wieder unter einem Gichtanfall und ich habe ihm versprochen, einen Wickel aus essigsaurer Tonerde für ihn zu machen. Aber ich habe ein Geschenk für dich.«

»Ein Geschenk?«

»Verschränke die Arme vor deiner Brust, dann kann ich es dir hineinlegen.«

Philipp tat, wie ihm geheißen. Emilia brachte ihm öfter etwas mit. Zuletzt hatte sie eine Augenklappe für ihn genäht, von der sie behauptete, sie stünde ihm prächtig.

Ein winziges Fellbündel plumpste in die kleine Mulde seiner Arme. Es fühlte sich warm an und bewegte sich. Vor Schreck hätte er es beinahe fallen lassen.

»Was ist das?«, kreischte er. »Nimm es weg!«

»Oh, ich hätte dich warnen sollen, dass mein Geschenk lebendig ist.«

Das Fellknäuel bewegte sich erneut und Philipp spürte kleine Pfoten auf seinem nackten Unterarm. »Eine Katze? Ist das eine Katze?«

»Aber nein! Es ist ein Hündchen, ein Welpe. Der Hofhund vom Römischen König hat geworfen und du hältst eines seiner Jungen im Arm. Der Wirt wollte sie alle totschlagen. Aber diesen einen habe ich gerettet. Er war der wildeste und frechste von allen.«

Philipp packte das Bündel, streckte es von sich weg und verzog das Gesicht. »Was soll ich mit einem Köter? Wir brauchen keinen Hofhund.«

»Ich dachte, du freust dich über einen Kameraden.« Emilia klang enttäuscht.

»Ich kann Hunde nicht ausstehen«, erklärte Philipp. »Aber das konntest du nicht wissen.«

»Schade. Ich dachte …«

Als er hörte, wie ihre Stimme zitterte, seufzte Philipp und zog das kleine Fellknäuel wieder zu sich heran. Ein leises Winseln ertönte und eine winzige Zunge schlabberte seinen Arm nass. Es kitzelte.

»Was dachtest du?«

»Nun … Wenn er dich von klein auf kennt, wird er auf dich aufpassen, dachte ich. Und wenn du mich regelmäßig mit ihm besuchst, wird er den Weg von alleine finden. Dann musst du ihm nur noch einen Strick um den Hals binden und dich von ihm leiten lassen. Hunde sind sehr schlau, weißt du!«

»Nun ja.« Diesen Eindruck konnte Philipp nicht teilen. Hunde wühlten im Abfall, hatten Flöhe, bellten und heulten zu den unmöglichsten Tages- und Nachtzeiten. Und die Hofhunde waren die allerschlimmsten, die schnappten nach allem, was nicht bei Drei auf den Bäumen war. Seit er sein Augenlicht verloren hatte, mochte er sie noch weniger als zuvor. Oft genug schlichen sie sich leise heran und kläfften plötzlich aus nächster Nähe los, zerrten an seinen Beinkleidern und bissen gelegentlich zu. Dann half nur noch Treten.

»Er mag dich«, sagte Emilia und ihre Stimme lächelte wieder. Das kleine Wesen beruhigte sich, ließ sich in Philipps Armbeuge nieder und rollte sich zusammen. Noch einmal fuhr die kleine, raue Zunge über seinen Arm.

»Wie sieht er denn aus?«

»Wie ein kleiner Schelm. Er ist gescheckt wie eine Kuh, das Fell an einem Auge ist braun, am anderen weiß. Auch der Rest des Körpers ist gefleckt. Seine Pfoten sind im Verhältnis zum Leib ziemlich groß, das bedeutet, dass er noch gehörig wächst. Einer seiner Zähne steht ein wenig vor, was ihm ein äußerst verwegenes Aussehen verleiht. Er hat Ohren wie ein Ferkel, groß, rund und weich. Eines davon ist durch das Gerangel mit seinen Brüdern ein wenig lädiert und eingerissen. Ein Schlitzohr, sozusagen.«

Das Fellbündel winselte leise, als könne es Emilias Worte verstehen. Philipp packte das Tier am Nacken, wenn auch behutsamer als beim ersten Mal, und streckte es Emilia entgegen. »Du hast es gut gemeint. Aber ich kann mit einem Hund nichts anfangen. Er muss sauber gehalten werden und braucht Futter. Das ist nichts für mich. Nimm ihn wieder mit.«

»Na schön«, sagte Emilia traurig. » Aber behalte ihn wenigstens drei Tage, das ist nicht zu viel verlangt. Wenn du ihn dann immer noch weggeben möchtest, nehme ich ihn zurück und der Königwirt kann ihn ertränken.«

»Das ist Erpressung, Emilia. Ich will ihn wirklich nicht.«

»Dann eben nur bis heute Abend. Ich hole dich zum Essen zu uns nach Hause ab. Nikolaus ist aus Buchen zurück und auch mein Vater will dich mal wieder sprechen.«

»Das geht nicht. Ein andermal gern, aber nicht heute. Wir erwarten selbst Besuch. Oswald Keim ist mit Zacharias verabredet.« Philipp legte eine bedeutungsschwangere Pause ein. »Und er bringt Katharina mit.«

»Oh.« Emilia schnappte hörbar nach Luft. »Verstehe.«

»Ich bin reichlich aufgeregt deshalb.«

»Natürlich bist du das. Na dann, viel Erfolg!«

Philipp hörte ihren Rock rascheln, ihre eiligen Schritte entfernten sich, dann fiel die Tür hinter ihr ins Schloss. Verdutzt blieb er zurück. Was sollte dieser abrupte Aufbruch? Was hatte er falsch gemacht?

Sicher war sie enttäuscht, weil er den Hund nicht wollte. Aber sie hätte ihn eben vorher fragen sollen! Und warum freute sie sich nicht über den Besuch Katharinas? Schließlich hatte sie versprochen, ihm bei der Eroberung des Mädchens zu helfen! Aber immer, wenn die Rede auf seine Angebetete kam, reagierte Emilia seltsam abweisend.

Philipp seufzte. Er konnte sich keinen Reim darauf machen. Soweit er wusste, kannten sich Katharina und Emilia kaum. *Weibsleute*, dachte er. *Verstehe einer die Frauen!* Dann nahm er sein rastloses Wandern wieder auf. Hin und her, hin und her. Das Fellknäuel trug er noch immer in seiner Armbeuge.

* * *

Ihr zarter Fliederduft raubte ihm Verstand und Appetit. Wie eine betörende Wolke schwebte er über Philipp, überdeckte alle anderen Gerüche, auch die des üppigen Abendmahls, das Anna zubereitet hatte. Katharinas Anwesenheit hatte etwas Magisches und die Vorstellung, sie könne ihn absichtlich dermaßen verzaubern, gefiel ihm sehr.

Irgendwann war es doch noch Abend geworden. Nach Emilias Verschwinden war er weiter in der Stube herumgewandert und erst als sich sein Arm steif und nass anfühlte, erwachte er aus seinen Tagträumen.

Nass? Wieso nass? Kruzitürken, der Köter hatte ihn angepisst! Er brachte das Vieh nach oben in seine Kammer, wusch sich mit dem Rosenwasser, bis seine Haut brannte, anschließend ließ er den Hund davon trinken. Der Rosengeruch störte den Kleinen nicht, Philipp hörte ein leises, zufriedenes Schlabbern. Danach gähnte der Welpe zufrieden und schnupperte neugierig in der Stube herum.

»Wahrscheinlich hast du Hunger«, murmelte Philipp unwillig. »Ich habe aber nichts für dich. Du bleibst jetzt hier oben, hältst deine Schnauze – und dann bringe ich dir später ein paar Abfälle vom Abendmahl mit. Verstanden?«

Das Tier winselte leise und zog sich zu Philipps großer Verwunderung zurück. Hatte es wirklich begriffen, was er sagte?

»Philipp!«, rief in diesem Moment Zacharias. »Komm runter, unser Besuch ist da.«

Sie saß links neben ihm, er konnte ihre Wärme spüren. Ihre Nähe wirkte berauschend, ihr Duft benebelte ihn, ihr Bild vor seinem geistigen Auge verursachte ein merkwürdiges Kribbeln in seinen Eingeweiden. Er brachte von dem Huhn mit Trockenfrüchten und Zwiebeln keinen Bissen hinunter. Nach einer kurzen, zurückhaltenden Begrüßung hatten sie beide kein Wort mehr gesprochen.

»Noch kleiner«, sagte Zacharias gerade zu Oswald Keim. »Ich benutze den Bohrer für die Haarlocken meiner Figuren. Er muss zarte Löcher in den Alabaster machen, ohne die Struktur des Materials zu zerstören. Bekommt Ihr das hin?«

»Je feiner eine Schmiedearbeit ist, desto kostspieliger wird sie«, antwortete der Handwerker zögernd.

»Das habe ich erwartet. Macht Euch keine Gedanken über die Bezahlung. Magister Hoffius wird Euch angemessen entlohnen. Wie viel wollt Ihr für das Werkzeug?«

Philipp hörte die Antwort nicht, denn plötzlich legte sich ihre Hand auf die seine.

»Dem Himmel sei Dank, dass du am Mittwoch heil nach Hause gekommen bist!«, sagte sie leise. »Ich habe mir Sorgen um dich gemacht! Warum bist du vor mir davongelaufen?«

Philipp schluckte hart. Musste sie das jetzt ansprechen? *Weil ich schmutzig war und stank.* Das wäre die Wahrheit gewesen, doch das konnte er schlecht sagen. Also schwieg er, während seine blinden Augen reglos auf den Teller vor sich starrten, auf dem seine Portion Huhn unangetastet ruhte.

»War es dir unangenehm, weil du in eine Jauchepfütze gestürzt bist?«

Philipp knirschte mit den Zähnen. Konnte sie die Angelegenheit nicht einfach auf sich beruhen lassen?

»Sei unbesorgt«, lächelte sie. »Das kann mich nicht schockieren. Wir haben zu Hause drei Schweine. Ich bin mit dem Geruch groß geworden.«

»Hältst du mich etwa für ein Schwein?« Er klang ruppigerer als beabsichtigt.

Sie entzog ihm die Hand. »Natürlich nicht. So habe ich es nicht gemeint.«

»Schon gut. Ich habe nur versucht, witzig zu sein.«

»Ach so.« Sie schwieg und Philipp biss sich die Zunge blutig. Warum hatte er so grob reagiert? Er kam sich wie ein Tölpel vor.

Während Zacharias weiter mit dem Schmied verhandelte und Anna frisches Bier nachschenkte, würgte Philipp ein paar Brocken hinunter und überlegte, wie er den Abend noch retten konnte. Doch je länger er schwieg, desto weniger fiel ihm ein. Das Essen lag eisig in seinem Magen, der sich genauso schwer anfühlte wie sein Herz. Er hatte es vermasselt. Die Hoffnung auf ein baldiges Wiedersehen mit Katharina schwand mit jeder Minute, die verstrich.

Schließlich schlief auch das Gespräch zwischen Zacharias und Oswald Keim ein und an der Tafel herrschte unbehagliches Schweigen.

»Habt Dank für das hervorragende Essen«, sagte der Schmied schließlich und erhob sich. »Komm, Katharina, es ist Zeit, nach Hause zu gehen.«

Philipp wusste, dass er jetzt etwas Nettes sagen musste, sonst würde er es für immer bereuen. Doch sein Kopf war so leer wie der Bierkrug, der vor ihm stand.

Plötzlich brach Katharina in ein leises Kichern aus. »Nein!«, rief sie entzückt. »Mein Gott, ist der niedlich!«

Philipp konnte sich zunächst keinen Reim auf ihre Worte machen, doch dann hörte er leise, unbeholfene, tapsige Schritte auf der Treppe. Und ein leises Winseln. Wie hatte der Köter es geschafft, sich aus der Stube zu befreien?

»Schau nur, Vater!«, jauchzte Katharina. »Das ist der lustigste kleine Hund, den ich je gesehen habe! Komm her, Kleiner, komm zu mir!«

Das Tier tapste unbeholfen auf sie zu und ließ sich von ihr liebkosen. »Müssen wir wirklich schon gehen, Vater?«, fragte sie. Dann wandte sie sich an Philipp: »Wem gehört er denn?«

»Ähm … mir.«

»Wenn er groß ist, wird er dir ein wunderbarer Kamerad sein. Du musst ihm einen Strick um den Hals binden, damit er dich führen und dir den Weg durch die Stadt zeigen kann. Hunde sind so klug.«

»Ähm, ich weiß.«

»Hat er schon einen Namen?«

Eines seiner Ohren ist durch das Gerangel mit seinen Brüdern ein wenig lädiert und eingerissen. Ein Schlitzohr sozusagen. Waren das nicht Emilias Worte gewesen?

»Schlitzohr«, hörte er sich antworten. »Er heißt Schlitzohr.«

Katharina lachte glockenhell. »Das passt zu ihm.«

»Komm jetzt«, drängte ihr Vater. »Es ist spät geworden.«

»Wir müssen gehen«, sagte sie bedauernd. »Aber Philipp, kommst du mich bald einmal mit dem Hund besuchen?«

Philipp lächelte. Er fühlte sich auf einmal leicht wie eine Feder. »Aber ja«, sagte er. »Gerne.«

Sie nahm seine Hand und drückte sie fest. Dann eilte sie ihrem Vater hinterher, der sich schon verabschiedet hatte.

Weibsleut, dachte Philipp zum zweiten Mal an diesem Tage. *Verstehe einer die Frauen!* Er füllte einen Napf mit Essensresten, dann nahm er den kleinen Hund auf den Arm und trug ihn nach oben in seine Kammer.

Kapitel 4

Walthüren, im August 1622

An einem regnerischen Tag im Spätsommer des Jahres 1622 braute sich über Walthüren neues Unheil zusammen, zunächst nur wie ein kühler Windhauch, der an den Türen einiger Häuser rüttelte und die Menschen frösteln ließ.

Im Juni hatte es drei Tage lang geschneit, die Felder glänzten weiß im wolkenverhangenen Licht einer matten Sonne, die kaum Wärme ausstrahlte. In den frühen Morgenstunden lag Raureif auf den Wiesen. Im Juli und August wurde es milder, sogar drückend schwül, doch nun gingen verheerende Hagelstürme über dem Ort nieder und vernichteten die ohnehin schon spärliche Ernte auf den Feldern. Ein paar Rüben überstanden das Unheil, doch das Getreide lag niedergemetzelt auf der Erde, erschlagen vom Eis, ertrunken im Regenwasser. Die Kohlköpfe waren zerfetzt, als habe ein Regiment Dragoner auf sie eingedroschen. Andernorts hörte man von der Plünderung ganzer Dörfer durch Söldnertruppen, die auf dem Weg zu weit entfernten Schlachtfeldern dort Halt machten, doch in Walthüren bedurfte es nicht des Krieges, um eine Hungersnot heraufzubeschwören – das Wetter genügte vollauf.

Die Dürmer beteten inbrünstiger als zuvor und flehten das heilige Blutkorporale an, es möge sie schützen und weiteres Unheil abwenden, doch Magister Jodocus Hoffius schrie zornig von der Kanzel, sie seien alle selbst schuld an den bösen Umständen. Wenn sie nur endlich weniger sündig lebten und der Trunk- und Spielsucht sowie der Rauflust abschwüren, so würden schon auch wieder sattere Zeiten anbrechen.

Wer ein paar Gulden übrig hatte, warf sie in den Opferstock, um sich die Obhut eines Schutzheiligen zu erkaufen.

Pfarrer Hoffius nutzte das Geld für den Ausbau der Kirche und für den neuen Blutaltar. Einige Dürmer murrten darüber und tuschelten gar, der *Sakramentspfaff* wirtschafte das Geld in seine eigene Tasche, doch das war Unsinn und die meisten fanden es gut angelegt, da der Altar dem Wohl des ganzen Städtchens diente.

In diesem Jahr waren, dem Kriege zum Trotz, zur Oktav von Fronleichnam mehrere tausend Wallfahrer gekommen; am Samstag nach Fronleichnam eine neunhundert Mann starke Prozession aus Würzburg und am dritten Ablasstag noch einmal gut tausend Pilger. Sie alle füllten nicht nur die Opferstöcke, sondern bescherten auch den Wirten, Bauern, dem Flickschuster, dem Bäcker und dem Tuchhändler einen zwar kurzen, aber doch warmen Geldsegen.

Im Hause Juncker spürte man nichts von einer drohenden Hungersnot oder von nahendem Unheil. Das Leben war sogar heiter geworden, seit Philipp seinen Griesgram abgelegt und sich einen Platz im Familienalltag erobert hatte. Er stand nun jeden Morgen früh auf, um mit dem Hund eine kleine Runde durch den Ort zu laufen. Längeres Ausschlafen war nahezu unmöglich, denn irgendwann begann Schlitzohr zu jaulen, schubste ihn sanft mit der Schnauze und wenn das alles nicht half, leckte er mit seiner rauen Zunge so lange über Philipps Gesicht, bis dieser seufzend aus dem Bett stieg. Nach und nach hatte er sich an das Tier gewöhnt. Vom Zurückgeben war keine Rede mehr, sonst hätte er keinen Grund gehabt, Katharina zu treffen. So wurde aus seiner ursprünglichen Abneigung zunächst Duldung, später Hassliebe und schließlich musste er sich eingestehen, dass ihm der Hund ans Herz gewachsen war.

Ihr morgendlicher Ausflug war nicht lang, sie gingen die Hauptstraße hinab bis zum Unteren Tor und wieder zurück. Philipp lief weiterhin mit dem Stock, denn noch hatte er nicht ausprobiert, dem Hund ein Seil um den Hals zu binden. Während er seinen Weg jeden Tag ein wenig sicherer ertastete, sprang Schlitzohr durch die Gassen, erschnüffelte sich seine Welt, lieferte sich Knurrgefechte mit anderen Hunden und wurde erst ein wenig ruhiger, wenn er sein Geschäft verrichtetet hatte.

»Krutzitürken!«, schimpfte manchmal eine nörgelige Frauenstimme. »Jetzt hat mir dieser verfluchte Köter schon wieder vor die Tür geschissen! Na warte, wenn ich den mal erwische!«

Philipp stieß einen leisen, schrillen Pfiff aus und Schlitzohr kam sofort zu ihm zurück. Diesem Erkennungszeichen folgte er auf der Stelle. »Brav, mein Kleiner«, lobte Philipp und tätschelte sein Fell. »Bist du heute Nacht etwa schon wieder gewachsen?«

Aus dem kleinen Hund war mittlerweile ein großer geworden, der den Menschen durchaus Respekt einflößte. Dabei war er noch immer so verspielt wie ein Welpe und dachte nicht im Traum daran, jemandem etwas zuleide zu tun. Er folgte Philipp auf Schritt und Tritt.

»Heute fahren wir nach Miltenberg!« Philipp hatte es sich angewöhnt, mit dem Tier zu sprechen, als könne es ihn verstehen. Und tatsächlich reagierte Schlitzohr stets in Philipps Sinne: mit einem zustimmenden Kläffen, einem leisen Winseln, wenn er etwas Trauriges erzählte, oder einem tröstlichen Ablegen der Schnauze auf Philipps Knie, wenn dieser niedergeschlagen wirkte.

»Wir holen die Alabasterlieferung ab, die endlich eingetroffen ist. Freust du dich auf den Ausflug? Du wirst zum ersten Mal einen richtigen Fluss sehen! Der Main ist mit unserem Marsbach nicht zu vergleichen, er ist breit und tief. Darauf fahren sogar Flöße und Schiffe!«

Schlitzohr wedelte mit dem Schwanz und leckte Philipps Hände.

Als die beiden zum Junckerhaus zurückkehrten, stand bereits der klobige Karren von Thaddäus Stumpf vor der Tür. Das eingespannte Pferd, ein massiger Kaltblüter, scharrte mit den Hufen im Dreck. Der alte Stumpf besaß den stabilsten Wagen weit und breit, immerhin beförderte er damit die schweren Buntsandsteinblöcke aus dem Steinbruch am Marsbach zu den Baustellen, die er als Steinmetz belieferte. Für den Transport des Alabasters von Miltenberg über die Höhe nach Walthüren war der Karren das beste Gefährt, das Zacharias bekommen konnte. Und er bezahlte einen guten Preis, um ihn einen Tag auszuleihen.

In der Stube herrschte Aufruhr. Nikolaus, der den Wagen gebracht hatte, Anna, Zacharias, Melchior Preuß – alle redeten durcheinander.

»Was ist los?«, fragte Philipp verwundert, erhielt jedoch keine Antwort.

Fröhlich kläffend mischte sich auch Schlitzohr in den allgemeinen Lärm. Die zarte Anna war es, die schließlich für Ruhe sorgte: »Herumbrüllen bringt uns nicht weiter«, stellte sie nüchtern fest.

»Was ist los?«, fragte Philipp noch einmal und diesmal hörten sie ihn.

»Hoffius hat Besuch bekommen. Eine Visitation aus Würzburg. Sie wollen die Bücher und den neuen Altar inspizieren. Ich muss dabei sein.« Zacharias' Stimme klang ärgerlich. »Ausgerechnet heute! Die Alabasterlieferung hat lange genug auf sich warten lassen!«

»Eine Visitation?« Philipp verstand nicht so recht. »Wieso aus Würzburg? Was hat das mit dir zu tun?«

»Die Kirche in Walthüren untersteht dem Papier nach dem Bischof von Würzburg. Hoffius ist allerdings vom Mainzer Erzbischof eingesetzt worden. Würzburg hat ihn nie offiziell anerkannt und schickt in unregelmäßigen Abständen Delegationen, welche die Rechtschaffenheit und das Verwaltungsgeschick unseres Pfarrers überprüfen sollen. Sie nehmen Einblick in die Bücher und die Geschäfte des Magisters, hören seine Predigten und beobachten seine seelsorgerischen Tätigkeiten. Eine heikle Angelegenheit, die Hoffius nur zähneknirschend über sich ergehen lässt! Bislang sind die Visitationsakten zum Glück stets zufriedenstellend für ihn ausgefallen. Nun haben es die Würzburger auf den Kirchenausbau und auf meinen Altar abgesehen. Die Wallfahrt ist ihnen wichtig, wie du dir denken kannst. Sie wollen die Verwendung der Opfergelder überprüfen, die ja, genau genommen, ihnen zustehen. Natürlich können sie darauf nicht pochen, ohne dass es zum offenen Konflikt mit Mainz käme – aber sie machen Hoffius das Leben so schwer wie möglich. Ich muss dabei sein, wenn es um die Arbeit am Altar geht.«

»Also verschieben wir unsere Reise nach Miltenberg?«

»Uns wird nichts anderes übrig bleiben. Mist! Wer weiß, was mit unserem Alabaster geschieht, wenn ich nicht auftauche! Die Lieferung ist sowieso schon zwanzig Wochen zu spät!«

»Kann nicht Melchior mit mir an den Main fahren?«, schlug Philipp vor. Er wollte seinem Bruder gern helfen, außerdem hatte er sich auf den Ausflug gefreut.

»Ich kann nicht mit dem Gaul umgehen«, gab der Geselle zu bedenken. »Und ich habe einen schlimmen Katarrh.« Tatsächlich klang seine Stimme belegt und sein Atem rasselte.

»Na, auf ein paar Tage mehr oder weniger wird es nicht ankommen, oder?«, versuchte Philipp die trübe Stimmung aufzulockern.

»Auf ein paar Tage nicht – auf ein paar Wochen aber schon!« Nun schaltete sich Nikolaus ein. »Unser Karren ist ab morgen mitsamt dem Gaul für einen Monat nach Buchen vermietet. Tut mir leid.«

»In letzter Zeit läuft alles schief!«, jammerte Zacharias. »Als läge ein Fluch auf meinem Werk.«

Ein unbehagliches Gefühl beschlich Philipp, wie immer, wenn von schwarzer Magie die Rede war. »Ein Fluch?«, wiederholte er bange.

»Unsinn. Die Würzburger Delegation wird wohl kaum etwas mit Zauberei zu tun haben«, räumte Anna damit auf. »Wie wäre es, wenn Philipp und Nikolaus den Alabaster holen? Philipp kann die Rechnung begleichen und die Papiere im Namen der Junckers unterschreiben – und Nikolaus verlädt den Alabaster und lenkt den Karren. Traust du dir das zu, Philipp?«

Noch vor wenigen Wochen hätte er missmutig abgelehnt und sich in sein Selbstmitleid verkrochen, jetzt war er selbstbewusster. »Ich denke schon«, antwortete er. »Aber was ist mit dir, Nikolaus? Hast du heute denn nichts anderes zu tun?«

»Nun, ich müsste eigentlich den Grabstein für meine Tante behauen – aber … das kann genauso gut bis morgen warten. Wenn du meinem Vater Bescheid gibst, Anna, damit er sich nicht sorgt, dann können wir meinetwegen aufbrechen.«

»Ich zahle dir natürlich den Lohn für einen Tag Arbeit«, versprach Zacharias erleichtert. Schlitzohr bellte zustimmend und so war die Sache beschlossen.

* * *

Es nieselte noch immer, als sich der Karren in Bewegung setzte. Bald war Philipps schwerer, wollener Umhang feucht und klamm. Von seinem hohen Hut, der mit einer Feder geschmückt war, tropfte das Wasser. Die Feder, die anfangs noch bei jedem Stein, über den der Wagen holperte, fröhlich gewippt hatte, hing nun schlaff und traurig nach unten und kitzelte Philipp im Nacken.

Seiner guten Stimmung tat der Sprühregen jedoch keinen Abbruch. »Wenn nichts Unvorhergesehenes geschieht, können wir meinen Eltern einen kurzen Besuch abstatten und vielleicht bei ihnen zu Mittag essen!«, freute er sich.

»Hm. Vielleicht.« Nikolaus klang alles andere als begeistert.

»Bist du meinem Vater noch immer gram?«

»Warum sollte ich? Er hatte ja recht. Ich bin ein guter Steinmetz, aber ein miserabler Bildhauer.«

»Das ist nicht wahr. Ich erinnere mich an dein Gesellenstück. Es war, nun ja, eigenwillig. Anders als die üblichen Skulpturen. Aber es war nicht schlecht.«

»Können wir die alten Geschichten nicht endlich ruhen lassen und über etwas anderes reden?«

Philipp seufzte. Es war immer das Gleiche: Sobald er die Sprache auf Nikolaus' Werdegang und seine Bildhauerlehre brachte, blockte der Freund ab. Das Thema stand seit dem Unfall wie eine unsichtbare Mauer zwischen ihnen.

»Na schön, dann sprechen wir eben über das Wetter!«

Nikolaus lachte ein wenig gequält: »Das ist auch nicht gerade erfreulich.«

»Letzte Woche habe ich bei meinem Morgenspaziergang zwei Männer belauscht, die sich darüber unterhielten, ob bei dem Unwetter des Spätsommers nicht Zauberei im Spiel war.« Philipp senkte die Stimme. »Es soll ja Wetterhexen geben, die Hagel sieden können! Die beiden haben auch einen Namen genannt, den ich aber nicht verstehen konnte.«

»Ach, Unsinn. Wer sollte so etwas tun? Und zu welchem Zweck?« Nikolaus stand dem Thema nicht so ablehnend gegenüber wie seine Schwester, doch auch er sah offenbar keinen Grund zu übertriebener Sorge.

Philipp wurde plötzlich ärgerlich. »Woher soll ich das wissen? Weil sie mit dem Teufel im Bunde stehen! Weil der Satan sie beschläft und ihnen den Auftrag gibt, den Menschen zu schaden. Weil der Teufel mit seinem Samen auch die Bosheit in sie einpflanzt, ein Ohnkraut, das in ihnen wuchert und gedeiht und sie allerlei Schändliches tun lässt! Ist das nicht hinlänglich bekannt?«

Nikolaus schnalzte mit der Zunge und trieb den Gaul an. »Nicht in Walthüren«, sagte er leichthin. »Wir haben einen heiligenmäßigen Pfarrer und stehen unter dem Schutz eines mächtigen Wunders. Dagegen kommt der Teufel nicht an.«

»Ich hoffe, du behältst recht!«

Auf der Höhe des Weilers Gotthardsdorf hörte der Regen endlich auf. Schlitzohr, der zu ihren Füßen lag, erhob sich schwanzwedelnd und schüttelte sich, dass die Tropfen nur so aus seinem Fell flogen. Er machte Anstalten, vom Wagen zu springen, doch Nikolaus hielt ihn im letzten Moment fest.

»Lass ihn ruhig laufen«, sagte Philipp. »Der kommt uns schon nicht abhanden.«

»Nicht hier«, widersprach Nikolaus. »Seit ein paar Wochen treibt sich in der Gegend Gesindel herum. Entlaufene Landsknechte, die vor Prag unter dem Grafen Tilly gekämpft haben. Offenbar haben sie sich den Krieg anders vorgestellt, spaßiger und nicht so blutig, denn danach haben sie ihm den Rücken gekehrt und sind in ihre alte Heimat geflohen. Aber für ein Leben als Handwerker und Bauern sind sie nun auch verdorben und ziehen es vor, Reisende auszurauben. Wir sollten schnell weiterfahren, immerhin haben wir ein beträchtliches Säckel Geld für den Alabaster dabei.«

Auf einmal kam Philipp das Knarren der Räder und das Ächzen der Speichen viel lauter vor. Vorsichtshalber begann er zu flüstern. »Sie würden uns doch nicht am hellen Tage überfallen, oder?«

»Nun, hier ist weit und breit nichts als Wald und Wiese. Wir sind auf dem ganzen Weg kaum anderen Menschen begegnet – da fände sich schon das eine oder andere Fleckchen für einen Hinterhalt. Aber du hast recht: Nach Einbruch der Dunkelheit ist es weit gefährlicher!«

»Bis dahin sind wir längst zurück.«

Philipp musste an Conrad und Johannes denken, die Zwillinge aus Miltenberg. Was wohl aus ihnen geworden war? Ob sie auch als Vagabunden und Wegelagerer durch die Lande zogen? Zuzutrauen wäre es ihnen gewesen. Vielleicht waren sie längst gefallen. Auch sie hatten bei Prag gegen die protestantische Union gekämpft, wie ein Brief mitteilte, der ihre Eltern Wendel und Maria Hauck mit etlichen Monaten Verspätung erreichte. Danach hatte man nie wieder von ihnen gehört.

Lange hatte Philipp darüber nachgesonnen, ob die beiden Tunichtgute das Pulverfass angezündet hatten und für sein Unglück verantwortlich waren. Sie waren nach der Explosion nicht auffindbar gewesen und wohl am nächsten Morgen mit den anderen Söldnern abgezogen.

Er seufzte. Gerne hätte er Nikolaus gefragt, ob der Freund es bereute, damals nicht mit den Soldaten losgezogen zu sein, doch auch das war ein Thema, dem Nikolaus gern auswich. Seit dem Unfall gab es Spalten, Furchen und Schluchten in ihrer Freundschaft, die man besser umging, und Schatten, denen man auswich.

Als sie endlich das Würzburger Tor in Miltenberg durchfuhren, verirrte sich für einen Moment die Sonne auf den Himmel und Philipp reckte die Nase empor, damit die kostbaren Strahlen sein Gesicht streicheln konnten

Am Mainufer herrschte reges Treiben. Wie immer, wenn ein mit Waren beladenes Schiff ankam, strömten die Menschen zum Fluss, man wollte ja nichts verpassen, und mit den Schiffen trafen auch Nachrichten aus Mainz, Aschaffenburg und Würzburg ein, man erfuhr, wohin sich der Krieg verlagerte, wer mit wem paktierte, wo Scheiterhaufen brannten, wo man Hexen entlarvt und dem Feuer übergeben hatte.

Philipps Nase nahm ein ganzes Potpourri an Gerüchen wahr: fauligen Fisch, Teer und Unrat, den scharfen Gestank von Urin, aber auch den süßen Duft von Äpfeln und Minze, sowie den würzigen Geruch von Bier und Wein. Die Leute redeten wild durcheinander und es gelang ihm kaum, ein paar einzelne Wortfetzen zu verstehen. Bald dröhnte ihm der Kopf und er klammerte sich fester an Nikolaus' Arm, um im Getümmel nicht verlorenzugehen.

Was hätte er jetzt darum gegeben, das lustige Treiben sehen zu können! Noch immer schien die Sonne und Philipp hätte gar zu gern die Menschen in ihren bunten Kleidern beobachtet, das Schiff, das glitzernde Wasser des Flusses, den blauen Himmel, die grünen Hügel dahinter, die Reste der alten Ritterburg, die über die Stadt wachten, ja sogar die düsteren Wolken, die am Horizont lauerten und neuen Regen ankündigten – ach, all diese Farben! *Erst wer sein Augenlicht verloren hat, weiß, wie kostbar das alles ist*, dachte er traurig. Dann riss ihn Nikolaus' Stimme aus dem trüben Gedanken: »Aus dem Weg!«, rief der Steinmetz laut und der Gaul wieherte erschrocken. »Diese verfluchten Gassenjungen! Wenn du nicht aufpasst wie ein Luchs, haben sie dir in Windeseile das Geldsäckel geklaut!« Schließlich hieß Nikolaus das Pferd stehenbleiben und löste Philipp von seinem Arm. »Bleib du beim Wagen«, sagte er. »Ich suche den Kapitän.«

Als er weg war, fühlte sich Philipp schutzlos und ausgeliefert. Wenn sich einer anschlich, um etwas vom Wagen zu stehlen oder das Pferd auszuspannen – Philipp würde es nicht einmal bemerken. Und er würde aus dem Trubel allein nicht wieder herausfinden. Vergeblich versuchte er, sich zu orientieren. Immerhin kannte er das Städtchen – er war hier aufgewachsen. Aber so sehr er sich auch bemühte, am Geruch und an der Windrichtung die Lage des Flusses und der Stadt zu orten – es gelang ihm nicht.

Es dauerte lange, bis Nikolaus mit einem mürrisch klingenden Mann zurückkehrte. »Ich muss Euch die Lagerkosten zusätzlich berechnen, Juncker!«, nörgelte er mit scharrender Stimme. »Zwanzig Wochen habe ich den verfluchten Gips in meinen bescheidenen Räumen unterbringen müssen! Überall war er im Weg und hat Platz weggenommen, den ich dringend für Fässer mit Fisch und Wein benötigt hätte. Das macht hundert Gulden zusätzlich!«

»Hundert Gulden?« Philipp schnappte nach Luft. Das war ein kleines Vermögen – und fast die Hälfte dessen, was der Alabaster kostete. Magister Hoffius würde diese Kosten sicher nicht übernehmen.

Jetzt durfte er keine Schwäche zeigen! Sonst würde ihn Zacharias nie wieder mit einer solchen Aufgabe betrauen. »Keinen Pfennig zahle ich Euch für die Verspätung!«, sagte er streng, wie er es oft bei seinem Bruder belauscht hatte. »Seit zwanzig Wochen warten wir auf die Lieferung! Die Arbeit verzögert sich. Der Magister ist wütend. Und dafür sollen wir Euch auch noch Geld geben? Seid Ihr närrisch?«

»Das alles ist mir gleichgültig, Juncker. Ich habe den Auftrag erhalten, den Alabaster einzulagern und nicht zu verschiffen. Das allein zählt für mich.«

»War es ein Juncker, der Euch diese Anweisung gab?«

»Nein. Aber er sagte, er handle im Auftrag des Juncker.«

»Wie heißt der Mann?«

»Ich weiß nicht mehr genau. Leinfreud oder Leibfried nannte er sich. Ich kann Euch das Schreiben zeigen, wenn Ihr wollt. Wird nur nicht viel nützen. Ihr seid ein blinder Krüppel und könnt es nicht lesen.«

Und du bist ein gerissener Schurke, dachte Philipp wütend, *und glaubst, du hättest leichtes Spiel mit mir.*

»Mein Begleiter kann es lesen. Aber wir kennen weder einen Leinfreud noch einen Leibfried und es ist nicht unsere

Angelegenheit, wenn Ihr Euch von irgendwelchen Gaunern ins Bockshorn jagen lasst. Ihr könnt Euch glücklich schätzen, wenn ich Euch trotz der Verspätung den vollen Preis für den Alabaster zahle. Hier habe ich das Geld. Holt nun die Papiere heraus, damit wir die Sache erledigen können.«

Am Vögeleinstor hatte Philipp einst einen Lucas Leibfried gekannt, einen Nachbarn, aber der arbeitete als Fischer und konnte nicht gemeint sein. So musste er davon ausgehen, dass die ganze Sache ein lästiger Irrtum, eine unglückselige Verwechslung gewesen war.

Der Kapitän setzte zu einer Erwiderung an, doch als Philipp hörte, wie er Luft holte, unterbrach er ihn: »Im Übrigen: Haltet Eure Zunge im Zaum! Denn wenn Ihr mich noch einmal Krüppel nennt, hetze ich Euch meinen Hund auf den Hals.«

Er konnte nur hoffen, dass Schlitzohr in seiner Nähe war und sich nicht irgendwo im Getümmel herumtrieb, doch wie auf einen heimlichen Befehl hin begann das Tier zu knurren und Philipp wusste, dass sie sich einmal mehr stillschweigend verstanden hatten.

Danach gab es keinen Ärger mehr mit dem Kapitän. Mürrisch, aber ohne Widerrede rückte er den Alabaster heraus, zählte das Geld, während Nikolaus die Kaufpapiere laut vorlas, damit Philipp wusste, was er unterzeichnete.

Das Verladen war mühsam und selbstverständlich rührte der Kapitän keinen Finger, um ihnen zu helfen. Es war bereits später Nachmittag, als alles gut verstaut und festgebunden auf dem Karren lag. Zu allem Übel hatte es wieder zu nieseln begonnen und der Alabaster musste mit Tüchern abgedeckt werden, um keinen Schaden zu nehmen, da er nicht sonderlich wind- und wasserfest war.

»Den Besuch bei meinen Eltern können wir vergessen«, sagte Philipp traurig, »wenn wir vor Einbruch der Dunkelheit in Walthüren sein wollen.« Er hörte, wie Nikolaus erleichtert aufatmete.

Sie machten sich auf den Rückweg, waren schnell durchnässt und fröstelten im zunehmend kühlen Abendwind. »Du hast gut verhandelt«, sagte Nikolaus. »Dein Bruder kann zufrieden mit dir sein.«

»Ohne deine Unterstützung hätte ich versagt. Ich bin darauf angewiesen, sehende Menschen um mich zu haben, die mir helfen. Ich hasse es.«

»Aber ich helfe dir gern.«

»Das weiß ich und bin dankbar dafür. Trotzdem verabscheue ich es, wenn ...«

»Psst!«, unterbrach Nikolaus. »Hörst du das auch?«

Sie waren mittlerweile wieder auf der Höhe angelangt, wo der Wind durch die Bäume pfiff und der Regen stärker auf das Blätterdach trommelte. Der Karren ächzte und stöhnte, das Pferd keuchte, denn es ging stetig bergauf und die Straße war so aufgeweicht, dass der Gaul bis zu den Fesseln im Morast versank, die Räder sich nur langsam drehten, da das Gefährt mit seiner Ladung schwerer war als auf dem Hinweg. Sie kamen nur im Schritttempo voran.

»Was meinst du?«, fragte Philipp bange, denn Nikolaus' Stimme klang besorgt.

»Das Knarren des Wagens. Da stimmt etwas nicht. Spürst du, wie wir uns auf die rechte Seite neigen? Das dürfte nicht sein. Und dieses Geräusch, es gefällt mir nicht. Wir können uns jetzt keine Panne erlauben – es dämmert schon, in Kürze wird es stockfinster sein!«

Tatsächlich ächzte der Karren lauter als zuvor, nun hörte Philipp es auch. Nikolaus kannte das Gefährt bestens, er fuhr ja fast täglich damit. Wenn er der Meinung war, da sei etwas nicht in Ordnung, hatte er vermutlich recht. »Ist der Boden zu tief?«, fragte Philipp.

»Nein, das ist es nicht. Es ist die Achse. Es klingt, als bräche sie gleich durch. Ich sehe besser mal nach.«

»Hier?« Philipp rutschte unbehaglich auf dem harten Kutschbock herum.

»Sind wir nicht wieder in der Nähe von Gotthardsdorf?«

»Eben darum. Besser, wir haben hier keinen längeren Aufenthalt. Wir sollten …«

Ein lautes Krachen unterbrach seine Worte. Der Wagen sackte nach rechts ab und der Gaul wieherte erschrocken auf. Er riss am Geschirr, der Karren ruckelte ein wenig, dann bewegte er sich nicht mehr.

»Gottverdammich!«, fluchte Nikolaus. Er sprang vom Kutschbock und Philipp hörte den Matsch aufspritzen, als er auf der schlammigen Straße landete. »Die Achse ist tatsächlich gebrochen! Dabei ist sie ist nagelneu und besonders robust! Ausgerechnet hier muss das passieren!«

Philipps Herz klopfte bis zum Hals und er spürte die nackte Angst in sich hochkriechen.

»Vielleicht kann ich sie reparieren. Wir müssen aber den Gaul ausspannen. Am besten du versteckst dich mit ihm und dem Hund im Wald und versuchst die Viecher ruhig zu halten. Wir sollten so wenig Lärm wie möglich machen und uns beeilen. Bald wird es stockfinster sein!«

Die Dunkelheit schreckte Philipp nicht. Für ihn war sie allgegenwärtig. Doch die Vorstellung, Räubern und Meuchelmördern in die Hände zu fallen, ließ seine Eingeweide rumoren. Es hatte eine Zeit gegeben, da hätte er nicht viel auf sein Leben gegeben und es wäre ihm fast gleichgültig gewesen, ob er es behielt oder verlor. Aber seit er seinem Bruder in der Werkstatt half und seit er Katharina regelmäßig mit dem Hund traf – ja, das Leben war wieder kostbar geworden. Philipp wollte nicht von Schurken niedergemetzelt werden und elend am Wegesrand verrecken.

»Und du?«, fragte er Nikolaus zitternd. »Ist es nicht zu gefährlich für dich hier auf der Straße?«

»Hast du einen besseren Vorschlag?«, fragte Nikolaus gereizt. »Na los: Such dir mit dem Gaul ein Versteck. Der Hund wird dich führen. Und nimm ein wenig Hafer mit. Wenn das Pferd zu fressen hat, ist es ruhiger.«

Mit angehaltenem Atem machte sich Philipp auf den Weg. Nikolaus' Plan schien vernünftig. Dennoch zitterten seine Knie und die Hände wurden ihm kalt. Erstmals hielt er Schlitzohr an einem Seil, was dem jungen Hund nicht sonderlich gefiel, er riss daran und versuchte mit aller Macht, es abzustreifen. »Ruhig«, beschwichtigte Philipp. »Es muss sein. Zu deiner und zu meiner Sicherheit.« Doch da seine Stimme angespannt klang, glaubte Schlitzohr ihm nicht und zog nur noch fester.

Das Pferd hielt er mit der anderen Hand am Zaum fest, es folgte ihm williger als der Hund – die Aussicht auf Futter und eine Pause trieben es an. Eingekeilt zwischen Gaul und Hund, überließ Philipp es den Tieren, ihn zu führen, sie würden schon ein geeignetes Fleckchen finden. Sobald Nikolaus mit dem Wagen fertig war, hatten sie einen Pfiff als Zeichen vereinbart, dann sollte Philipp wieder zu ihm stoßen.

Trotz der wärmenden Nähe der Tiere war ihm kalt und unbehaglich zumute. Er setzte seine Füße behutsam auf, um keinen Lärm zu verursachen. Es gelang ihm jedoch nicht, das Knacken kleiner Äste zu vermeiden. Und wenn das Pferd durchs Gebüsch streifte, war auch das deutlich hörbar. Nur der anhaltende Regen war hilfreich, da er die meisten Geräusche übertönte.

Nach einer Strecke, die Philipp auf etwa zweihundert Schritt schätzte, blieben Pferd und Hund gleichzeitig stehen. Philipp lauschte aufmerksam in die Nacht. Er band das Pferd an einem Baumstamm fest und ertastete mit Schlitzohr die Umgebung. Da er ständig von Blättern und Ästen gestreift wurde, schloss er, dass sie sich inmitten eines Gestrüpps befanden, das sie von allen Seiten umschloss. Er tastete nach oben. Ja, es war hoch genug, um auch den Gaul in der Dämmerung vor Blicken zu schützen. Als er sich mit der Zunge über die Lippen fuhr, schmeckte er nicht nur die großen Regentropfen, sondern auch einen feinen Nässeschleier, der nur vom Nebel rühren konnte. Alle Geräusche klangen gedämpft. Das scheußliche Wetter verbarg Philipp und die Tiere vor den Blicken möglicher Wegelagerer und hielt diese vielleicht ganz von der Straße fern.

Er ließ sich ein wenig beruhigt auf einem Stein nieder und kauerte sich klein zusammen. Wer wusste schon, wie lange sie hier ausharren mussten! Nach einiger Zeit spürte er Müdigkeit in sich aufsteigen. Der Tag war lang gewesen, anstrengend obendrein, Körper und Geist sehnten sich nach Ruhe. Aber er durfte nicht schlafen. Er durfte Nikolaus' Pfiff nicht verpassen. Und er musste seine vier Sinne beisammen haben, falls doch noch Gesindel auftauchte.

Die feuchte Luft umwaberte ihn wie eine dicke Wolke. Ganz deutlich hörte er das Fiepen einer Maus, dann die Antwort einer zweiten, sie schienen sich zu unterhalten, Philipp war es, als könne er ihre Stimmen unterscheiden. Der Wind streichelte das nasse Laub eines nahen Baumes, ein größeres Tier, ein Marder vielleicht, tappte leise über die Äste, aber nicht leise genug für Philipps Ohren, die in dieser Nacht alles hörten, alles, und noch viel mehr. Eine Mücke surrte dicht an seinem Gesicht vorbei, suchte eine Stelle zur Landung, kehrte noch zweimal wieder, entschied sich dann aber für die zarten Nüstern des Gauls. Dieser hob ein Bein und stampfte leise auf, als er den Stich spürte. »Wir müssen ihn nur überraschen«, sagte eine andere Mücke zu ihrem Kumpan. »Er rechnet bei diesem Regen nicht mit unserem Überfall.« Philipp wunderte sich nicht, dass die Mücken sprechen konnten. In dieser Nacht schien alles möglich. Dann spürte er, wie sich seine Nackenhaare sträubten, wie seine Haut prickelte, die Nasenflügel bebten und eine Gänsehaut seinen Körper überlief. Plötzlich war er hellwach.

Seine Sinne waren geschärft wie nie. Alle Geräusche des Waldes traten in den Hintergrund, er hörte nur noch die beiden Stimmen. Sie waren weit weg, aber er konnte sie dennoch verstehen. Sie waren zu zweit.

»Sicher hat er sich aus dem Staub gemacht«, sagte die erste. »Hat den Wagen stehen lassen und ist zum nächsten Dorf geflüchtet. Aber vielleicht findet sich auf dem Karren noch etwas Brauchbares. Komm, sehen wir nach.«

Philipps Herz hämmerte wild. Nikolaus! Er war in Lebensgefahr!

Noch hatten die beiden Räuber ihn offenbar nicht entdeckt, aber wenn sie ihn bemerkten, war sein Leben keinen Pfifferling mehr wert.

Fieberhaft löste Philipp das Seil um Schlitzohrs Hals. »Lauf«, flüsterte er dem Hund ins Ohr. »Du musst Nikolaus beistehen.« Der Hund leckte ihm übers Gesicht und verschwand im Gestrüpp.

Einige bange Minuten lang hörte Philipp gar nichts. Nicht die Geräusche des Waldes und auch nicht das geflüsterte Gespräch der Wegelagerer. Dann ertönte ein enttäuschter Aufruf: »Steine!«, murrte die erste Stimme. »Nichts als Steine!«

»Die Decken sehen aber recht robust aus. Nehmen wir wenigstens die mit.«

»Komm«, sagte einer der Räuber. »Hier ist niemand mehr. Mir ist kalt und ich bin müde.«

»Wir sollten aber vorher noch die Umgebung absuchen. Vielleicht hat sich der Bursche, dem der Wagen gehört, nur im Wald versteckt!«

Eine Zeitlang herrschte Stille, dann rief einer der Halunken freudig: »Ich hab ihn! Er hat sich unter einem Gebüsch verkrochen!«

Philipps Herz drohte bei diesen Worten in die Hosentasche zu rutschen. Nikolaus! Er musste dem Freund beistehen!

»Bleib hier«, flüsterte er dem Gaul zu und tastete sich zurück zum Weg. Je näher er kam, desto deutlicher hörte er die Kampfgeräusche. Alle drei Männer keuchten. Nikolaus war stark, das Schleppen und Behauen von schweren Steinen hatte seinen Muskeln gestählt. Aber konnte er sich gegen zwei Angreifer durchsetzen?

»Ich komme!«, rief Philipp und hörte selbst wie kläglich es klang. Als könnte ein Blinder zwei Räuber in die Flucht schlagen!

Kurz bevor er den Karren erreichte, erscholl plötzlich das laute Knurren von Schlitzohr. Der Hund hatte sich auf leisen Pfoten genähert und fiel die beiden Räuber nun aus dem Hinterhalt an.

»Verflucht«, schrie der erste. »Was ist das? Ein Wolf?«

»Nein, ein Köter«, erkannte der zweite. »Das Biest hat mich gebissen. Ich glaube, es ist tollwütig! Nichts wie weg hier!«

Als wäre die wilde Jagd hinter ihnen her, nahmen die Wegelagerer nun die Beine in die Hand. Schlitzohr setzte ihnen noch eine Weile nach, sie entfernten sich schnell vom Wagen, bald war ihr Gekeuche nicht mehr zu hören. Kurz darauf kehrte der Hund schwanzwedelnd zu seinem Herrn zurück und leckte seine Hände.

»Bist du in Ordnung?«, fragte Philipp seinen Freund bange.

»Ich glaube schon«, antwortete Nikolaus. »Aber es war knapp. Lange hätte ich mich nicht mehr gegen die Schurken wehren können. Der Hund hat uns vermutlich das Leben gerettet.«

Beiden lief eine Gänsehaut über den Rücken. »Lass uns schnell verschwinden«, flüsterte Philipp. Der Schreck saß ihnen noch in allen Gliedern.

Schweigend holten sie den Gaul und spannten ihn ein. »Ich hoffe, die Achse hält bis Walthüren«, murmelte Nikolaus. »Ich konnte sie nur notdürftig reparieren.«

Der Rückweg kam ihnen endlos vor. Bei jedem Geräusch zuckten sie zusammen. Sie sprachen nicht miteinander. Philipp tätschelte den Hund, der sich zu seinen Füßen eingerollt hatte. Nikolaus hing seinen Gedanken nach. Und so erreichten sie mit der ersten Morgendämmerung endlich Walthüren.

* * *

»Rüben mit Hafer. Hafer mit Rüben. Und dann wieder Rüben mit Hafer. Am Sonntag gibt es einen Apfel dazu. Ein Festessen. Aber die Äpfel gehen uns bald aus, sie sind alle wurmstichig und verfault. Dann haben wir nur noch Rüben und Hafer.« Emilia seufzte. »Manchmal bringt uns meine Doode Margarethe ein paar Fleischreste vorbei, damit Nikolaus nicht zu sehr abmagert. Ein Steinmetz braucht Kraft.« Die »Doode« war ihre Patin.

»Himmel, ich wusste nicht, dass es um eure Speisekammer so schlecht bestellt ist!« Philipp rutschte unruhig auf seinem Stuhl herum und ließ den Löffel sinken, den er gerade zum Mund geführt hatte. »Ich will von euren kostbaren Vorräten nichts wegessen!«

»Unsinn. Du gehörst doch zur Familie.« Emilia ergriff seine Hand und drückte sie fest. »Heute habe ich sogar ein wenig Speck unter den Hafer gemischt, um eure glückliche Rückkehr zu feiern. Wenn ich daran denke, wie knapp ihr dem Tod entronnen seid! Ihr könnt euch gar nicht vorstellen, wie schrecklich es war, eine ganze Nacht im Ungewissen zu sein. Wir haben uns solche Sorgen gemacht! Vater war völlig aufgebracht, ist wie ein tollwütiger Hund durchs Haus geschlichen, mal fluchend, mal betend – ich konnte ihn kaum beruhigen. Und als ihr am Morgen wohlbehalten wieder da wart, ist er auf die Knie gefallen und hat geweint wie ein kleines Kind.«

Der alte Stumpf saß mit ihnen am Mittagstisch, doch er beteiligte sich kaum am Gespräch. Auch jetzt grunzte er nur kurz – ob aus Zustimmung oder aus Protest, war nicht wirklich erkennbar. Philipp fiel es schwer, sich den Steinmetz in einem solch aufgewühlten Gemütszustand vorzustellen. In den letzten drei Jahren war er gebrechlich geworden, lag oft tagelang im Bett und redete wirres Zeug. Auch sein Verstand war längst nicht mehr so scharf wie früher. Da Nikolaus häufig unterwegs war, fiel es nun Emilia zu, sich um das Wohl der Familie zu kümmern.

»Möge meine Doode noch lange leben!«, sagte sie fröhlich. »Auf dass uns der Speck niemals ausgeht.«

Die Familie Stumpf war eine der reichsten Familien in Walthüren, wie Philipp wohl wusste, Stammvater Valentin hatte erst vor wenigen Jahrzehnten das *Haus zum güldenen Engel* errichtet, ein großes, stattliches Gebäude direkt am alten Marktplatz, welches die ärmlichen Nachbarhäuser an Größe und Eleganz bei Weitem übertraf. Der alte Thaddäus entstammte jedoch einem Nebenzweig der Familie und da er schon immer ein Sturkopf gewesen war, der es selbst zu etwas bringen wollte, hatte er sich den lukrativen Handelsgeschäften seiner Sippe widersetzt und sein Glück als Steinmetz und Bildhauer versucht, in einem Handwerk, das sein Vater schon ausgeübt hatte. Als Bildhauer konnte es sich jedoch nicht mit dem fast gleichaltrigen Michael Juncker messen – und selbst als dieser nach Miltenberg zog, gab es für Thaddäus keine künstlerischen Aufträge, denn Hoffius vergab diese auch weiterhin an Juncker.

Der Alte pflegte nur wenig Kontakt zum Rest seiner Sippe, die ihn als schwarzes Schaf betrachtete, welches dunkle Schatten auf den Namen der Familie warf. Emilias Doode hatte jedoch einen Narren an ihrem Patenkind gefressen – und diesem Umstand verdankte der Steinmetz seinen Speck.

Emilia erhob den Bierkrug: »Lasst uns auf Philipp trinken, auf seine Umsicht, die ihm selbst und Nikolaus das Leben gerettet hat.«

»Oh nein. Unsere Rettung haben wir ausschließlich den scharfen Zähnen von Schlitzohr zu verdanken!«, widersprach Philipp verlegen.

Noch einmal drückte Emilia seine Hand. Er wusste, dass sie jetzt lächelte und sich darüber freute, dass er mit dem Hund eine so innige Freundschaft geschlossen hatte.

»Wir hatten einfach Glück«, nuschelte Nikolaus. »Es war nass und kalt, die Räuber haben nicht nach uns gesucht. Und sie waren nicht besonders helle, sonst hätten sie den Wert des Alabasters erkannt. Sie haben ihn für billigen Stein gehalten und sich nicht einmal gewundert, dass wir ihn in teure Decken gehüllt haben.«

»Pah!«, sagte Emilia verächtlich. »Gesindel! Marodierende Söldner und Landsknechte eben! Die es gewohnt sind, mit Degen und Musketen Angst und Schrecken zu verbreiten und Befehle entgegenzunehmen, aber nicht, ihren eigenen Kopf zu gebrauchen.«

»Oho! Meine Schwester scheint sich ja mit dem Soldatenleben und dem Kriegshandwerk bestens auszukennen!«

»Du selbst hast mir erzählt, dass die Kaiserlichen und die Lutheraner noch immer gegeneinander kämpfen. Obwohl die böhmischen Truppen bei Prag eine vernichtende Niederlage erlitten haben und längst hätten Frieden schließen müssen. Aber es geht ihnen gar nicht um die Religion! Bei den Kaiserlichen kämpfen auch Lutheraner, das hört man immer wieder. Und die Calvinisten stellen sich auf die Seite des Kaisers und verraten ihren Glauben. Den Mächtigen geht es darum, noch mächtiger zu werden, und den Söldnern geht es ums Morden, um Blut und Rauflust und um die Beute, worum sonst?«

Emilia hatte sich in Rage geredet.

»Na, du musst es ja wissen, Schwester.« Nikolaus klang spöttisch.

»Man hört allenthalben, wie sich die Truppen bei ihrem Durchmarsch aufführen!«, ereiferte sich Emilia. »Wo sie sich einquartieren, sind hinterher die Vorratskammern leer, die Häuser verwüstet, die Felder niedergetrampelt, die Mädchen vergewaltigt! Not und Elend sind die Folge. Und das geschieht durch die eigenen Truppen, wohlgemerkt, nicht etwa durch den Feind! Pfui Teufel, auf solche Soldaten spucke ich!«

»Besser du hältst jetzt den Mund, Schwesterherz. Von diesen Dingen verstehst du nichts. Was wissen Weiber schon von Mut und Ehre!«

»Hört auf zu streiten«, bat Philipp leise. »Der Krieg ist weit weg und geht uns nichts an. Hier werden keine Truppen durchmarschieren, warum sollten sie, und Wegelagerer gab es schon immer.«

Das Stechen und Schlachten war häufig Gesprächsstoff im Hause Stumpf – und immer endete der Disput im Streit der Geschwister, denn Emilia verabscheute den Krieg, während Nikolaus die Ansicht vertrat, der diene einer gerechten Sache und sei es wert, unterstützt zu werden.

Emilia schnaubte verächtlich, doch Nikolaus lenkte ein. »Du hast Recht: Heute ist kein Tag zum Streiten. Wir sollten uns freuen, dass das Glück uns hold war und alles gut ausgegangen ist.«

Mit einem kehligen Krächzen mischte sich der Alte ins Gespräch. »Vermaledeit«, brummte er.

»Was meinst du, Vater?«, fragte Emilia besorgt.

»Verflucht!« Thaddäus Stumpf erhob die Stimme. »Seid ihr *alle* blind?«

Ein betretenes Schweigen setzte ein.

»Gerade du solltest solche Dinge am deutlichsten erkennen, Juncker!«, fuhr der Alte rasselnd fort. »Dinge, die man mit dem Herzen begreift und nicht mit den Augen! Verflucht ist er, der unselige Altar! Verflucht – genauso wie dein Bruder und du selbst!«

»Aber Vater! Was redest du da?«

»Vom ersten Tag an verflucht! So viel Unheil! Das kann nicht mit rechten Dingen zugehen!«

»Aber nein, Vater! Der Altar ist ein heiliges Werk. Er wird errichtet, um unser wundermächtiges Korporale zu beherbergen. Er ist ein Werk Gottes.«

»Verflucht! Vom Teufel oder einer Hex! Und verflucht sind auch die Männer, die ihn bauen. Ja, du bist verflucht, Philipp! Dein Bruder ist verflucht! Seht ihr das nicht? *Verflucht*!«

Seine Stimme überschlug sich, ging in einen lang anhaltenden Hustenanfall über. Und als dieser schließlich nach einer schieren Ewigkeit endete, stand immer noch das Wort im Raum. *Verflucht* – wie eine schwarze Wolke, drohend wie ein dunkler Dämon aus der Hölle.

Kapitel 5

Walthüren, im September 1622

Der Schweiß tropfte Philipp von der Stirn. Seine Zunge tanzte zwischen den Lippen, ahmte jede Bewegung nach, die der Meißel in seiner Hand vollführte. Sein Herzschlag beschleunigte sich und er spürte, wie sein Hemd unter den Achseln feucht wurde. Dabei war es nicht einmal sonderlich warm in der Werkstatt.

Philipps Arbeit war körperlich alles andere als anstrengend, weder hatte er Steine zu schleppen, noch schweres Werkzeug zu handhaben. Es war allein die Konzentration, die ihn zum Schwitzen brachte.

Liebevoll strichen seine Hände über den Alabaster. Noch waren erst wenige Strukturen erkennbar, eine grobe Komposition, die kaum erahnen ließ, welches Bild ihr innewohnte. Doch Philipps Finger konnten es bereits sehen: Zwei Pilger mit Stab und Bibel, mit Umhängen und hohen Hüten, die einen Steg erreichten, der in einigen Windungen zu einer Kapelle im Wald führte. Eine Frau mit Kind, ein alter Mann mit einer Krätze auf dem Rücken, den beiden Männern im Vordergrund weit voraus. Ein Bildstock, ein gekreuzigter Heiland am Wegesrand. Bäume, am Laub als Buchen erkennbar, die in der Umgebung vorherrschten, und im Hintergrund eine Burg.

Zacharias konnte das Bild noch nicht *sehen*, das hatte Philipp schnell erkannt, als sie sich darüber unterhielten.

»Bäume?«, hatte der Ältere zweifelnd nachgefragt. »Ein Steg? Ich bin Innenräume gewohnt, Kirchengewölbe, Altäre.« Er seufzte. »Mach du es!«, sagte er schließlich. »Ich glaube, es ist dein Relief. Gestalte es, wie du denkst – und ich helfe dir bei der Feinarbeit, wo du nicht weiterkommst.«

Philipp war zunächst ganz schlecht geworden vor Angst und Unsicherheit. Er wollte protestieren, doch die Worte blieben ihm im Halse stecken, weil er plötzlich erkannte, dass es vielleicht tatsächlich möglich war, wenn seine Hände und Zacharias' Augen zusammenarbeiteten. Er wünschte sich nichts sehnlicher als das. Wenn er in der Werkstatt war, zählte nur das Kunstwerk, das Material, die Bilder. Und so kam es, dass er vor dem Alabasterblock saß, aus dem das Relief entstehen sollte, den Meißel in der Hand, und vor Aufregung schwitzte.

Als habe er die Gedanken seines Bruders erraten, ertönte Zacharias' Stimme aus einem Winkel der Werkstatt, in dem er an einem Engel arbeitete: »Ruf mich, wenn du Hilfe brauchst!«

Philipp überlegte laut: »Der Steg im Vordergrund ist mir zu leer. Es entsteht ein Ungleichgewicht, eine fehlende Symmetrie, wenn sich das ganze Leben nur links und in der hinteren Mitte abspielt. Aber eine weitere menschliche Gestalt würde die Kraft der Natur erschlagen, das Relief wäre überladen. Hast du eine Idee, Zach, wie wir dieses Problem lösen können?«

Zacharias antwortete mit einem ratlosen Brummen.

Philipp spürte, wie Schlitzohr um seine Beine strich und sich schließlich warm zu seinen Füßen zusammenrollte. Seit der unheilbringenden Reise nach Miltenberg wich der Hund auch bei der Arbeit nicht mehr von seiner Seite und Philipp ließ sich von ihm führen und konnte sich ein Leben ohne ihn kaum noch vorstellen. Er schnalzte mit der Zunge und Schlitzohr reckte das Kinn nach vorne, damit Philipp es kraulen konnte.

Die Idee kam ganz plötzlich. Philipp sah den Steg auf seinem Relief, die Pilger – und wusste mit einem Mal, was fehlte.

»Ein Hund!«, rief er freudig. »Wir lassen einen fröhlichen Hund den Steg hinaufspringen. Freilich! Warum sollten fromme Pilger keinen Hund bei sich haben, auf ihrer Wallfahrt?«

Er lachte laut auf. »Wir nehmen dich als Vorlage, Schlitzohr! Was hältst du davon? Hättest du es dir in deinem jungen

Hundeleben träumen lassen, dass du auf einem heiligen Altar verewigt wirst?«

Von der heiteren Stimmung angesteckt, wedelte Schlitzohr mit dem Schwanz und bellte laut.

In diesem Moment wurde die Tür zur Werkstatt aufgestoßen und ein kühler Windstoß wehte herein. Der Steinstaub wirbelte durch die Luft und kitzelte Philipp in der Nase.

»Gott zum Gruß«, ertönte die laute, kratzige Stimme des Magister Hoffius. Philipp erkannte ihn gleich, denn er roch nach einer Salbe aus wildem Senf, die er stets in rauen Mengen auf die Brust auftrug, zur Linderung seines chronischen Hustens. Sein rasselnder Atem verriet jedoch, dass die Arznei nur mäßig wirksam war.

»Ich suche den Meister Zacharias«, schnarrte er. »Ist er hier, oder überlässt er die Arbeit neuerdings ganz seinem blinden Bruder?«

Philipp spürte einen gerechten Zorn in sich aufsteigen. Warum musste der Magister ihn ständig demütigen? Er hatte dem Pfarrer schließlich niemals einen Anlass dazu gegeben. Bevor er etwas Scharfes erwidern konnte, legte sich die Hand des Bruders auf seine Schulter.

»Ich bin hier. Was führt Euch in unsere Werkstatt?«

»Seid Ihr taub, Juncker? Der eine blind, der andere taub! Was habe ich mir da nur eingebrockt! Hört Ihr etwa nicht, was die Leute über Euch tuscheln?«

»Das Getratsche der Weiber hat mich noch nie sonderlich interessiert.«

»Sollte es aber! In diesen Zeiten kann üble Nachrede Schlimmeres anrichten! Philipp, deine Ohren sind sicherlich schärfer. Erkläre ihm, was ich meine!«

Philipps ausgelassene Stimmung verflog schlagartig. Er senkte den Kopf und suchte nach den rechten Worten. »Sie reden über den Altar«, sagte er schließlich leise. »Sie sagen, er sei vom Bösen besessen. Jemand habe ihn verflucht – und seinen Erbauer obendrein. Dich, Zacharias. Und mich.«

Obwohl weder Emilia, noch Nikolaus oder er selbst ein Wort über das wahnsinnige Gestammel des alten Thaddäus hatten verlauten lassen, und obwohl der Alte selbst das Haus nicht mehr verließ, waren die bösen Worte irgendwie der Stube der Stumpfs entronnen, hatten sich ihren Weg ins Städtchen gebahnt und waren dort auf fruchtbaren Boden gefallen.

Tagsüber, wenn Philipp in der Werkstatt stand, in seine Arbeit vertieft, konnte er die nagenden Gedanken an das Gerede gut zurückdrängen, dann kam es ihm haltlos vor, lächerlich geradezu, denn wie konnten etwas so Schönes und Heiliges wie das Korporale und der Altar vom Bösen beseelt sein?

Ganz anders sah es jedoch in den Nächten aus, wenn Philipp alleine war, im Bett lag und die *Bilder* von ihm Besitz ergriffen.

Dann waren sie plötzlich wieder da, die zischenden Flammen, die ihren Höllentanz aufführten, das Züngeln der Schlangen, die böse Worte wisperten. Dann strich ein eisiger Wind über seinen Körper, sodass jedes einzelne Härchen sich aufrichtete und zu knistern begann, wie es manchmal vor einem Gewitter der Fall war, kurz bevor ein Blitz sich entlud, bevor er in den Boden einfuhr, wo die Höllenhunde ihn mit ihrem schaurigen Grollen begrüßten. Dann spürte Philipp die Anwesenheit des Bösen, spürte sie körperlich und tief in der Seele, wo sie sich einen Platz suchte, ihn umgarnte, umschmeichelte, ihn anflehte, sich mit ihr zu vereinigen. Es kostete Philipp viel Anstrengung, die dunkle Wolke aus Leib und Gemüt zu vertreiben, manchmal gelang es ihm stundenlang nicht und er lag die ganze Nacht zitternd und frierend wach und wäre vielleicht wieder schwermütig geworden, wenn der Hund nicht stets seine Seelennöte gewittert und sich besonders eng an ihn geschmiegt hätte.

In solchen Nächten schien Philipp nichts unmöglich. Hatten nicht in Miltenberg, seit er dort weggezogen war, unzählige Männer und Frauen gebrannt? Lag vielleicht schon seit der Explosion in der Werkstatt ein Fluch auf ihm? Gab es auch in Walthüren Zauberei? War der Schuh-Lenz, den die Dürmer beim Hexensabbat gesehen haben wollten, am Ende gar nicht so harmlos, wie der Keller und der Zentgraf dem Volk weismachten? Und die Hebamme aus Höpfingen, hatte sie ihn damals im Getümmel auf der Straße wirklich nur retten wollen?

Wie aus weiter Ferne hörte er jetzt die Stimme seines Bruders: »Verhext? Der Altar? So ein Unsinn.«

»Natürlich ist es blanker Unsinn«, bestätigte Magister Hoffius barsch. »Aber die Leute sind schnell mit solchen Behauptungen zur Hand. Seit Krieg herrscht und das Wetter bunte Kapriolen schlägt, ist es noch viel schlimmer geworden. Nun müssen wieder Hexen herhalten und böser Zauber – dabei liegt es doch auf der Hand, dass euer sündiges Leben und die fehlende Moral für all das Unglück verantwortlich sind!«

»Wenn Ihr meint.« Zacharias klang zweifelnd. »Ich sehe jedoch nicht, wie ich gegen das Geschwätz auf der Straße ankommen kann.«

»Nun, Ihr müsst Euch sputen, Juncker! Je schneller der Altar gebaut ist, je eher wir ihn weihen können, desto rascher wird das Gerede verstummen.«

»Mit Verlaub«, schaltete sich Philipp in die Unterhaltung ein. »Ein Altar von dieser Größe und Kunstfertigkeit, ein Bauwerk dieser Bedeutung lässt sich nicht in wenigen Wochen oder Monaten errichten. Selbst wenn wir täglich vom ersten Hahnenschrei bis zum Sonnenuntergang daran arbeiten, werden noch gut zwei Jahre ins Land gehen, bis er fertig ist.«

»Wer hat dich nach deiner Meinung gefragt, Bursche? Dir traue ich nicht! Der Herr hat dir das Augenlicht genommen, du musst also große Sünde auf dich geladen haben.«

»Mein Bruder hat recht«, bekräftigte Zacharias Philipps Einwand. »Im besten Fall können wir in zwei Jahren fertig sein. Sofern es nicht zu weiteren Verzögerungen oder Unfällen kommt.«

»Das möge der Herr verhüten! Es hieße Öl ins Feuer gießen. Schon schreien sie wieder, der Schuh-Lenz solle peinlich verhört werden. Und die Margarethe aus Höpfingen hat es noch härter getroffen – sie sitzt wieder im Gefängnis und ihre Zukunft ist ungewiss. Dabei hat weder sie noch der Flickschuster irgendetwas mit unserem Altar zu tun.«

»Nun lasst uns aber weiterarbeiten«, mahnte Zacharias. »Wenn der Altar schnell gedeihen soll, ist jede unnötige Ablenkung ein Ärgernis.«

Der Magister hustete, erwiderte jedoch nichts. Nach einiger Zeit, als Philipp schon glaubte, der er sei grußlos auf leisen Sohlen hinausgegangen, sagte er: »Ich will Eure Fortschritte sehen, Juncker. Woran arbeitet Ihr gerade?«

»Am ersten der vier Reliefs. Am Bildnis von Pfarrer Heinrich Otto, der das Korporale im Altar verbirgt. Ich bin an der Ausarbeitung seiner Gesichtszüge und an seinem Haar. Wollt Ihr mir dabei zuschauen?«

»Ein wenig, wenn es Euch recht ist.«

Philipp hörte seinen Bruder leise brummeln, mit etwas Phantasie konnte man es als Zustimmung deuten. Dann entfernten sich die Schritte von Zacharias und dem Magister und kurze Zeit später setzten die üblichen Arbeitsgeräusche ein. Auch Philipp wandte sich wieder seinem Alabasterblock zu, strich erneut über die Stelle, an welcher der Steg und der Hund entstehen sollten – und hielt dann mit einem Mal inne.

Irgendetwas stimmte nicht.

Zuerst spürte er nur einen leisen Windhauch, der über seinen Körper strich, doch es war kein freundlicher Wind, eher ein eisiger Atem, der ihm bedrohlich nahe kam, in seinem

Nacken verweilte und ihn bald packte und lähmte. Dann kam das Geräusch. Ein hohes, schrilles Jammern, von weit weg, aber markdurchdringend, wie das gemeinsame Klagen aller Seelen, die jemals ins Höllenfeuer gestoßen worden waren. Er hielt sich die Ohren zu, keuchte, doch es nützte nichts, die gepeinigten Stimmen kamen aus dem Schoß der Erde, sie durchdrangen ihn und ließen ihn beben.

Dann ertönte ein anderes Geräusch, leise nur, wie das Brechen von Eisen. Ein sirrender Ton und plötzlich war ein Bild da, ein Bild, so klar, als wären Philipps Augen niemals blind gewesen. Er sah, wie ein Bohrer, Zacharias' liebstes Werkzeug, brach, wie der Splitter durch die Luft flog, sich seinen Weg bahnte, tief in das Auge seines Bruders hinein, dort den Augapfel durchschlug und sich ins Hirn des Bildhauers grub, der nur einmal kurz zuckte und dann zusammenbrach, leblos und bleich.

Mit großer Anstrengung schüttelte Philipp die Lähmung ab und schrie, brüllte den Namen seines Bruders: »Zacharias«, rief er, »gib acht! Der Bohrer bricht!«

Kaum hatte er die Worte ausgestoßen, da hörte er die Geräusche noch einmal: das Brechen von Eisen, das leise Sirren, dann einen schmerzhaften Ausruf seines Bruders: »Au! Was war das?«

Zitternd tastete er sich hinüber zu Zacharias' Arbeitsplatz, die Beine wollten ihn kaum tragen. »Was ist geschehen?«, wisperte er.

»Der Bohrer ist gebrochen. Die abgesplitterte Spitze hat meine Wange gestreift. Himmel, ich blute wie ein Schwein!«

»Sonst ist nichts passiert? Dein Auge … es ist heil geblieben?«

»Nur die Wange«, bestätigte Zacharias. »Aber wenn du nicht gerufen hättest – Krutzitürken, dann hätte der Splitter tatsächlich das Auge erwischt. Was für ein Glück im Unglück!«

»Woher wusstest du das, Bursche?« Die Stimme des Magisters klang eisig. »Wie konntest du deinen Bruder rechtzeitig warnen?«

»Ich weiß nicht«, stammelte Philipp unbehaglich. »Ich hatte … eine Ahnung.«

»So! Ein zweites Gesicht also.« Er packte Philipp hart im Nacken. »Hattest du so etwas schon öfter, Elender?«

Philipp zitterte. »Nein«, sagte er. »Niemals.«

Magister Hoffius hustete und ließ ihn los. »Das will ich hoffen! Denn man weiß nie, ob solche Visionen von Gott oder vom Teufel kommen! Diesmal haben sie Gutes bewirkt, also will ich dir verzeihen. Bete zur Buße für deine Hoffahrt drei Vaterunser und lasse solche Ahnungen nie wieder zu!« Er schnaufte laut, bevor er fortfuhr: »Nun geht runter zu Eurem Haus und lasst Euch von Anna die Wunde versorgen. Zieht Euch den Umhang über den Kopf, Juncker, damit niemand das Blut sieht. Und sprecht zu niemandem über diesen unseligen Unfall! Ich will kein neues Gerede.«

* * *

Anna schlug entsetzt die Hand vor den Mund, als sie das viele Blut sah. Doch sie zögerte nicht lange, brachte Wasser und einen sauberen Lappen und begann umgehend, die Wunde zu säubern. Philipp stand daneben und fühlte sich im Wege, weil er hier nicht helfen konnte. Noch immer zitterte er am ganzen Leib.

»Am besten, du schläfst ein wenig«, sagte Anna zu ihrem Gatten, als er mit einem dicken Verband versehen und blass vom Blutverlust auf seinem Lager ruhte. Dann wandte sie sich an Philipp: »Bei allen Heiligen – wie ist das geschehen?«

»Der Bohrer ist gebrochen«, murmelte Philipp und fröstelte.

»Der Bohrer? Eben jener, den Oswald Keim gerade erst neu hergestellt hat?«

»Woher soll ich das wissen? Ich konnte ihn ja nicht sehen.«

»Aber … ein Bohrer bricht doch nicht so ohne Weiteres!« Anna schüttelte entschieden den Kopf, Philipp spürte es am leisen Wind, den sie dabei verursachte. »Hat der Schmied etwa schlecht gearbeitet? Ich hatte das Gefühl, er nähme den Auftrag sehr ernst.«

Philipp zögerte, doch dann gab er sich einen Ruck. »Vielleicht hat jemand das Werkzeug verhext?«

Er hörte Anna nach Luft schnappen. »Verhext!«, wiederholte sie mit einem merkwürdigen Unterton. Plötzlich krallte sich ihre Hand in seinen Unterarm. Sie war feucht und eiskalt. »Ich muss mit dir reden, Philipp. Lass uns in die Stube gehen.«

Philipp schüttelte die Hand seiner Schwägerin ab. Auf einmal konnte er ihre Nähe nicht ertragen. Mit ihm reden wollte sie? Jetzt? Nein. Er wollte über die jüngsten Geschehnisse nicht sprechen. Erst musste er seine Gedanken ordnen. Alles drehte sich in seinem Kopf, die Luft wurde ihm knapp. Er wollte raus, auf die Straße, wo er wieder atmen konnte.

Erneut griff Annas eiskalte Hand nach seinem Arm, doch wieder schüttelte er sie ab, gröber diesmal.

»Das Reden müssen wir auf den Abend verschieben«, sagte er und es kostete ihn viel Mühe, seine Stimme dabei freundlich klingen zu lassen. »Heute Mittag bin ich bei den Stumpfs zu Gast.«

Das entsprach nicht ganz der Wahrheit, denn er war nicht eingeladen, doch er wusste, dass Emilia ihn niemals von der Tür weisen würde. Hastig band er dem Hund den kurzen Strick um den Hals, den er, um die Hüfte geschlungen, stets bei sich trug. Er spürte, wie Schlitzohr mit dem Schwanz wedelte.

»Heute Abend!«, rief Anna ihm nach. »Ich muss dir etwas Wichtiges erzählen. Vergiss es nicht!«

Schweigend nickte Philipp und eilte aus dem Haus.

* * *

Der leise Nieselregen vom Vormittag hatte aufgehört, was ein Segen war, denn der ganze Herbst ertrank im Wasser, es hatte kaum einen trockenen Tag gegeben, sodass die Wege und Straßen aufgeweicht und kaum noch erkennbar waren.

Philipp begrüßte die kühle Luft. Der Schwindel ließ nach. Die angenehme Kälte vermochte es jedoch nicht, sein aufgewühltes Inneres zu beruhigen.

Mit schlafwandlerischer Sicherheit führte der Hund ihn an allen Hindernissen vorbei in die Obere Vorstadt zu seinem Ziel. Sie durchschritten das Buchener Tor, stapften mit gutem Tempo den Buckel hinauf zum Marktplatz am Plan, wo derzeit kaum jemand seine Ware feilbot, weil es wenig feilzubieten gab; die Ernte war miserabel ausgefallen und das Wenige brauchten die Bauern, um den Eigenbedarf zu decken.

Gleich hinter dem Plan legte Schlitzohr noch einmal an Fahrt zu. Trotz seines angegriffenen Gemütszustandes lächelte Philipp voller Vorfreude. Er kannte das Ziel des Hundes, der nun fröhlich kläffte.

»Oh, mein Liebling!« Die Tür zum Hause Keim wurde aufgerissen und Philipp konnte den Fliederduft wahrnehmen. Sogleich wurde ihm etwas wärmer ums Herz. Er wünschte nur, die stürmische Begrüßung hätte ihm gegolten – und nicht dem Hund. Doch sie umarmte immer zuerst Schlitzohr, bevor sie ihn beachtete.

»Philipp!«, sagte sie dann. »Du bist ja ganz blass! Was treibt dich nur bei dieser Kälte vor die Tür?«

»Ich will die Stumpfs besuchen.«

»Mein Gott, du zitterst ja! Was ist denn los?«

Gar zu gern hätte Philipp ihr alles erzählt. Er hasste es, Geheimnisse vor ihr zu haben, denn mittlerweile trafen sie sich oft, wenn auch häufig nur vor der Tür, so wie jetzt, wenn er mit dem Hund unterwegs war. Gelegentlich kam sie auch mit ihrem Vater zum Essen ins Junckerhaus. Dann erzählte Philipp ihr von seiner Arbeit und sie hörte ihm so gebannt zu, dass er annehmen musste, sie interessiere sich tatsächlich dafür.

»Ist es wegen des Geredes?« Sie berührte sanft seine Schulter und ihn durchzuckte ein wohliger Blitz. »Weil alle denken, du seist verflucht?«

»Denkst du das auch, Katharina?«

»Natürlich nicht.« Ihre Antwort kam ohne Zögern. »Ich weiß doch, wie viel euch die Arbeit am Altar bedeutet, dir und dem Meister. Wie könnte da ein böser Zauber am Werk sein? Die Leute suchen eben nach einer Erklärung für die Unglücksfälle, die euch treffen. Seit der Ritterwirtsknecht sie aufhetzt, sehen sie in jedem Hagelkorn ein böses Zeichen.«

Philipp erwiderte nichts. Aber er hoffte, sie behielte recht.

* * *

Am Arm von Emilia beruhigte sich Philipps Gemüt. Sie nutzten das kostbare Wetter für einen Spaziergang zum See, Schlitzohr sprang dabei um ihre Füße. Wenn Philipp mit Emilia unterwegs war, brauchte er keinen Hund, der ihn führte.

»Hast du wirklich keinen Hunger?«, fragte sie.

Nein. Sein Magen schlug Kapriolen, wenn er nur ans Essen dachte. Außerdem wollte er sich nicht schon wieder an den spärlichen Vorräten im Hause Stumpf vergreifen.

Schweigend liefen sie nebeneinander her. Schließlich blieb Emilia stehen, sog tief die Luft ein und fragte: »Was siehst du, Philipp?«

Es war ein Spiel, das ihnen zum lieben Zeitvertreib geworden war. Er entspannte sich und konzentrierte sich ganz auf die Umgebung. Die Luft war kalt, sie schmeckte feucht. Es roch modrig, nach verrottetem Laub und ertrunkenem Gras. »Wir sind am See angekommen«, sagte er.

»Das ist zu einfach. Du hast natürlich bemerkt, wie wir den Buckel runtergelaufen sind. Wo sollten wir sonst sein? Was siehst du noch?«

Er atmete noch einmal tief ein. »Das Wasser steht hoch. Kein Wunder bei dem vielen Regen. Es reicht der großen Weide am rechten Ufer bis zum unteren Astkranz, ich kann hören, wie es am Baumstamm leckt und das Laub streichelt. Ja, es ist noch Laub an den Bäumen – aber nicht mehr viel und es ist schlaff, es verrottet schon. Man kann überall die Fäulnis riechen, ich vermute, der See ist trüb und voller Geröll, das der Marsbach mit sich reißt, denn er ist wild und viel breiter als sonst, ich höre sein Gurgeln.«

»Gut, Philipp, sehr gut. Was noch?«

»Wir müssen bei der alten Kate angekommen sein, in der bis vor einigen Jahren der alte Tagelöhner aus Buchen gehaust hat. Das Seewasser muss ihr bedrohlich nahe sein. Es ist merkwürdig, Emilia, ich kann die Kate hören! Nicht nur das Knarzen der windschiefen Bretter, nein, die Hütte selbst. Ich kann hören, wo sie steht. Weißt du, Emilia, große, rechteckige Gebäude oder Gegenstände kann ich hören. Kleine, runde eher nicht – aber die sind zum Glück auch seltener anzutreffen.«

»Wunderbar, Philipp, mach weiter.«

»Kinder. Ich kann ein paar Kinder hören. Sie tuscheln miteinander, vielleicht sogar über uns, ihre Worte sind nicht zu verstehen. Aber sie schlagen mit Stöcken aufs Wasser und verschrecken die Enten, die dort Schutz suchen. Ihr aufgeregtes Geschnatter kann ich deutlich vernehmen.«

»Das ist beeindruckend, Philipp. Die Kinder sind weit weg, drüben auf der anderen Seite. Ich kann sie zwar sehen, aber im Wind nicht hören. Deine Ohren sind schärfer geworden, seit du blind bist.«

»Das glaube ich nicht. Sie werden nur nicht mehr durch die Augen abgelenkt. Aber jetzt bist du dran, Emilia. Was siehst *du*?«

»Nichts, was du nicht schon beschrieben hättest.«

»Lüg mich nicht an!« Philipp wurde plötzlich wütend. »Du willst mir nur schmeicheln! Du siehst den Himmel, immer noch wolkenverhangen, aber mit ein paar blauen Flecken. Du siehst, wie die Enten bereits einen dichten Federflaum anlegen, weil es kalt ist und der Winter naht. Du siehst, dass die Kinder zerlumpt sind, weil in Walthüren jede Familie hungert und es kein Geld gibt, um neue Stoffe zu kaufen, weshalb sie die alten Kleider auftragen, bis sie ihnen vom Leib fallen. All das siehst du, Emilia, also erzähle mir keine Märchen!«

Sie ließ seinen Arm los und blieb stehen. »Aha«, sagte sie. »Wenn du mir all das so gut beschreiben kannst, Philipp Juncker, dann siehst du es ja wohl ebenso gut wie ich. Also beklag dich nicht, hörst du?«

»Lass uns nicht streiten«, gab Philipp nach, obwohl er sich über Emilias barsche Worte ärgerte. »Warum bist du nur immer so streng mit mir?«

»Streng?« Sie klang aufgebracht. »Ich fordere dich heraus, das ist alles! Du sollst nicht wieder in Trübsal und Selbstmitleid verfallen. Es steckt noch immer in dir und lauert darauf, von dir Besitz zu ergreifen. Das will ich verhindern. Ich habe dir schließlich ein Versprechen gegeben.«

»Ich weiß. Entschuldige. Du meinst es nur gut mit mir. Ich bin ein undankbarer Schüler.«

»Machst du denn … Fortschritte?« Ihre Stimme wurde auf einmal leise und zögerlich.

»Du siehst doch selbst, wie sicher ich mich inzwischen mit dem Hund bewege und …«

»Das meine ich nicht.«

»Oh. Du meinst Katharina.«

»Ich sehe euch immer beieinanderstehen, wenn du mich besuchst.«

»Sie füttert Schlitzohr. Sie ist ganz vernarrt in den Hund.«

»Nur in den Hund?«

Philipp seufzte. »Um ehrlich zu sein: Ich weiß es nicht. An schlechten Tagen fürchte ich es. Aber dann wieder unterhalten wir uns angeregt und lachen miteinander. Sie fragt nach der Arbeit, die Bildhauerei begeistert sie. Manchmal berührt sie mich am Arm oder verwuschelt mein Haar.«

Emilia lachte laut auf. Erleichtert, wie es Philipp schien. »Das ist alles?«, fragte sie spöttisch.

»Nun ja, Katharina ist schüchtern.«

»Unsinn. Sie mag alles Mögliche sein, aber schüchtern ist sie bestimmt nicht. Sie weiß um ihre Reize und versteht sie einzusetzen, das kannst du mir glauben.«

»Ich dachte, du kennst sie kaum?«

»Wir sind Nachbarn. Ich kenne sie gut genug, um sie zu durchschauen. Nimm dich vor ihr in Acht, Philipp! Sie spielt mit dir.«

Er spürte, wie die Wut in ihm hochkroch. »Warum sagst du das? Du hast mir versprochen, mir zu helfen, sie zu erobern. Missgönnst du mir mein Glück, nun, da ich auf einem guten Weg bin?«

»Natürlich nicht! Ich wünsche mir nichts sehnlicher, als dass du glücklich wirst. Und genau deshalb muss ich dich vor Katharina warnen. Vielleicht mag sie dich wirklich, Philipp, das weiß ich nicht. Du bist gut gebaut, klug, schön anzusehen. Mit der Augenklappe, die ich dir genäht habe, siehst du nicht wie ein Krüppel aus, sondern verwegen, wie ein Abenteurer. Das wird ihr gefallen. Aber sie wird dich niemals heiraten, glaub mir, sie wird niemals ihre Träume für dich aufgeben. Denn sie will hoch hinaus, sie will einen Mann, der ihr ein gutes Leben bietet, Wohlstand und Anerkennung. Ihr gegenüber bist du nicht nur verblendet, sondern wahrhaft blind. Spürst du nicht, wie sie sich herausputzt, um den Männern den Kopf zu verdrehen? Riechst du nicht, dass ihr zarter Duft jeden betören soll, und erkennst du nicht, dass ihre Zurückhaltung nichts als Kalkül ist, um sich noch begehrenswerter zu machen, als sie sowieso schon ist? Du glaubst doch an Zauberei! Ich sage dir: Sie hat dich verhext, wie sie alle Männer verhext!«

Philipp schnappte nach Luft. Wie konnte Emilia es wagen, so etwas zu sagen?

Jetzt ergriff sie seine Hüften, drehte ihn zu sich um, legte ihre Arme um seinen Körper und ließ die Hände sanft über seinen Rücken bis hinunter zum Gesäß wandern, wo sie warm liegenblieben. Er war wie gelähmt und vermochte es nicht, sie abzuschütteln.

»Ach, Philipp«, fuhr sie leise fort. »Du hast Besseres verdient! Du solltest eine Frau haben, die es wahrhaft gut mit dir meint, die alles an dir liebt, das Schöne, Heitere und auch das Trübe und Dunkle. Die einfach nur das Leben mit dir teilen will, sonst nichts.«

Sie seufzte. »Du kennst mich, seit ich ein kleines Mädchen war. Und ich denke, du hast noch gar nicht bemerkt, dass ich mittlerweile eine Frau geworden bin. Sieh mich an, Philipp. Sieh mich endlich an!« Sie ergriff seine Hände und führte sie über ihren gesamten Körper, über den Bauch, der unter ihrem groben Kleid flach war und ein wenig hart, weil er nicht genügend Nahrung bekam, über die Brüste, die im Gegensatz dazu groß waren, üppig und sich weich anfühlten. Dann führte sie ihn über einen schlanken Hals zum Gesicht und Philipp ertastete volle Lippen, eine schmale Nase, die vielleicht ein wenig zu weit hervorstand, aber kerzengerade war, und über zarte Wangen, die jetzt sicherlich von der Kälte gerötet waren.

Emilia löste ihren Zopf und ließ ihn ihr Haar fühlen, eine dichte Lockenpracht, flauschig wie bei einem jungen Schaf.

»Siehst du?«, flüsterte sie. »Auch ich bin schön. Und ich liebe dich, Philipp, aufrichtiger, als eine andere Frau es je könnte. Es ist mir egal, ob du blind bist. Nichts ist in einer guten Ehe wichtiger, als dass Mann und Frau einander innig zugetan sind und sich gegenseitig schätzen. Wir könnten einen gemeinsamen Weg finden – das kleine Stück Land bestellen, das mir meine Doode überschreiben wird, sobald ich heirate. Ich kann kräftig zupacken, bin harte Arbeit gewöhnt. Wir haben Spaß miteinander, das ist wichtig! Und ich bin auch eine gute Bettgenossin. Mit der Zeit, da bin ich sicher, wirst du über deine unglückliche Liebe zu Katharina hinwegkommen. Nimm mich, Philipp, und vergiss sie. Sie ist deiner nicht wert.«

Da endlich löste sich seine Starre. Was redete Emilia da? War sie völlig närrisch geworden? Hatte man jemals davon gehört, dass eine Frau einen Mann anflehte, sie zu heiraten?

Emilia war vermessen, mehr als das, sie war wild und scherte sich nicht um Konventionen. Wenn Magister Hoffius von ihrem Verhalten erführe, würde er sie von der Kanzel herunter verdammen. Philipp war so aufgebracht, dass er gar nicht wahrnahm, wie sie jetzt schwieg und ihn losließ. Auch ihr Bekenntnis verschwamm und zurück blieb nur die Schmährede auf Katharina. *Sie ist deiner nicht wert.* Nicht wert. Wie ein Pfeil bohrten sich die Worte in sein Herz.

»Und du glaubst, *du* bist meiner wert?« Seine Stimme war kalt wie Eis. »Du willst mir Katharina ausreden, das ist abscheulich, Emilia! Scher dich zum Teufel!«

Er drehte sich um und stolperte wie von Furien gejagt den Weg zurück, den sie gekommen waren. Als ihm Schlitzohr folgte, knüpfte er ihm hastig das Seil um, damit er schneller vorankam.

»Philipp!«, rief Emilia ihm nach. »Bleib stehen! Lauf nicht weg! Es tut mir leid. Ich hätte das alles nicht sagen sollen. Bitte, geh nicht weg. Vergiss meine Worte.« Ihre Stimme brach.

Philipp blieb nicht stehen. Auch nicht, als er ihr lautes Schluchzen vernahm, das schließlich in ein leises, trostloses Weinen überging.

Sie ist deiner nicht wert. Pah! Was wusste Emilia schon von der Liebe?

* * *

Als Philipp das Junckerhaus erreichte, war er noch immer wütend. Er sehnte sich nach seiner Kammer, nach Ruhe – und ahnte nicht, dass ihm das Schlimmste noch bevorstand.

Im Haus war es totenstill.

»Zach?«, rief Philipp, aber nicht sehr laut, denn er wollte den Bruder nicht wecken, falls er schlief. Es kam keine Antwort.

Leise tastete sich Philipp zur Kammer der Eheleute und öffnete vorsichtig die Tür. Stickige Luft schlug ihm entgegen, der scharfe Geruch einer Kräutersalbe und die leisen regelmäßigen Atemzüge seines Bruders.

Beruhigt zog er sich wieder zurück. Zach schien zu genesen, so schnaufte kein Kranker. Wo aber steckte Anna? Warum ließ sie ihren Gatten unbeaufsichtigt?

Philipp zuckte die Schultern. Er wollte ihr jetzt ohnehin nicht begegnen. Leise schlich er zur Treppe. Nur gut, dass er mittlerweile jede Stufe kannte, dass er genau wusste, wohin er treten musste, um kein Geräusch zu verursachen. Doch plötzlich trappelte Schlitzohr auf ihn zu, zerrte an seinem Beinkleid, verschwand in der Küche und jaulte erbärmlich auf. Und da hörte Philipp es: Ein leises Stöhnen, ein ganz feines Röcheln, kaum wahrnehmbar.

»Anna?«, rief er und ein kalter Schauer überlief seinen Rücken. »Anna? Bist du hier?«

Noch einmal erklang das unheimliche Geräusch, danach war alles wieder still.

»Anna?«, fragte Philipp noch einmal zögernd, als er die Küche betrat. Ihn fröstelte und er ahnte, dass etwas nicht in Ordnung war. »Anna?«, fragte er ein drittes Mal, fast flüsternd.

Ein leises Stöhnen antwortete ihm. Es kam von unten, vom Boden.

Sie lag zusammengekrümmt vor dem Ofen und in gleichmäßigen Abständen durchlief ein krampfhaftes Aufbäumen ihren Körper. Dann röchelte sie leise. Philipp wusste nicht, ob sie bei Bewusstsein war. Fieberhaft tasteten seine Hände nach ihrem Gesicht – und zuckten erschrocken zurück, als sie es erreichten.

Annas Stirn war von eiskaltem Schweiß bedeckt, die Augen weit aufgerissen, vor dem Mund hatte sich dichter Schaum gebildet. Jedes Mal, wenn sie ausatmete, stiegen Blasen daraus hervor und zerplatzten in der Luft.

Aber immerhin, sie atmete. Philipp riss sich das Wams vom Leib und stopfte es ihr unter den Kopf, damit sie besser liegen konnte.

»Was ist mit dir?«, wimmerte er, doch Anna zuckte nur, stöhnte vor Schmerz und fiel dann wieder in sich zusammen.

Er musste Zacharias wecken. Den Pfarrer holen. Und einen Heilkundigen! Jemanden, der sich mit Krankheiten auskannte. Vielleicht die Barbara Kolb aus der Sandgasse, die wusste alles über Frauenleiden – vielleicht war es ja nichts anderes als das?

»Halte durch, liebe Schwägerin«, stammelte er und bemühte sich, seiner Stimme einen festen Klang zu verleihen. »Ich hole Hilfe. Alles wird gut.«

Er machte Anstalten, sich aufzurappeln, doch plötzlich schnellte Annas Hand hervor, packte ihn mit einer unerwarteten Kraft und zog ihn zu sich hin, zu ihren Lippen. Er konnte spüren, wie die Anstrengung sie erschöpfte.

»Geh … nicht …«, hörte er sie wispern. Zumindest glaubte er, dies zu verstehen, denn der Schaum und die bebenden Lippen verzerrten die Worte bis zur Unkenntlichkeit.

»Du brauchst Hilfe«, widersprach er. »Ich bin ja gleich zurück.«

»…u … spät …«

»Sag das nicht. Die alte Kolb wird wissen, was zu tun ist.«

Noch einmal verstärkte Anna mit letzter Kraft den Druck und versuchte, ihn näher zu sich zu ziehen.

»… Es … wa… fein …« Das Sprechen war ihr fast unmöglich.

»Liebe Anna. Ich kann dich nicht verstehen.« Er wusste, dass sie besser schweigen sollte, doch es schien ihr wichtiger als alles andere, ihm etwas mitzuteilen. Also legte er sein Ohr ganz dicht an ihre Lippen und fragte: »Was war fein?«

Sie neigte verneinend den Kopf, wie es Philipp vorkam, und wiederholte ihr Stammeln. Doch es kam nur ein Röcheln über ihre Lippen. Mit einem ruckartigen Krampf bäumte sich ihr Körper noch einmal auf, Blase und Darm entleerten sich, aus dem Mund quoll noch mehr Schaum, blutiger Schaum, wie Philipp am metallischen Geruch erkannte. Dann sank Anna Juncker zurück auf den Boden und rührte sich nicht mehr.

Kapitel 6

Walthüren, zwei Tage später

Der endlose Regen schlug auf die lehmige Erde, die schon längst ersoffen war und keinen Tropfen Wasser mehr aufnehmen konnte. Der flüssige Schlamm reichte bis zu den Knöcheln, schwappte in die Schuhe, durchnässte sie binnen weniger Sekunden und ließ die Zehen verschrumpeln. Wie gerne hätte Philipp sie ausgezogen und wäre barfuß hinter dem Holzsarg hergelaufen, in dem die sterblichen Überreste seiner Schwägerin ruhten.

Es waren nicht mehr als elf Paar Füße, die den Gang zum Gottesacker neben der Kirche antraten. Philipp erkannte jedes einzelne an der Schwere und Wucht der Schritte.

Allen voran eilte Magister Jodocus Hoffius. Sein Atem rasselte und sein trockener Husten schüttelte ihn bei diesem Wetter besonders heftig. Zwei Messdiener trugen den Sarg. Mehr waren für Annas zarten Körper nicht nötig.

Direkt hinter dem Sarg klammerte sich Philipp an den Arm von Nikolaus. Jeder Schritt ließ eine Fontäne schmutzigen Wassers aufspritzen. Emilias resolute und für eine Frau außergewöhnlich kräftigen Tritte ertönten rechts von ihnen. Philipp achtete darauf, gebührenden Abstand zu halten. Annas tragischer Tod hatte sie schneller wieder zueinander geführt, als ihm lieb war, aber noch stand das Gespräch am See wie eine Mauer zwischen ihnen und Philipp fühlte sich unwohl in ihrer Nähe.

In der nächsten Reihe die tänzelnden Schritte von Melchior Preuß, Zacharias' Gesellen. Und die schweren von Oswald Keim, dem Schmied, der noch tiefer im Matsch versank als alle anderen.

Den Abschluss des kleinen Zuges bildeten die Mehrbreier-Schwestern, drei verwitwete alte Vetteln, die sich als Klageweiber ein kleines Almosen verdienten. Ihr eintöniges Gejammer mischte sich mit dem Regen zu einem eigentümlichen Lied, das weniger traurig als unheimlich klang.

Schlitzohr winselte.

Katharina hatte ebenfalls den Wunsch geäußert, an dem Begräbnis teilzunehmen, aber auf die dringende Bitte ihres Vaters hin war sie im Junckerhaus geblieben, um ein Auge auf Zacharias zu werfen, der seit dem Tod seiner Frau mit hohem Fieber im Bett lag, nicht recht bei Sinnen war und deshalb auf keinen Fall unbeaufsichtigt bleiben durfte. Seine Teilnahme an Annas Beerdigung war undenkbar.

Die übrigen Dürmer waren aus anderen Gründen zu Hause geblieben.

»Verflucht sind sie, die Junckers«, flüsterte eines der drei Klageweiber, bevor es den Gesang wieder aufnahm. Die Stimmen der drei Vetteln klangen so identisch, dass Philipp sie unmöglich auseinanderhalten konnte. »Verflucht. Alle miteinander!«

»Hör nicht hin«, wisperte Emilia. Aber Philipp wollte es hören, wollte sogar ganz genau wissen, was sie tuscheln.

»Sie hat blutigen Schaum gespuckt«, krächzte das erste Weib und es klang wohlig erschaudernd.

»Man sagt, Kröten seien aus ihrem Mund geschlüpft. Dreizehn an der Zahl.« Philipp hörte, wie sie sich bekreuzigten.

»Verflucht!«, zischte die erste noch einmal. »Eine Hex hat sie umgebracht. Und die anderen Junckers werden ebenfalls sterben.«

»Der Krüppel zuerst.« Die Vettel hustete und Philipp lief ein kalter Schauer über den Rücken.

»Dem Bildhauer hat die Hex auch schon eine Krankheit angezaubert, sagt man. Deshalb ist er nicht zum Begräbnis gekommen.«

»Besser, man hält sich von den Junckers und ihrem Altar fern!«

Alle drei Weiber brummten zustimmend.

»Vielleicht steckt die Margarethe aus Höpfingen dahinter! Sie hat unter der Folter schon zugegeben, dass sie das Kind vom Leonhard Trabold getötet und im August Hagel gesotten hat.«

Philipp spitzte die Ohren. Margarethe aus Höpfingen? Die Hebamme? Dass man sie schon zum zweiten Mal eingesperrt hatte, um ihren Fall zu untersuchen, wusste er. Dass sie gestanden hatte, war ihm jedoch neu.

»Gut möglich, dass sie und ihre Komplizen den Altar verflucht haben! Hat man die Elende nicht schon in unmittelbarer Nähe des Krüppels gesehen?« Die Vettel senkte ihre Stimme, sodass Philipp den Rest nicht verstehen konnte. Aber die Reaktion ihrer Schwester war umso deutlicher: »Der Krüppel?«, rief sie entsetzt. »Meinst du, er steckt mit der Hex unter einer Decke?«

Zu einer Antwort kam es nicht mehr, denn der kleine Leichenzug hatte den Friedhof erreicht und die Klageweiber stimmten augenblicklich wieder ihr schauriges Gejammer an.

»Wir sind hier versammelt, um den Leib Anna Junckers der Erde zu übergeben.« Magister Hoffius hielt sich heute nicht mit einer ausufernden Predigt auf. »Gott sei ihrer Seele gnädig.«

Es gab ein klatschendes Geräusch, als der Sarg in die Grube gelassen wurde, weil auch sie mit Wasser vollgelaufen war. Der Totengräber fluchte.

Philipp fröstelte. Die Hebamme hatte gestanden. Und ihn hatte man in ihrer Nähe beobachtet. Ein Ruck an seinem Arm riss ihn aus den Gedanken. Nikolaus zerrte ihn rückwärts und keuchte. »Pass auf, wo du hintrittst! Beinahe wärst du ins Grab gestürzt!«

Philipp bekreuzigte sich. Er wollte weg von diesem Ort der Toten, in seine trockene Dachkammer, wo niemand ihn sah.

Was hatte Anna ihm an ihrem Todestag mitteilen wollen? Hätte er sie nur nicht auf den Abend vertröstet!

Die Pest hatte man seiner armen Schwägerin angehext. Ihm wurde schwindelig und hätte Nikolaus ihn nicht erneut aufgefangen, wäre er wohl in den Matsch gefallen.

»Du willst es vermutlich nicht hören«, erklang plötzlich Emilias Stimme dicht an seinem Ohr. »Aber ich muss es dir trotzdem sagen. Ich weiß, was du denkst. Du glaubst dem dummen Geschwätz der Mehrbreier-Vetteln. Weil du diesen Hexenunsinn schon immer geglaubt hast. Aber versprich mir, noch einmal in Ruhe darüber nachzudenken. Ist dir wirklich nie die Idee gekommen, jemand könnte Anna vergiftet haben? Keine Zauberei, kein Hokuspokus. Gift, das ein Mörder aus Fleisch und Blut ihr verabreicht hat?«

Er hörte, wie ihre Schritte sich auf dem wässrigen Boden entfernten, wie sie ihn allein ließ, mit diesen ungeheuerlichen Worten.

»Amen«, schloss der Magister das Begräbnis und ein fernes Donnergrollen kündigte neue Unwetter an.

* * *

Drei Wochen später lag Zacharias noch immer im Bett. Das Fieber war gesunken, aber seine Lebensgeister wollten einfach nicht zurückkehren. Seine Augen hatten ihren kranken Glanz behalten, die Wangen wurden mit jedem Tag blasser und eingefallener. Er aß kaum einen Bissen und behielt nur die Hühnerbrühe bei sich, die Katharina ihm kochte und mit unendlicher Geduld einflößte.

Lange konnte es so nicht mehr weitergehen. Der Schmied begann zu murren. Anfangs war es ein Freundschaftsdienst gewesen, als er seine älteste Tochter in das Haus seines Auftraggebers und Geschäftspartners geschickt hatte. Da war man noch von einer kurzen Unpässlichkeit des Bildhauers ausgegangen. Jetzt sah die Sache ganz anders aus. Die Angelegenheit schien sich zu einer langwierigen Krankheit auszuwachsen, einer Krankheit, deren Ursache im Dunkeln lag, im Stockdunkeln, denn nach Angabe des Baders, der herangezogen wurde, fehlte dem Juncker gar nichts, es lag lediglich ein schwarzer Schatten auf seinem Gemüt, ein Schatten, der ihn aufzehrte und an ihm nagte wie eine Ratte an einem Stück Aas. Gegen einen solchen Schatten war kein Kraut gewachsen.

Eines Tages saß Katharina gemeinsam mit Philipp bei Tisch und ihr süßer Fliederduft versetzte ihn wie immer in eine Art Rauschzustand.

»Mein Vater braucht mich zu Hause«, begann sie und berührte vorsichtig seine Hand, die auf dem Tisch lag. Er spürte eine heiße Flamme durch seinen Körper rasen. Wenn sie ihm so nahe kam, konnte er seine Leidenschaft kaum verbergen und er wandte sich schnell ab, bevor sie allzu verräterische Regungen an ihm wahrnahm.

»Der Regen hat nachgelassen«, sagte er heiser. »Sollen wir einen kleinen Spaziergang zum See machen? Schlitzohr braucht Bewegung.« *Und ich erst recht*, fügte er in Gedanken hinzu.

In den vergangenen drei Wochen war er fast täglich mit Katharina zum See gegangen, hatte sich bei ihr untergehakt wie früher bei Emilia und trotz der tragischen Ereignisse im Junckerhaus ein warmes, sonniges Glücksgefühl verspürt.

Das Haus der Stumpfs hingegen mied er seit jenem Tag. Nikolaus sah gelegentlich vorbei, aber Emilia ging er weiterhin aus dem Weg. Noch immer ärgerten ihn die Worte seiner einstigen Freundin. Ihre Einschätzung von Katharinas Charakter war grundlegend falsch! Die Tochter des Schmieds kümmerte sich rührend und mit stets guter Laune um den Haushalt der Junckers. Und sie machte kein Geheimnis mehr daraus, dass sie dem blinden Philipp zugetan war.

Während sie zum See wanderten, summte er ein leises Lied vor sich hin.

»Deine Stimme ist so schön«, sagte Katharina. »Du solltest öfter singen, es erwärmt die Herzen.«

»Mir ist aber nur in deiner Nähe danach zumute«, wagte Philipp zuzugeben.

Sie lachte und versetzte ihm einen Klaps auf die Schulter. »Du machst mich verlegen«, sagte sie und errötete. Dann wechselte sie abrupt das Thema: »Mein Vater will nicht, dass ich weiter zu euch komme. Er braucht mich.«

Im Haus des Schmieds lebten drei weitere Kinder, das Jüngste erst acht Jahre alt. Seit die Mutter vor zwei Jahren im Kindbett gestorben war, kümmerte sich Katharina gemeinsam mit ihrer elfjährigen Schwester Magda um den Haushalt.

»Magda schafft es nicht mehr alleine. Sie ist noch so zart. Und ich war wirklich selten zu Hause, seit deine Schwägerin gestorben ist.«

»Aber wir brauchen dich auch!«, entfuhr es Philipp entsetzt. »Was soll ohne dich aus uns werden?«

»Nun, ihr müsst eine Köchin anstellen. Eine Magd, die für euch putzt und den Haushalt führt.«

Philipp seufzte. So einfach war die Angelegenheit nicht. Eine Magd musste bezahlt werden.

Melchior Preuß, der die Werkstatt notdürftig weiterführte, während Zacharias im Bett lag, hatte ihn erst vor Kurzem darauf hingewiesen: »Euer Geld wird knapp. Der Vorschuss, den Pfarrer Hoffius deinem Meister bezahlt hat, ist nahezu aufgebraucht. Der Sarg und das Begräbnis haben noch einmal ein ordentliches Loch in euer Säckel gerissen. Du wirst den Magister um eine weitere Zahlung bitten müssen.«

Die Wahrheit traf Philipp völlig unvorbereitet. Er hatte angenommen, sein Bruder sei ein wohlhabender Mann – das gute Essen und die vornehme Kleidung ließen darauf schließen.

Aber war Zacharias nicht auch in Würzburg hoch verschuldet gewesen? War es möglich, dass der ältere Bruder mit seinem Geld einfach nicht umgehen konnte?

Philipp wusste nicht, was er tun sollte. Den Magister um einen Vorschuss bitten? Er lachte bitter auf. Das war unmöglich. Zacharias lag krank zu Bett, seine Arbeit am Altar ruhte und es war gänzlich ungewiss, wann und ob er sie je wieder aufnehmen konnte. Magister Hoffius war ein ehrgeiziger, aber kein mildtätiger Mann. Er zahlte nur für Arbeit, die auch geleistet wurde. Niemals würde er einen Gulden herausrücken, solange Zacharias' Schicksal im Dunkeln lag.

Das wollte Philipp Katharina gegenüber jedoch nicht eingestehen. »Können wir nicht dich bezahlen, damit du weiter für uns sorgst?«, fragte er leise.

»Ich bin keine Magd.« Ihre Stimme war schärfer als zuvor. Dann seufzte auch sie. »Aber ich würde gerne weiterhin zu euch kommen«, gab sie zu, deutlich milder. »Du müsstest mit meinem Vater darüber sprechen.«

Eine Weile liefen sie schweigend nebeneinander her. Irgendetwas bedrückte Katharina, Philipp konnte es spüren. Schließlich blieb er stehen und fasste nach ihren Händen. »Was liegt dir auf dem Herzen?«, fragte er.

»Die Leute«, sagte sie zögernd. »Sie reden noch immer von einem Fluch, der auf den Junckers liegt.« Sie stockte. »Mein Vater möchte nicht, dass ich weiter zu euch komme, solange die Gefahr nicht gebannt ist.«

Philipp fröstelte. Seit dem Begräbnis war kein Tag vergangen, an dem er nicht über Emilias Worte nachgedacht hatte. War Anna tatsächlich vergiftet worden? Ermordet?

Meist schob er den Gedanken schnell wieder beiseite. Wer sollte so etwas tun? Aus welchem Grund? Anna war eine sanftmütige, allseits beliebte Frau gewesen, von allen Dürmern geschätzt. Niemand hatte einen Vorteil von ihrem Tod.

Nein, viel wahrscheinlicher war es, dass tatsächlich die Hexe aus Höpfingen dahintersteckte. Diesen bösen Weibern, die mit dem Teufel paktierten, war alles Reine, Gläubige und Rechtschaffene ein Dorn im Auge, sie ruhten nicht eher, bis sie es entweder verdorben oder vernichtet hatten. Die Frau eines Bildhauers, der an einem gottgefälligen Altar arbeitete, war ein gefundenes Opfer für sie. Frauen waren ohnehin leichter zu töten und zu behexen als Männer, das wusste jeder. Nun versuchten sie es auch bei Zacharias, deshalb verschwand die Krankheit nicht.

»Die Hexe wird gestehen«, sagte er zu Katharina und bemühte sich um eine feste Stimme. »Man wird sie verurteilen und wenn sie erst auf dem Scheiterhaufen brennt, wird auch der böse Fluch von den Junckers genommen. Du wirst schon sehen! Das Korporale, dem wir einen Altar errichten, wird uns beschützen.«

Seine tröstenden Worte sollten nicht nur Katharina überzeugen, sondern auch ihn selbst. Denn tief in seinem Herzen nagte Emilias Verdacht weiter. *Gift. Ein Mörder aus Fleisch und Blut.*

Philipp wusste nicht, welche der beiden Möglichkeiten die schrecklichere war.

* * *

Sechs weitere nasse und eisige Wochen gingen ins Land, bis die ersehnte Botschaft das Junckerhaus erreichte. Eine Nachbarin überbrachte sie. Am frühen Morgen, die Sonne war noch nicht aufgegangen, hämmerte sie an die Tür.

»Die Teufelshure hat gestanden! Dass sie eine Hex ist, dass sie den Arsch des Satans geküsst hat, dass sie ihm beigelegen und zum Hexensabbat auf den Katzenbuckel geflogen ist!« Die Stimme der jungen Frau überschlug sich vor Eifer.

»Sie hat aus Zuckerwasser Mäuse gemacht! Eine Teufelssalbe gesotten, mit der sie Kühe totzaubern konnte! Auf die Hostie hat sie gespuckt und das Vaterunser rückwärts gesprochen! Und dem Schuh-Lenz …«

»Hat sie meine Schwägerin totgehext?«, unterbrach Philipp atemlos.

»Ja, das auch. Die Anna und den alten Kuhn, der zu Pfingsten ohne Grund im Stall tot umgefallen ist.«

Es war, als schmelze ein Eisblock in seinem Herzen. Philipp fühlte sich so frei wie schon lange nicht. Also doch! Er hatte Recht behalten und Emilia hatte sich geirrt! Die restlichen Worte der Nachbarin nahm Philipp kaum noch wahr.

»Auf der Heide soll sie brennen. Auf ungeweihtem Boden zwischen Walthüren und dem Höpfinger Wald. Der Scheiterhaufen wartet schon.«

* * *

Als der Tag der Hinrichtung anbrach, war ganz Walthüren auf den Beinen. Schon vor dem Morgengrauen drang Stimmengewirr aus allen Gassen, ein fliegender Händler verkaufte Bratäpfel und Haferbrote und jeder, der ein paar Kreuzer übrig hatte, griff zu, denn die meisten hungerten schon jetzt, obwohl die Folgen der Missernten erst im Winter ihr volles Ausmaß erreichen würden, wenn die letzten Vorräte aufgebraucht waren.

Zacharias lag im Bett, ausgezehrt, aber bei klarem Verstand. Regina, die Magd des Ochsenwirts, hatte sich in den vergangenen Wochen um ihn gekümmert. Die dralle, mit ihren zweiundzwanzig Jahren nicht mehr ganz junge Frau hatte ein Auge auf Melchior Preuß geworfen und deshalb nur eine geringfügige Bezahlung verlangt.

Auch Philipp war seit dem ersten Hahnenschrei auf den Beinen, hatte längst gefrühstückt, seine Morgenrunde mit einem verdutzten Schlitzohr gedreht, der sich über die ungewohnte Zeit wunderte, aber gleichwohl mit dem Schwanz wedelte und freudig bellte. Für einen Spaziergang war ihm jede Tageszeit recht.

»Heute musst du zu Hause bleiben«, erklärte Philipp ihm. »Es wäre zu gefährlich für dich.«

Ihn beschlich ein ungutes Gefühl, wenn er an das bevorstehende Ereignis dachte. Eine Frau würde brennen, eine Frau, die er kannte, die ihn einmal vor eben jener Menschenmenge beschützt hatte, die sich jetzt versammelte, um ihrem Tod beizuwohnen. Lange hatte er mit sich gerungen, ob er hingehen sollte. Üblicherweise hielt er sich von öffentlichen Hinrichtungen fern. Aber in diesem Fall ging das nicht. Er musste dabei sein. Musste mit allen verbliebenen Sinnen erleben, wie die Hexe starb. Er musste die Gewissheit haben, dass es vorbei war.

Nach langem Zögern hatte Katharina zugestimmt, ihn zu begleiten. Philipp hätte es ihr gerne erspart. Aber wen hätte er sonst fragen können? Zacharias wäre vielleicht mitgekommen, aber er war noch immer zu schwach.

Nach wochenlangem Regen entwickelte sich der 9. November zu einem sonnigen, geradezu milden Tag. Keine Wolke trübte den Himmel, kein Regentropfen würde das Feuer des Scheiterhaufens löschen. Der Weg auf die Heide war weit und beschwerlich, es ging bergauf, die Pfade waren morastig. Philipp und Katharina sprachen wenig. Beiden war beklommen zumute, beide fürchteten sich vor dem, was geschehen würde. Die schaulustigen Dürmer und Höpfinger schwatzten dafür umso mehr.

»Dort hinten ist der beste Platz!«, raunte eine alte Frau vertraulich einer anderen zu. »Dort kommt der Schinderkarren mit der Hexe vorbei. Man sieht sie aus nächster Nähe und kann verfaulte Kohlköpfe nach ihr werfen.« Sie kicherte. »Verfaulte

Kohlköpfe gibt es dieses Jahr mehr als genug.« Es klang wie das Krächzen eines Raben.

»Ich will nicht so nah ran«, sagte Katharina und Philipp nickte. Auch er legte keinen Wert darauf, ganz vorne zu stehen.

»Sie kommt!«, schallte der Ruf durch die Menschenmenge und das aufgeregte Stimmengewirr wurde noch lauter. Eine fieberhafte Erregung ergriff die Leute.

»Du musst mir deine Augen leihen«, sagte Philipp zu Katharina. »Was siehst du?«

»Der Karren kommt von Höpfingen herauf. Eine ganze Horde Männer begleitet ihn, damit die Meute ihn nicht schon vor dem Richtplatz umschmeißt. Mein Gott. Das ist Margarethe? Ich hätte sie niemals wiedererkannt.«

»Wie sieht sie aus? Nun red schon!«

»Man hat ihre Hände mit einer Eisenkette gefesselt. Ganz mager ist sie. Als hätte man ihr in den letzten Wochen nichts zu essen gegeben. Sie trägt ein einfaches weißes Hemd. Ihr muss sehr kalt sein. Ihre Brüste hängen schlaff nach unten, man kann es durch das Hemd hindurch sehen. Sie ist nur noch Haut und Knochen.«

»Ihre Augen. Beschreib mir die Augen. Hat sie den bösen Blick?«

»Ich kann nichts davon erkennen. Sie hält den Kopf gesenkt, ihr Haar ist offen, weiß und strähnig, es verdeckt ihr Gesicht.«

Enttäuscht sog Philipp die Luft ein. Er hatte einen aufsehenerregenderen Auftritt erwartet. Stattdessen hörte er jetzt ein leises Wimmern von dort, wo sich der Karren seinen Weg zum Scheiterhaufen bahnte. Klatschende Geräusche und das Grölen der Menge. Die beiden alten Weiber waren nicht die einzigen, die verfaulte Kohlköpfe mitgebracht hatten.

»Sie schafft es nicht alleine auf den Scheiterhaufen. Vier Männer hieven sie vom Wagen. Sie wehrt sich nicht, aber ihre

Beine schleifen nutzlos über den Boden. Ich glaube, sie sind beide gebrochen.«

»Als Hexe hat sie es nicht besser verdient!« Philipp spuckte auf den Boden. »Man sagt, sie sei auch bei der peinlichen Befragung völlig verstockt gewesen und selbst als sie schon gestanden hatte, weigerte sie sich, die Namen ihrer Komplizen preiszugeben. Sie sagt, der Satan habe sie allein aufgesucht, als Junggeselle, er habe ihr Geld gegeben, sie beschlafen und anschließend getauft. Er selbst habe ihr das Zaubern beigebracht, ihr gezeigt, wie man aus Mäusedreck und dem Balsam toter Kinder die Salben siedet, mit denen sie so viel Schaden angerichtet hat. Sie muss brennen, zu unser aller Wohl.«

Ein heiserer Aufschrei von Katharina unterbrach Philipp.

»Was ist?«, fragte er unruhig. »Was hast du?«

»Jetzt hebt sie den Kopf. Ich kann ihre Augen sehen!«

»Der böse Blick?«

»Ich glaube nicht. Nein. Sie sieht furchtbar aus. Ihre Augen sind blutunterlaufen und tief eingesunken. Ein Schleier liegt über ihnen. Sie mustert die Menge, einzelne Gesichter, auch dich hat sie angesehen, Philipp! Der Scharfrichter spricht mit ihr, er hat die Fackel schon in der Hand. Und der Amtskeller Dühring kommt heran.«

Die lautstarken Rufe der Menschenmenge ließen nach, bis eine eigentümliche Stille eintrat, in der nur noch das leise Knistern der Fackel zu hören war. Dann erscholl die Stimme des Kellers: »Weib, ich frage dich ein letztes Mal: Wirst du uns die Namen der anderen nennen? Wer hat mit dir gemeinsam gezaubert? Wer war noch dabei, beim Hexensabbat am Katzenbuckel?«

Nun verstummte auch das letzte Flüstern. Keiner wollte verpassen, was die Hexe sagte. Eine angespannte Stimmung lag in der Luft. Aus anderen Städten und Dörfern wusste man, dass die Verurteilten oft den halben Ort verflucht und beschuldigt hatten, bevor die Flammen sie zum Schweigen brachten. Würde das auch hier geschehen? Was würde die vermaledeite Margarethe antworten? Ein fast freudiger Schauer ergriff die Menge. Jetzt! Sie öffnete sie den Mund und entblößte ein Gebiss, in dem etliche Zähne fehlten.

»Ihr wollt Namen hören?«, fragte sie leise. »Von mir werdet ihr keine bekommen. Nein, ich war nicht allein auf dem Katzenbuckel, aber die anderen waren nicht von hier. Ich war die Einzige aus unserer Gegend. Die Namen der anderen kenne ich nicht und kann sie euch nicht nennen.«

Sie atmete laut, als habe die Rede sie sehr erschöpft.

»Verstockt bis in den Tod«, schnaubte der Keller wütend. »Fahr zur Hölle, böses Weib!«

Philipp konnte hören und kurz darauf an der zunehmenden Hitze spüren, dass der Scharfrichter den Scheiterhaufen in Brand gesetzt hatte. Noch immer herrschte eine angespannte, erwartungsvolle Stille. Kam noch etwas? Ja, die Hexe öffnete noch einmal den Mund und ihre Worte waren gut zu verstehen, als sie erneut zu sprechen anhob, lauter diesmal, die Stimme von Angst und Schmerzen gezeichnet.

»Ihr habt mich zu Unrecht verurteilt«, schluchzte sie. »Doch ich will euch nicht verfluchen, sondern euch vergeben. Ich bete, dass Gott euren Seelen gnädig ist!«

Sie begann zu singen, erst leise, dann lauter und schließlich weinte sie, jammerte und schrie.

»Blasphemie!«, rief der Messdiener aus Höpfingen. »Sie verspottet uns! Was für eine niederträchtige Hexe!«

Die Menge fiel nach und nach in seinen Ruf ein. Der Lärm der Schaulustigen mischte sich mit den gequälten Todesschreien der Margarethe.

Philipps Atem ging stoßweise. Die Worte der Hebamme verfolgten ihn. Ihre Schmerzensrufe zehrten an seiner Seele. Er riss sich von Katharina los, als er es nicht mehr ertragen konnte, presste die Hände auf die Ohren, um den Lärm zu dämpfen, um Margarethes Wimmern nicht mehr zu hören. Am liebsten wäre er davongelaufen vor dem Grauen, aber das ging nun nicht mehr.

Ein durchdringender Geruch erreichte seine Nase. Ein Geruch nach verbranntem Fleisch und verschmorten Haaren. Philipp taumelte und das Entsetzen übermannte ihn mit aller Macht. Zwei Hände reichten nicht aus, um sich vor den Geräuschen und dem Gestank zu schützen. Seine blinden Augen bewahrten ihn nicht einmal vor den grauenhaften Bildern, die in seinem Kopf entstanden. Er hörte, wie er schrie, und spürte, wie Katharina ihn in die Arme nahm, ganz fest, und an sich drückte.

Dann zog sie ihn vom Richtplatz fort, zurück zur Stadt, noch bevor die entfesselte Menschenmenge denselben Weg einschlug. Philipp weinte stumm vor sich hin. Er betete, dass nun alles vorbei sein möge, dass alles gut werden würde. Doch es blieb ein Stachel in seinem Herzen zurück. Ein Stachel, der aus Emilias Worten bestand: *Gift. Ein Mörder aus Fleisch und Blut.*

Kapitel 7

Walthüren, im Mai 1623

Am zweiten Sonntag im Mai heiratete Melchior Preuß die Ochsenwirtsmagd Regina Ott. Die Sonne strahlte und warf ein warmes Licht auf das glückliche Paar. Das glockenhelle Gelächter der Braut schallte durch die Gaststube und steckte die Gäste an. Alle freuten sich, dass es nach einem langen, entbehrungsreichen Winter endlich wieder einen Grund zum Zechen gab. Der Ochsenwirt, sonst nicht gerade für seine Spendierfreude bekannt, hatte zur Feier des Tages ein Lamm geschlachtet und ein Fass Wein angeschlagen. Regina selbst hatte frisches Brot gebacken, dazu gab es eine duftende Paste aus Bärlauch und Rauke, sowie in Essig eingelegtes Gemüse und Früchte. Die Gäste schlugen sich den Bauch voll, viele hatten in den vergangenen Monaten gehungert und würden bereits morgen den Gürtel wieder enger schnallen müssen.

Auch Philips Magen knurrte.

»Greif zu!«, forderte Regina ihn auf. »Heute darf nichts übrig bleiben!«

Philipp brach zwei große Stücke Brot ab, bestrich sie mit der Paste, biss herzhaft in das erste und brachte das zweite hinüber zu Zacharias, der an einem Tisch am Rande der Stube saß.

»Iss!«, sagte er streng. »Damit du wieder zu Kräften kommst.«

Eine Hand griff nach seiner, eine alte, faltige Hand, und Philipp wusste, dass sie seiner Mutter gehörte. »Dein Bruder hat recht«, sagte Magda Juncker mit leiser, etwas brüchiger Stimme. »Du bist ja nur noch Haut und Knochen, mein Sohn.«

Vor einer Woche war sie aus Miltenberg angereist, um sich ihrer beiden Söhne anzunehmen, da Regina während der Hochzeitsvorbereitungen als Magd und Köchin ausfiel.

Zacharias erwiderte nichts, aber Philipp hörte ihn alsbald kauen und leise schmatzen. Fast den gesamten Winter hatte der Bildhauer im Bett verbracht, war abgemagert und nicht in der Lage gewesen, seinen Haushalt zu versorgen. Philipps Hoffnung, die Krankheit würde sich nach dem Tod der Hexe verziehen, erfüllte sich nur langsam und zögerlich. Erst zu Lichtmess war Zacharias wieder aufgestanden, eine Stunde nur, aber dann jeden Tag ein wenig länger. Trotzdem blieb er schwach und an die Arbeit war zunächst nicht zu denken. Melchior Preuß, der Geselle, hatte zwar nicht am Altar, aber zumindest an den Figuren herumgefeilt und mit dem Geld, das Pfarrer Hoffius dafür zahlte, waren sie gemeinsam über den Winter gekommen und hatten Regina ein paar Kreuzer fürs Kochen und Putzen geben können.

Nach ihrer Vermählung würden Melchior und Regina in das kleine Taglöhnerhaus am See ziehen, das der Geselle hergerichtet und mit den nötigsten Möbeln ausgestattet hatte. »Wenn erst Kinder kommen«, sagte er, »brauchen wir mehr Platz. Aber fürs Erste reicht uns die Kate.«

Für die Junckers war die Hochzeit also nur bedingt ein Grund zum Feiern. Die Mutter würde schon morgen wieder abreisen, denn seit vier Jahren war Meister Michael nicht mehr der Alte. Schwermütig war er geworden und kränklich. Er bedurfte der Pflege seiner Frau.

»Ihr müsst ihn bald besuchen kommen«, sagte sie zu ihren Söhnen. »Wenn du wieder ganz auf den Beinen bist, Zacharias.«

Philipp nickte mechanisch, er hörte nur noch mit einem Ohr zu, denn eben setzten die Musikanten ein. Philipps Puls beschleunigte sich, als er die leisen Schritte von Katharina herannahen hörte. Seit sie ihnen nicht mehr den Haushalt führte, waren ihre Besuche umso kostbarer geworden, ein Höhepunkt, auf den er sich tagelang freute. Mittlerweile war die Tochter des

Schmieds ihm fast so vertraut wie einst Emilia. Und doch war bei ihr alles anders: Sein Herz schlug in ihrer Nähe doppelt so laut, ihm wurde warm und ganz ohne sein Zutun breitete sich ein Lächeln auf seinem Gesicht aus. Jede ihrer Berührungen brannte wie Feuer auf seiner Haut und die Flamme wanderte ungehindert hinunter in die Lenden. Manchmal errötete er vor Verlegenheit, wenn sein Körper so unverblümt auf sie reagierte.

»Heute sind alle Leute frohgemut«, sagte sie schüchtern, nachdem sie Magda Juncker begrüßt hatte. »Wollt Ihr nicht tanzen, Meister Zacharias?«

Noch bevor der Bildhauer antworten konnte, ergriff seine Mutter das Wort: »Bist du närrisch, Mädchen? Mein Sohn ist eben erst von einer schweren Krankheit genesen. Und obendrein vergisst du wohl, dass seine Gattin kürzlich verstorben ist.«

»Nein, ich ... Verzeiht mir meine unbedachte Rede. Ich wollte nur ...«

»Tanz mit mir, Katharina«, unterbrach Philipp ihr Gestammel, um sie aus der misslichen Lage zu befreien. »Gibst du mir die Ehre?«

»Tanzen?«, fragte Zacharias spöttisch. »Du?«

»Warum nicht? Dafür braucht man keine Augen.« Unbeholfen tastete Philipp nach Katharinas Arm und zog sie in die Richtung, in der er die Tanzfläche vermutete. »Du musst mir helfen«, flüsterte er ihr zu. »Mich ein wenig führen und leiten.« Seine Heldentat war spontan über ihn gekommen, jetzt fühlte er sich beklommen und hatte Angst, alle könnten sich über ihn lustig machen.

»Danke«, hauchte sie. »Das war nett von dir.« Verstohlen berührten ihre Lippen seine Wange und Philipps Seele hüpfte. Dieser zarte Kuss war es wert, sich der Lächerlichkeit auf der Tanzfläche preiszugeben. Er lachte glücklich auf. Ja, er hatte das

Bedürfnis zu jubeln, zu singen und sich zu drehen. Sollten sie ruhig lachen! Er würde sich in Katharinas Armen wiegen und dann war ihm egal, was die anderen dachten.

Ihr Fliederduft erregte ihn und die drei Becher Wein, die er zuvor getrunken hatte, beflügelten seine Fantasie. »Heißa Kathreinerle«, sang er mit der Musik, packte sie bei der Hüfte und wirbelte sie durch die Luft. Wie leicht sie war! Wie schlank und geschmeidig! Ermutigt ließ er seine Hand über ihren Rücken gleiten, vorsichtig zunächst, dann ein wenig forscher. Sie ließ es geschehen, fasste ihn und drehte sich mit ihm im Kreis. Dabei lachte sie und jauchzte.

Philipps rechte Hand spielte mit ihrem seidigen Haar, die linke glitt zärtlich über ihre Schultern, über den Oberarm. Sie lachte noch immer und ließ ihre Finger auf seinen Hüften kreisen. Philipp wurde heiß und ein wenig schwindelig. Dieser Tanz war das Schönste, was er seit Monaten erlebt hatte. Er wünschte, das Lied möge nie zu Ende gehen.

Seine Hand stieß auf etwas Weiches. Erst als Katharina nach Luft schnappte und leise aufstöhnte, begriff Philipp, dass er ihre Brust berührte. Er erschrak, doch sie machte keine Anstalten, ihn zu tadeln oder seine Hand wegzustoßen. Berauscht vom Wein und der freudigen Stimmung umfasste er die unerlaubte, reife Frucht und knetete sie sanft, in der Hoffnung, dass alle anderen Tänzer mit sich und ihren Partnerinnen beschäftigt waren und keiner ihm zusah.

Er hörte Katharina tief einatmen und spürte, wie ein leises Zittern ihren Leib durchlief. Noch immer unternahm sie keinen Versuch, ihn abzuwehren. Im Gegenteil, sie drängte sich dichter an ihn.

Konnte es möglich sein, dass sie seine Gefühle erwiderte? Dürstete auch sie nach seiner Berührung? Durfte er sich nach all der Zeit, in der er sich nach ihr verzehrt hatte, endlich Hoffnungen machen?

Dann war das Lied zu Ende. Nach kurzem Zögern löste sie sich aus seinen Armen. »Das war schön«, flüsterte sie und hauchte ihm einen zweiten, verstohlenen Kuss auf die Wange. »Du hast wunderbar getanzt.«

Philipp bebte. Er musste es wagen, heute und hier. Wenn nicht an diesem Tag, nach diesem magischen Augenblick, wann dann? Ein besserer Zeitpunkt würde sich dafür niemals finden.

»Es ist warm hier drinnen«, sagte er. »Komm mit mir nach draußen, um Luft zu schnappen.«

»Später«, antwortete sie zögernd, aber freundlich. »Jetzt winkt mich mein Vater zu sich. In einer Stunde treffen wir uns hinten, beim Stall.«

Damit verschwand sie und ließ ihn allein auf der Tanzfläche zurück.

* * *

Niemals war ihm eine Stunde so lang vorgekommen.

Er trank zwei weitere Becher Wein, um den Mut nicht zu verlieren. Mit jeder Minute, die verstrich, wuchsen die Zweifel, seine altbekannten Gefährten.

War es wirklich möglich? Ein Mädchen wie sie? Dem alle jungen Burschen hinterherstarrten, wenn man Emilia Glauben schenken durfte? Manchmal vergaß Philipp, dass er ein Krüppel war, ein Blinder, der aus eigener Kraft keine Familie ernähren konnte. So sehr hatte er sich inzwischen an sein fehlendes Augenlicht gewöhnt, dass ihm das Leben im ewigen Dunkel gänzlich normal erschien. Aber natürlich war es das nicht. Die schwarze Augenklappe, die Emilia ihm genäht hatte, verbarg sein hässliches, rotes Auge, aber nicht seine Unbeholfenheit.

Er seufzte und goss noch einmal Wein nach. Was nutzten all die Zweifel? Er musste sich Katharina endlich offenbaren.

Heute, auf dieser sonnigen Hochzeit, nach diesem Tanz, bei dem sie sich so nahe gekommen waren. Er musste ihr seine Liebe gestehen und dann würde er endlich Klarheit haben.

»Komm, Schlitzohr«, rief er den Hund. »Führ mich zum Stall.« Er band dem Tier den Strick um, trat vor die Tür und Schlitzohr schlug gewohnheitsmäßig den Weg zum Junckerhaus ein. »Nein!«, befahl Philipp. »Hinters Haus. Zu den Kühen.« Er gab dem Hund einen Klaps. »Kühe! Verstehst du?«

Sie waren ein unschlagbares Paar geworden. Philipp konnte sich ein Leben ohne Schlitzohr nicht mehr vorstellen. In seiner Nähe fühlte er sich sicher und den Unbilden des Lebens in der Finsternis gewachsen. Der Hund war ihm nicht nur ein Gefährte, sondern ein wahrer Freund. Niemals wich er freiwillig von seiner Seite. Wenn Philipp am Sonntag die Messe besuchte, wohin er den Hund nicht mitnehmen konnte, heulte der im Junckerhaus wie ein hungriger Säugling und hörte, sehr zum Leidwesen der Nachbarn, erst wieder auf, wenn sein Herr zurückkehrte.

Schlitzohr schlug auch jetzt den richtigen Weg ein. Am Geruch, an der Wärme und dem leisen Wiederkäuen der Kühe erkannte Philipp, dass sie den Stall erreicht hatten. Es war viel zu früh, die Stunde noch lange nicht verstrichen. Aber hier draußen ließ es sich besser warten, niemand störte ihn und er konnte sich die Worte zurechtlegen, die er Katharina sagen wollte.

Ein Geräusch ließ ihn auffahren. Ein leises Rascheln, viel zu leise für eine Kuh, aber doch zu laut für eine Maus oder eine Ratte.

»Hallo?«, rief er unsicher. »Ist da jemand?«

Er erhielt keine Antwort. »Schlitzohr«, flüsterte er. »Lauf und sieh für mich nach.« Er band dem Hund das Seil los und Schlitzohr verschwand im Stall. Er würde sofort anschlagen, wenn er jemanden fand. Doch nichts geschah. Kein ungewöhnliches Geräusch drang aus dem Stall und der Hund kehrte gemächlich und schwanzwedelnd zurück. Beruhigt ließ sich Philipp auf der Holzbank nieder.

Und wenn sie nicht käme?, hämmerten die Zweifel in seinem Kopf. Wenn sie sich nur über ihn lustig machte? Wenn sie …

Wieder ertönte das Rascheln. Philipp tastete nach dem Hund, doch der lag völlig entspannt auf dem Boden. Merkwürdig. Vielleicht war es nur eine Katze. Schlitzohr ließ sich von Katzen nicht aus der Ruhe bringen.

Sie wird kommen, beruhigte er sich. Sie hat es ja selbst vorgeschlagen. Sie hat …

Diesmal kam ein Geräusch von vorne und es war kein Rascheln, sondern die verhaltenen Schritte von Katharina. Philipp hätte sie unter Hunderten erkannt. *Sie kommt zu früh*, dachte er froh.

»Da bist du ja schon«, sagte sie. Ihre Stimme klang unsicher. Schlitzohr sprang auf und ließ sich von ihr kraulen.

»Ich konnte es nicht erwarten, mit dir allein zu sein«, gestand er und schluckte hart, über seine Dreistigkeit erschrocken.

Sie lachte verlegen. Dann setzte sie sich zu ihm auf die Bank, ganz nah, ihre Schenkel berührten sich. Beherzt ergriff sie seine Hand. »Eben, beim Tanz … Oh Philipp, wir müssen reden.«

»Ja«, sagte er und ein heißes Glücksgefühl durchströmte ihn, als sich ihr Arm um seine Schulter legte. »Das müssen wir.«

»Es ist etwas ganz Besonderes zwischen uns«, fuhr sie mit heiserer Stimme fort. »Etwas Wunderbares. Ich habe so etwas noch nie erlebt, diese Vertrautheit, die Nähe …«

Ihre Worte klangen in Philipp nach und versetzten ihn in einen wahren Rauschzustand.

»Ich bin ganz verwirrt«, gestand Katharina. »Und ich weiß nicht, wie ich mich ausdrücken soll.«

»Du musst nichts sagen«, erwiderte Philipp zärtlich, »denn mir geht es ganz genauso. Ich spüre dasselbe wie du. Glaub mir, es ist der schönste Tag meines Lebens! Neben dir fühle ich mich wie ein ganzer Mann, du gibst mir das Gefühl, etwas wert zu sein.«

»Aber natürlich bist du etwas wert, Philipp! Wie kannst du daran zweifeln?«

»Meine süße Katharina«, seufzte er. »Weißt du, wie lange ich dich schon liebe? Schon als meine Augen noch sehen konnten, kam für mich keine andere Frau infrage. Ich liebe alles an dir! Deine Sanftheit, deine Haare, deinen Geruch, diese klangvolle Stimme, die samtige Haut, die zarten Hände, deine Wimpern, die Augenbrauen, die Ohrläppchen ...«

Im Stall raschelte es erneut. Diesmal glaubte Philipp, ein leises Stöhnen zu hören. Doch er beachtete es nicht, zu kostbar war der Moment, in dem er endlich alles aussprechen durfte, was er so lange in sich verschlossen hatte.

»Deine Ohrläppchen«, wiederholte er, doch dann hielt er inne. Katharina hatte den Arm von seiner Schulter genommen und saß zitternd neben ihm. »Was ist los?«, fragte er. »Habe ich etwas Falsches gesagt?«

»Nein.« Sie schniefte. »Nein, gar nicht. Nie zuvor hat mir jemand so schöne Komplimente gemacht.«

Erleichtert atmete Philipp auf und setzte zum Schlussakkord an, zur alles entscheidenden Frage, die ihm seit Jahren auf der Seele brannte. »Wenn wir uns also einig sind«, fuhr er fort, »wenn wir dasselbe füreinander empfinden, darf ich dann bei deinem Vater vorsprechen und um deine Hand anhalten? Willst du meine Frau werden, Katharina?«

Ein leiser Schrei entfuhr ihrem süßen Mund. »Bitte«, weinte sie. »Sprich nicht weiter.«

»Warum?« Verständnislos griff Philipp nach ihrer Hand. »Habe ich dich überrumpelt? Dann tut es mir leid. Ich bin ein Tollpatsch in solchen Dingen. Ich habe das noch nie zuvor gemacht.«

»Das ist es nicht, Philipp. Aber … Ach!«

Ihr Weinen ging in ein lautstarkes Schluchzen über, das ihren ganzen Körper schüttelte. Hilflos nahm Philipp sie in die Arme. Sie ließ es geschehen und Schlitzohr bellte leise auf. »Alles wird gut«, tröstete Philipp. »Du wirst schon sehen.«

Ein neuer Weinkrampf durchlief sie, sie sprang auf und befreite sich aus seiner Umarmung. »Ach, Philipp«, setzte sie an. »Es ist … verflixt! Ich kann es nicht!« Sie lief davon, Richtung Gaststube.

Perplex blieb Philipp sitzen. Er brauchte einige Zeit, bis die merkwürdige Schwere von ihm abfiel, die seine Beine lähmte und sie am Boden festnagelte. Was war geschehen? Was war schiefgelaufen?

»So warte doch!«, rief er endlich und erhob sich, um ihr nachzueilen. »Katharina!« Seine Beine verfingen sich in Schlitzohrs Leine, er stolperte und stürzte hart zu Boden. Ein dumpfer Schmerz durchzuckte seinen Kopf.

Aus dem Stall ertönte ein erschrockener Aufschrei. Kurze Zeit später packten ihn zwei starke Arme und zogen ihn hoch. »Bist du verletzt?«, fragte eine wohlbekannte Stimme.

»Emilia!« Er spuckte den Namen aus wie ein Stück fauligen Fisch. »Du hast uns belauscht? Oh, du boshaftes Biest!«

Sie fuhr zurück, als habe er sie geschlagen. »Natürlich«, sagte sie leise. »Ich bin immer in deiner Nähe. Ich passe auf dich auf. Bist du verletzt?«

»Nein! Verschwinde! Wie kannst du es wagen, mir nachzuspionieren?«

»Lauf ihr nicht nach«, beschwor sie ihn. »Merkst du denn nicht …«

»Schweig still! Du missgönnst mir mein Glück! Das hast du schon immer getan! Nein, du bist nicht länger meine Freundin. Komm nie wieder in meine Nähe. Ich hasse dich!«

Ihre Stimme bebte, als sie ihm antwortete. »Wenn das dein Wunsch ist, Philipp, werde ich ihn erfüllen. Aber denke immer daran, dass du es warst, der mich fortgeschickt hat.«

Sie verschwand und Philipp eilte endlich Katharina nach.

* * *

Er fand sie nicht mehr.

Vermutlich war sie nicht zum Fest zurückgekehrt, sondern nach Hause gelaufen. Philipp wagte nicht, ihr dorthin zu folgen. Warum war sie gegangen? Was hatte er falsch gemacht? Wieso weinte sie?

Seine Gedanken überschlugen sich. Es hatte so gut angefangen! Sie erwiderte seine Liebe, daran bestand kein Zweifel mehr. Diese Gewissheit ließ sein Herz höher schlagen. Warum also hatte sein Antrag sie so erschüttert?

»Zu schnell«, sagte er zu Schlitzohr. »Ich war zu schnell. Zu plump. Mein Gott, was bin ich für ein Tölpel. Ein Mädchen will erobert werden, umworben! Und ich falle derart mit der Tür ins Haus.«

Der Hund leckte seine Hand.

»Das kann ich wieder gutmachen. Nichts ist verloren! Ich werde ihr von nun an jeden Tag zeigen, was ich für sie empfinde, und sie wird meinen Antrag annehmen. Sie liebt mich!«

Da war sie wieder, diese Wonne, die er seit dem gemeinsamen Tanz verspürte.

Auch Zacharias und die Mutter waren nicht mehr auf dem Hochzeitsfest. Philipp machte sich schweren Herzens ebenfalls auf den Heimweg. Ohne Katharina hatte das bunte Treiben seinen Reiz vollständig verloren.

Zielsicher führte Schlitzohr seinen Herrn zum Junckerhaus. Am liebsten hätte Philipp sich mit seinen aufgewühlten Gedanken gleich nach oben verzogen, aber sein Bruder und die Mutter saßen am Esstisch, ins Gespräch vertieft.

»Wo hast du dich nur rumgetrieben? Wir haben dich gesucht«, begrüßte Zacharias ihn vorwurfsvoll. Seit er von seiner rätselhaften Krankheit genas, hatte er oft schlechte Laune.

»Setz dich zu uns«, befahl die Mutter. »Wir reden über eure Zukunft.«

Das war nun wahrlich das Letzte, was Philipp sich wünschte. Schließlich wusste er genau, wie seine Zukunft aussehen sollte!

»Der Altar«, sagte sein Bruder gerade. »Er steht jetzt im Vordergrund. Pfarrer Hoffius ist mit seiner Geduld am Ende und ich habe ihm versprochen, schon nächste Woche wieder mit der Arbeit zu beginnen. Es wird langsam gehen, am Anfang, aber meine Kräfte kehren jeden Tag ein wenig mehr zurück.«

»Du wirst Hilfe brauchen, Sohn. Wenn nur dein Vater jünger wäre!«

»Ich habe Hilfe. Mein Geselle wird doppelt so viel arbeiten. Er hat nun eine Frau, die er versorgen muss. Und Philipp hat zwar seine Augen verloren, aber nicht seine geschickten Hände. Mit den groben Steinmetzarbeiten kann ich Nikolaus Stumpf beauftragen.«

Philipp äußerte sich nicht, aber er freute sich über das Lob.

»Wie geht es dem alten Thaddäus?«, fragte Martha Juncker.

»Schlecht«, erwiderte Zacharias. »Man sieht ihn kaum noch. Sein Geist hat gelitten, er ist nicht oft bei klarem Verstand.«

Martha Juncker seufzte. »Es ist ein Jammer! Seit dem Unfall haben er und euer Vater kein Wort mehr miteinander gesprochen. Weiß der Henker, warum. Aber es sieht so aus, als würden sie beide darunter leiden, Sturköpfe, die sie sind!«

Philipp wusste genau, was zwischen den Männern stand, aber er hütete sich, von dem belauschten Gespräch in der Werkstatt zu berichten. Was einmal begraben war, sollte kein Mensch mehr wecken.

»Wer wird euch den Haushalt führen, wenn ich weg bin?«, fragte die Mutter.

»Fürs Erste wird sich Regina weiter kümmern. Sobald ich die Arbeit wieder aufnehme, bekomme ich einen neuen Vorschuss vom Magister und kann ihr ein paar Kreuzer zahlen. Und im kommenden Herbst – nun, da wird sich sowieso alles ändern.«

Seine Stimme hatte einen geheimnisvollen Klang angenommen und Philipp spitzte die Ohren.

»Was meinst du?«, fragte Martha Juncker neugierig.

»Noch ist das Trauerjahr nicht um, deshalb muss das, was ich nun sage, in dieser Stube und an diesem Tisch bleiben. Verstanden?«

Sie nickten beide.

»Im kommenden Frühjahr werde ich mich zum zweiten Mal vermählen.«

»Das ist ja großartig!«, rief die Mutter aus. »Wer ist die Braut?«

»Du hast sie bei der Hochzeit gesehen. Das junge Mädchen, das mich so ungeschickt zum Tanz aufgefordert hat. Du musst ihr das verzeihen, Mutter. Sie hat es gut gemeint. Sie heißt Katharina und ist die Tochter des Schmieds. Während meiner Krankheit hat sie mich gepflegt. Es ist bereits alles geregelt zwischen uns beiden und ihrem Vater.«

Unter Philipps Füßen tat sich ein Abgrund auf. Er stürzte hinein, fiel, fiel immer tiefer, hörte nicht mehr auf zu fallen und die Schwärze, die ihn umgab, war dunkler und düsterer als jede Schwärze, die er bislang gesehen hatte. So also fühlte sich die Hölle an.

Irgendwie gelang es ihm, aufzustehen und nach oben in seine Stube zu steigen. Schlitzohr folgte ihm mit eingekniffenem Schwanz, er war der Einzige, der den Zustand seines Herrn wahrnahm.

»Sie ist hübsch«, hörte Philipp die Mutter sagen. »Aber blutjung. Ist sie auch fleißig?«

Er stopfte ein Hemd, Beinkleider, ein zweites Paar Schuhe, ein Wams und die paar Gulden, die er unter dem Strohsack aufbewahrte, in einen Ranzen. Das Geld hatte er gespart, um Katharina ein schönes Geschenk davon zu kaufen.

Alles in ihm war zu Eis erstarrt. Er band Schlitzohr den Strick um, den er als Leine benutzte. Zacharias und Martha Juncker waren noch immer ins Gespräch vertieft, sie lachten und scherzten. Sie nahmen keine Notiz von Philipp und bemerkten nicht, wie er leise die Tür hinter sich zuzog und das Haus für immer verließ.

Kapitel 8

Bei Mergentheim, im Sommer 1623

Ein ausgiebiger Regen flutete das Land. Der verheißungsvolle Frühsommer war nur von kurzer Dauer gewesen, danach hatte sich wie ein gewaltiger Berg eine neue, dunkle Wolkenfront von Osten herangeschoben, ein undurchdringlicher Vorhang aus Wasser, der wahre Sturzfluten mit sich brachte. Die Sonne hatte sich schon lange nicht mehr gezeigt, ebenso wenig die Sterne bei Nacht. Vielleicht, so flüsterten die Menschen in den Dörfern und Städten, vielleicht verbarg sich hinter der dichten Wolkendecke wieder ein unheilvoller Komet mit flammendem Schweif wie bereits in den Jahren 1607 und 1618 und kündigte wie damals Elend an, Hunger, Pest und Krieg.

Unsinn, sagten andere, der Regen sei ein untrügliches Zeichen für eine Wende zum Guten, er schwemme alles Üble davon, reinige das Land von Ohnkraut und Pestilenz, von Gestank und Fäulnis und sobald auch die Menschen das Ihrige dazu beigetragen, namentlich alle Hexen dem Feuer übergeben hätten, könne die Welt für die Gerechten rein und frisch aus der Sintflut auferstehen.

Der Krieg sei schon so gut wie vorbei, sagten die ganz Zuversichtlichen, seit der Schlacht am Weißen Berg und dem Blutgericht von Prag sei es nur noch vereinzelt zu Scharmützeln gekommen und freilich, die herumziehenden Landsknechte seien eine rechte Plage, vor allem dort, wo es wegen der Missernten sowieso kaum genug Nahrung für die Landbevölkerung gab, geschweige denn für die gierigen Söldner, aber wenn der Frieden erst beschlossene Sache wäre, würden auch die Soldaten wieder in die Löcher zurückkriechen, aus denen sie einst geschlüpft waren.

Indessen scherte sich der Regen nicht um das Geschwätz der Menschen, er fiel einfach vom Himmel, leidenschaftslos, nass und kalt, gleichermaßen auf die Gerechten wie auf die Elenden.

Philipp war bis auf die Haut durchnässt. Seit Tagen hatte ihn der Schüttelfrost fest im Griff. Wenn er sprach, schlugen seine Zähne aufeinander und klapperten wie Hammer und Meißel. Doch er sprach wenig. Schlitzohr trottete ergeben, aber mit hängendem Schwanz neben ihm her und verstand ihn zumeist auch ohne Worte. Warum sich sein Herr allerdings durch dieses Wetter quälte, anstatt in der warmen Stube zu sitzen, war ihm schleierhaft, aber da er Philipp nie von der Seite wich, winselte er nur gelegentlich und fügte sich in sein Schicksal.

Nachts schliefen sie außerhalb der Ortschaften, unter einem Baum, oder im Gebüsch. Nichts hielt den Regen ab. Einmal fanden sie eine Art Höhle, eine Mulde unter einem überhängenden Felsen, doch der frische Wind peitschte das Wasser auch dort hinein und verhinderte, dass Herr und Hund trocknen konnten. Sie schmiegten sich eng aneinander, um sich zumindest ein klein wenig Wärme zu schenken.

Tagsüber zogen sie weiter, ziellos und langsam immer den Straßen nach, es war ihnen gleichgültig, in welche Himmelsrichtung. Die Straßen waren alle im selben miserablen Zustand und ohne den Hund hätte sich Philipp wohl verlaufen, denn nicht selten war der Weg genauso morastig wie das Land drumherum. Schlitzohr schützte seinen Herrn vor schnell herannahenden Reitern oder Kutschen, indem er ihn rechtzeitig in den Straßengraben zerrte. Es war, als habe der Hund einen sechsten Sinn für alle Gefahren.

Philipp wanderte verbissen. Seine paar Gulden waren schon fast aufgebraucht. Es grenzte ohnehin an ein Wunder, dass er noch Geld besaß, denn es trieb sich jede Menge räuberisches Gesindel auf den Straßen herum und ein Blinder konnte sich nicht zur Wehr setzen. Es war wiederum dem Hund geschuldet, dass sich die Diebe nicht allzu nah an den Krüppel heranwagten, denn Schlitzohr war groß geworden und wenn sich seinem Herrn ein Fremder näherte, fletschte er die Zähne und knurrte wie ein Wolf.

Die Wegelagerer vermuteten bei Philipp wohl auch kein Vermögen, denn schnell war seine Kleidung zerrissen und verschmutzt und in nichts mehr von den Lumpen eines gewöhnlichen Bettlers zu unterscheiden. Auch die Tatsache, dass er stets außerhalb der Ortschaften kampierte, bewahrte ihn vor Schlimmerem. Meistens verspürte Philipp nichts als den Hunger, der an ihm nagte, wenn er die Straße entlangstapfte. Als wären alle Empfindungen und Gedanken in ihm gestorben, seit er das Junckerhaus verlassen hatte. Nur manchmal überlief ihn eine Welle von Trauer und Wut, und seine salzigen Tränen mischten sich mit dem süßen Regen. Dann schluckte er sie trotzig hinunter.

Krüppel, ermahnte er sich. *Du dummer, hochmütiger Krüppel. Hör auf zu weinen.* Ein jeder gehörte an seinen Platz. Wie hatte er sich nur einbilden können, eine Frau zu erobern und Kinder zu zeugen? Oder einen Altar zu erschaffen?

Vermessener Hochmut! Pfarrer Hoffius hatte es einst von der Kanzel geschrien: Blindheit und schiefes Wachstum! Die Strafe für eure Sünden!

Die Blindheit hatte ihm nicht eine Hexe angezaubert, auch das erkannte er nun. Sie war die Strafe für seinen Hochmut. Manchmal sprach er es laut aus, damit er es nie wieder vergaß: *Jetzt bist du endlich dort, Philipp Juncker, wo du hingehörst. Auf der Straße, im Graben. Bettle, Philipp, bettle um Almosen! Du bist kein Bildhauer. Du bist nur ein blinder Nichtsnutz und dein Gefährte ist nicht ein schönes Mädchen, sondern ein gescheckter Hund.*

Die Dörfer und Städte, die er passierte, waren namenlos für ihn. Selbst wenn er im Vorbeigehen aufschnappte, wie ein Ort hieß, hatte er es kurze Zeit später wieder vergessen. Er merkte kaum, ob es Tag war oder Nacht, der Regen verhinderte jedes Gefühl von Wärme.

Er aß selten und magerte ab. Manchmal, wenn der Bauch zu laut rumorte, wagte er sich in ein Dorf und bettelte an den Türen. Die wenigsten öffneten sich. Nur selten drückte ihm eine mitleidige Seele ein Stück verschimmeltes Brot oder einen wurmstichigen Apfel in die Hand. Dann aß Philipp gierig und hernach schmerzte sein Leib und das Hungergefühl verstärkte sich. So bettelte er immer seltener, gewöhnte sich an den nagenden Hunger und ernährte sich an manchen Tagen nur von Wasser, davon gab es im Überfluss.

Schlitzohr sorgte für sich selbst. Sobald Philipp ihn von der Leine ließ, jagte er nach Kaninchen oder Mäusen und am Geschrei in den Dörfern erkannte Philipp, dass er wohl gelegentlich auch etwas stibitzte. Wenn der Hund durstig war, zog er seinen Herrn zum nächsten Bach oder Tümpel, denn er trank nicht gern aus den schlammigen Pfützen auf der Straße. Dann konnte auch Philipp seinen Durst stillen. Einmal schmeckte das Wasser faulig und er spuckte es sofort wieder aus. Seine Hände berührten etwas Weiches, Verdorbenes und bald erkannte er, dass es ein aufgedunsener Leichnam sein musste. Es konnte ein Tierkadaver sein, aber vermutlich war es ein Mensch. Schnell zog Philipp seine Hände zurück und für einen kurzen Augenblick brach die seltsame Teilnahmslosigkeit auf, die sich seiner seit der überstürzten Flucht aus Walthüren bemächtigt hatte. Er zitterte.

Was war das für eine Welt, durch die er zog? Was war aus den Menschen geworden? Überall herrschten Trostlosigkeit, Hunger und Eigennutz. Nur selten hörte man Gelächter. Selbst die Kinder schienen das Spielen verlernt zu haben. Was war das für eine Zeit, in der man einen Leichnam nicht mehr begrub, sondern einfach im Wasser treiben ließ?

Der Hund leckte seine Hand und zog ihn weiter. Dankbar folgte Philipp. Er wusste wohl, dass er ohne Schlitzohr längst tot wäre.

Eines Tages erreichten sie eine Stadt, in der es nach Rauch und Feuer roch und nach verschmortem Fleisch. Philipp fröstelte. Der Gestank weckte schaurige Erinnerungen. Er konnte den Ort nicht umgehen. Er musste Nahrung finden, andernfalls würde er sterben. Irgendein letzter Lebenswille trieb ihn weiter, verhinderte, dass er sich einfach in die Gosse legte und aufhörte zu atmen. *Was wird dann aus Schlitzohr*, fragte er sich. *Der Hund braucht mich.* Aber natürlich war das nur eine Ausrede. Denn der Hund kam sehr gut ohne seinen Herrn zurecht.

»Was willst du in Mergentheim?«, herrschte ihn der Torwächter an. »Bettler wie dich brauchen wir hier nicht.«

Schlitzohr knurrte leise, doch es war wohl eher ein Funke von Mitgefühl, der den Wächter schließlich einlenken ließ. »Na schön«, brummte er. »Weil sie heute in der Stadt feiern. Sie haben drei Hexen und einen Werwolf verbrannt und hoffen, dass es nun bergauf geht und das Getreide auf den Feldern endlich reifen kann. Versuch dein Glück, blinder Mann. Abgemagert wie du bist, kannst du es wohl brauchen. Ich geb dir Zeit bis zur Dämmerung, dann verschwindest du aus der Stadt, verstanden?«

Philipp nickte schweigend und zog mit Schlitzohr zum Tor hinein.

Drei Hexen und ein Werwolf! Daher also der strenge Geruch. Der Scheiterhaufen musste ganz in der Nähe sein und noch glimmen.

Wie damals auf dem Richtplatz auf der Heide – es kam Philipp vor, als läge das Ereignis schon viele Jahre zurück –, wie damals war die Stimmung ausgelassen. Ein Großteil der Stadtbewohner hielt sich auf der Straße auf und nicht alle klangen nüchtern. Philipp roch den markanten Dunst von billigem Wein und vergorenem Getreide.

Zögernd näherte er sich dem lauten Treiben. Jemand drückte ihm ein Stück Haferkuchen in die Hand. »Heute sollen auch die Bettler mit uns feiern!«, rief eine tiefe Männerstimme. »Nimm, Fremder, und vergiss nie, wie freundlich die Mergentheimer zu dir waren! Spürst du schon, wie es wärmer wird? Die Sonne wird wiederkehren und der Fluch auf unseren Feldern hat ein Ende!«

Philipp spürte nichts dergleichen. Er umklammerte den Haferkuchen wie einen kostbaren Schatz, den es zu verteidigen galt. Dann verschlang er ihn mit wenigen Bissen. Er wusste wohl, dass sein Bauch rebellieren würde und die ungewohnte Nahrung vielleicht sofort wieder von sich gab, aber er konnte nicht anders. Er hatte noch nie etwas so Köstliches gegessen.

Schlitzohr fiepte, auch er hatte Hunger. Aber Philipp zögerte, ihn von der Leine zu lassen. Im Trubel war die Gefahr zu groß, dass sie getrennt würden und nicht mehr zueinander fänden. Alles durfte geschehen, nur das nicht.

»Branntwein, mein Junge. Trink.«

Der Mann von vorher schien sich in seiner mildtätigen Rolle zu gefallen und reichte Philipp nun auch noch einen Becher, der einen beißenden Geruch verströmte.

Philipp zögerte. Seit seinem Unfall hatte er keinen Branntwein mehr angerührt. Aber jetzt war ihm danach. Warum nicht? Wer konnte schon sagen, ob es überhaupt ein Morgen gab?

Heiß und scharf rann das Gesöff durch seine Kehle. Es brannte höllisch und machte seinem Namen alle Ehre. Fast augenblicklich wurde Philipp schwindlig und die Beine gaben unter ihm nach. Er sank zu Boden und spürte noch, wie sein geschundener Magen sich umstülpte, wie die Gedärme sich zusammenzogen und alles wieder ausspuckten, was er ihnen geschenkt hatte. Wie ein Wurm wand sich Philipp auf dem Boden, würgend und stöhnend, und schließlich verlor er das Bewusstsein.

* * *

Als er wieder zu sich kam, befand er sich im Trockenen. Zum ersten Mal seit Tagen, wenn nicht gar seit Wochen im Trockenen! Er konnte den Regen prasseln hören, der nicht aufgehört hatte, trotz der drei verbrannten Hexen und dem hingerichteten Werwolf. Aber er prasselte draußen, vor dem Fenster.

Kalt war es dennoch. Es roch nach ungewaschenen Leibern, Erbrochenem und Fusel. In nächster Nähe schnarchte jemand lautstark.

»Wo bin ich?«, flüsterte er, doch er erhielt keine Antwort. Die Angst breitete sich in ihm aus. Es war grausam, nicht zu wissen, wo man sich befand. Draußen auf der Straße konnte er seine Umgebung zwar auch nicht sehen, aber er wusste wenigstens, dass er sich unter freiem Himmel aufhielt, mit Schlitzohr an seiner Seite.

Schlitzohr! Der Gedanke durchzuckte ihn wie ein Blitz. Wo war er? Panisch tastete er nach seinem Gefährten. Ein leises, freudiges Bellen erklang, dann fuhr die raue Zunge des Hundes über seine Hände und Philipp atmete erleichtert auf.

Das Schnarchen brach abrupt ab. »Halt die Schnauze, blöder Köter«, krächzte eine Stimme, die vom Branntwein heiser war. »Was hast du denn?«

»Vielleicht ist der Tote aufgewacht?«, antwortete eine zweite, nicht minder kratzige Stimme.

»Tote sind tot. Wenn sie aufwachen, sind sie nicht tot, sondern lebendig.«

»Meinetwegen. Dann ist vielleicht der Lebendige aufgewacht. Oder gestorben. Dann ist er jetzt tot.«

Beide Stimmen vermischten sich zu einem heiseren Gewieher, das in einem Hustenanfall endete.

Philipp regte sich nicht, bis ihm ein spitzer Finger in die Seite gestoßen wurde. »Hey, Lebendiger! Bist du tot?«

Er zuckte zusammen und röchelte leise: »Lasst mich in Frieden, sonst hetze ich den Hund auf euch!«

Bellendes Gelächter erklang. »Deine Bestie ist angekettet, du Esel. Drei Männer mussten sie festhalten und einem davon hat sie fast die Hand abgebissen. Ein widerliches Vieh.«

Philipp keuchte. Das erklärte, warum Schlitzohr sich nicht wie sonst an ihn schmiegte.

»Kannst froh sein«, fuhr die Stimme fort, »dass die Wächter ihn nicht erschlagen haben.«

»Wächter?« Philipp schwante Böses. »Sind wir …?«

»Im Loch. Im Gefängnis von Mergentheim. Was dachtest du denn?«

Im Gefängnis! Sie hatten ihn eingesperrt. Philipp versuchte sich zu erinnern, was vorgefallen war, aber ab dem Zeitpunkt, als ihn der Branntwein umgehauen hatte, war sein Gedächtnis wie ausgelöscht. »Warum bin ich hier?«, fragte er leise.

Wieder erklang schepperndes Gelächter. Allmählich ging es Philipp auf den Geist.

»Landstreicherei, Bettlerei, Suff. Such dir etwas aus. Vielleicht hast du auch etwas gestohlen? Woher sollen wir das wissen!«

»Und ihr? Was habt ihr ausgefressen?«

»Landstreicherei, Bettlerei, Suff. Und wir haben etwas gestohlen.«

Philipp wartete ungeduldig, bis sich die beiden Kerle wieder beruhigt hatten. »Was geschieht jetzt mit uns?«, wollte er wissen.

»Wahrscheinlich stellen sie uns ein paar Tage an den Pranger und jagen uns dann aus der Stadt«, erklärte die zweite Stimme gleichgültig. »Das Übliche eben.«

»Ich habe Geld«, verkündete Philipp. »Ich kann uns freikaufen.«

»Geld?« Nun wollten sich die beiden ausschütten vor Lachen. »Oh du rührendes Unschuldslamm! Wo immer du dein Geld gestohlen haben magst – jetzt hat es seinen Besitzer erneut gewechselt, darauf kannst du einen lassen! Du hast gar nichts, außer deinem hässlichen Köter. Bist du etwa zum ersten Mal im Loch gelandet, Kleiner?«

Irgendetwas an der Art, wie die krächzende Stimme »Kleiner« sagte, machte Philipp stutzig.

Auch sein Gesprächspartner stockte plötzlich. »Sag mal, kenne ich dich, Halunke?«

»Wohl kaum«, antwortete Philipp. Aber er war sich seiner Worte nicht sicher.

»Komm doch mal rüber ans Licht und lass dich anschauen. Es dämmert ja schon. Zeig uns deine Visage!«

»Ich kann das Licht nicht sehen«, gestand Philipp. »Ich bin blind.«

»Blind? Oh, vermaledeiter Galgenschwängel, doch nicht etwa ...?«

Zwei Paar Hände packten ihn und zerrten ihn nach rechts, vermutlich ins Morgenlicht. »Kneif mich, Conrad«, sagte die erste Stimme, deutlich ernüchtert. »Siehst du, was ich sehe?«

»Wenn's kein Trugbild ist«, schnarrte der zweite Gauner, »dann ist es der kleine Bildhauer aus Miltenberg. Philipp Juncker! Hol mich der Teufel, Johannes!«

»Der holt dich früh genug, Bruderherz.«

* * *

Die Stadt Mergentheim erwachte nur langsam an jenem Morgen. Man hatte zu lange gefeiert, zu viel gezecht, zu wenig geschlafen. Nun fiel es schwer, zur Tagesordnung überzugehen.

Männern wie Weibern dröhnte der Kopf vom vielen Wein. Auch stellte sich bei vielen Ernüchterung ein, als sie feststellen mussten, dass sich ihre Welt über Nacht nicht geändert hatte: Es war weiterhin kalt und nass, eine dicke Wolkendecke verhüllte die Sonne und nichts deutete auf besseres Wetter hin oder gar auf bessere Zeiten. Den einen oder anderen Bürger beschlichen wohl leise Zweifel am gestrigen Treiben. Hatte man die Falschen verbrannt? Oder gab es noch mehr von ihnen?

Zögerlich gestanden sich einige wenige ein, dass die drei, die am Vortag ihr Leben in den Flammen verloren hatten, bis dahin unbescholtene Nachbarn gewesen waren, denen man nichts hatte vorwerfen können, die ein jeder gekannt und respektiert hatte. War es nicht der Bäcker Hans Friedler gewesen, der zuerst gegen sie geschrien hatte? Und wusste nicht jeder in Mergentheim, dass eben jener Bäcker sich mit der einen Frau schon seit Jahren wegen eines kleinen Ackers stritt, auf den beide ein Anrecht zu haben glaubten? Dass eben jener Bäcker den anderen beiden Weibern, die als Wäscherin und Brauerin ihr Brot verdient hatten, einen gehörigen Batzen Geld schuldete? Freilich, die Hexen hatten gestanden, alle drei, und der Werwolf auch, aber erst, nachdem man ihnen die Folterwerkzeuge des Scharfrichters gezeigt und wohl ein wenig an ihnen ausprobiert hatte. Vorher hatten sie alle ihre Unschuld beteuert. Wer wusste schon so genau, was man alles gestand, wenn der Scharfrichter mit seiner peinlichen Befragung begann?

An jenem Morgen wagten es viele nicht, ihren Nachbarn allzu lange in die Augen zu schauen. Manche schämten sich, andere hatten Angst. Man konnte nie sicher sein, ob nicht einer dieser Nachbarn plötzlich den eigenen Namen schrie und man selbst der Hexerei verdächtigt wurde. Besser, man verhielt sich still und unauffällig. Zumindest, solange der Regen anhielt und die Ernte auf den Feldern ersoff. Leise war es an jenem Tag in Mergentheim. Sehr leise.

Die drei Halunken im Kerker bemerkten nichts von dem Stimmungswandel, der draußen vor sich ging. Sie mussten sich erst vom Schock des Wiedererkennens erholen. Philipp konnte es kaum fassen, ausgerechnet den Hauck-Zwillingen begegnet zu sein, und auch die beiden Söldner aus dem Schwarzviertel schüttelten ungläubig den Kopf.

»Im Gefängnis!«, sagte Conrad. »Dort hätte ich dich am wenigsten vermutet, Kleiner.« In seiner Stimme schwang ein Hauch von Bewunderung mit.

»Und ich wähnte euch beim Heer«, erwiderte Philipp.

Johannes kicherte. »Er *wähnte* uns, hast du das gehört, Bruderherz? Er ist es, ohne Zweifel. Hat sich schon immer so hochgestochen ausgedrückt! Wir wähnten dich tot, Philipp Juncker! Als unser schönes Schießpulver eure Werkstatt in die Luft gejagt hat, na, du weißt schon. Da haben wir uns schnell aus dem Staub gemacht! Gab einen ziemlichen Ärger beim Heer, weil wir ohne das Pulver zurückkamen. Sie haben es uns vom Sold abgezogen, die Halsabschneider. Na ja. So wie das geraucht und geknallt hat – wir dachten, du hättest Pech gehabt. Warst ganz schön besoffen von dem bisschen Branntwein. Aber wie hätten wir ahnen können, dass du so blöd bist, Feuer zu legen?«

Atemlos lauschte Philipp. Kam er jetzt endlich dem Rätsel von damals auf die Spur? Erfuhr er nun, was tatsächlich geschehen war, an jenem Sonntag im Oktober? *Ein Mörder aus Fleisch und Blut*, hatte Emilia ihm bei Annas Tod ins Herz gepflanzt. *Keine Hexerei*. War auch für sein Unglück in Miltenberg ein Mensch aus Fleisch und Blut verantwortlich?

»Sieht so aus, als wärst du zäher als gedacht«, sagte Conrad. »Hast nicht dein Leben verloren, sondern nur die Augen. Glück gehabt! Deine kleine Zündelei hätte schlimmer enden können.«

»Ich habe das Feuer nicht gelegt«, erklärte Philipp mit zitternder Stimme. »Ich war besinnungslos. Als ich erwachte, brannten die Flammen schon. Sie krochen wie kleine Drachen auf das Schießpulver zu. Habt … nicht ihr sie entzündet?«

Zum ersten Mal, seit er Walthüren verlassen hatte, spürte Philipp eine heftige Erregung in sich. Vielleicht konnte die Wahrheit ihn erlösen! Vielleicht konnte er einen Neubeginn wagen, wenn er nur mit der Vergangenheit abschloss. Mit allem. Auch mit … Katharina. Deren Namen er kaum denken konnte, weil es so weh tat. »Bitte«, flüsterte er. »Ich muss es wissen! Wenn ihr das Feuer gelegt habt, dann sagt es offen heraus. Ich würde euch verzeihen.«

»Johannes«, wandte sich Konrad an seinen Bruder. »Ist das die Art feiner Leute? Ihre besten Freunde zu verdächtigen? Einer solchen Schandtat?«

»Nein, Bruderherz. Das ist nicht die feine Art. Und ich wäre wirklich ernsthaft böse, dass man mir so etwas überhaupt zutraut, wenn … nun, wenn der Junge nicht absolut Recht hätte, mir so etwas zuzutrauen!«

Die beiden schüttelten sich vor Lachen. Dann ergriff Conrad etwas ernster das Wort: »Zuzutrauen wäre es uns schon, Philipp. Aber wir waren es nicht. Wir waren nicht einmal in der Nähe, als die Werkstatt in die Luft flog. Du hattest den ganzen Krug Branntwein leer gesoffen und wir waren unterwegs zum Riesen-Wirt, um neuen zu holen. Als wir den Knall hörten und den Rauch sahen, haben wir sofort das Weite gesucht und sind zurück zum Lager. Wenn du nicht selbst gezündelt hast, dann war es vielleicht Zauberei.«

Enttäuscht ließ Philipp den Kopf sinken. Zauberei! Mittlerweile begannen Emilias Worte Früchte zu tragen. Suchten die Menschen in diesen merkwürdigen Zeiten nicht für alles, was sie nicht verstanden, die Schuld in der Zauberei? War das nicht ein wenig zu kurz gegriffen, zu einfach?

Fest stand, dass Philipp auch von den Hauck-Zwillingen nicht die Wahrheit über den Unfall erfahren würde. Conrad und Johannes mochten Taugenichtse sein, waren vermutlich vom Heer desertiert und schlugen sich als Wegelagerer durchs Leben – aber sie hatten keinen Grund, ihn zu belügen. Man hielt zusammen, wenn man im Kerker auf Bekannte stieß, auf Menschen aus der alten Heimat!

»Wie ist es euch im Krieg ergangen?«, wechselte er deshalb das Thema. »Seid ihr reich geworden? Zu Offizieren aufgestiegen?«

»Beinahe, Kleiner!« Johannes warf sich in die Brust. »Viel hat nicht gefehlt.« Dann erzählte er von der Schlacht am Weißen Berg, an der sie teilgenommen hatten, nicht mit der Muskete, wie geplant, denn dafür reichte ihr Handgeld bei Weitem nicht aus, sondern mit der Pike, aber trotzdem hatten sie sich heldenhaft hervorgetan und Johannes war es gelungen, seinem Obristen positiv aufzufallen, als er einen protestantischen Gegner besonders schwungvoll niederstreckte und seinem Feldweybel dadurch vielleicht das Leben rettete, ja, Heldentaten waren leicht zu vollbringen beim Hauen und Stechen, wenn man nur mutig und tolldreist war! Gesiegt hatten sie am Weißen Berg und hernach habe man tage- und nächtelang gesoffen und gehurt und Conrad habe sogar ein hübsches Mädchen geheiratet, aber schon am nächsten Tag sei sie ihm wieder weggestorben, weil ein Soldat aus den eigenen Reihen sie versehentlich erschlagen habe, da er sie für eine gefangene Hure des Gegners hielt. Conrad habe dem Kameraden verziehen, nachdem ihm dieser eine Handvoll Gulden als Entschädigung gezahlt habe. Und der zuvor erwähnte Obrist habe ihm, Johannes, eine Beförderung versprochen, sobald sie in die nächste Schlacht zögen. Doch die nächste Schlacht ließ auf sich warten und die Stimmung im Heer kippte. Man begann sich zu langweilen, saß tatenlos herum, nur das Würfelspiel bot ein wenig Ablenkung von der eintönigen Warterei auf neue Einsätze. Der Wein versiegte, die Verpflegung wurde dürftig und schlechter.

Sold gab es keinen mehr, der berechnete sich nach der Beute und wo nicht gekämpft wurde, gab es auch keine Beute. Die Männer begannen zu murren. Schließlich kam doch noch ein Marschbefehl, aber das Leben besserte sich nicht dadurch. Kalt war es und beschwerlich, durch den Schnee zu stapfen. Man kam langsam voran und hungerte, es mussten sich ja nicht nur die Soldaten verpflegen, sondern auch der fast doppelt so große Tross, bestehend aus Marketendern, Handwerkern sowie den Frauen und Kindern der Söldner.

Abwechslung boten lediglich die Schlachten, die es zu schlagen galt. Aber keine von ihnen war ähnlich ruhmreich wie die am Weißen Berg und keiner wusste so recht, warum sie überhaupt geschlagen wurden, denn Friedrich von der Pfalz, der sogenannte Winterkönig, war geflohen, die aufständischen Böhmen waren besiegt und in den Armeen mischten sich die Religionen, es kämpften nicht nur Protestanten gegen Katholiken, sondern oft genug auch die Anhänger derselben Religion gegen ihresgleichen.

»Meistens herrschten Langeweile und Hunger«, gab Johannes zu. Die schöne, bunte Kleidung war bald zerrissen und hing ihnen in Fetzen vom Leib. Zu Scharmützeln kam es selten und die Männer starben eher an Kälte und Krankheit als an Kriegsverletzungen. Also suchten sich einige von ihnen den Kampf und die Beute selbst und plünderten die Dörfer am Wegesrand, holten sich, was sie brauchen konnten, Hausrat, Getreide, Vieh und junge Mädchen.

»Die Söldner mit Familien waren im Vorteil«, gestand Johannes. »Sie konnten gemeinsam plündern und viel mehr tragen. Conrad hätte eine deutlich höhere Entschädigung für sein Weib verlangen müssen!«

Die Offiziere, die das Treiben eigentlich unterbinden sollten, schauten weg. Ihnen konnte es nur recht sein, wenn die Armee sich selbst ernährte und für ihren Lebensunterhalt sorgte.

Den Obristen, der Johannes eine Beförderung versprochen hatte, sahen sie nur noch aus der Ferne.

»Als Conrad in einer Schlacht verwundet wurde«, schloss Johannes seinen Bericht, »hatten wir endgültig die Schnauze voll und sind in der Nacht auf und davon. Man hat uns natürlich gesucht, aber ein Mädchen aus dem nahen Dorf hat uns versteckt. Seither versuchen wir unser Glück als Wegelagerer. Ist nicht viel anders als der Krieg, aber man ist wenigstens sein eigener Herr.«

Über die Erzählung war es fast Mittag geworden, aber sie hatten kaum darauf geachtet. Als plötzlich mit einem lauten Schlag die Kerkertür aufgestoßen wurde, erschraken sie alle drei. Ein ungewaschener, bärtiger Aufseher mit schlechtem Atem baute sich vor ihnen auf. »Ihr habt mehr Glück, als ihr verdient! Elendes Gesindel! Man hat beschlossen, alle Landstreicher und Bettler ohne Federlesen aus der Stadt zu werfen. So bleiben euch immerhin der Pranger oder die Schandgeige erspart.« Er brummte noch eine Weile vor sich hin und trat nach Schlitzohr, der erst aufwinselte und dann gefährlich knurrte. Der Aufseher drückte Philipp einen Schlüssel in die Hand. »Deine blutrünstige Bestie musst du schon selbst losmachen. Und dann verschwindet alle miteinander auf Nimmerwiedersehen!«

* * *

Ohne es laut auszusprechen, waren sie sich einig, von nun an gemeinsam weiterzuziehen. Das Wetter besserte sich. Es wurde trockener und wärmer und an manchen Tagen bereitete es ihnen fast Vergnügen, über die Landstraße zu wandern und sich die Sonne auf den Pelz scheinen zu lassen.

Die Zwillinge redeten in einer Tour, rissen zotige Scherze, erzählten sich gegenseitig die immer gleichen Geschichten, die beide längst auswendig kannten. Es dauerte seine Zeit, bis sich Philipp an das endlose Geplapper gewöhnt hatte, das wie eine Hintergrundmusik seinen Tag durchzog, aber schließlich nahm er es kaum noch wahr. Es ermöglichte ihm, seinen eigenen Gedanken nachzuhängen, die nach wie vor trüb waren. Oft schämte er sich, weil er es nicht einmal geschafft hatte zu sterben, wie es wohl sein Plan gewesen war, als er das Junckerhaus verlassen hatte. Sein Kummer war so groß wie an jenem Tag, aber noch größer schien sein Überlebenswille zu sein. Und so stapfte er weiter, immer einen Schritt hinter den Zwillingen, mit Schlitzohr, seinem einzigen Freund, an der Leine.

Er sprach wenig. Johannes und Conrad ließen ihn meistens in Ruhe, fragten nicht viel, waren mit sich selbst beschäftigt. Wenn es Abend wurde, suchten sie sich ein Lager und manchmal blieben sie auch länger und erholten sich von ihrem Marsch. Im Schutz der Dunkelheit schlichen sich die beiden Söldner dann davon, um ihrem blutigen Handwerk nachzugehen. Nie forderten sie Philipp auf mitzukommen. Was hätte ihnen ein Blinder auch genützt? Manchmal hörte Philipp in der Ferne Geschrei und Kampfgeräusche und einmal weckten ihn die Zwillinge mitten in der Nacht, schrien ihn an, er solle sich sputen, sie müssten fliehen, sofort, der Hinterhalt, den sie geplant hatten, sei gründlich schiefgegangen und sie müssten schnellstens das Weite suchen, wenn ihnen das Leben lieb war. Tatsächlich entkamen sie ihren Häschern nur um Haaresbreite und der Schreck saß Philipp noch tagelang in den Gliedern. Er billigte das Treiben der Zwillinge nicht. Gleichwohl hinderte er sie nicht daran und wenn sie Nahrung und Wein mit ihm teilten, nahm er die Gaben an, obwohl er wusste, woher sie stammten. Seinem Magen war es egal, er hungerte nicht länger und Philipps Kräfte kehrten zurück.

Nach der erfolgreichen Flucht verbargen sie sich einige Zeit im Wald und ernährten sich von Beeren und Pilzen, die

Philipp nur zögerlich aß, weil er nicht sehen konnte, ob giftige darunter waren.

»Das war knapp«, sagte Johannes am Morgen nach dem Abenteuer. »Fast hätte ich dich zurücklassen müssen, Conrad!«

»Zurücklassen?« Philipp stutzte. Tatsächlich war Conrad bedeutend langsamer gerannt als er selbst, obwohl der Landsknecht doch Augen im Kopf hatte. Auf Philipps Frage trat eine kurze Stille ein.

»Mein Bruderherz hat sein linkes Bein verloren. Wusstest du das nicht?«

Nein, das hatte Philipp nicht geahnt. Wohl war ihm das seltsam klackernde Geräusch aufgefallen, das Conrad beim Gehen verursachte, aber er hatte nie darüber nachgedacht, vorher es stammte.

»Ein Holzbein«, erklärte Johannes. »Sie haben ihm das Bein unterhalb vom Knie abgeschnitten. Fast wäre er daran krepiert. Deshalb sind wir ja aus der Armee geflohen. Wäre wohl nur noch eine Frage der Zeit gewesen, bis der Gevatter auch den Rest von ihm erwischt hätte.«

»Na, die Wegelagerei ist auch nicht viel besser«, meldete sich Conrad zu Wort. »Das haben wir ja gerade erlebt!«

»Vielleicht ist es an der Zeit, den Beruf noch einmal zu wechseln«, sinnierte Johannes. »Ich habe da einen Plan …«

Mehr war an jenem Morgen nicht aus ihm herauszuholen, aber am nächsten Tag verschwand er für mehrere Stunden und kehrte erst am Abend zurück.

»Kleiner«, sagte er. »Streck mal deine Hand aus.«

Philipp tat wie ihm geheißen und ertastete einen runden, rauen Gegenstand, etwa von der Größe eines Kindskopfes.

»Was ist das?«, fragte er neugierig.

»Eine uralte Kristallkugel«, erklärte Johannes. »Ich hab sie einem Amuletthändler für zwei Gulden abgekauft.«

»Bist du närrisch geworden, Bruderherz? Was sollen wir damit? Was hätte man mit zwei Gulden alles anstellen können! Du musst den Verstand verloren haben!«

»Im Gegenteil, mein Lieber! Im Gegenteil. Diese raue Kugel ist eine Goldgrube! Mit ihr werden wir in Zukunft unser Geld verdienen. Die paar Gulden werden wir versilbern!«

»Und wie soll das gehen?«

»Ganz einfach. Denk mal nach, Conrad. Wer hat im Tross des Heeres das meiste Geld verdient? Die Marketender? Nein. Die Handwerker? Wohl kaum. Die Huren? Auch nicht. Glaube ich zumindest. Nein. Es waren …«

»Die Wahrsager!«, unterbrach Conrad und seine Stimme strahlte. Er begann zu verstehen.

»Genau. Die Wahrsager und Handleserinnen. Jeder ist zu ihnen gegangen. Jeder hat sich sein Schicksal deuten, seine Zukunft vorhersagen lassen. Dafür haben sie ihre letzten Kreuzer zusammengekratzt. Und warum auch nicht? Es ist bekannt, dass die Wahrheit in den Sternen und in allerlei Zeichen geschrieben steht. Man muss sie nur lesen können! Hat nicht sogar der große Wallenstein einen Astrologen beschäftigt, der ihm den Kriegsverlauf weissagt?«

»Hat er, Bruderherz.« Doch Conrad kamen Bedenken. Er klang betrübt, als er sagte: »Aber weder du noch ich können in den Sternen lesen.«

»Es müssen ja nicht unbedingt die Sterne sein. Manchmal kann man die Wahrheit auch in magischen Gegenständen lesen. In einer milchigen Kristallkugel zum Beispiel.«

»Potzblitz, Johannes! Das ist ein grandioser Plan! Ich wusste gar nicht, dass du so etwas kannst!«

»Ich doch nicht, Bruderherz! Wo denkst du hin! Aber wem sagt man gemeinhin nach, die Wahrheit hinter den Dingen besonders gut zu erkennen, weil sie nicht vom vordergründigen Schein geblendet werden? Na?«

»Den Blinden!«, lächelte Conrad. »Natürlich! Wie klug du bist, Johannes.«

Philipp hatte dem Gespräch der Zwillinge teilnahmslos gelauscht, doch nun begriff er, worauf es hinauslief.

»Oh nein«, rief er. »Da habt ihr euch geschnitten! Das werde ich nicht tun. Das kann ich nicht und ich bin kein Betrüger!«

»Es ist an der Zeit, dass auch du dein Scherflein zu unserem Wohlergehen beiträgst«, sagte Johannes und auf einmal klang seine Stimme hart.

»Außerdem müssten wir dann keine unschuldigen Reisenden mehr ausplündern«, schmeichelte Conrad.

»Niemals«, erwiderte Philipp. Doch er wusste, dass die Zwillinge recht hatten. »Ich könnte …« Fieberhaft überlegte er, was er stattdessen tun könnte, aber es wollte ihm einfach nichts Passendes einfallen. »Ich werde …«, setzte er noch einmal an.

Dann verstummte er und nickte resigniert. »Na schön«, flüsterte er. »Ich werde es versuchen.«

Kapitel 9

Borkenheim am Neckar, im August 1624

Auf dem Brunnenplatz von Borkenheim hatte sich eine große Menschenmenge versammelt. Die Sonne brannte unbarmherzig auf sie nieder, der Geruch von Schweiß tränkte die Luft. Was das Jahr 1623 zu viel an Wasser auf die Erde ergossen hatte, fehlte nun allenthalben. Seit Monaten war kein Tropfen Regen gefallen, das Korn verkümmerte auf den Feldern, das Gemüse in den Gärten färbte sich gelb, lange bevor es zur Reife gelangte. Das Trinkwasser in den Brunnen stank faulig und eine neue Missernte drohte. Die vierte in Folge.

Nur den Ratten schien weder Hitze noch ausbleibender Regen etwas auszumachen. Sie vermehrten sich ungehindert, hockten zu Hunderten in den Häusern und Speichern und taten sich an den letzten Vorräten gütlich. Eine rechte Plage waren sie geworden, knabberten in der Nacht das zarte Fleisch neugeborener Kinder an und flohen auch am helllichten Tag nicht vor den Menschen. Mancherorts waren Rattenfänger unterwegs, welche die boshaften Nager mit allerlei Zauber und Magie zu vertreiben suchten, aber sie waren allesamt Betrüger und keinem gelang es, der Plage Herr zu werden. Die Ärmsten nutzten die Not zu ihren Gunsten, erschlugen die Tiere und bereicherten so ihren kargen Speiseplan aus Brennnesselgemüse, Löwenzahn und Giersch um ein paar Brocken Fleisch. Nicht, dass es besonders schmackhaft gewesen wäre. Aber vielleicht, so glaubten sie, gab das Fleisch ihnen etwas von der alten Kraft zurück, von der Stärke, die sie benötigten, um den harten Alltag zu bewältigen. Vielleicht schützte es sie vor der Pest, die immer wieder ausbrach und, wenn sie erst in ein Haus eingezogen war, ganze Sippen auslöschte. Nur den

Reben gefiel das Wetter. Wenn kein Hagelsturm sie zerstörte, würde es in diesem Jahr wenigstens Wein geben, dem Herrn sei Dank!

Die Hitze hatte die Menschen in Borkenheim aber nicht davon abgehalten, auf den Marktplatz zu strömen. Auch die Ratten nicht. Sie huschten zwischen den Zweibeinern herum, als gehörten sie dazu. Die Luft war vom Summen der Fliegen erfüllt, die vom Schweiß der Menschen tranken. Kein Windhauch brachte Erleichterung und Philipp fiel das Atmen schwer. Er war in ein verblichenes, purpurfarbenes Wams gekleidet, das die Zwillinge von einem ihrer Raubzüge mitgebracht hatten. Es war zu groß und viel zu dick für das warme Sommerwetter, aber Johannes bestand darauf, dass er das Gewand trug, wenn er arbeitete. Ebenso die Augenklappe, die mittlerweile löchrig war und mehrfach verknotet, die dem Blinden aber ein verwegenes Aussehen verlieh. »Du musst den Leuten schon etwas bieten«, pflegte er zu sagen, wenn Philipp sich beschwerte. »Schließlich zahlen sie gut für deinen Hokuspokus.«

»Was wird aus meiner Familie?«, fragte eine zittrige Frauenstimme. »Werden alle das Jahr überleben?«

»Ja«, antwortete Philipp bestimmt, nachdem er drei Batzen von der Frau entgegengenommen hatte. »Alle. Auch das Ungeborene.«

»Oh. Woher wisst Ihr von ihm? Ich weiß es selbst erst seit wenigen Tagen!«

»Ich kann es in der Kugel sehen. Das Ungeborene wird gesund zur Welt kommen. Ein Junge von kräftigem Wuchs. Er wird überleben, groß und stark werden. Er wird dir einen ruhigen und bequemen Lebensabend verschaffen, wenn du alt bist. Pass gut auf ihn auf!«

Die Stimme der Frau zitterte, als sie eine zweite Frage stellte: »Seht Ihr in Eurer Kugel auch etwas über den Verlauf des Krieges? Dreimal sind wir schon von durchziehenden Soldaten ausgeplündert worden. Und beim letzten Mal haben sie meiner Maria Gewalt angetan.«

»Keine Soldaten«, unterbrach Philipp. »Nie mehr. Der Krieg wird noch in diesem Jahr zu Ende gehen. Schon jetzt sitzen die großen Herren heimlich beieinander und verhandeln über den Frieden. Sei unbesorgt, Gevatterin.«

»Danke«, hauchte die Frau. »Gott segne Euch.« Dann zog sie von dannen und machte der nächsten Kundin Platz.

»Woher wusstest du, dass die Frau in anderen Umständen ist?«, fragte Conrad später, als sie im Dorfgasthaus einen Becher verdünnten Wein tranken und ein karges Mahl zu sich nahmen. »Manchmal glaube ich, du kannst tatsächlich aus dieser stinkenden Kugel lesen. Du bist mir unheimlich, Kleiner!«

Philipp schwieg und lächelte in sich hinein. Mit Zauberei hatte seine Kunst wenig zu tun. Er hatte lediglich gelernt, auf kleine Zeichen zu achten. Die müde Stimme der Frau rührte wahrscheinlich von der Schlaflosigkeit. Ein Leiden, das alle Frauen mit kleinen Kindern plagte, welche in der Nacht schrien und weinten, sobald der Hunger sie überfiel. Wenn die Frau also kleine Kinder hatte, dann gab es wohl auch einen Mann und sie war fruchtbar und die Vermutung lag nahe, dass bereits ein neues Kind unterwegs war, denn so war der Lauf der Welt. Philipp wusste nicht, ob ein Junge oder ein Mädchen im Bauch der Frau heranwuchs. Aber er wusste, was die Menschen von ihm hören wollten. Ganz sicher nichts von Krieg, Elend und neuem Unglück. Sie wollten eine Zukunft, in der alles besser wurde. Sie wollten daran glauben, auch wenn die Wirklichkeit ihnen anderes verhieß. Von gesunden Kindern wollten sie hören, von reichen Ernten und vom Frieden. Dafür gaben sie ihr letztes Geld aus – und es gab schlechtere Möglichkeiten, es anzulegen. Philipp gab ihnen, was sie verlangten. Er gab ihnen ein wenig Hoffnung, das war das Mindeste, was er tun konnte.

Manchmal genügten den Menschen die Worte nicht. Dann hatten die Zwillinge allerlei magische Gegenstände im Angebot, Amulette, die vor Unheil und Krankheit schützten, und auch die fanden reißenden Absatz.

Den drei Wanderern erging es nicht schlecht mit diesem Geschäft und Philipp musste sich eingestehen, dass sein Leben als fahrender Wahrsager nicht das übelste war.

»Wir sollten aufbrechen und uns ein Nachtlager suchen«, mahnte Johannes. Sie blieben nie lange an einem Ort, um nicht den Unwillen der Menschen auf sich zu ziehen. Mitunter stellten sich Philipps rosige Vorhersagen schon am nächsten Tag als unwahr heraus, was die Wut der enttäuschten Kunden nach sich zog. Schnell bezahlten sie die Zeche und verließen das Gasthaus.

»Schlitzohr, wo steckst du?« Philipp tastete nach dem Seil, mit dem er den Hund vor dem Haus festgebunden hatte, da der Wirt ihn nicht in der Gaststube duldete. Doch er fand weder Strick noch Hund. Sofort spürte er eine tiefe Beunruhigung.

»Wo ist er?«, fragte er die Zwillinge.

»Nirgends zu sehen.«

Ihr teilnahmsloses Schulterzucken konnte er ahnen. Den beiden bedeutete das Tier nicht viel. Philipp streckte zwei Finger in den Mund und pfiff laut. Auf dieses Zeichen hörte Schlitzohr immer.

Nichts regte sich.

»Er muss sich losgerissen haben und außer Hörweite sein!« Philipps Unruhe wuchs. »Ohne den Hund gehe ich nicht«, verkündete er.

»Verflucht, es wird bald dunkel!« Johannes klang ungehalten. »Sie schmeißen uns aus der Stadt, wenn wir zur Nacht keine Bleibe haben. Willst du unser kostbares Geld für eine verlauste Herberge voller Flöhe und Ratten ausgeben? Wir können den Köter morgen suchen.«

»Macht, was ihr wollt – ich gehe nicht ohne Schlitzohr!«

Sein treuer Gefährte hatte sich noch nie so weit von ihm entfernt, dass er den Pfiff nicht hörte. Es musste etwas Schreckliches passiert sein. Philipp spürte es mit jeder Faser seines Herzens.

Fluchend hakte Johannes ihn unter. Ohne den Hund war Philipp in einer fremden Stadt gänzlich hilflos, wusste nicht, wohin er sich wenden sollte, und stieß gegen jedes Hindernis.

»Er wird zurück zum Marktplatz gelaufen sein, um nach Abfällen zu wühlen«, versuchte Conrad eine Erklärung. Doch Philipp zweifelte daran. Auf den Märkten gab es kaum Abfälle, weil die Bauern selbst hungerten und ihre spärliche Ernte für die eigene Familie brauchten.

»Hört ihr das?« Er blieb stehen. Wie immer vernahm er den Lärm früher als die Zwillinge. »Geschrei und Gezeter. Es kommt von links.«

Sie bogen in eine schmale Gasse ein und beschleunigten ihre Schritte. Nun hörten sie Stimmengewirr und immer wieder laute, weibliche Klagerufe: »Mein Kind! Mein Kind! Er hat es getötet! So haltet ihn doch auf, den gemeinen Mörder!«

Zustimmendes Gemurmel antwortete ihr. Dann ertönte lautes Hundegebell.

»Schlitzohr!« Philipps Stimme zitterte vor Erleichterung. »Komm her!«

Doch der Hund kam nicht.

»Erschlagt ihn, bevor er neues Unheil anrichtet!«

Wieder lief ein beifälliges Raunen durch die Menge, doch dann erklang eine Männerstimme. »Nein! Er soll vor Gericht gestellt werden, wie jeder Mörder! Hängen soll er, der Teufelsbraten!«

»Ja, hängt ihn auf!«, fiel die Menge ein.

Unbehaglich trat Philipp von einem Bein aufs andere. Ein Mord? Für Vagabunden wie sie war es besser, nicht am Schauplatz eines Verbrechens gesehen zu werden. Man konnte nie wissen, ob man nicht als Sündenbock herhalten musste.

Conrad und Johannes zerrten ihn mit Gewalt zurück. »Weg hier!«, zischten sie.

Noch einmal rief Philipp nach Schlitzohr. Wieder erklang das vertraute Gebell, dann gab es einen dumpfen Schlag und Philipp hörte seinen Hund schmerzvoll aufwinseln.

Mit aller Macht drängten die Zwillinge nun zurück zum Marktplatz, aber Philipp war so beunruhigt, dass er sich losriss und zu der Menschenmenge strebte. »Was ist hier los?«, fragte er den Nächstbesten.

»Hast du keine Augen im Kopf?«

»Nur nutzlose. Sie können nicht sehen.«

»Ach so. Na, einen Mord hat es gegeben. Eine Bestie von Hund hat das Kind der Wagnerin getötet. Hat sich auf den Säugling gestürzt, als die Frau ihn kurz ablegte, und hat den Buben zerfleischt. Ein grausiger Anblick! Sei froh, Bursche, dass du ihn nicht ertragen musst!«

Es dauerte einen Moment, bis die Bedeutung der Worte in Philipps Bewusstsein sickerte. Er wurde leichenblass und eine eiskalte Woge durchlief ihn. »Schlitzohr«, wisperte er leise. »Sie meinen Schlitzohr.« Er schwankte. Als könnte sein Hund einem Kind etwas zuleide tun! Eher würde er einen Meuchelmörder zerfleischen, der sich seinem Herrn in böser Absicht näherte, aber niemals ein Kind. Schlitzohr war sanft wie ein Lamm, solange Philipp nicht bedroht wurde. »Unmöglich«, stammelte er leise. »Das muss ein Missverständnis sein.« Er wurde lauter. »Schlitzohr würde niemals …«

Eine große, feste Hand legte sich auf seinen Mund und hinderte ihn am Weitersprechen. »Schweig«, flüsterte eine männliche Stimme. »Wenn dir dein Leben lieb ist.«

Philipp versuchte die Hand abzustreifen, doch es gelang ihm nicht.

»Sei endlich still«, zischte die Stimme. »Begreifst du denn nicht? Sie dürfen nicht wissen, dass es dein Hund ist. Sonst werfen sie dich gleich mit in den Kerker. Ich will dir helfen, Blinder.«

Ganz langsam beruhigte sich Philipp. Schließlich hörte er auf, sich gegen den Fremden zu wehren. Irgendetwas im Klang der Stimme verriet ihm, dass er dem Mann trauen konnte.

»Wenn ich jetzt die Hand von deinem Mund nehme, wirst du keinen Mucks von dir geben. Verstanden?«

Philipp nickte. »Schlitzohr war es nicht«, hauchte er.

»Ich weiß. Ich habe alles beobachtet. Der bissige Köter vom Metzger hat sich auf den Säugling gestürzt. Dein Hund hat sich mit ihm eine Beißerei geliefert, bei der der Metzgerhund den Kürzeren zog. Aber für das Kind kam die Rettung zu spät. Als die Wagnerin das Unglück bemerkte, hatte sich der Köter vom Metzger längst verdrückt. Nur dein Hund war noch da, voller Blut von der Beißerei.«

»Könnt Ihr das den Menschen nicht sagen?«, fragte Philipp hoffnungsvoll.

»Sie würden mir nicht glauben. Dein Hund ist fremd hier, er wurde am Unglücksort vorgefunden – und du selbst bist auch nur ein blinder Halunke.«

Philipp schluckte hart. »Er ist mein Freund«, stammelte er. »Ohne ihn bin ich hilflos. Was haben sie mit ihm vor?«

»Aufhängen wollen sie ihn. Wie jeden Mörder.«

»Aber … Er ist nur ein Hund!«

»Na und? Vor Jahresfrist haben sie ein Schwein hingerichtet, das in der Nähe eines toten Jungen gesichtet wurde. Der Knabe ist eindeutig an der Pest verreckt, aber sie haben der Sau den Prozess gemacht und sie am Ende wegen Heimtücke dem Scharfrichter übergeben.«

»Das ist absurd. Es ist …«

»Nicht so laut! Du sollst keine Aufmerksamkeit erregen!« Der Mann seufzte. »Ich werde sehen, was ich tun kann. Beweg dich nicht vom Fleck, verstanden?«

Philipp tat wie ihm geheißen und der Mann trat ein paar Schritte vor, in den Kreis der Neugierigen. »Hört mir zu«, sagte er mit seiner kräftigen Stimme und tatsächlich trat Ruhe ein. Er musste über eine entsprechende Stellung verfügen oder eine natürliche Autorität besitzen, wenn er die Menschen so mühelos lenken konnte. Philipp dachte an Magister Hoffius in Walthüren. Dem gelang das auch.

»Der Schuldige muss gefunden und überführt werden«, erscholl die Stimme des Fremden. »Vielleicht war es dieser Hund, vielleicht ein anderer. Wir werden ihn vor Gericht stellen und ihm einen ordentlichen Prozess machen. Dann wird sich die Wahrheit herausstellen und der Mörder erhält seine gerechte Strafe: den Tod durch den Strang.«

Zustimmendes Gemurmel setzte ein.

»Hängt ihn auf«, wimmerte die Mutter des toten Buben. »Oh, mein Kind! Mein Kind …«

»Ich kümmere mich um die Angelegenheit«, fuhr der Mann fort. »Wir bringen den Verdächtigen bis zur Verhandlung seiner Sache in den Kerker. Da ich den Vorfall beobachtet habe, werde ich die Verteidigung des Angeklagten übernehmen. Übergebt ihn mir jetzt.«

Philipp konnte hören, wie Schlitzohr an der Leine herangezerrt wurde. Er winselte leise und Philipps Herz zog sich zusammen.

Nachdem es nichts mehr zu sehen gab, verlief sich die Menschenmenge rasch. Philipp wurde mehrmals angerempelt, doch er bewegte sich nicht von der Stelle, wie er es dem Mann versprochen hatte. Als sich der Tumult gelegt hatte, trat der Fremde wieder auf ihn zu.

»In den Kerker?«, flüsterte Philipp. »Sieht so Eure Hilfe aus?«

»Immerhin haben sie ihn nicht gleich getötet.«

Schlitzohrs raue Zunge fuhr über Philipps Gesicht. Er liebkoste seinen Hund und fast schien alles wieder in Ordnung, als die Stimme der Wagnerin neben ihnen ertönte: »Ich will Euch zum Luziferturm begleiten und mich davon überzeugen, dass der Mörder wirklich ins Loch geworfen wird!« Sie spuckte aus.

Der Fremde seufzte. »So soll es sein.« Er nahm Philipp beim Arm und zog ihn mit sich.

»Wer ist das?«, wollte die Frau misstrauisch wissen.

»Nur ein blinder Bettler. Ich habe ihm ein Nachtlager in meinem Haus versprochen.« Schweigend liefen sie zum Turm und mit jedem Schritt wurde Philipps Herz schwerer.

* * *

Der Hund verstand die Welt nicht mehr. Warum ließ sein geliebter Herr ihn alleine in einem stinkenden, feuchten und dunklen Loch zurück? Bei einem Mann, der mit dem Fuß nach ihm trat? Schlitzohr jaulte leise und versuchte, sich Philipp zu nähern, doch da traf ihn erneut ein harter Schlag und so zog er sich ängstlich fiepend in einen Winkel des Kerkers zurück.

Philipp litt mit dem Tier. Schließlich konnte er das leise Wimmern nicht mehr ertragen, presste die Hände auf die Ohren und rannte aus dem Turm. Die Wagnerin blickte ihm erstaunt hinterher, sagte aber nichts. Da sie sich nun vergewissert hatte, dass alles mit rechten Dingen zuging, kehrte sie nach Hause zurück, um den Tod ihres Kindes zu beweinen.

»Hast du eine Bleibe für die Nacht?«, fragte der Mann.

Philipp dachte an Conrad und Johannes und zuckte die Schultern. Ohne Schlitzohr konnte er die Zwillinge unmöglich suchen.

»Na, dann kommst du eben mit mir. Wir werden schon einen Schlafplatz für dich finden.«

Sie sprachen nicht, während sie nebeneinander herstapften. Schon nach kurzer Zeit hatte Philipp jegliche Orientierung verloren und wusste nicht, in welche Himmelsrichtung sie liefen. Es musste bereits dunkel sein, denn es war still in den Gassen, nur aus den Häusern drang noch Gemurmel. Sicher waren sie in einer der besseren Gegenden des Städtchens unterwegs, denn es stank nicht mehr so sehr nach Unrat, gelegentlich kitzelte sogar der Duft von Brot seine Nase. Schließlich blieb der Fremde stehen.

»Da sind wir«, sagte er und stieß eine Tür auf.

Im Innern des Hauses war es angenehm kühl, es roch nach Salbei und Mädesüß. Eine Frau näherte sich ihnen, Philipp erkannte es am Rascheln des Kleides.

»Balthasar Sturm«, sagte sie mit tiefer, freundlicher Stimme. »Wen bringst du mir da mit? Ich bin nicht auf Gäste vorbereitet.«

Hinter ihrem Rücken ertönte ein leises Kichern. »Das ist kein Gast«, sagte eine helle Mädchenstimme. »Das ist ein Landstreicher. Er riecht nach Gras, Moder und Erde. Wahrscheinlich schläft er im Wald.«

»Marie! Halte dein loses Mundwerk im Zaum!«, ermahnte die Frau. »Ein Gast bleibt ein Gast, auch wenn er unangenehm riecht und ein Bad ihm nicht schaden könnte. Willst du ihn uns nicht vorstellen, Balthasar Sturm?«

Verwundert lauschte Philipp der eigentümlichen Unterhaltung. In den beiden Frauen vermutete er die Gattin und die Tochter seines Wohltäters. Warum sprachen sie so merkwürdig?

»Liebste Francesca, unser Gast muss sich schon selbst vorstellen. Ich kenne seinen Namen nicht.«

Eine gespannte Stille trat ein. Philipp verlagerte sein Gewicht nervös von einem Bein aufs andere. »Ähm«, begann er verlegen. »Ich heiße Philipp Juncker und stamme aus Walthüren. Ich bin …« Er stockte. Beinahe hätte er *Bildhauer* gesagt. »Ich bin Wahrsager.«

Das Mädchen Marie kreischte entzückt auf. »Ein Wahrsager! Wie aufregend! Er hat eine schöne Stimme, Vater. Kann er singen?«

Philipp erwiderte nichts. Er fand es sehr eigenartig, dass die drei über ihn redeten, als sei er gar nicht anwesend.

»Warum trägt er eine Augenklappe, Balthasar Sturm?« Die Frau sprach ihren Gatten wieder mit vollem Namen an.

»Vielleicht, weil sie ihm ein abenteuerliches Aussehen verleiht«, mutmaßte der Mann. »Außerdem ist er blind.«

»Oh!« Francesca und Marie schnappten beide nach Luft.

»Weiß er, dass ich auch blind bin?«, flüsterte das Mädchen.

»Nur wenn er es in den Sternen gelesen hat. Ich habe es ihm jedenfalls nicht erzählt.«

»Hat er vielleicht Hunger?«, fragte die Frau ihren Gatten.

»Nein«, schaltete Philipp sich verunsichert ein. Er wusste nicht, ob eine Antwort von ihm erwartet wurde. Die Umgangsformen im Hause Sturm verwirrten ihn über alle Maßen. »Ich bin nur müde.«

»Er ist nur müde«, wiederholte Balthasar Sturm.

»Heute Nacht kann er in der Küche schlafen. Johanna soll frisches Stroh für ihn aufschütten. Wenn er länger bleibt, kann er in eines der Gesindezimmer ziehen. Aber erst nachdem er ein Bad genommen hat. Bleibt er länger?«

»Wir werden sehen«, antwortete Balthasar Sturm. »Wir werden sehen.« Nach diesen Worten zog er sich mit seiner Familie zurück, eine Magd bereitete die Küche für Philipp und sobald er auf dem Boden lag, fiel er auch schon in einen tiefen Schlaf. Sein letzter Gedanke galt Schlitzohr.

* * *

Der kommende Morgen schlich sich in Form von zwei nackten Füßen heran. Sie gehörten zu Johanna, der Magd, die am Vorabend das Stroh gebracht und Philipps Lager gerichtet hatte. Sie weckte ihn noch vor dem ersten Hahnenschrei.

»Na, Philipp Juncker«, zwitscherte sie. »Hast du gut geschlafen?«

Philipp brummte eine unverständliche Antwort, er hätte sich gern einfach umgedreht. Auch wusste er im ersten Moment nicht, wo er sich befand. Dann fiel es ihm wieder ein und der Gedanke an Schlitzohr zog seine Eingeweide zusammen.

»Du musst aufstehen«, befahl Johanna. »Sonst liegst du mir im Weg, wenn ich das Morgenmahl für die Herrschaften bereite.«

Philipp streckte sich und erhob sich mühsam.

»Du kannst mir helfen, das Feuer anzuheizen.«

Vorsichtig tastete sich Philipp durch den Raum. Groß war er! Das hier war nicht die Küche von armen Leuten, so viel stand fest. Wer immer dieser Balthasar Sturm sein mochte, wohlhabend war er. Philipp fragte die Magd danach.

»Er ist Rechtsgelehrter«, antwortete sie. »Ein Studierter. Man sagt, er habe in Bologna und in Florenz gelebt und dort als Richter gearbeitet. Seine Frau hat er aus dem fernen Großherzogtum Toscana mitgebracht. Heute berät er die Inquisition und bietet seine Dienste als Verteidiger oder Ankläger in wichtigen Prozessen an. Ich verstehe nicht viel davon. Aber er ist hoch angesehen in Borkenheim.«

»Das habe ich schon bemerkt.« Nachdenklich spielte Philipp mit einer Schöpfkelle, die auf dem Tisch lag. Ein Rechtsgelehrter. Vielleicht konnte er wirklich etwas für Schlitzohr tun?

»Na los, Philipp Junker! Steh nicht so nutzlos herum. Du sollst das Feuer anschüren!«

Sie sprach ihn, genau wie ihre Herrschaft, mit vollem Namen an. Aber wenigstens tat sie nicht so, als sei er Luft.

»Ich kann dir nicht helfen«, erwiderte Philipp. »Ich bin blind. Siehst du das nicht?«

»Na und? Unser kleines Fräulein ist auch blind und sie hilft mir immer. Also stell dich nicht so an. Das Holz ist links vor dir, der Ofen rechts, du kannst ihn sicher riechen. Wenn du etwas suchst, musst du mich nur fragen.«

Philipp seufzte und tat, was sie von ihm verlangte. »Wie sind deine Herrschaften denn so?«, wollte er wissen.

»Die sind schon in Ordnung. Wenn man sich erst an ihr komisches Gerede gewöhnt hat, lässt es sich gut bei ihnen leben. Man leidet keine Not, hat keinen Hunger. Das kann in diesen Zeiten nicht jeder von sich behaupten.«

Sie plapperte noch eine Weile weiter, während sie mit Töpfen und Pfannen hantierte, aber Philipp hing seinen Gedanken nach, die immer wieder in den Kerker wanderten, in dem sein Hund gefangen saß. Wohl hatte Philipp schon gehört, dass Haustieren der Prozess gemacht werden konnte – erlebt hatte er einen solchen Fall in Walthüren oder Miltenberg aber noch nie. Warum musste es ausgerechnet Schlitzohr treffen?

»Hier, iss!« Johanna drückte ihm einen Apfel in die Hand. »Solange du nicht gebadet hast, kannst du unmöglich bei den Herrschaften am Tisch sitzen. Fräulein Marie hat eine feine Nase.«

Die habe ich auch, dachte Philipp. Aber als Vagabund bekam man selten die Gelegenheit, in duftenden Essenzen zu baden.

Die Familie Sturm ließ sich nicht in der Küche blicken. Philipp lungerte den ganzen Vormittag bei der Magd herum, bis sein Wohltäter ihn am späten Mittag endlich zu sich bat.

»Es sieht nicht gut für deinen Hund aus, Philipp Junker!«, begann er ohne Umschweife. »Der Mann der Wagnerin hat Anklage erhoben und nennt sechzehn Zeugen, die gegen den Hund aussagen wollen! Das sind fast alle, die gestern vor Ort waren. Ich habe bislang niemanden auftreiben können, der für ihn spricht.«

Philipps Mut sank. »Was bedeutet das?«, fragte er leise.

»Nun, ich kann meine Verteidigung nicht auf Zeugenaussagen aufbauen. Sie werden außerdem behaupten, dass das Tier einen Pakt mit dem Teufel eingegangen ist.«

»Mit dem Teufel? Schlitzohr?« Wenn es nicht so ernst gewesen wäre, hätte Philipp laut gelacht. Die Vorstellung, sein Hund könne an einem Hexensabbat teilgenommen oder Beischlaf mit dem Satan getrieben haben, war gänzlich abwegig.

»Schlitzohr war immer an meiner Seite!«, sagte er deshalb. »Ich hätte es bemerkt, wenn er solchen Umgang gepflegt hätte.«

Balthasar Sturm schwieg einen kurzen Moment. »Natürlich ist der Vorwurf blanker Unsinn!«, sagte er. »Du wirst doch nicht an diesen Hokuspokus glauben?«

Philipp schluckte hart und unterdrückte eine spontane Erwiderung. Glaubte er daran? Er wusste es mittlerweile selbst nicht mehr so recht.

Balthasar Sturm seufzte. »Dieser dumme Hexenglaube ist beim Volk weit verbreitet. Es wird wohl noch einige Zeit dauern, ihn auszurotten. Ich bitte dich, vor Gericht, wenn es zum Prozess kommt, nichts dergleichen zu sagen. Wir dürfen nicht zulassen, dass du selbst in den Verdacht der Zauberei gerätst. Wir müssen deine Aussage gut vorbereiten, hörst du?«

»Meine Aussage?« Philipp lief es kalt über den Rücken. »Muss ich …«

»Ich sehe keine andere Möglichkeit. Du bist der einzige, der den Charakter des Tieres wohlwollend beschreiben kann.«

»Conrad und Johannes!«, rief Philipp. »Die beiden Söldner, mit denen ich unterwegs bin! Sie können meine Aussage bestätigen.«

»Söldner?« Die Stimme des Rechtsgelehrten klang skeptisch.

»Nun, ehemalige Landsknechte …«

»Ehemalige?«

»Sie sind … desertiert …« Philipp verstummte. Marodierende Söldner besaßen beim Volk das schlechteste Ansehen. »Wohl besser nicht«, schob er nach.

»Wie gut ist dein Hund dressiert?«, fragte Sturm.

»Er folgt mir aufs Wort.«

»Das ist gut. Wir müssen um jeden Preis verhindern, dass er irgendetwas tut, was sie ihm als Geständnis auslegen können.«

»Ein Geständnis? Aber … Schlitzohr ist ein Hund!« Philipp schüttelte fassungslos den Kopf. Meinte der Rechtsgelehrte das ernst? Wenn Philipp mit seinem Hund sprach, waren die Unterhaltungen doch recht einseitig.

Balthasar Sturm seufzte. »Sie glauben im Grunde ihres Herzens auch nicht daran«, sagte er. »Aber es geht ihnen besser, wenn sie einen Schuldigen finden, den sie bestrafen können.« Er seufzte noch einmal, dann wechselte er das Thema. »Der Prozess findet frühestens in zwei Wochen statt. Wenn du willst, kannst du so lange hier wohnen. Johanna soll dir ein Bad richten. Anständige Kleidung habe ich schon bereitgelegt. Du musst ab jetzt einen guten Eindruck machen, darfst nicht wie ein Gaukler daherkommen.« Er klopfte Philipp auf die Schultern und übergab ihn erneut der Obhut seiner Magd.

* * *

Aus den angekündigten zwei Wochen wurde fast ein Monat. Die Zeit schlich dahin und mit jedem Tag, der ereignislos verstrich, sank Philipps Mut. Sein Wohltäter brachte selten gute Nachrichten nach Hause.

»Sie haben deinem Hund die Anklageschrift vorgelesen«, sagte er einmal. »Zum Glück ist er stumm geblieben und hat nicht gebellt.«

Man gestattete Schlitzohr keinen Besuch. »Er mag die Finsternis nicht«, sagte Philipp. »Er wird sich im Kerker fürchten.« Doch Balthasar Sturm konnte hier nichts erreichen. »Immerhin bekommt er genügend zu fressen«, versuchte er seinen Schützling zu trösten. »Damit er beim Prozess kräftig ist.«

Um sich von den trüben Gedanken abzulenken, half Philipp tagsüber der Magd. Sie hatte eine fröhliche Art und wusste allerhand Neuigkeiten aus der Stadt.

»Im Wald sollen sich zwei Söldner versteckt halten«, erzählte sie ihm. »Üble Burschen! Sie ähneln einander wie zwei Eier! Einer hat allerdings ein Holzbein und stellt den jungen Frauen nach. Der andere hat eine steile Stirnfalte und sieht so grimmig aus wie ein Wolf.«

Überrascht schnappte Philipp nach Luft. Conrad und Johannes waren nicht weitergezogen, wie er vermutet hatte, sondern warteten auf ihn! Das war mutig, denn es bedeutete Gefahr.

Wenn Philipp bei Johanna in der Küche saß, gesellte sich oft die blinde Marie zu ihnen. »Ist der Landstreicher da?«, fragte sie anstelle einer Begrüßung. »Er hat eine schöne Stimme. Er soll etwas für mich singen.«

»Irgendwann tut er das vielleicht«, antwortete die Magd. »Aber jetzt ist ihm nicht nach Singen zumute. Er hat Kummer.«

»Wegen seinem Hund?«

»Ja.«

»Ist sein Hund wirklich eine Bestie, wie alle sagen?«

»Ich glaube nicht. Er behauptet, der Hund sei sein bester Freund. Er hat ihn durch die halbe Welt geführt.«

Dann seufzte Marie. »Ich wünschte, ich hätte auch einen solchen Hund!«

* * *

Endlich zog der Tag der Verhandlung herauf. In der Nacht zuvor hatte es den ersten Frost gegeben, der heiße Sommer war nahtlos in den Winter übergegangen.

Philipp schlief schlecht. Balthasar Sturm hatte ihm genau eingebläut, was er vor Gericht sagen durfte und was nicht. Aber Philipp ängstigte sich. Er hatte noch nie vor Gericht gestanden und fürchtete, Schlitzohr mehr zu schaden als zu nützen.

»Möglicherweise ist es ein auswegloses Unterfangen«, gab auch der Rechtsgelehrte zu. »Die öffentliche Stimmung und alle Zeugen sprechen gegen deinen Hund.«

»Warum helft Ihr mir überhaupt?«, stellte Philipp die Frage, die ihm schon seit geraumer Zeit auf der Seele brannte. »Ich weiß, dass Ihr gut verdient als Rechtsgelehrter. Ich besitze jedoch nichts und kann Euch nicht bezahlen.«

»Das weiß ich, mein Junge. Mach dir darum keine Sorgen. Ich handle aus purem Eigennutz und aus Überzeugung. Vielleicht begreifen sie irgendwann, dass sie die Verantwortung für das Böse nicht bei Hexen oder Tieren suchen sollen, sondern ausschließlich bei sich selbst.«

Philipp verstand nicht genau, was Balthasar Sturm damit meinte, aber er nickte und ließ die Sache auf sich beruhen.

Als er am Arm seines Wohltäters den Gerichtssaal im Rathaus betrat, ging ein Raunen durch die Reihen. Es hatte sich längst herumgesprochen, dass der Besitzer der Bestie, ein Blinder, im Hause des Rechtsgelehrten lebte, und die Menschen waren neugierig, wer das wohl sein mochte. »Ein Halunke, wie sein Köter«, sagten die einen. »Nein, er soll ein angesehener Bürger sein, der Sohn eines Bildhauers aus Walthüren«, meinten die anderen.

Sie haben recht, dachte Philipp. Alle beide.

Balthasar Sturm hatte ihm vor dem Prozess eine Beschreibung des wichtigsten Mannes geliefert. Der Richter war ein schmaler, drahtiger Mann, dem bereits alle Haare ausgefallen waren. Seine Glatze rieb er mit einer öligen Substanz ein, sodass sie glänzte und stets ein ranziger Geruch von ihr ausging. Er saß auf einem erhöhten Stuhl und trug mit großer Würde seine richterlichen Insignien, das Schwert und den Stab. Um ihn herum saßen die Schöffen, die das Urteil fällen sollten. An den Rändern des Saales verteilten sich die Zeugen sowie die Ankläger und ihre Familien.

Balthasar Sturm führte Philipp zu einer Sitzbank und wies ihm einen Platz zu. »Denke an unsere Absprache«, raunte er. »Du redest nur, wenn du gefragt wirst! Ansonsten versuchst du, ein möglichst neutrales Gesicht zu machen. Lass dir deine Gefühle nicht anmerken.«

»Der Büttel soll den Angeklagten hereinführen!«, rief der Richter mit einer schneidenden, fast weibisch hohen Stimme. »Wir wollen endlich beginnen.«

Philipps Herz schlug bis zum Hals. Erst hörte er das Fluchen des Büttels, dann das Trappeln von Pfoten. »Na komm schon, du elender Mörder! Brauchst dich gar nicht zu wehren! Hängen werden sie dich.«

Von Balthasar Sturm wusste Philipp, dass man eigens einen umzäunten Zwinger gebaut hatte, in dem Schlitzohr seinen Prozess verfolgen sollte. Doch kaum hatte der Hund den Gerichtssaal betreten, da roch und sah er seinen Herrn. Er winselte zum Gotterbarmen, zerrte an der Kette, die man ihm umgelegt hatte, und drängte so kräftig zur Zeugenbank, auf der Philipp saß, dass der Gerichtsdiener laut schimpfte und ihn kaum bändigen konnte.

»Er reißt sich los!«, kreischte eine Frau auf der gegenüberliegenden Seite. »Er will fliehen!«

Schlitzohr zog den Büttel hinter sich her, auf Philipp zu und dieser konnte den warmen Atem des Tieres schon spüren, als der Hund einen Schmerzenslaut von sich gab und rückwärts gerissen wurde.

»Verfluchtes Vieh! Voller Bosheit, Herr Richter. Im Kerker hat er täglich nach mir geschnappt, wenn ich ihm sein Futter brachte.«

Es war kein Auftakt nach Maß.

»Hat der Angeklagte einen Namen?«, wollte der Richter wissen.

»Soweit ich weiß, nein«, antwortete Balthasar Sturm. So hatten sie es abgesprochen. Der Name des Hundes klang zu sehr nach einem Herumtreiber. Doch aus dem Umfeld der Wagnerin ertönte eine gehässige Stimme: »Der Blinde hat ihn Schlitzohr gerufen!«

»Nun, das sagt ja alles«, fiel ein anderer Mann ein. »Wer weiß, was er sonst noch auf dem Kerbholz hat!«

»Angeklagter«, sagte der Richter ein wenig gelangweilt. »Ist das dein Name? Schlitzohr?«

Aus dem Zwinger des Hundes drang kein Laut.

»Verstockt!«, rief die Wagnerin »Das Vieh ist völlig verstockt!«

»Nun, Angeklagter«, fuhr der Richter unbeirrt fort. »Die Klageschrift wurde dir bereits verlesen. Man wirft dir besonders boshaften Meuchelmord an einem Säugling vor, den du hinterrücks überfallen haben sollst, während die bedauernswerte Mutter, durch ein älteres Kind abgelenkt, den Kleinen kurz aus den Augen ließ. Mit berechnender Heimtücke sollst du auf diesen Moment gelauert, sodann das Kind geschnappt und mit einem gezielten Biss getötet haben, einzig aus dem niederen Beweggrund, deine Gelüste nach Menschenfleisch zu befriedigen. Schulderschwerend kommt hinzu, dass die Tat an einem Freitag geschah, an dem es bekanntermaßen verboten ist, Fleisch zu verzehren. Willst du dich zu den Anklagepunkten äußern?«

Ein leises Winseln war aus dem Zwinger zu vernehmen. Der arme Hund begriff nicht, was mit ihm geschah. Warum durfte er nicht zu seinem Herrn? Warum sperrte man ihn ein?

»Er hat gestanden!«, rief die Wagnerin frohlockend. »Habt ihr es nicht gehört?«

»Mit Verlaub«, meldete sich Balthasar Sturm zu Wort. »Der Angeklagte hat die Tat eindeutig geleugnet! Könnt ihr ein *Ja* nicht von einem leise gewimmerten *Nein* unterscheiden?«

Der Richter zögerte und legte die Stirn in Falten. »Der Verteidiger mag Recht haben«, gab er schließlich zu. »Das Winseln klang nicht nach einem eindeutigen Eingeständnis seiner Schuld. Da der Angeklagte Schlitzohr also nicht bereit ist, die Tat zuzugeben, wollen wir mit der Vernehmung der Zeugen fortfahren. Als Erstes rufe ich Hans Semmler auf, er möge nach vorne kommen und uns seine Beobachtungen schildern.«

Unter lautem Schnaufen bahnte sich ein beleibter Mann seinen Weg durch die Menschenmenge. Als er zu sprechen begann, erkannte Philipp die gehässige Stimme, die Schlitzohrs Namen verraten hatte.

»Ich habe alles mit angesehen!«, begann der Dicke giftig, noch ehe der Richter eine Frage stellen konnte. »Wie der Teufel selbst hat sich die Bestie auf den Säugling der Wagnerin gestürzt, als diese kurz im Haus verschwand. Hat geknurrt wie ein Wolf und mit den Augen gerollt, bis das Gelbe sichtbar wurde. Sein Maul verströmte den Dunst der Hölle! Das Kind hatte nicht einmal Zeit zu schreien, so schnell hat das Biest ihm das Genick gebrochen. Ich konnte die kleinen Knochen splittern hören.« Er schnaufte rasselnd. »Es war ein scheußliches Geräusch. Der Hund vom Metzger kam herbeigelaufen und versuchte, die Bestie zu vertreiben, aber er zog den Kürzeren und musste sich nach einer blutigen Beißerei von dannen trollen. Der tollwütige Hund des Fremden hätte das Kind sicher mit Haut und Haar verspeist, wenn nicht die Wagnerin aufgetaucht und ihn verscheucht hätte. Das Tier muss gehängt werden! Zur Strafe und zur Abschreckung für andere tollwütige Kreaturen! Und zu unser aller Sicherheit!«

Der Richter nickte und setzte bereits an, den zweiten Zeugen aufzurufen, als Balthasar Sturm ein leises Räuspern von sich gab. »Herr Richter«, sagte er mit gewählt unterwürfiger Stimme. »Wollt Ihr mir gestatten, dem Zeugen ein paar Fragen zu stellen?«

»Nun gut«, erwiderte der Richter. »Sofern es schnell geht.«

»Ihr habt alles beobachtet, Hans Semmler«, begann der Verteidiger. »Ihr wart nahe genug am Ort des Geschehens, um die Knochen des Säuglings splittern zu hören. Warum also habt Ihr den Hund nicht vertrieben?«

Dem Zeugen entwich ein heiseres Keuchen. »Wo denkt Ihr hin? Denjenigen will ich erleben, der es gewagt hätte, sich mit dieser Bestie anzulegen! Habe ich Euch nicht sein grimmiges Aussehen und den Schwefelgestank der Hölle anschaulich beschrieben?«

»Beißender Schwefelgestank kann bei einem Tier nicht nur durch die Mundöffnung entweichen, wie sicherlich alle Anwesenden wissen.«

Ein leises Raunen durchlief die Menge. »Mein Hütehund furzt wie der Teufel höchstselbst«, bestätigte ein Mann, bevor die anderen ihn schnell zum Schweigen brachten.

»Wie dem auch sei«, fuhr Balthasar Sturm fort. »Der Wagnerin ist es Eurer Schilderung nach auf jeden Fall gelungen, den Hund zu vertreiben, als sie aus dem Haus trat. Und was ein schwaches Weib schafft, sollte einem Kerl wie Euch doch alle Mal gelingen.«

Hans Semmler zögerte, bevor er zu einer entrüsteten Antwort ansetzte: »Ihr solltet niemals die Kräfte einer liebenden Mutter unterschätzen!«

»Da hat der Zeuge recht«, schaltete sich der Richter ein. »Ich möchte nun den nächsten …«

»Einen Augenblick noch, wenn ich bitten darf. Nur noch eine letzte Frage.«

»Na schön. Aber nur eine.«

Balthasar Sturm holte tief Luft. »Ihr habt uns von der Beißerei der beiden Hunde berichtet. Dem Angeklagten und dem Hund des Metzgers. Ich bitte Euch nun, Hans Semmler, uns auf der Bank der Anklage den Metzger zu zeigen, von dessen Hund Ihr spracht.«

Der Zeuge hob den Blick und sah verunsichert hinüber zu der Menschenmenge. Ziellos schweiften seine Augen umher und jeder konnte den Schleier des Grauen Stars darauf erkennen. Schließlich wies er vage mit dem Finger auf einen Mann in ihrer Mitte. Es war nicht der Metzger.

»Danke, Hans Semmler. Ihr seid also nicht in der Lage, aus dieser kurzen Entfernung einen Eurer nächsten Nachbarn zweifelsfrei zu erkennen. Wir müssen darum davon ausgehen, dass Ihr erst recht nicht in der Lage seid, zwei Hunde, die sich in Größe und Farbe ähneln, aus noch weiterem Abstand auseinanderzuhalten. Ich habe keine weitere Frage.«

Im Gerichtssaal entstand Tumult.

»Ruhe!«, rief der Richter mit seiner hohen Stimme. »Ruhe! Nun, das ist ein beachtenswerter Hinweis, den wir berücksichtigen müssen. Gleichwohl rufe ich nun als nächste Zeugin Christina, Hausfrau des Hans Völker, nach vorne.«

Philipp verfolgte den Prozess mit zunehmender Spannung. Zum ersten Mal seit Tagen schöpfte er Hoffnung. Es war bemerkenswert, mit welch einfachen Einwürfen sein Wohltäter die Zeugenaussagen eine nach der anderen infrage stellte. Selbst der Richter, der zunächst gelangweilt an den Fall herangetreten war, klang mittlerweile verunsichert.

Als vorletzte Zeugin bat er nun die Mutter des Kindes nach vorne.

»Es war eindeutig diese gierige Bestie, die ich vor dem Haus bei meinem toten Jungen fand«, schloss sie ihre Aussage. »Und meine Augen sind in bester Ordnung!«

»Aber den Angriff selbst habt Ihr nicht gesehen«, hakte Balthasar Sturm nach.

»Natürlich nicht. Sonst hätte ich den Mord ja verhindern können!«

»Was genau habt Ihr im Haus gemacht, als das Unglück geschah?«

»Nun …« Ein kaum wahrnehmbares Beben durchlief die Stimme der Wagnerin. Philipp, der es gewohnt war, auf solche Zeichen zu achten, hörte es deutlich. »Meine dreijährige Tochter rief nach mir …«

»Ach ja? Das ist merkwürdig. Denn ich habe eine Zeugin gefunden, die bei allen Heiligen schwört, das Mädchen an jenem Tag in der Unterstadt gesehen zu haben, wo es um diese Zeit fast immer bei seiner Muhme weilt. Und wie meine Magd zu berichten weiß, sagen Eure Nachbarn, Wagnerin, dass um die fragliche Zeit am späten Nachmittag häufig eindeutige Laute aus Eurem Haus zu vernehmen sind, wie sie bei der Befriedigung körperlicher Lust entstehen.«

Die Frau wurde blass. »Wollt Ihr etwa behaupten …« Sie schnappte nach Luft wie ein Fisch im Trockenen.

»Ich berichte lediglich, was ich herausgefunden habe. Denn wenn Ihr an jenem Tag dem Beischlaf mit eurem Ehemann gefrönt habt, wie Ihr es üblicherweise tut, dann habt Ihr den Säugling wesentlich länger als nur einen Augenblick unbeaufsichtigt vor dem Haus liegen lassen und eine Teilschuld an dem Geschehen kann Euch nicht abgesprochen werden. Es sei denn, der Beischlaf dauert bei euch nur einen kurzen Moment.«

Erneut entstand Tumult auf der Anklagebank, doch die Wagnerin schwieg.

Schlitzohr winselte und kratzte mit den Pfoten an seinem Zwinger. Er wollte endlich zu seinem Herrn!

Alle Aufmerksamkeit richtete sich nun auf die Anklägerin. »Der Herr Verteidiger hat Unrecht«, sagte sie. »Es war genau, wie ich es geschildert habe.« Ihre Stimme zitterte bei diesen Worten und jedem war klar, dass sie log.

»Ich habe keine weitere Frage«, sagte Balthasar Sturm.

Philipp atmete tief durch. Vielleicht kam Schlitzohr mit einer Ehrenstrafe davon? Wurde nur an den Pranger gestellt, aber nicht zum Tode verurteilt? Man hatte von solchen Fällen gehört.

»Ich rufe nun den Besitzer des Angeklagten, Philipp Juncker, nach vorne.«

Philipp zuckte zusammen, als der Richter seinen Namen rief. Zögernd ertastete er seinen Weg. Er konnte förmlich spüren, wie ihn sämtliche Augen im Saal durchbohrten.

»Wir kennen Euch nicht, Fremder. Verratet uns, wer Ihr seid und was Euch nach Borkenheim führt. Vor allem: Seid Ihr ein ehrlicher Mann?«

»Das bin ich, Herr Richter«, wisperte Philipp, wie sie es geübt hatten.

»Wie bitte? Sprecht ein wenig lauter, damit Euch alle verstehen können.«

»Das bin ich. Mein Name ist Philipp Juncker, ich stamme aus dem Städtchen Walthüren und bin ein wandernder Bildhauergeselle.«

Dröhnendes Gelächter erscholl. Auch der Richter kicherte.

»Bildhauer?«, hakte er nach. »Ein Blinder? Seid Ihr noch bei Trost?«

»Ich arbeite mit den Händen, nicht mit den Augen.«

Die gehässige Stimme des Zeugen Hans Semmler schaltete sich ein: »Unsinn! Meine Agnes sagt, sie hätte ihn als vagabundierenden Wahrsager auf dem Marktplatz gesehen!«

»Nein«, rief Philipp. »Das muss ein Irrtum sein.« Die Lüge trieb ihm die Schamesröte ins Gesicht. *Ich tue es für Schlitzohr,* redete er sich ein. »Ich habe das Handwerk bei meinem Vater, Michael Juncker, in Miltenberg gelernt. Vielleicht habt

Ihr schon von meinem Bruder Hans Juncker gehört. Er hat den Hauptaltar in der Schlosskapelle zu Aschaffenburg gestaltet.«

»Ich habe von Hans Juncker reden hören«, bestätigte der Richter. »Nehmen wir also an, Ihr seid ein ehrbarer Mann, Philipp Juncker. Doch gilt das auch für Euren Hund, den Angeklagten Schlitzohr?«

»Er ist sanft wie ein Lamm und folgt mir aufs Wort. Seit ich unterwegs bin, führt er mich auf sicheren Pfaden. Ohne ihn könnte ich mich als Blinder nicht frei bewegen. Lasst ihn aus dem Zwinger, Herr Richter, dann beweise ich Euch seine Tugendhaftigkeit.«

»Könnt Ihr beschwören, dass durch ihn keine Gefahr für uns besteht?«

»Bei Gott, das kann ich.«

Der Richter wies den Büttel an, Schlitzohr aus seinem Zwinger zu befreien. Der Gerichtsdiener kam der Anweisung nur zögernd und mit großem Unwillen nach. Während er die Holztür zum Verschlag öffnete, achtete er auf größtmöglichen Abstand.

Der Hund scherte sich nicht um ihn. Er hatte nur eins im Sinn: Endlich zu seinem Herrn zu gelangen! Schwanzwedelnd und freudig fiepend stürzte er auf Philipp zu, riss ihn in seinem Überschwang fast von den Beinen, fuhr mit seiner rauen Zunge über das geliebte Gesicht, schmeckte die salzigen Tränen, welche seinem Herrn in die Augen getreten waren, und erlebte nach einem Monat der Trauer und Einsamkeit das vollkommene Hundeglück.

Auch Philips Herz machte einen Sprung, er umarmte den Gefährten, kraulte den Flaum auf seinem Bauch und spürte die Wärme, die von ihm ausging.

Unter den Zuschauern, Anklägern und Zeugen machte sich Unruhe breit. »Sie stecken unter einer Decke!«, zischte eine der Frauen.

»Herr Richter«, sagte Philipp mit fester Stimme und plötzlich von großer Zuversicht erfüllt. »Einige Zeugen sagten aus, mein Hund habe sich mit dem Hund des Metzgers eine Beißerei geliefert. Das ist richtig. Es war jedoch der Metzgershund, der den Säugling angriff, nicht Schlitzohr. Ich ließ meinen Hund von der Leine, um das Kind zu retten. Leider kam unsere Hilfe zu spät.«

Auch das war freilich eine Lüge, doch Balthasar Sturm hatte Philipp erklärt, dass es mehrere Formen der Wahrheit gab und dass es kein Unrecht war, wenn der echten, übergeordneten Wahrheit durch eine kleine, wohl durchdachte und zielgerichtete Flunkerei auf die Sprünge geholfen wurde.

Diesmal begnügten sich die Menschen im Rathaussaal nicht mit einem leisen Raunen. »Lügner!«, rief der Metzger. »Spitzbub! Niemals würde mein Hektor …«

Schlitzohr knurrte leise. Nur Philipp konnte es hören.

»Ruhe!« Der Richter hatte seine liebe Mühe, die Ordnung wiederherzustellen. »Juncker«, sagte er. »Ihr wolltet uns die Rechtschaffenheit des Angeklagten beweisen. Nun, wir warten.«

Jetzt kam alles darauf an. Jetzt folgte der große Auftritt, den sie hundertmal in Gedanken durchgespielt hatten. Wenn das Kunststück gelang, mussten sie Schlitzohr einfach freisprechen!

Balthasar Sturm räusperte sich. »Wir wollen Euch zeigen, dass der Angeklagte einem Säugling niemals etwas zuleide tun würde. Deshalb haben wir einen mitgebracht.« Er nickte zu den Zuschauern hinüber und eine verhärmte Frau mit etlichen Zahnlücken erhob sich. Sie trug ein Kleinkind auf dem Arm, das sie dem Rechtsgelehrten nun ohne sichtbare Gemütsregung überreichte. Das Wispern wurde lauter und auch Philipps Anspannung wuchs. Es hatte lange gedauert, bis sie eine Frau gefunden hatten, die sich auf die Sache einließ. Und es hatte mehrerer Schwüre von Philipps Seite bedurft, sowie der Versicherung, dem Kind könne keinerlei Schaden entstehen, dass die Zahnlose eingewilligt hatte. Ausschlaggebend dafür war sicherlich die nicht unbeträchtliche Summe, die Balthasar Sturm ihr zahlte.

Behutsam legte er den Säugling auf dem Richtertisch ab. Stille trat ein, die Schöffen runzelten die Stirn.

»Was habt Ihr vor?«, fragte der Richter.

»Das werdet Ihr gleich sehen. Wenn Ihr so gütig sein wollt, den Anschein zu erwecken, Ihr würdet das Kind bedrohen, Herr Richter?«

Überrascht schüttelte dieser den Kopf. »Gerichtsdiener, das übernehmt Ihr«, befahl er.

Widerwillig schlurfte der Büttel zu dem Kind. »Was soll ich denn tun?«, fragte er tölpelhaft.

»Am besten, Ihr fletscht die Zähne wie ein Tier, und tut so, als wolltet Ihr das Kind beißen.«

Ein zunächst zögerliches, dann zunehmend lustvolles Knurren erreichte Philipps Ohr. Der Büttel schien ganz in seiner Rolle aufzugehen. Als das Kind zu weinen begann, sagte Philipp zu Schlitzohr laut genug, damit alle es hören konnten: »Rette das Kind! Bring es zu mir!«

Er wies mit dem ausgestreckten Arm in die entsprechende Richtung und wiederholte: »Bring!«

Leise betete er, der Trick möge gelingen. Wie oft hatten sie das Spiel auf ihrer Wanderschaft geübt. Mit Stöcken natürlich, nicht mit kleinen Kindern. *Tu das Richtige, Schlitzohr!*

Der Hund bellte laut und alle Anwesenden schreckten von seiner kräftigen Stimme zurück. Dem Büttel blieb das Knurren im Halse stecken. Schlitzohr sprang auf, durchquerte mit wenigen Sätzen den Saal und blieb direkt vor dem Richtertisch stehen. Drohend knurrte er den Gerichtsdiener an, der sofort zurückwich. Dann schnupperte er an dem Kind, winselte und leckte ihm über das nackte Ärmchen, das herunterhing. Augenblicklich ging das Weinen des Säuglings in ein fröhliches Kichern über.

»Bring!«, rief Philipp noch einmal.

Behutsam nahm der Hund das Kind ins Maul und trug es zu seinem Herrn, genauso, wie er es früher mit kahlen Ästen getan hatte, oder mit anderen Gegenständen, die sein Herr haben wollte. Vor Philipps Füßen legte er seine Beute ab, wedelte mit dem Schwanz und drehte sich auf den Rücken, um sich seine Belohnung in Form von Streicheleinheiten abzuholen.

»Das … ist … Zauberei!«, stotterte die Wagnerin.

»Unsinn!«, fuhr Balthasar Sturm sie an. »Das beweist nur, wie gut das Tier erzogen ist und dass es seinem Herrn aufs Wort gehorcht.«

Nun mischte sich der Büttel ein. »Ich sage euch, der Hund ist eine Bestie! Der Teufel ist in ihn gefahren und allerlei Dämonen!«

Schlitzohr sprang auf und ließ ein drohendes Knurren hören.

»Der da«, rief der Büttel und deutete auf Philipp. »Der hat den Hund zum Mord angestiftet! Glaubt mir! Er hat …«

Weiter kam er nicht. Als er sich Philipp derart drohend näherte, spürte Schlitzohr eine dumpfe Gefahr auf seinen Herrn zurollen. Er kannte den Geruch des Mannes, der hier schrie. Es war der Geruch seines Peinigers, der ihn getreten und geschlagen hatte, jedes Mal, wenn er ihm ein paar Brocken Futter in sein dunkles Gefängnis warf. Ein böser Mann war das, der nichts Gutes im Schilde führte. Und nun bedrohte er seinen Herrn!

Sofort ertönte lautes Geschrei. »Er greift an!«

»Er wird uns alle töten!«

»Der Satan ist in ihn gefahren.«

»Nein«, heulte Philipp, als er begriff, was vor sich ging. »Nein! Komm her, Schlitzohr. Es ist alles gut.«

Aber nichts war gut. Er hörte es an dem wütenden Schnaufen der Menge. Vier Männer waren nötig, um den Hund zurück in den Zwinger zu schaffen, wo er abwechselnd bellte und winselte. Es dauerte lange, bis wieder Ruhe im Saal einkehrte.

Der Richter schnaufte laut, als er schließlich das Wort ergriff. »So also sieht die Sanftmut Eurer Bestie aus, Philipp Juncker! Beinahe hätte sie den Gerichtsdiener zerfleischt.«

Balthasar Sturm erklärte ihm später, der Büttel habe nur einen unbedeutenden Kratzer davongetragen, doch das interessierte niemanden. Alle hatten sich von der Wildheit der Bestie überzeugt.

Das Urteil wurde wenige Minuten später verkündigt: »Der angeklagte Schlitzohr wird für schuldig befunden des heimtückischen Mordes am Säugling der hier anwesenden Wagnerin. Beim Verfahren am 6. September im Jahre 1624 hat er mehrfach durch lautes, zustimmendes Bellen die Tat gestanden. Er wird zum Tode durch den Strang verurteilt. Hernach sollen seine Überreste zur Abschreckung für andere tollwütige Kreaturen auf dem Scheiterhaufen verbrannt werden. Die Hinrichtung ist auf den morgigen Tag festgesetzt.«

* * *

Nur die Magd ging hin. Als die Totenglocke läutete, stopfte sich Philipp Stroh ins Ohr. Im Kopf malte er sich die schrecklichsten Bilder aus. Sein Hund in Menschenkleider gesteckt auf dem Schinderkarren, wie er durch die wütende Menge gefahren wurde, zum Scharfrichter, der ihn hängen sollte. Die Leute, die ihn beschimpften, Steine nach ihm warfen und ihn mit Kot beschmierten. Ein unschuldiges Tier, das überhaupt nicht begriff, was ihm geschah!

Es überstieg Philipps Kräfte, sich die Hinrichtung selbst vorzustellen. Eine alte Erinnerung brach auf: Der Geruch nach geschmortem Fleisch auf dem Scheiterhaufen, der Tod der Hebamme Margarethe, ihre Schreie, ihre Todesqual. Philipps Eingeweide zogen sich zusammen und er übergab sich.

»Können wir gar nichts für ihn tun?«, hatte er Balthasar Sturm gefragt.

»Jetzt nicht mehr«, antwortete der Rechtsgelehrte mit tonloser Stimme.

Die Unruhe im Hause Sturm nahm Philipp erst wahr, als seine Zimmertür aufgerissen wurde und die kleine Marie hereinstürmte.

»Er ist geflohen!«, rief sie jubelnd. »Er ist frei!«

Philipp verstand ihre Worte und begriff sie doch nicht.

»Johanna soll alles noch einmal erzählen!«, forderte das Kind die Magd auf.

»Es ging so schnell!«, berichtete Johanna atemlos. Sie war den gesamten Weg vom Hinrichtungsplatz bis zum Hause Sturm gerannt. »Ich stand ziemlich weit hinten, konnte gar nicht genau sehen, was vorne vor sich ging. Man hat dem Hund eine alte Hose und ein Hemd angezogen und die Vorderpfoten an eine höher gelegene Stange gebunden, damit er aufrecht stand und wie ein Mensch aussah. Es war grotesk. Die Wut der Menge war groß. Man sah dem Hund an, dass er schreckliche Angst hatte! Dann übergab man ihm dem Scharfrichter, der den Galgen schon vorbereitet hatte. Zwei Männer hielten Schlitzohr fest, während der Henker sich bemühte, den Strick um seinen Hals zu legen. Doch der Hund war völlig außer sich und strampelte wild. In diesem Augenblick geschah es! Unweit des Galgens flog mit großem Getöse eine ganze Ladung Schießpulver in die Luft. Es knallte und zischte, eine große Unruhe entstand, weil jeder, der sich in der Umgebung befand, danach trachtete, so schnell wie möglich von der Unglücksstelle zu verschwinden. Der ersten Explosion folgte eine zweite, nicht minder gewaltige. Alle fingen an zu schreien und wild durcheinander zu laufen. Es war ein unglaubliches Gedränge. Mir war, als hätte ich in der Menge die beiden Söldner aus dem Wald gesehen, den mit dem Holzbein und den mit der Stirnfalte. Mir war, als hätten sie beide gegrinst.«

»Und Schlitzohr?«, fragte Philipp atemlos. »Was ist mit ihm?«

»Der Lärm und die Unruhe müssen ihn noch mehr in Angst und Schrecken versetzt und ihm ungeahnte Kräfte verliehen haben. Er riss sich von den beiden Männern los, die ihn festhielten, sprang vom Galgen herab und verschwand wie ein Schatten in der Menge. Kaum jemand achtete auf ihn. Erst viel später erscholl der Ruf: *Wo ist der Mörder?* Doch niemand konnte ihn finden. Er wird sich so schnell wie möglich von dem Tumult entfernt haben, vielleicht ist er in den Wald gelaufen, auf die Felder, aber wenn er auch nur ein bisschen Grips hat, kehrt er nie wieder nach Borkenheim zurück.«

Philipp stieß die Luft aus, die er unwillkürlich angehalten hatte.

Gerettet! Schlitzohr war gerettet! Möglich, dass er ihn nie wieder fand, aber was zählte das schon? Der Hund hatte überlebt! Befand sich in Freiheit, wo er für sich selbst sorgen konnte, das hatte er schließlich gelernt.

Am Abend gab es im Hause Sturm ein Festessen. Zum ersten Mal, seit Philipp hier lebte, war die Stimmung nicht bedrückt, sondern geradezu ausgelassen. Philipp verspürte eine tiefe Wehmut, weil er Schlitzohr wohl für immer verloren hatte, doch die gelungene Flucht tröstete ihn.

Es wurde spät an jenem Abend, sie saßen noch immer zusammen, als es zaghaft an die Tür klopfte. Johanna öffnete auf Balthasar Sturms Zeichen hin und stieß einen spitzen Schrei aus. Kurze Zeit später drängten zwei abgerissene Gestalten in die Wohnstube.

Philipp erkannte sie sofort am Geruch nach Wald und Schießpulver. »Conrad«, sagte er. »Johannes. Ich weiß gar nicht, wie ich euch danken soll.«

»Pah!«, sagte Conrad. »Wofür sollst du uns danken? Wir haben es nicht dir zuliebe getan, Kleiner. Glaubst du etwa, nur weil wir Herumtreiber und wilde Gesellen sind, haben wir kein Herz im Leib? Wir konnten doch nicht einfach zusehen, wie sie einen unschuldigen Hund aufhängen! Schlitzohr war auch unser Weggefährte! Und mit Schießpulver kennen wir uns bestens aus …«

Philipp stand auf und drückte den Zwillingen die Hände.

»Johanna«, sagte Francesca Sturm. »Bring zwei Gedecke für die Herren.«

»Herren?«, grinste Conrad. »Hast du das gehört, Bruderherz? Wir sind zwei Herren!«

»Keine Gedecke«, erwiderte Johannes und ging ausnahmsweise nicht auf das Geplänkel seines Zwillings ein. »Sicher werden alle Anwesenden verstehen, dass wir Borkenheim schnellstmöglich verlassen wollen. Wir sind nur gekommen, um den Kleinen abzuholen.«

Betretenes Schweigen setzte ein. In der Aufregung des Tages hatte niemand daran gedacht, dass es für Philipp fortan keinen Grund mehr gab, länger im Hause Sturm zu bleiben.

Marie war es, die als erste wieder sprach. »Nein«, rief sie und ihre Stimme klang tränenerstickt. »Ich will nicht, dass Philipp geht! Er hat noch kein einziges Mal für mich gesungen!«

Balthasar Sturm räusperte sich. »In meinem Haus ist genug Platz für dich, Philipp Juncker. Ich spiele schon seit geraumer Zeit mit dem Gedanken, mir einen Schüler zu suchen. Ich denke, du könntest der Richtige sein. Wenn also meine Gattin nichts dagegen hat …«

»Hat sie nicht«, bestätigte Francesca Sturm.

Philipp musste nicht lange überlegen. Die Vorstellung, ohne Schlitzohr durch die Welt zu ziehen, war gänzlich undenkbar. »Ja«, sagte er schlicht. »Ich möchte gerne bleiben.«

Conrad und Johannes zuckten die Schultern »Sieht so aus, als müssten wir alleine weiterziehen, Bruderherz!«

»Wo wollt ihr hin?«, fragte Philipp.

»Ach, der Pulverdampf hat alte Erinnerungen in uns geweckt, nicht wahr, Bruderherz?«

»Hm. So übel war es eigentlich gar nicht beim Heer, wenn ich es mir recht überlege.«

»Nein, manchmal war es sogar recht angenehm.«

»Vor allem mit den Weibern. Kaum zu glauben, wie so ein Soldatenrock auf die Weiber wirkt, und sei er noch so zerfetzt!«

»Weiber? Ich hatte schon lange keines mehr, Bruderherz! Also hör auf so zu reden, sonst schwillt mir die Hose zur unrechten Zeit!«

»Conrad! So redet doch kein feiner Herr!«

»Stimmt. Ich habe ganz vergessen, dass wir jetzt *Herren* sind. Aber, sag mal, ist es nicht ein wenig ruhig geworden auf den Schlachtfedern?«

»Das wird sich schon wieder ändern. Und dann sollten wir rechtzeitig bereitstehen.«

Die beiden plapperten noch immer, als sie das Haus verließen und sich auf ihren Weg machten, ohne sich noch einmal umzudrehen.

Kapitel 10

Borkenheim am Neckar, im September 1626

Es war um die Mittagszeit, die Sonne stand hoch am Himmel. Ihre Strahlen erwärmten Borkenheim vielleicht zum letzten Mal in diesem Jahr, denn von Osten her schoben sich Wolken heran, die nichts Gutes verhießen. Selten kam Gutes aus dem Osten. Auch das protestantische Heer kam von dort. Zweimal waren in den vergangenen zwölf Monaten Truppen durch das Städtchen gezogen, kaiserliche zwar, aber die hatten nicht weniger gewütet als die protestantischen. Jeder Einwohner musste Soldaten in seinem Haus einquartieren, die armen Leute einfache Soldaten, die reichen Bürger Offiziere. Alle wollten verpflegt und verköstigt werden.

Auch Balthasar Sturm war dieses Schicksal nicht erspart geblieben und als die Offiziere sein Haus wieder verließen, war der Vorratskeller geplündert, der Wein gesoffen, keine Seite Speck mehr übrig. Aber wenigstens war niemand zu Schaden gekommen.

Westlich der Stadt erstreckten sich weite Felder. Wieder war es ein kalter, nasser Sommer gewesen. Die spärliche Ernte war fast zur Gänze den Truppen in die Hände gefallen und als die kaiserlichen Soldaten abzogen, zündeten sie die Felder an, damit nichts für die heranrückenden feindlichen Heere stehen blieb. Die Septembersonne beschien verrußte, schwarze Ebenen, der Rauchgeruch, der sie überzog, hielt sich hartnäckig.

Einen Heuschober, der sich hinter einer dichten Hecke aus Ebereschen verbarg, hatten die Soldaten übersehen. Das duftende Heu diente einem glücklichen Bauern als Futter für seine zwei Ziegen, die er ebenfalls vor den hungrigen Mäulern der einquartierten Truppen hatte verstecken können. Mäuse tummelten sich im Schober. Auf einem Balken unter dem Dachstuhl thronte ein verlassenes Vogelnest, die Schwalben, die es errichtet hatten, waren längst in den Süden aufgebrochen. Ein paar Elstern hatten sich den Schober jetzt als Quartier auserwählt und schimpften lautstark, als sich im Heu etwas regte.

Ein blonder Schopf zerzausten Haares tauchte auf. Daneben nicht minder unordentlich eine dunkelbraune Mähne, die vormals fein geflochtenen Zöpfe aufgelöst und wirr. Lustvolle Hitze ging von den beiden Körpern aus, die eng umschlungen beieinanderlagen. Der Mann war nackt, die Frau trug noch ihr Kleid, aber das Mieder war geöffnet, dralle Brüste strebten ans Tageslicht, und der Rock war hochgeschoben, gab ihre schlanken aber muskulösen Schenkel preis. Beide keuchten noch von der eben erlebten süßen Anstrengung, beide waren feucht von ihren Körpersäften und den Küssen, mit denen sie sich gegenseitig bedeckt hatten. Sie lächelten. Der Blick der Frau wanderte zu ihrem Liebhaber, der ausgestreckt da lag, einen frohen Gesichtsausdruck zur Schau trug und mit sich und der Welt im Reinen schien. Seine Augen waren geschlossen, ihre Nutzlosigkeit verborgen, und nicht zum ersten Mal fielen der Frau seine langen, schön geschwungenen Wimpern auf.

»Du solltest sie nicht unter der Augenklappe verbergen«, sagte sie und Philipp tat ihr schließlich den Gefallen.

Eine gute halbe Stunde sprachen sie kein Wort, genossen die Nähe, die Ruhe des Augenblicks. Die Magd ließ ihre Hände spielerisch über Philipps Oberkörper wandern, ein zärtliches Streicheln, frei von Verlangen, denn dieses war vorerst gestillt, nur eine sanfte Liebkosung, eine Geste der Freundschaft und Wärme.

»Wer hat dir nur beigebracht, ein so guter Liebhaber zu sein, Philipp Juncker?«, fragte sie endlich verschmitzt und ließ ihre Hand in gefährlichere Regionen wandern.

Philipp stöhnte leise. »Als wüsstest du das nicht, du kleines Biest!«

Seit über einem Jahr war Johanna seine Lehrmeisterin. Beim ersten Mal war er nicht nur gänzlich unerfahren gewesen, sondern auch über seine eigene Leidenschaft erschrocken. Er liebte die Magd doch überhaupt nicht! Er liebte nur eine einzige Frau, mit jeder Faser seines Herzens, und da er diese Frau nicht haben konnte, wollte er auch keine andere, wollte für immer allein bleiben.

Johanna hatte über diese vorsichtig geäußerten Bedenken laut gelacht. Sie hatte ihm gezeigt, was ein Mann mit seinem Körper anfangen konnte. Zu Philipps Verwunderung, ja zu seinem Entsetzen, hatte er reagiert wie jeder Mann, die Lust hatte ihn überwältigt und beim Höhepunkt hatte er gebrüllt wie ein Stier, hatte alle Verdrossenheit, alle Enthaltsamkeit und alle aufgestauten Wünsche aus sich herausgeschrien.

»Du kannst mich ruhig Katharina nennen«, sagte die Magd. »Falls es dir hilft.«

Anfangs tat er es ein paarmal und hinter seinen blinden Augen entstand sofort das geliebte Bild. Doch schnell ließ er das wieder sein, denn es kam ihm wie ein Verrat an der Frau seiner Träume vor.

Sein Körper forderte seine Rechte ein. Und mit jedem Mal, das Philipp bei Johanna lag, wurden die Schuldgefühle, die ihn anfangs plagten, ein wenig kleiner.

»Und wenn du ein Kind von mir empfängst?«, fragte er an jenem regnerischen Nachmittag im Schober, den sie zu ihrem Nest gemacht hatten.

»Oho! Das fällt dir aber früh ein, Philipp Juncker!« Johanna schnalzte mit der Zunge. »Keine Angst. Ich bin nicht so dumm, mir ein Kind anhängen zu lassen. Ich weiß wohl, dass du mich nicht liebst und mich niemals heiraten würdest.«

Philipp widersprach nicht. Er hatte die Magd gern, nicht

nur ihren Körper, auch ihre heitere und resolute Art, aber Liebe war etwas anderes. Liebe hatte mit Leid zu tun, da war er sich sicher.

»Wie kannst du eine Schwangerschaft verhindern?«, wollte er wissen.

»Vielleicht …« Sie senkte die Stimme. »Durch Zauberei …«

Philipp lachte ungehalten. Seit er bei Balthasar Sturm in die Lehre ging, hatte sich seine Sicht auf diese Dinge grundlegend geändert.

»War dein Hund schuldig?«, hatte ihn sein Meister wenige Tage nach den Geschehnissen im Herbst 1624 gefragt.

»Natürlich nicht«, hatte Philipp entrüstet geantwortet.

»Nun, in den Augen der halben Stadt war er es«, konstatierte Sturm nüchtern. »Und die andere Hälfte hatte zumindest starke Zweifel an seiner Unschuld. Vor meinen handfesten Beweisen haben sie die Augen verschlossen. Weil sie etwas anderes glauben wollten. Ähnlich ist es bei den Hexenprozessen.«

»Aber die Hexen haben gestanden!«, wagte Philipp vorsichtig zu widersprechen.

Balthasar Sturm schnaubte verächtlich. »Man hat sie gefoltert! Und haben sie nicht auch behauptet, Schlitzohr hätte die Tat zugegeben?«

Philipp schwieg. In den folgenden Tagen dachte er ausgiebig über diese Lektion nach und die Saat, die Emilia schon vor langer Zeit in seinen Verstand gepflanzt hatte, ging endlich auf.

Natürlich wusste Johanna, dass er dem Glauben an die Zauberei abgeschworen hatte. Sie wollte ihn nur necken. »Vor vielen Jahren«, sagte sie leise, »ich war selbst noch fast ein Kind, da wurde ich schwanger.« Sie schluckte hart. »Ich ging zu einer Kräuterfrau und wäre an ihrer Behandlung fast krepiert. Aber die Leibesfrucht ging ab und seither habe ich nie wieder empfangen. Sei also unbesorgt, Philipp Juncker.«

Er nahm ihr Gesicht in die Hände und küsste die Tränen weg, die er zwar nicht sah, aber doch ahnte. Sie ließ sich in seine Arme fallen und nach einiger Zeit der Stille begann sie wie eine Katze zu schnurren.

»Oh nein«, mahnte Philipp, der dieses Vorzeichen kannte. »Dafür bleibt keine Zeit mehr! Ich muss heute noch einer Nadelprobe beiwohnen. Ich sollte …«

Sie brachte ihn mit wenigen, gezielten Bewegungen zum Schweigen und als die Hitze ihn erneut überkam, dachte er weder an seine Arbeit, noch an die bevorstehende Prozedur, die auf ihn wartete.

Er dachte auch nicht an Katharina.

* * *

Wenig später betrat er gemeinsam mit Balthasar Sturm den Luziferturm. In der Hand hielt er einen kräftigen Stock, mit dem er den Weg vor sich abtastete. Inzwischen war er darin geübt und bewegte sich in seiner bekannten Umgebung erstaunlich sicher.

Borkenheim und die Familie Sturm waren Philipp eine zweite Heimat geworden und alles, was er über die Rechtsprechung lernte, war hochgradig faszinierend. Philipp erkannte, dass ein Mensch nicht nur eine einzige Berufung haben konnte. Die Bildhauerei würde immer eine Herzensangelegenheit bleiben, eine Leidenschaft, aber das Studium des Rechts weckte eine ganz neue Seite seines Bewusstseins. Er spürte, dass ihn diese Beschäftigung ebenfalls begeisterte.

Die Vergangenheit ließ ihn dennoch nie ganz los. Immer wieder tauchten unheilvolle Bilder in seinen Träumen auf: Anna, die mit Schaum vor dem Mund auf den Küchenboden ihr Leben aushauchte. Die Hebamme, die auf dem Scheiterhaufen *Ich verzeihe euch* schrie. Der zerbrochene Meißel, der in Zacharias' Werkstatt beinahe das Hirn des Bruders durchbohrt hätte, wenn nicht Philipps Ahnung ihn rechtzeitig gewarnt hätte. Die Achse, die auf so unerklärliche Weise zwischen Miltenberg und Walthüren gebrochen war. Die Flammen, die auf das Pulverfass zukrochen. Und über all dem Emilias Worte: »Schuld daran war ein Mensch aus Fleisch und Blut!«

Philipp zweifelte nicht länger. Aber wer? Wer steckte hinter all dem Unglück? Und warum? Sooft er auch darüber nachdachte, er fand keine Antwort. Er spürte, dass er diese Fragen klären musste, um die Schatten abzustreifen, die wie riesige Fledermäuse über ihm schwebten und in der Nacht alles Blut aus ihm saugten. Aber er wusste nicht wie, wusste nicht weiter, fand keine Lösung. Also streifte er die Gedanken an die Vergangenheit ein ums andere Mal ab, verdrängte sie, schüttelte sie aus dem Fell, wie ein nasser Hund das Regenwasser.

»Philipp?«, rief Balthasar Sturm mit gerunzelter Stirn. »Wo steckst du?« Unwillkürlich war Philipp stehen geblieben, während die Gedanken an die Vergangenheit ihn überwältigten. Die drückende Luft im Turm und die freudlose Aufgabe, die dort auf ihn wartete, taten ihr übriges.

In den Luziferturm brachte man die armen Frauen und Männer, die in den Verdacht der Hexerei geraten waren, und die wenigsten, die hier landeten, verließen den Ort gesund und frei. Seit den Frösten und Schneefällen im Sommer war der Ruf nach dem Hexenbrennen wieder laut geworden. Gleich eine ganze Reihe von Frauen sollte beim Hagelsieden beobachtet worden sein. Und die Heffnerin sollte gar eine Kinderleiche ausgegraben und daraus eine Schmiere hergestellt haben. Balthasar Sturms Schritte klangen müde. Man hatte dem Rechtsgelehrten das Amt eines Hexenkommissärs angetragen – und nach kurzem Zögern hatte er es angenommen. »Es ist nur eine beratende Tätigkeit«, erklärte er Philipp. »Aber vielleicht kann ich wenigstens ein paar Menschen vor einem unsinnigen Tod bewahren.«

Er musste jedoch vorsichtig sein, durfte nicht den Eindruck erwecken, allzu offensichtlich auf der Seite der Angeklagten zu stehen. Andernfalls nahmen sie ihm das Amt wieder weg – und im schlimmsten Fall geriet seine eigene Familie in Verruf.

»Zieht sie aus!«, hörte Philipp die Stimme eines Schöffen. »Und bindet sie hoch.«

Der Frau wurden die Hände am Rücken zusammengebunden, dann zog man sie an einer Winde hoch, was ihr unglaubliche Schmerzen bereitete und ihre Schultergelenke auskugelte.

»Heffnerin«, schnarrte der Schöffe. »Ich frage dich noch einmal: Bist du eine Buhlin des Teufels?«

»Nein!«, keuchte die Frau, die Schmerzen zähneknirschend unterdrückend.

»Du willst also nicht mit dem Satan Unzucht getrieben haben?«

»Zu keiner Zeit!«

»Aber dass du dem Hans Wiedmann eine zaubermächtige Schmiere gegen seine Geschwüre gegeben hast, leugnest du nicht?«

»Kräuter«, stammelte die Frau. »Das waren nur Kräuter.«

»Keine Schmiere aus dem Fett von Kinderleichen?«

»Wo denkt Ihr hin, Veit Brenner! Wie könnt Ihr mich so etwas fragen? Ich kenne Euch, seit Ihr ein kleiner Rotzbengel ward – und jetzt wagt Ihr, mir solche Fragen zu stellen?«

Die gerechte Wut der Frau ließ sie für einige Zeit ihre Pein vergessen.

»Wir werden sehen.« Die Stimme des Schöffen klang nicht mehr ganz so selbstsicher. »Wir werden deinen Körper nach Teufelsmalen absuchen, um deine Worte zu überprüfen. Und wehe dir, wir finden welche!«

Philipp hörte das Geräusch von reißendem Stoff, als der Scharfrichter ihr die Kleidung mit einem Ruck vom Leib riss. Die Heffnerin, eine alte Frau von fast fünfzig Jahren, stöhnte auf.

Sie würden ein Mal finden, davon war Philipp überzeugt. Sie fanden immer eines. Und sei es noch so klein und an den intimsten Stellen verborgen.

»Hast du irgendwo am Körper einen dunklen Fleck?«, hatte Balthasar Sturm ihn bei der ersten Nadelprobe, der er beiwohnte, leise gefragt und Philipp erinnerte sich an einen kleinen, braunen Punkt an der Innenseite seines linken Knies, den er schon als Kind gehabt hatte.

»Dann lass dich lieber niemals der Hexerei anklagen, Philipp Juncker!«

»Am Arsch!«, rief der Schöffe nach kurzer Zeit triumphierend aus. »Du Teufelshure! Der Satan hat dich auf den Arsch geküsst!«

Die Heffnerin wimmerte. Ihr kurzes Aufbegehren war vorbei. Jetzt war die Angst übermächtig, die Furcht vor dem, was als Nächstes geschehen würde.

»Bringt die Nadel!«, befahl der Schöffe dem Henker. »Stecht sie ihr ins Mal!«

Sie alle versammelten sich um die arme Frau, die nackt an der Winde hing und mit erstaunlicher Willensstärke ihr Martyrium ertrug. In einem solchen Moment vermisste Philipp sein Augenlicht nicht, er war froh darum, den Anblick nicht ertragen zu müssen.

Die Frau stöhnte auf, als der Scharfrichter die Nadel in das Mal trieb. Nun kam es darauf an: Blutete die Wunde nicht, so galt sie zweifelsfrei als Hexe. Trat hingegen Blut aus, bedeutete das noch lange keinen Freispruch. Dann war die Hexe eben besonders durchtrieben und in der schwarzen Magie bestens bewandert. Philipp schämte sich, jemals an diesen Unfug geglaubt zu haben.

»Blut«, sagte Balthasar Sturm mit ruhiger Stimme. »Seht Ihr? Sie blutet.«

Vermutlich hatte die Heffnerin es irgendwie bewerkstelligen können, den Scharfrichter zu bestechen, damit er ihr die Nadel tief und verletzend ins Mal trieb. Vielleicht war auch nur die Körperstelle günstig.

»Seht Ihr?«, rief sie. »Ich bin unschuldig!«

»Das wird sich in den nächsten Verhören erweisen«, erwiderte der Schöffe kalt. »Für heute soll es genug sein. Bringt sie zurück ins Loch.«

Es war ihm deutlich anzumerken, dass der Verlauf der Dinge ihn nicht zufriedenstellte. »Was haltet Ihr davon?«, fragte er Balthasar Sturm, während die Frau unter Ächzen und Stöhnen von der Winde genommen wurde.

»Nun«, begann der Rechtsgelehrte zögerlich. »Sie könnte uns mit einer List getäuscht haben.« Das musste er sagen, wie Philipp wusste. »Aber wir müssen auch in Betracht ziehen, dass sie tatsächlich unschuldig sein könnte.«

»Ach, das sagt Ihr immer, Balthasar Sturm!«, unterbrach der Schöffe unwirsch. »Fast könnte man meinen, Ihr steht auf Seiten des Hexenpacks!«

»Was erlaubt Ihr Euch!«, brauste Philipps Lehrmeister auf. Eine solche Behauptung durfte er keinesfalls auf sich sitzen lassen. »Zügelt Eure Zunge!«

»Schon gut. Ich habe es nicht so gemeint«, nahm der Schöffe seinen Worten die Schärfe. »Der Unmut hat mich aufgrund dieser Verstocktheit übermannt.«

»Ich bin hier, um Euch mit meinem Rat zur Seite zu stehen«, mahnte Balthasar Sturm. »Ihr könnt ihn annehmen, Veit Brenner, oder es bleiben lassen. Aber vergesst niemals, dass ich das Recht an der Universität von Bologna studiert habe und bedeutend mehr Hexenprozessen beigewohnt habe, als Ihr von Euch behaupten könnt. Wenn ich also sage, die Heffnerin könnte unschuldig sein, so geschieht dies nicht ohne Grund.« Wenn er es wollte, konnte Balthasar Sturm äußerst respekteinflößend wirken.

»Ich weiß Euren Rat zu schätzen«, lenkte der Schöffe ein. »Und werde ihn mir zu Herzen nehmen.«

»Gut«, sagte der Rechtsgelehrte, nun wieder ganz freundlich. »Jetzt möchte ich noch einmal mit der Heffnerin sprechen.«

»Sollen wir sie wieder aus dem Loch holen?«

»Nicht nötig. Ich steige zu ihr hinab. Mein Schüler wird mich begleiten.«

Philipp ergriff seinen Stock und folgte Balthasar Sturm die schmale, rutschige Treppe hinunter. Wie immer überfiel ihn im Turm ein lähmendes, beklemmendes Gefühl. Es war, als habe der Ort alle bösen Träume, allen Schmerz und alles Leid, das seine Bewohner je erleben mussten, in sich aufgesogen. Die Luft war voll davon, das Atmen fiel schwer und der Gestank nach Unrat lastete wie ein Zentnergewicht auf der Lunge und dem Herzen.

»Du hast den Schmerz tapfer ertragen«, hörte er den Rechtsgelehrten leise zur Heffnerin sagen.

»Ich habe zwölf Kinder zur Welt gebracht!«, sagte sie. »Erzählt mir nichts von Schmerz!«

»Du musst weiterhin tapfer sein, hörst du? Sie werden dich noch schlimmer foltern, dir vielleicht die Daumen zerquetschen und dich strecken, bis du schreist. Schrei, Heffnerin, so laut du kannst! Schrei dir die Seele aus dem Leib. Aber eines darfst du unter keinen Umständen tun: Du darfst nicht gestehen!«

»Wie könnte ich etwas gestehen, was ich nicht getan habe?«

»Du wärst nicht die Erste! Irgendwann werden die Qualen zu groß. Es wird nicht leicht sein. Aber wenn du weiterhin so tapfer bleibst, gibt es Hoffnung.«

Philipp seufzte schwer. Es war nicht viel, was sie für die Frau tun konnten. Ihr Mut zusprechen. Gute Ratschläge erteilen. Aber sie konnten ihre Qual nicht lindern. Was mochten sie einst mit Margarethe angestellt haben, damit sie gestanden hatte? Auch sie war eine starke, mutige Frau gewesen. So mutig, dass sie ihren Mördern auf dem Scheiterhaufen vergeben konnte.

»Manchmal«, hatte Balthasar Sturm ihm erklärt, »manchmal gestehen sie auch ohne Folter.«

»Aber warum?«, fragte Philipp ungläubig. »Sie müssen doch wissen, dass sie damit ihr Todesurteil besiegeln.«

Der Rechtsgelehrte zuckte die Schultern. »Wir leben in schweren Zeiten. Viele Menschen hungern. Weißt du, was sie alles ins Brot mischen, um satt zu werden? Schlafmohn, Bilsenkraut, Tollhorn. Diese Beimengungen vertreiben aber nicht nur den Hunger, sie erzeugen auch wohlige, manchmal süße Träume. Sie sind gefährlich, Philipp Juncker! Wer zu viel davon zu sich nimmt, wird krank. Manche überfällt der Wahnsinn und sie können nicht mehr zwischen Traum und Wirklichkeit unterscheiden. Und so glauben sie schließlich selbst daran, einer teuflischen Vereinigung anzugehören. Sie glauben, sie könnten durch die Lüfte fliegen, auf dem Besen reiten oder sich des Nachts in Wölfe verwandeln. Sie verwechseln ihre Träume mit dem wahren Leben. Deshalb gestehen sie, ohne an die Folgen zu denken. Die Ernüchterung kommt oft zu spät, wenn die Wirkung des Giftes nachlässt.«

Philipp schauderte und schwor sich, lieber Hungers zu sterben, als jemals diese unheilbringenden Pflanzen anzurühren.

»Manche arme Frau«, fuhr Sturm fort, »ist wohl auch gegen ihren Willen von einem Landsknecht bestiegen worden. Der mag ihr tatsächlich wie der Teufel in Menschengestalt vorgekommen sein. Ach, Philipp Juncker, es sind unheilige Zeiten!«

Als die beiden den Turm hinter sich gelassen hatten und wieder im Freien standen, atmeten sie tief und machten sich schweigend auf den Nachhauseweg. Wie tröstlich es war, ein warmes und halbwegs sicheres Heim zu haben!

* * *

Lautes Gebell schlug ihnen entgegen, als sie ins Haus traten. Zwei große Hunde stürmten auf sie zu, ein schneeweißer und ein dunkelbrauner, und warfen sie fast über den Haufen. Der Weiße war besonders stürmisch, er stellte sich schwanzwedelnd auf die Hinterbeine und legte Philipp die Pfoten auf die Schulter.

»Ist ja gut, Schönes Mädchen«, lachte Philipp. »Wir waren doch nur wenige Stunden getrennt! Ich hab dich nicht verlassen.«

»Komm her, Kluger Junge!«, ertönte die Stimme von Marie. »Es sind nur Vater und Philipp Juncker, die zurückkehren. Sei still!«

Francesca Sturm seufzte. Als ihr Gatte die beiden Welpen vor über einem Jahr mitgebracht hatte, war sie alles andere als entzückt darüber gewesen. »Im Haus?«, hatte sie gefragt und die Hände über dem Kopf zusammengeschlagen. »Ihr wollt die Hunde im Haus halten? Hat man so etwas schon gehört! Ein Hund gehört nach draußen, an die Kette!«

Da war Marie in Tränen ausgebrochen und hatte so lange geweint, bis ihre Mutter nachgab. »Der Dunkle ist ein kluger Junge«, sagte Balthasar Sturm, »und der Weiße ein schönes Mädchen.« Und bei diesen Namen war es geblieben. Kluger Junge hatte sich sofort an Marie gekuschelt und war nicht mehr von ihrer Seite gewichen. Bald waren die beiden unzertrennlich. Philipp hingegen hatte sich von Schönes Mädchen ferngehalten. Die Hündin konnte Schlitzohr nicht ersetzen, sie erweckte Wehmut und Trauer in ihm. Aber ihre ruhige und unaufdringliche Art führte schließlich doch zum Erfolg. Philipp freundete sich mit dem Welpen an.

Mit der Zeit wurde Schönes Mädchen immer lebhafter, manchmal sogar tolldreist. Sie eignete sich nicht dazu, Philipp zu führen. Sobald er sie an die Leine nahm, wurde sie bockig, blieb stehen oder zerrte in irgendeine Richtung, aus der Düfte kamen, die nur einen Hund begeistern konnten. Darin und in vielem anderen unterschied sie sich sehr von Schlitzohr, aber es gelang ihr immer wieder, Philipp mit ihren Streichen aufzuheitern, wenn die Vergangenheit mit all ihren düsteren Geheimnissen über ihn hereinbrach. Niemals würde er Schlitzohr vergessen, aber Schönes Mädchen war ihm auf ihre Art ebenfalls eine gute Genossin.

Kluger Junge ließ sich besser an die Leine nehmen. Er führte das blinde Kind zielsicher durch die Gassen von Borkenheim und beschützte Marie, soweit es in seiner Macht stand. Für das Mädchen eröffnete sich dadurch eine neue Welt. Bis zur Ankunft des Hundes hatte sie nur in Begleitung ihrer Mutter das Haus verlassen. Jetzt wagte sie sich alleine vor die Tür, streifte manchmal bis zum Markt, lernte andere Kinder kennen, die sie oft hänselten, das Mädchen aber doch in ihre Reihen aufnahmen, weil der große Hund ihnen gefiel. Und weil Marie eine blühende Fantasie hatte, ihnen Geschichten erzählen konnte, dass ihnen Hören und Sehen verging. Geschichten über ferne Länder, über Piraten auf hoher See und über die wilden Menschen in einem Land, das Amerika hieß, wo die Leute Ohrläppchen hatten, so lang, dass sie bis auf den Boden hingen.

»Woher weißt du das alles?«, fragten die Kinder mit offenen Mündern.

»Ich hab es gesehen«, sagte Marie so ernst, dass niemand zu lachen wagte.

»Du kannst ja gar nichts sehen«, erwiderte ein vorlautes Mädchen zögernd.

»Natürlich kann ich sehen!«, antwortete Marie. »Hier drinnen.« Sie tippte auf ihre Stirn. »Da kann ich viel mehr sehen als ihr. Wie dumm ihr seid!«

Und die Kinder glaubten ihr, staunten über ihre Erzählungen und nahmen sie in ihrer Mitte auf.

»Ich bin so froh, dass Philipp Juncker zu uns gekommen ist«, sagte Marie manchmal. »Er soll für mich singen.« Und Philipp sang. Francesca Sturm gesellte sich dann oft zu ihnen und seufzte zufrieden. »Fast klingt er wie die Männer in meiner Heimat«, sagte sie. »Fast wie ein *Fiorentini.*«

Auch Philipp genoss Maries Nähe. Es war eine neue Erfahrung für ihn, sich mit einer Blinden zu unterhalten. Das Mädchen war schon ohne Augenlicht zur Welt gekommen, für sie war das Leben in Finsternis die Normalität. »Ich kann mir gar nicht vorstellen, was sehen bedeutet«, gestand sie ihm einmal. »Kannst du es mir erklären, Philipp Juncker, was die Leute unter *bunt* verstehen?«

Er versuchte, ihr die Farben zu schildern. Doch er fand keine passenden Worte dafür. Dann hatte er einen Einfall.

»Rot«, sagte er. »Rot sieht aus wie die kleinen wilden Erdbeeren, die man im Juni im Wald findet. Die Farbe Rot ist wie diese Früchte: Süß und weich wie Samt. Kannst du sie nun sehen?«

»Ja!«, rief Marie begeistert. »Oh ja! Jetzt sehe ich sie! Und Blau? Wie schmeckt Blau?«

»Wie eine Pflaume. Ein bisschen hart, ein bisschen sauer und ein wenig kalt.«

»Rot mag ich lieber. Zeig mir Gelb!«

Durch die Gespräche mit Marie lernte Philipp seine eigene Welt besser kennen. Sie schien ihm plötzlich bunter, das Schwarz löste sich auf und machte neuen Eindrücken Platz.

»Wirst du mich heiraten, Philipp Juncker, wenn ich groß bin?«, fragte Marie einmal. »Ich bin viel zu alt für dich!«, erklärte Philipp lächelnd. Doch sein Herz zog sich zusammen. *Zacharias*, dachte er, *war auch viel zu alt für Katharina …*

»Kommt zu Tisch«, rief Francesca Sturm fröhlich, nachdem die Hunde sich endlich beruhigt hatten.

Ein verlockender Fleischduft durchzog das Haus. Die Hausfrau strahlte, als ihr Gatte sie danach fragte. »Kaninchen«, erklärte sie. »Johanna hat es weiß Gott wo aufgetrieben. Manchmal glaube ich, sie jagt sie selbst.«

Philipp hielt das durchaus für möglich. Die Magd verfügte über allerlei ungeahnte Fähigkeiten.

Als sie beim Abendmahl saßen, räusperte sich Balthasar Sturm lautstark. Das Gespräch verstummte, denn alle wussten, dass der Hausherr etwas Wichtiges zu verkünden hatte, wenn er dieses Geräusch von sich gab. Und tatsächlich, seine Stimme klang ernst. »Meine Lieben«, begann er und Philipp fröstelte plötzlich.

»Meine Lieben«, wiederholte der Rechtsgelehrte. »Ich habe heute einen folgenschweren Entschluss gefasst.« Er stockte, offenbar fiel es ihm nicht leicht, seiner Familie mitzuteilen, was ihm auf dem Herzen lag.

»Ich habe mich mit einigen Stadträten unterhalten«, fuhr er endlich fort. »Ich will euch nicht mit Einzelheiten langweilen, aber es sieht so aus, als seien unsere Hoffnungen auf einen baldigen Frieden aufs Grausamste enttäuscht! Seit einem guten Jahr wird wieder an allen Fronten gekämpft und wenn auch die meisten Schlachten weiter im Norden geschlagen werden, so ist doch nicht auszuschließen, dass auch Borkenheim zum Schauplatz des Krieges wird. Viele denken an Flucht. Aber die wenigsten haben einen Ort, an den sie gehen können. Wir gehören zu den Glücklichen, die einen solchen Ort kennen. Und darum habe ich beschlossen, dass wir Borkenheim verlassen und nach Florenz gehen. Deine Familie, liebe Francesca, wird uns gerne aufnehmen, davon bin ich überzeugt.«

Eine angespannte Stille breitete sich aus. Sie hielt sich endlos, wie es Philipp schien. Dann vernahm er ein leises Schluchzen. Es kam nicht von Marie, sondern von Francesca Sturm.

»So schlimm ist es, mein Lieber? Dass du freiwillig deine Heimat verlässt?«

»Ja. So schlimm ist es.« Balthasar Sturm wandte sich an Philipp. »Du bist mir ans Herz gewachsen, mein Junge. Komm mit uns. Du bist begabt in Rechtsfragen. Du kannst in Florenz noch viel lernen. Ich selbst kann dir noch einiges beibringen. Und vielleicht … nun, ich möchte der Zeit nicht vorgreifen, aber wenn du später einmal, wenn du und Marie, wenn ihr zueinander finden solltet – so wäre es durchaus nach meinem Geschmack.«

Philipp zitterte. Sein Herz klopfte bis zum Hals. Die unterschiedlichsten Empfindungen durchbohrten seine Brust. »Ich …«, stammelte er, verstummte jedoch wieder.

Fortgehen? In die Toscana? Er war schon einmal fortgegangen, war aus Walthüren geflohen, vor seinem Schicksal weggerannt. Aber die Heimat war noch immer greifbar, war in wenigen Tagesreisen erreichbar, er war nicht für immer gegangen, das begriff er nun ganz jäh.

Florenz? Das wäre ein Abschied für immer. Ein Abschied von seiner Familie, seiner Vergangenheit. Von Katharina.

»Denk darüber nach«, sagte Balthasar Sturm milde. »Du musst nicht sofort antworten.«

»Florenz?«, fragte Marie. »In die Stadt, in der immer die Sonne scheint?« Sie klang fröhlich, kein bisschen ängstlich. »Philipp Juncker muss mitkommen!«, rief sie. »Sonst gehe ich auch nicht!«

Lieber Gott, betete Philipp. Hilf mir, eine Entscheidung zu treffen! Was soll ich nur tun? Warum kann nicht einfach alles so bleiben, wie es ist? Gib mir ein Zeichen!

Selten, nein, nie zuvor hatte Gott ihn so schnell erhört. Kaum hatte er das Stoßgebet gen Himmel geschickt, da klopfte es kräftig an die Tür.

»Nanu?«, sagte Francesca und wischte sich die Tränen aus den Augenwinkeln. »Wer mag das sein, um diese späte Stunde?«

Sie öffnete selbst und führte den unerwarteten Gast kurze Zeit später ins Speisezimmer. »Besuch«, sagte sie. »Für dich, Philipp Juncker.«

Kapitel 11

Unterwegs, im September 1626

Schönes Mädchen war die Erste, die sich aus der merkwürdigen Starre löste, die alle überfallen hatte. Die Hündin winselte leise, Philipp hörte, wie sie auf den Gast zulief und der fremden Person die Hände leckte.

Warum sagte der Besucher nichts?

Die feinen Härchen in Philipps Nacken und auf seinen Armen richteten sich auf. Er fröstelte. *Das ist niemand aus Borkenheim*, begriff er, *sonst hätten die Sturms längst das Schweigen gebrochen.* Es musste ein Schatten aus der Vergangenheit sein, der den Weg ins Haus des Rechtsgelehrten gefunden hatte.

Plötzlich spürte Philipp einen Taumel, einen Schwindel, ihm wurde schlecht, heiß und kalt zugleich. War es …? Konnte es möglich sein …?

Aber da war kein Fliederduft. Er roch nur Staub, Schweiß und den Schmutz der Straße.

»Wer ist da?«, fragte er beklommen. »Ich kann dich nicht sehen! Wer bist du?«

Unbehagliche Stille, dann leise: »Nur eine alte Freundin.«

Die Stimme klang heiser und ein wenig unsicher. Nicht so resolut und stürmisch, wie Philipp sie in Erinnerung hatte. Aber sie war unverwechselbar.

»Emilia?« Der Ausruf war Frage und Antwort zugleich. Sein Pulsschlag beruhigte sich, die Verwunderung machte einem Lächeln Platz und die Ahnung einer Freude überfiel ihn. »Emilia! Mein Gott. So komm doch, damit ich dich umarmen kann!«

Die Besucherin ließ sich nicht zweimal bitten. Mit einem Seufzer der Erleichterung trat sie endlich näher und fiel in seine Arme. Er spürte ihren warmen Atem, ihre Kraft und ihren wohlgeformten Körper. Seit er sich mit Johanna im Schober traf, waren seine Hände sensibler für die Feinheiten der weiblichen Anatomie geworden.

Emilia entspannte sich. »Endlich habe ich dich gefunden!«, flüsterte sie. »Ich hatte solche Angst, du würdest mich wegschicken!«

Francesca Sturm trug ein neues Gedeck auf, ein wenig von dem Gemüse war noch übrig, nur das Kaninchenfleisch war restlos verzehrt.

»Hat deine Freundin Hunger?«, fragte sie und verfiel in die Eigentümlichkeit der Familie, Fremde nie direkt anzusprechen. Philipp hatte sich längst an diese Marotte gewöhnt, aber er wusste noch allzu gut, wie sehr sie ihn am Anfang verwirrt hatte.

»Ja«, sagte er deshalb. »Sie hat großen Hunger.«

Alle schwiegen höflich, während Emilia die Reste des Abendmahls verschlang.

»Sie schmatzt«, kicherte Marie. »Hat sie denn keine Tischmanieren?«

»Doch«, erwiderte Emilia, bevor die Mutter eingreifen konnte. »Aber sie hat tagelang kaum etwas gegessen. Und jetzt hat sie Hunger, kleines vorlautes Fräulein.«

Marie kicherte noch lauter. »Sie ist nett«, verkündete sie.

Später, als alle satt waren, verließen die Sturms das Speisezimmer, damit Philipp mit seiner Besucherin ungestört reden konnte. Marie ließ sich nur widerwillig hinausführen. »Kommt sie mit uns nach Florenz?«, fragte sie in ihrer kindlichen Unbekümmertheit.

»Florenz?«, wiederholte Emilia. »Du willst das Land verlassen?«

»Nein«, unterbrach Philipp. »Zumindest steht es noch nicht fest. Aber erzähle mir, wie du mich gefunden hast. Und warum du mich suchst.«

»Ich will dich nach Hause holen«, sagte sie ruhig. »Du wirst dort gebraucht.«

»Gebraucht? Wofür? Mein Bruder ist wieder verheiratet – das ist er doch, nicht wahr?« Eine kurze, süße Hoffnung durchzuckte ihn. War vielleicht alles anders gekommen? Hatte sich Katharina eines Besseren besonnen, die Ehe mit Zacharias verweigert? War Emilia gekommen, um ihm das zu sagen?

Doch seine treue Freundin zerschlug den süßen Tagtraum mit einem Axthieb. »Ja. Er hat Katharina Keim geheiratet. Sie haben bereits zwei Kinder. Du musst sie dir aus dem Kopf schlagen, Philipp.«

Jedes ihrer Worte traf ihn wie ein Keulenschlag. Er hatte es gewusst – und trotzdem schmerzte die Wahrheit. »Wer braucht mich also?«, fragte er grob.

»Deine Familie wurde von einigen Schicksalsschlägen getroffen.« Emilia zögerte kurz. »Dein Vater ist gestorben. Er war ja schon lange krank. Aber nachdem du spurlos verschwunden bist, ging es rasant mit ihm bergab. Es ist nicht deine Schuld, Philipp. Aber dein Vater hat deinen Weggang nicht verkraftet. Er dachte, du seist tot. Du warst sein Lieblingssohn, musst du wissen.«

Philipp nickte. Oh ja. Das wusste er spätestens seit jenem Tag in der Werkstatt, an dem er das Gespräch zwischen seinem Vater, Thaddäus Stumpf und Magister Hoffius belauscht hatte. Eine Träne wollte sich in seine nutzlosen Augen schleichen, doch er schluckte hart und verdrängte das weibische Bedürfnis zu weinen.

»Dann kann ich ihm wohl nicht mehr helfen«, antwortete er leise.

»Deine Mutter ist ihm kurze Zeit später gefolgt«, fuhr Emilia erbarmungslos fort. »Und dein Bruder ist daraufhin mit seiner kleinen Familie nach Miltenberg in das Haus eurer Eltern gezogen. Wenn er in Walthüren zu tun hat, wohnt er jetzt bei

Magister Hoffius. Euer Haus hat er an seinen Gesellen Melchior Preuß vermietet. Dort ist kein Platz mehr für die Junckers.«

»Ist der Altar noch nicht fertig?«, fragte Philipp leise.

»Es gibt Probleme damit.«

»Probleme? Was ist geschehen, Emilia?« Eine unheilvolle Vorahnung beschlich ihn.

»Es hat wieder Zwischenfälle gegeben. Unheimliche Zwischenfälle. Des Nachts wurden leise Stimmen aus der Werkstatt gehört, aber als die Nachbarn nachschauten, war niemand dort. Eines Morgens saß eine Engelsstatue auf dem Schweinekoben des Müllers, man hatte ihr die Beine abgeschlagen, sodass es aussah, als reite sie rittlings auf dem Zaun und das Gesicht war mit Schweinekot beschmiert. Und erst vor wenigen Wochen war der gesamte Altar mit Blut übergossen worden – man entdeckte das grausige Werk nach einer sternenklaren Nacht, in der wiederum merkwürdige Geräusche aus der Werkstatt gedrungen waren, heisere Gesänge, kehliges Lachen. Eine Anwohnerin schwört, jemand habe das Vaterunser rückwärts gebetet.«

Philipp schüttelte fassungslos den Kopf. »Aber wer sollte so etwas tun? Und warum?«

Emilia musterte ihn erstaunt. »Das fragst ausgerechnet du? Sie sind sich einig, dass nur Hexenkunst hinter diesen Vorgängen stecken kann. Der Altar sei verflucht, sagen sie wieder, wie damals, bevor die arme Margarethe verbrannt wurde. Nur sagen sie es jetzt lauter, ohne sich dabei die Hand vor den Mund zu halten, sie sagen es fordernd, wollen, dass der Keller eingreift und die Schuldigen findet. Sie sprechen vom *Blutaltar,* und meinen damit nicht das Heilige Blut des Herrn, das sich auf unserem Korporale abgezeichnet hat. Sie wollen den Scheiterhaufen lodern sehen.«

Philipp stöhnte auf. »Sie sind dumm!«, rief er zornig. »Sie sind blinder als ich.«

»Du glaubst nicht mehr daran?«, fragte sie verblüfft.

»Ich bin der Schüler eines Rechtsgelehrten«, erklärte Philipp. »Ich habe vieles gelernt und verstanden. Du hast wohl immer recht gehabt, Emilia. Hinter solchem Unfug und hinter den Gräueltaten, die uns widerfahren, stecken bei genauerem Hinsehen stets Menschen aus Fleisch und Blut.«

»Ich bin froh, das zu hören«, seufzte Emilia. »Umso wichtiger ist es, dass du mich zurück nach Walthüren begleitest. Vielleicht gelingt es uns gemeinsam, dem Spuk ein Ende zu bereiten.«

»Es ist spät geworden«, wich Philipp einer Antwort aus. »Eine solche Entscheidung will ich nicht mitten in der Nacht fällen. Morgen ist ein besserer Tag dafür. Du kannst dich in der Küche ausruhen. Johanna wird dir Stroh aufschütten.«

Als er später im Bett lag, konnte er nicht schlafen. Die vielen Neuigkeiten hielten ihn wach, wirbelten durch seinen Kopf, verwirrten sich, ordneten sich neu, verursachten einen dumpfen Druck und ergaben einfach keinen Sinn. Er fand keine Ruhe, warf sich von einer Seite auf die andere, schwitzte und fror, und stand schließlich auf, um vor der Tür die kalte Nachtluft tief in seine Lungen zu saugen.

Als die Finken morgens anschlugen, die Hähne krähten und die Menschen langsam erwachten, hatte er einen Entschluss gefasst: Er musste sich der Vergangenheit stellen. Ja, er würde mit Emilia nach Walthüren zurückkehren.

Florenz lief ihm nicht davon. Florenz war geduldig. Florenz musste warten.

* * *

Marie weinte, Francesca seufzte und Johanna spie Feuer. »Ist es wegen der rothaarigen Kuh?«, fragte sie bei ihrem Abschiedstreffen im Schober. »Ich dumme Gans habe immer gedacht, du hättest nur eine große Liebe! Du hast mich zum Narren gehalten, Philipp Junker.«

»Es hat nichts mit Emilia tun«, versicherte Philipp sanft. »Ich muss mich nur endlich der Wahrheit stellen. Wie immer sie aussehen mag.«

Balthasar Sturm bedauerte Philipps Entscheidung sehr. »Du trägst dunkle Geheimnisse in dir«, sagte er. »Ich kann verstehen, dass du sie klären musst. Aber du wirst bei uns immer eine Zuflucht finden, wenn du willst.«

Er reichte Philipp eine kleine Pergamentrolle. »Nimm. Darauf stehen die Namen unserer Verwandten in der Toscana. Außerdem eine Karte, die den Weg dorthin beschreibt. Verwahre sie gut, vielleicht wirst du sie eines Tages brauchen.«

Die Abreise verzögerte sich, denn der Rechtsgelehrte bestand darauf, Emilia und Philipp nur in der Obhut einer Reisegesellschaft ziehen zu lassen.

»Eine Frau und ein Blinder!«, schüttelte er fassungslos den Kopf, als Emilia nach wenigen Tagen aufbrechen wollte. »Das lasse ich keinesfalls zu.«

Schließlich fand sich eine hervorragende Lösung für das Problem. Der Tuchhändler Georg Bausbach, einer der reichsten Männer Borkenheims, teilte dem Pfarrer mit, dass er sich auf eine Dankeswallfahrt begeben wolle. Vier Monate zuvor hatte er vor dem Heilig-Blut-Korporale in Walthüren um Heilung für seine todkranke Frau gebetet und der Herr in seiner Gnade hatte ihn erhört und die Gattin genesen lassen. Nun wollte er vor eben jenem wirkmächtigen Tuch für das Wunder danken, wollte eine Opfergabe zahlen, wollte damit aber keineswegs bis zum nächsten Jahr warten, wenn zu Fronleichnam die Wallfahrtszeit begann, sondern sofort aufbrechen, solange die Wetterverhältnisse es noch zuließen. Er bat den Pfarrer, ihm einen Messdiener als Begleitung mitzugeben und sich umzuhören, ob noch andere Bürger sein

Anliegen teilten. Am Ende war es fast ein Dutzend Gläubiger, das sich auf den Weg machte. Emilia und Philipp schlossen sich ihnen an.

»Wallfahrer werden selten überfallen«, sagte Balthasar Sturm froh. »Selbst die Gottlosen schrecken davor zurück, fromme Pilger auszurauben. Sie fürchten um ihr Seelenheil.«

Der Mantelsack, den Philipp mitnahm, war klein. Ein paar Kleider zum Wechseln, ein Trinkbecher, ein Laib Brot, ein Stück Käse. Dreißig Gulden, die sein Lehrmeister ihm auszahlte, ein Messer und ein Buch mit Texten aus der Rechtskunde.

»Ein Buch?«, fragte Emilia verwundert.

»Es ist eine kostbare Sammlung von Gesetzestexten aus alten und neuen Zeiten. Ich werde eben jemanden finden müssen, der mir daraus vorliest.«

Philipp trug einen spitzen Hut, seinen Stock, mit dem er den Weg abtastete, am Gürtel eine Axt, die sowohl als Werkzeug wie auch als Waffe zu gebrauchen war, einen warmen Mantel und festes Schuhwerk. Diese Ausrüstung hatte Balthasar Sturm für ihn gekauft und keinen Widerspruch geduldet.

»Eine solche Reise, auch wenn sie nur wenige Tage dauert, ist beschwerlich genug. Mit der falschen Kleidung oder schlechten Schuhen wird sie zur Qual.« Und da er gerade dabei war, erstand er auch für Emilia neue Stiefel und einen dicken Wollumhang, den sie über ihrem Reisekleid tragen konnte.

»Ich hasse dich, Philipp Juncker«, sagte Johanna zum Abschied, fasste ihn vor aller Augen kräftig in den Schritt, drückte zu, bis es weh tat, und küsste ihn dabei mit verzweifelter Leidenschaft auf den Mund. Dann wandte sie sich ab und verschwand im Haus.

* * *

Der erste Tag auf der Straße verlief ruhig. Schönes Mädchen sprang vergnügt neben ihnen her, sie genoss die ungewohnte Freiheit. Noch waren alle Pilger frisch und ausgeruht, noch schmerzten weder die Füße noch der Rücken. Gesprochen wurde wenig, der Messdiener stimmte fromme Lieder an, am häufigsten sang er vom Heiligen Blut in Walthüren, und die Wallfahrer stimmten ein: »Blut Christi, wir rufen zu dir!«

Philipp kamen die Gesänge sehr zupass. Die friedliche, schweigsame Stimmung ermöglichte es ihm, sich auf die Heimkehr vorzubereiten. Eine Woche würden sie unterwegs sein, wenn es keine unvorhergesehenen Verzögerungen gab. Eine Woche nur! So nah der alten Heimat hatte er in den letzten Jahren gelebt – und doch war sie ihm so weit entfernt erschienen wie der Mond oder das Land Amerika, von dem Marie so gern erzählte. Was würde ihn in Walthüren erwarten?

In der ersten Nacht fanden sie Quartier in einem Schuppen voller Stroh, den der Pfarrer eines kleinen Städtchens ihnen zuwies. Er verbot ihnen, ein Feuer anzuzünden, damit sie nicht alles niederbrannten, aber sie waren ohnehin viel zu müde, um noch beieinander zu sitzen. Noch hatten alle genügend Wegzehrung dabei, mit der sie sich am Abend satt essen konnten. Kurz darauf ertönten die ersten schnarchenden Geräusche.

Emilia und Philipp lagen dicht nebeneinander, ohne sich zu berühren.

»Erzähle mir von Walthüren«, bat Philipp sie am nächsten Tag. »Wer ist gestorben, wer hat geheiratet? Sind Soldaten durchgezogen? Musstet ihr hungern? Und vor allem: Was hat es mit den merkwürdigen Geschehnissen auf sich? Du hast doch sicher einen Verdacht, Emilia! Ich kenne dich.«

Sie lachte nervös auf. »Nun«, begann sie zögernd. »Es ist besser, du sammelst deine eigenen Eindrücke. Ich will nicht …« Sie brach ab und machte keine Anstalten, den Satz zu beenden.

Philipp wurde den Gedanken nicht los, dass sie ihm etwas verschwieg. Etwas Wichtiges.

»Dann erzähle mir wenigstens, wie du mich gefunden hast«, sagte er. »Soweit ich weiß, ist nie ein Dürmer nach Borkenheim gekommen, der mich hätte erkennen können.«

»Nein, das nicht. Aber ich habe alte Bekannte von dir getroffen.«

»Alte Bekannte?« Philipp runzelte die Stirn.

»Vor einem guten Jahr, zur Wallfahrtszeit, trieben sich zwei Söldner in der Stadt herum. Der eine hatte ein Holzbein, der andere eine steile Stirnfalte, aber ansonsten sahen sie genau gleich aus«

»Conrad und Johannes!«, entfuhr es Philipp.

»Sie waren unterwegs, um sich bei der Truppe anwerben zu lassen. Aber offenbar hatten sie es nicht sonderlich eilig damit, denn während der Wallfahrtstage blieben sie im Städtchen und erst als der Opferstock nach der Messe zweimal so leer wie ein hohler Bauch war und man die beiden beobachtet hatte, wie sie sich daran zu schaffen machten, beschloss man, sie aus Walthüren zu verjagen.«

Philipp grinste. Oh ja, das passte zu den Zwillingen. Für sie gab es keine Grenzen.

»Ich habe die beiden Tunichtgute nur einmal getroffen«, fuhr Emilia fort. »Sie hatten einen Hund bei sich. Einen Hund, der mir seltsam vertraut vorkam mit seinen Flecken und dem lädierten Ohr. Einen Hund, der auf mich zusprang und mich begrüßte wie eine alte Freundin.«

»Schlitzohr!« Philipp blieb stehen und fühlte eine heiße Welle durch seinen Körper rasen. »Sie hatten Schlitzohr bei sich?«

»Ja. Natürlich habe ich sie sofort gefragt, wie sie in den Besitz des Hundes gelangt sind – und sie haben mir alles erzählt. Von einem unsinnigen Prozess gegen das arme Tier, von seinem früheren Herrn, einem begnadeten Wahrsager, der einmal Bildhauer in Miltenberg war, und dass dieser junge Mann nun als Schüler eines Rechtsgelehrten in Borkenheim lebe. Dabei blinzelten sie mir zu und lachten viel. Mir war, als ob sie haargenau wüssten, mit wem sie sprachen.«

»Ich habe ihnen nicht viel von Walthüren erzählt«, bekannte Philipp. »Aber ein wenig schon.«

»Dann zogen sie weiter und wurden nie mehr in der Gegend gesehen.«

»Was ist mit Schlitzohr?« Die alte Wehmut überkam Philipp mit aller Macht.

»Der ist mit den beiden aus Walthüren verschwunden. Er scheint ein rechter Vagabund zu sein.«

Philipp lächelte. Ja, das mochte wohl so sein. Es tat gut zu wissen, dass der Hund nicht alleine war.

Danach erzählte Emilia noch ein wenig vom Wetter, von der schlechten Ernte der vergangenen zwei Jahre, von der Krankheit des alten Thaddäus, die sich nicht ändern wollte, sich nicht verschlechterte, aber auch nicht besserte. Es war für die Familie eine Last, sich um den Alten zu kümmern, der zunehmend wirr daherredete, oft vom Teufel sprach und von Hexenwerk, obwohl er doch früher gar nicht daran geglaubt hatte. Emilia seufzte und verstummte. Wenig später setzte der Messdiener mit den frommen Gebeten und Gesängen wieder ein und machte eine weitere Unterhaltung unmöglich.

Wie schon am Vortag hatte Philipp den Eindruck, dass Emilia ihm etwas verschwieg. Manchen Fragen wich sie geschickt aus, gewisse Themen mied sie. Sie sprach nie über Nikolaus, über Zacharias und schon gar nicht über Katharina.

In der zweiten Nacht kampierten sie unter freiem Himmel. Obwohl sie ein Feuer entfachten und obwohl es nicht regnete, war es kalt und sie rückten näher aneinander. Philipp konnte Emilias Wärme spüren und ihr Haar. Es duftete nach Sonne und Herbstlaub. Spielerisch zerzauste er ihren Schopf und strich ihr mit der Hand über die Wange. Sie wehrte ihn nicht ab, doch sie erwiderte seine zärtlichen Gesten nicht. Schließlich hörte Philipp damit auf und rückte ein wenig ab.

»Das war schön«, sagte sie, als er schon glaubte, sie sei eingeschlafen. »Aber berühre mich nicht, wenn du es nicht ernst damit meinst. Du weißt, wie es um mich bestellt ist. Daran hat sich nichts geändert. Ich könnte es nicht ertragen, wenn du mich aus Freundschaft oder gar aus Mitleid streichelst.«

Philipp erwiderte nichts. Was empfand er für Emilia? Er wusste es nicht. »Schlaf gut«, sagte er leise und drehte sich zur Seite.

* * *

Am dritten Tag gab es einen Zwischenfall. Die kleine Pilgergruppe näherte sich einem Weiler mit fünf Häusern und beschloss, dort nach neuem Proviant zu fragen. Die Wegzehrung war weitgehend aufgebraucht, auch Philipp und Emilia hatten nur noch einen Kanten Brot im Mantelsack.

Noch bevor sie das erste der Häuser erreichten, bemerkten sie kalten Brandgeruch. Ein alter Mann humpelte auf sie zu. Er hatte nur noch einen einzigen Zahn im Mund und auch der wackelte verdächtig, als er sprach.

»Nehmt ihr mich mit?«, lispelte er, doch man musste die Worte eher erraten, als dass man sie verstand. »Habt Erbarmen und nehmt mich mit.«

Er streckte ihnen die Hände entgegen. Seine Kleidung war schmutzig und zerrissen, auch von ihr ging Brandgeruch aus. »Wohin ihr auch gehen mögt, ich komme mit.«

Die Pilger rückten von dem Alten ab. Philipp, der ihn nicht sehen konnte, blieb stehen. Warum wollte der Mann sein Dorf um jeden Preis verlassen?

Er hörte, wie der Alte auf ihn zuschlurfte und ihn am Arm packte. »In Gottes Namen, holt mich hier weg.« Speichel entwich seinem Mund und landete auf Philipp Gesicht. Angewidert wischte er ihn weg und versuchte den Mann abzuschütteln.

Plötzlich stöhnte der Alte schmerzvoll auf und Philipps Arm war frei.

»Weg hier!«, rief Veit Bausbach, der Wallfahrer, voller Abscheu und mit leiser Angst in der Stimme. »Seht ihr nicht die schwarzen Beulen unter seinem Arm? Schnell, wir müssen sofort hier verschwinden. Er hat die Pest!«

»So nehmt mich doch mit«, wimmerte der Alte. »Ich bin nicht krank! Ich habe sie alle überlebt. Jedes Haus habe ich ausgeräuchert, die Toten verscharrt. Jetzt ist keiner mehr übrig außer mir. Wohin soll ich gehen?«

»Du gehst nirgends mehr hin, alter Narr«, sagte Veit Bausbach. »Du trittst bald vor deinen Herrn. Wir können dir nicht helfen und du weißt es. Der Tod steht dir schon ins Gesicht geschrieben.«

Philipp lauschte der Unterhaltung mit zunehmendem Entsetzen. Sein Arm brannte wie Feuer, dort wo der Kranke ihn berührt hatte. Der Speichel des Alten hatte ihn getroffen! Er taumelte und Emilia fing ihn auf.

»Fass mich nicht an!«, zischte er und stieß sie weg. »Ich bin von der Pest gezeichnet. Er hat mich berührt!«

»Sei nicht albern.« Emilia klang beherrscht. »Er hat nur deinen Mantel berührt.«

Philipp wischte sich übers Gesicht. Pestspeichel! Ihn schauderte.

»Bleib von mir fern«, wiederholte er. »Vielleicht hat er mir die Krankheit übertragen!«

Zwei oder drei Tage dauerte es, so sagte man, bis sich die ersten Anzeichen zeigten. Noch vor der Ankunft in Walthüren würde er Klarheit haben.

»Du kannst vor dem Korporale für deine Gesundheit beten«, empfahl Veit Bausbach. »Es hat schon so manches Wunder bewirkt.«

»Amen«, schlossen sich die anderen Pilger seiner Meinung an.

»Es gibt jedoch Gerüchte«, zischte einer der Umstehenden. »Der neue Altar soll verflucht sein. In der Nacht blutet er und bei Tag verströmt er einen grässlichen Gestank, nach Schwefel, Mist und Fäulnis. Ein böser Zauber soll auf ihm liegen, ein Zauber, den ein Zirkel von Teufelsbuhlen über ihn verhängt hat. Die Elenden versuchen, die Wirkmacht des Wundertuchs zu zerstören.«

»Das wird ihnen nicht gelingen«, sagte Veit Bausbach bestimmt.

»Man wird sehen«, wisperte der Zweifler. »Man wird sehen.«

In den folgenden drei Tagen hielt Philipp Abstand zum Rest der Gruppe. Er wurde nicht ausdrücklich gemieden, doch er spürte, wie alle einen kleinen Bogen um ihn schlugen, wenn er ihnen zu nahe kam.

Nur Emilia wollte nichts davon wissen. »So schnell geht das nicht«, versicherte sie.

Trotzdem blieb sie schweigsam. Sobald Philipp sie auf Walthüren ansprach, seufzte sie und flüchtete sich in vage Antworten. Schließlich hörte er auf, sie zu bedrängen. Wenn sie ihm etwas verschwieg, hatte sie wohl ihre Gründe. In wenigen Tagen würde er es ohnehin erfahren. Vorausgesetzt, die Pest verschonte ihn.

Er lauschte in sich hinein. Schmerzte etwas, fühlte er sich fiebrig, schwach? Abends tastete er seinen Körper ab. Gab es empfindliche Stellen, Knoten unter den Armen, in der Leistengegend? In den Zeiten seiner Wanderschaft mit den Zwillingen waren sie häufig Pestkranken begegnet. Er kannte die Anzeichen.

Am sechsten Abend ihrer Reise kam Emilia zu ihm. Sie waren Walthüren schon sehr nahe und nächtigten in einem Bauernhaus, das zur Hälfte heruntergebrannt war. Philipp hatte sich in einem engen Raum zur Ruhe gelegt, der einst die Vorratskammer gewesen war, wie man unschwer an den vielen Holzbrettern an den Wänden erkennen konnte. Jetzt war er leer und ein großes Loch klaffte in der Außenwand. Der Verschlag war ideal für ihn, den Aussätzigen, in dessen Umfeld keiner sein Lager aufschlagen wollte.

Ohne ein Wort legte Emilia sich zu ihm und begann, mit ihren kräftigen Händen seine Arme zu massieren, dann wanderten sie weiter zum Oberkörper.

»Was tust du da?«, fragte Philipp ein wenig dümmlich, denn sein Unterleib wusste ganz genau, was geschah und zeigte bereits Regung.

»Ich feiere deine Gesundheit«, erklärte Emilia schlicht. »Du bist nicht krank. Die Pest hat dich verschont.«

Philipp wollte protestieren, doch die Worte kamen nicht über seine Lippen. Mittlerweile hatte Emilia seinen Hosenlatz aufgeknöpft und berührte ihn, berührte ihn ganz unbekümmert, aber geschickt, und Philipp entspannte sich.

»Das solltest du nicht tun«, sagte er lahm.

Sie legte ihm den Finger auf die Lippen, zum Zeichen, dass Sprechen jetzt unerwünscht war, und so schwieg er und gab sich ganz dem unerwarteten Liebesspiel hin.

Auch danach sprachen sie nicht viel.

»Du bist weich«, sagte Philipp. »Und zärtlich. Du bist viel schöner, als ich dachte.« Schöner als Johanna, fügte er im Geiste hinzu. Leidenschaftlich, sinnlich, aber nicht so wild wie die Magd.

»Und du hast mittlerweile herausgefunden, was einer Frau gefällt«, erwiderte Emilia. »Ich wusste immer, dass du ein großes Talent dafür besitzt.«

Sie schlief in seinen Armen ein und er lauschte noch einige Zeit ihren leisen, gleichmäßigen Atemzügen, bis auch er endlich einnickte.

Am nächsten Morgen war er vor ihr wach. Er ertastete sich den Weg zu einem nahen Bächlein und Schönes Mädchen sprang munter vor seinen Füßen herum. Beinahe wäre er über sie gestolpert.

Philipp wusch sich im kalten Wasser und spürte ein heiteres Gefühl in der Brust. Er begann zu singen, leise zunächst, dann lauter und schließlich aus voller Kehle, es war kein frommes Lied, wie es sich für einen Wallfahrer ziemte, sondern ein anrüchiges, ein Lobgesang auf die körperliche Liebe, ein Lied, das er nicht von Marie gelernt, sondern auf der Straße aufgeschnappt hatte, während seiner Wanderjahre mit Conrad und Johannes.

»Du hast eine wunderschöne Stimme.«

Er hatte Emilia nicht kommen hören. Im ersten Moment wollte er nach seinem Mantel greifen, seine Blöße bedecken, dann wurde ihm bewusst, wie unsinnig das war.

»Und du bist gut gebaut.« Sie berührte ihn sanft. »Bereust du, was wir letzte Nacht getan haben?«

»Nein«, erwiderte er ehrlich. »Natürlich nicht.«

»Schön. Dann lass es uns noch einmal tun.«

* * *

Die letzte Wegstrecke kam Philipp wie ein Spaziergang vor. Die Herbstsonne schien warm auf die kleine Pilgergruppe herab, die Grünfinken trillerten fröhlich, die Lieder der Wallfahrer hatten ihre Schwere verloren, klangen nun hoffnungsvoll und dankerfüllt. Philipp, Emilia und Schönes Mädchen bildeten die Nachhut, zwischen ihnen und dem Rest der Gruppe entstand eine Lücke, die sich ständig vergrößerte. Als sie die Gesänge nur noch aus der Ferne vernahmen, packte Emilia Philipps Arm und hielt ihn fest.

»Die Kirche«, sagte sie leise. »Walthüren liegt vor uns.«

»Beschreib es mir«, bat Philipp.

»Kellerei und Kirche liegen erhöht, darunter erstrecken sich die Hauptstraße und die Unterstadt. Auch die beiden Tortürme kann man schon gut erkennen und den flachen Graben, der die Stadt umgibt. Der Weg hinunter ist von einzelnen Buchen gesäumt und der See schimmert in der Sonne.« Sie stockte. »Die Landschaft sieht ein bisschen aus wie auf dem Altarbild, das du vor deiner Flucht erschaffen hast«, flüsterte sie. »Die Brücke fehlt. Aber die Bäume sind da, und die Pilger. Sogar der Hund, auch wenn es nicht Schlitzohr ist.«

Sie nahm seine Hände, er konnte ihre Wärme spüren, ihre Kraft. Aber er war nicht vorbereitet auf die Frage, die sie ihm stellte.

»Liebst du mich, Philipp?«

Schlagartig verflog der Zauber des Tages. Das Zwitschern der Finken klang nicht mehr so froh, die Choräle wieder anklagend, die Sonne war zu warm, sie ließ ihn schwitzen.

Warum fragte sie das? Warum machte sie alles kaputt? Von allen Fragen, die sie hätte stellen können, war dies die einzige, die niemals ausgesprochen werden durfte. Liebe! Was wusste Emilia schon von der Liebe? Vom Leid, das damit einherging? Nichts. Niemand kannte sich damit so gut aus wie er. Sie hatte die Nacht und den Morgen zerstört. Alles war gut gewesen, solange sie nicht von Liebe sprach.

»Ich …«, begann er.

»Sag nichts.« Sie ließ seine Hände los. Er konnte spüren, wie sie zitterte. »Sprich es nicht aus, ich habe es schon verstanden. Es aus deinem Mund zu hören, könnte ich nicht ertragen.«

Also schwieg er.

»Ich habe nicht gewagt, es dir mitzuteilen«, sagte sie mit tonloser Stimme. »Aber du musst es ja doch erfahren. Verzeih mir meine Feigheit.«

Katharina. Es war etwas mit Katharina. Plötzlich wusste er es ganz genau.

»Deine Schwägerin«, fuhr Emilia fort, den Namen meidend. »Sie braucht Hilfe. Man hat sie …« Emilia schluckte hart. »Man hat sie in Miltenberg der Hexerei angeklagt.«

Kapitel 12

Walthüren, im Oktober 1626

Nichts hatte sich in Walthüren verändert. Die Straßen waren in einem erbärmlichen Zustand, es roch nach rußigem Herdfeuer, Abfall, Schweinemist und vergorenem Obst. Aus den Häusern drangen die üblichen Alltagsgeräusche: Kindergeschrei, Hammerschläge, leises Gemurmel. Töpfe klirrten, Wasser gurgelte, Dielen knarrten unter schweren menschlichen Schritten. Ein Karren wurde über die Straße gezogen, ein Mann fluchte, eine Kuh brüllte. Philipp hatte mit dem Stock keine Mühe, sich durch die Gassen zur breiten Hauptstraße zu tasten und weiter zur Kirche. Nichts hatte sich verändert in Walthüren. Und doch war alles anders.

Der Hexerei angeklagt. Nach Emilias Worten hatte er minutenlang schweigend auf der Stelle verharrt.

Warum Katharina? Die sanfte, gutmütige, freundlichste Frau der Welt?

Es war eine müßige Frage, denn er kannte die Antwort. Irgendjemand hatte seine Schwägerin angeklagt, hatte ihr ein unsinniges Vergehen angedichtet, das ein Eigenleben entwickelte, irgendeine missgünstige Nachbarin vielleicht, andere waren eingefallen, der Vorwurf hatte sich fortgepflanzt und war irgendwann nicht mehr aufzuhalten. Philipp wusste, dass es so gewesen war, weil es immer so war. In jedem einzelnen Fall, von dem er gehört hatte.

Er schluckte die Tränen hinunter, die in ihm aufsteigen wollten. Er durfte jetzt nicht schwach werden. Nicht, solange ein Quäntchen Hoffnung bestand. Er mochte Katharina an seinen Bruder verloren haben – aber noch nicht an die lodernden Flammen des Scheiterhaufens!

Liebst du mich?, hatte Emilia gefragt. Wie könnte er! Wie könnte er eine andere lieben als Katharina? Für sie würde er mit Freuden sein eigenes Leben hingeben.

Irgendwann ließ er Emilia einfach stehen und tastete sich mit dem Stock langsam den schmalen Pfad entlang, dem die Pilgergruppe vor ihm gefolgt war. Er konnte sie nicht mehr hören, sie waren schon zu weit weg. Philipp wusste, dass er Emilia Unrecht tat. Man durfte nicht den Boten für die böse Nachricht bestrafen, die er überbrachte. Aber er konnte nicht anders. Konnte nicht die Nähe einer anderen Frau ertragen. Schon gar nicht die von Emilia.

Bereust du, was wir letzte Nacht getan haben? Ja. Jetzt bereute er es. Und er bereute jedes einzelne Treffen mit Johanna im Schober. War das nun die Strafe? Musste er Katharinas Hinrichtung beiwohnen, weil er sie *betrogen* hatte? Großer Gott, war alles *seine* Schuld?

Er gebot seinen Gedanken Einhalt. Nein, natürlich nicht. So grausam war Gott nicht. Er hatte mit einem Mal das dringende Bedürfnis, die Kirche zu besuchen, ein Gebet zu sprechen und zu beichten. Ja, er wollte Pfarrer Hoffius, dem strengen, selbstgerechten und bisweilen unbarmherzigen Magister seine Sünden offenbaren, mochte er sie ruhig am kommenden Sonntag von der Kanzel schreien, was schadete das schon, wenn er dafür vielleicht Vergebung fand?

Vergib mir, Katharina, wisperte er. *Vergib mir, dass ich andere Frauen angesehen habe.*

»Es ist der Blinde!«, hörte er eine Frau raunen, als er sich der Kirche näherte. »Der Schwager der Hexe! Wer weiß, wo er sich herumgetrieben hat! Man hat ihn drei Jahre lang nicht in Walthüren gesehen!«

»Besser, man geht ihm aus dem Weg, solange man nicht weiß, woher er kommt und was er vorhat.«

Philipp scherte sich nicht um das Gerede.

In der Kirche war es kühl und es roch angenehm nach Weihrauch und Myrrhe. Die Pilgergruppe betete leise vor dem Schrein mit dem Blut-Korporale, der sich links vom Hauptaltar befand. Worte des Dankes kamen über ihre Lippen, besonders von Veit Bausbach, der die Rettung seiner Gattin pries und immer wieder in Tränen der Rührung ausbrach. Erst bei seiner Heimkehr nach Borkenheim sollte er erfahren, dass die Gerettete in seiner Abwesenheit einem Blutsturz erlegen und schon zwei Tage nach seinem Aufbruch verstorben war. Es hätte seiner Dankbarkeit keinen Abbruch getan, wenn er es gewusst hätte. Einmal hatte der Herr ihn erhört, einmal hatte sich ein Wunder ereignet, das musste genügen. Beim zweiten Mal hatte der Herr sich anders entschieden.

Philipp gesellte sich wieder zu den Wallfahrern, die nicht mehr vor ihm zurückwichen, nun, da die Gefahr der Pest gebannt schien. Er sah ganz deutlich das Bild des Gekreuzigten vor sich, wie es sich auf dem Korporale abbildete. Es wirkte gar nicht wie eine Erscheinung, sondern fast, als hätte er sein Augenlicht wiedererlangt. Die Gestalt zeichnete sich auf dem Schrein ab, das Blut Christi war viel frischer als auf dem verblichenen Altartuch, das er in Erinnerung hatte, es glitzerte und bildete Tropfen. Um die Figur herum entstanden nach und nach die anderen elf Christushäupter, ein jedes sah anders aus und doch war es ein und dieselbe Person. Der Gekreuzigte hob den Kopf und blickte Philipp direkt in die Augen.

Philipp erschrak und schnappte nach Luft.

Nun lächelte der Gekreuzigte und hob an zu sprechen. Er tat es schweigend, lautlos, seine Lippen bewegten sich nicht, doch Philipp konnte jedes Wort verstehen, als werde es in sein Ohr geflüstert. *Fürchte dich nicht*, sagte der Gekreuzigte.

Kannst du ihr helfen?, wisperte Philipp atemlos, ohne den Blick von dem blutenden Bildnis abzuwenden. Er hatte mit einem Mal große Angst, die Verbindung könne abbrechen, wenn er sich auch nur einen Fingerbreit bewegte. *Bitte hilf ihr!*, flehte er. *Nimm mich, aber nicht Katharina.*

Der Gekreuzigte seufzte. Eines der Häupter lächelte milde, ein anderes blickte ernst drein, ein drittes zornig. Jedes hatte einen anderen Gesichtsausdruck.

Plötzlich veränderte sich das Bild. Eines der Häupter wuchs an, überragte die anderen, bis es fast doppelt so groß war. Es blickte gütig drein.

Du bittest nicht für dich, sagte es auf seine lautlose Art. *Das gefällt uns. Die meisten bitten für sich selbst.*

Abermals trat Bewegung in das Blutbild. Der Kopf, der eben gesprochen hatte, schrumpfte wieder auf Normalgröße, ein anderer dehnte sich aus und nahm seinen Platz ein. Zornesfalten standen auf seiner Stirn. *Wir sind keine Händler,* blaffte er. *Wir schachern nicht um Seelen, wie der Satan es tut. Du kannst nicht ein anderes Leben kaufen, indem du dein eigenes anbietest. Erzürne uns nicht! Mit uns handelt man nicht wie mit einem Marktweib!* Ein drittes Haupt blähte sich auf. Es hatte einen verschlagenen Gesichtsausdruck und eine leise Gier lag in seinen Augen. *Warum nicht?*, fragte es. *Wir haben schon schlechtere Angebote bekommen. Eine halbwegs reine Seele gegen eine andere – das ist gerecht. Und viel mehr wert als Gold oder Silber.*

Jetzt wandte sich der Gekreuzigte wieder an ihn. Sein Antlitz war unergründlich. *Geh hin und tue das Rechte,* sagte er. *Wir sind mit dir.* Er schloss die Augen und die anderen elf Häupter taten es ihm gleich. Das Bild erstarrte, nichts rührte sich mehr. Zwölf große, glänzende Tropfen Blut fielen zu Boden, ein jeder verursachte beim Aufprall ein Geräusch wie ein Hammerschlag und die Kirche erzitterte. Als der letzte Schlag verhallt war, sah Philipp, wie das Bild langsam verblasste und schließlich ganz verschwand. Sein Blick trübte sich, er war so blind wie zuvor.

Die Gebete und Gesänge der Pilger hatten zu keiner Zeit nachgelassen. Hatten sie nichts von alldem gehört? Nichts gesehen?

Zauberei, schoss es ihm durch den Kopf. Das war Magie, ohne jeden Zweifel. Aber wie konnte das sein? Hatte er nicht in seinen Lehrjahren bei Balthasar Sturm gelernt, dass es keine Zauberei gab? Dass der ganze Glaube an Magie den allzu irdischen Bedürfnissen der Menschen entsprang? Aber wie konnte dann der Gekreuzigte zu ihm sprechen? Wie konnte er sich je erklären, was gerade geschehen war?

Plötzlich begriff Philipp. Doch, es gab Zauberei. Das ganze Leben bestand aus Magie. Aber sie ließ sich nicht mit Tränken, Sprüchen oder unsinnigen Ritualen beschwören. Sie wohnte ausschließlich dem Zauberer selbst inne – und ein jeder war ein Zauberer, jeder Mensch konnte die Magie kraft seines Verstandes oder seines Herzens erwecken.

Philipp schrak zusammen, als sich eine Hand auf seine Schulter legte. »Komm«, sagte Emilia. »Du musst irgendwo wohnen. Ins Junckerhaus kannst du nicht zurück. Bei uns bist du stets willkommen.«

Philipp nickte und ließ sich von ihr führen. Es nützte nichts, sich zu sträuben. Er musste ins Haus der Familie Stumpf.

* * *

Es war Nikolaus, der ihnen die Tür öffnete. Ein leiser Ausruf der Wiedersehensfreude entwich seinen Lippen, er fiel Emilia um den Hals und drückte sie fest an sich.

»Wir haben uns solche Sorgen gemacht, Vater und ich!«, bekannte er. »Man hört dieser Tage wieder viel von marodierenden Landsknechten – und die Händler sind ihnen ein besonders lohnendes Ziel. Erst recht, wenn sie junge, hübsche Frauen bei sich haben.«

Philipp wartete geduldig, bis der Freund seine Schwester gebührend in Empfang genommen hatte. Dann streckte er selbst die Arme aus, in der Erwartung, ebenfalls willkommen geheißen zu werden, doch Nikolaus ergriff nur zögernd seine Hand, drückte sie kurz und ließ sie schnell wieder los, als habe er sich daran verbrannt. »Philipp«, sagte er. »Du bist wieder da.«

Das war nicht gerade die Begrüßung, die Philipp erhofft hatte. Verlegen stand er da und wusste nicht, was er sagen sollte. Womit hatte er Nikolaus verärgert?

»Kommt rein«, brach endlich Emilia die spannungsgeladene Stille. »Wollt ihr auf der Türschwelle festwachsen?« Als wäre sie nie weg gewesen, übernahm sie ihre Rolle als Hausfrau, brachte einen Krug dünnes Bier aus dem Keller und reichte ihrem Bruder und Philipp je einen Becher davon, bevor sie sich selbst einschenkte. »Wie geht es Vater?«, fragte sie.

»Schlecht«, ertönte eine schnarrende Stimme von der Stiege ins Obergeschoss. »Seine Tochter hat ihn im Stich gelassen, um einen nichtsnutzigen Krüppel ins Haus zu holen.«

»Vater!« Emilia sprang auf. »Ich dachte, du lägst im Bett!«

Thaddäus Stumpf schnaubte und sein Atem ging rasselnd. »Dort war ich auch. Habe auf dich gewartet. Ich mag ja gebrechlich sein, aber taub bin ich nicht. Wenn sich meine verlorene Tochter nicht nach oben in meine Schlafkammer bequemt, muss ich wohl nach unten kommen.«

»Aber Vater, ich bin ja gerade erst heimgekehrt!«

»Du hättest nie aufbrechen sollen. Drei Wochen hast du uns im Stich gelassen! Mein Bettstroh stinkt und die Wäsche ebenso. Ich hätte sterben können, während du weg warst! Wirst viel zu tun haben in den nächsten Tagen.« Seine Stimme klang gehässig.

Mit wachsender Verwunderung lauschte Philipp dem Alten. Das also hatte Emilia gemeint, als sie sich beklagte, wie schwer es war, ihn zu versorgen!

Thaddäus Stumpf hustete und spuckte Schleim auf den Boden. Er kam näher, zog sich einen Schemel heran und ließ sich bei ihnen am Tisch nieder.

»Du willst also bei uns wohnen«, wandte er sich an seinen Besucher. »Willst unser Brot essen und von unserem Bier trinken. Kannst du auch dafür zahlen?«

»Vater!« Emilia klang entsetzt. »Ich habe Philipp gesagt, dass er in unserem Haus ein willkommener Gast ist.«

»Schon gut«, unterbrach Philipp. »Natürlich werde ich für Kost und Logis zahlen. Was verlangt Ihr, Meister Thaddäus?«

»Nikolaus«, wandte sich Emilia mit flehender Stimme an ihren Bruder. »Das können wir nicht zulassen! Bei Gott, es ist Philipp, nicht irgendein dahergelaufener Bettler! Sprich du ein Machtwort.«

Nikolaus holte tief Luft, bevor er antwortete. »Vater hat recht«, sagte er. »Schau ihn dir doch an. Er ist vornehm gekleidet und hat bessere Schuhe, als unsereiner je besessen hat. Außer dir vielleicht.« Er nickte ihr zu und deutete auf die Reisestiefel, die Balthasar Sturm ihr gekauft hatte. »Ein weiteres Maul durchzufüttern ist nicht leicht für uns. Warum sollen wir dafür keine Bezahlung annehmen?«

»Von Philipp?« Emilia klang empört. »Weil er fast zu unserer Familie gehört! Weil es allen Regeln der Gastfreundschaft widerspricht. Weil er selbst nichts besitzt, die Kleider hat ein Wohltäter ihm geschenkt, und weil ich …«

»Weil du ihn liebst?«, unterbrach Nikolaus spöttisch und Emilia verstummte. »Glaubst du, das hätte ich nicht bemerkt? Da müsste ich ja so blind sein wie Philipp!« Er lachte rau. »Mach dir um den keine Sorgen. Der fällt immer wieder auf die Beine. Die Sterne, unter denen er geboren ist, meinen es gut mit ihm.«

Philipp räusperte sich. »Ich habe genug Geld, um ein paar Tage bei euch zu wohnen. Reden wir nicht mehr darüber.«

Ein bitterer Geschmack breitete sich in seinem Mund aus. Was ging hier vor? Warum diese feindselige Stimmung? Womit war er bei der Familie Stumpf dermaßen in Ungnade gefallen? Es konnte doch nicht daran liegen, dass er Emilias Liebe verschmähte. Oder doch?

Thaddäus Stumpf rülpste laut und fuhr sich mit dem Handrücken über den Mund.

»Ein paar Tage«, schnarrte er heiser. »Dann verschwindest du. Wir wollen nicht in Verruf kommen. Deine Schwägerin ist eine Hexe, wie man aus Miltenberg hört, und von dir weiß man auch nicht, mit wem du Umgang pflegst.«

Philipp verschluckte sich fast an dem Bier, von dem er einen großen Schluck genommen hatte. Daher wehte also der Wind! War der Steinmetz tatsächlich auf seine alten Tage dem Hexenglauben verfallen, den er früher, ebenso wie seine Tochter, abgelehnt hatte?

»Ich bin gekommen, um das Gegenteil zu beweisen«, erwiderte er ruhig.

»Der Teufel hat sie gebissen, das lüsterne Weib! Sie hat ihr Söhnchen das Zaubern gelehrt und den Altar verflucht! Seither blutet er zur Nacht und stinkt am Tag. Sie hat darauf gelegen, als der Satan in sie einfuhr, und dann haben sie beide darauf gepisst, mit entblößtem Hinterteil und er mit seiner haarigen Rute, die so groß ist wie die eines Ochsen.« Thaddäus Stumpf klang so hasserfüllt, dass Philipp eine Gänsehaut über den gesamten Körper lief. Ihm fröstelte.

Emilia seufzte tief. »Ich bring dich zurück ins Bett«, sagte sie in einem Tonfall, in dem man mit kleinen Kindern spricht, die es zu beruhigen gilt.

»Verflucht!«, zischelte der Alte und kicherte böse, während er sich von seiner Tochter nach oben führen ließ. »Der Altar ist verflucht und jeder, der damit in Berührung kommt, ebenso! *Du* bist verflucht, Philipp Juncker!«

Erst als Emilia die Tür zur Schlafkammer schloss, verstummte das boshafte Gemurmel. Philipp und Nikolaus blieben allein zurück.

Die Zeit verrann zwischen ihnen wie Sand, zäh, langsam, Korn und Korn, ein leises Rieseln nur. Nach einer schieren Ewigkeit brach Nikolaus das Schweigen. »Du darfst ihn nicht ernst nehmen.« Er klang entschuldigend, fast wie der alte Freund aus Jugendtagen. »Er ist alt und krank und nicht mehr recht bei Sinnen.«

»Seine Rede ist gefährlich«, erwiderte Philipp ernst. »Wer solche Anklagen führt, wird schließlich gehört – egal, wie alt und verwirrt er ist.«

»Niemand hört ihn. Seit zwei Jahren verlässt er das Haus nicht mehr.«

Erneut senkte sich eine unheilvolle Stille über die Wohnstube. Es bereitete Philipp fast körperliche Qualen, mit Nikolaus allein zu sein. *Was ist nur zwischen uns getreten?*, fragte er sich. Ein dunkler Schatten schwebte wie ein böser Geist durch den Raum und verpestete die Luft.

Warum dieser Hass? Philipp hätte Nikolaus gern danach gefragt, doch die Worte blieben ihm im Halse stecken. *Gib ihm Zeit*, dachte er. *Der rechte Moment für eine klärende Aussprache ist noch nicht gekommen.*

»Du wirst in der Küche schlafen müssen.« Nikolaus erhob sich und Philipp tat es ihm gleich.

»Schon recht. Alles scheint mir besser, als ein Nachtlager in der Werkstatt meines Bruders aufschlagen zu müssen. Dort soll es ziemlich unangenehm riechen, habe ich gehört.« Er brachte ein leichtes Grinsen zustande. Zu seiner Verwunderung ging Nikolaus darauf ein.

»Nicht nur das«, bestätigte er. »Es soll in der Nacht auch vor Ungeziefer nur so wimmeln. Und am Morgen liegen tote Ratten herum.«

»Ungeziefer«, lächelte Philipp, »verliert seinen Schrecken, wenn man es nicht sehen kann.«

»Oh! Dann ist Blindheit auch zu etwas nütze?«

Beide lachten, fast unbeschwert, fast wie früher. Der böse Schatten zog sich in einen Winkel der Stube zurück.

»Komm.« Nikolaus reichte dem Freund den Arm. »Deinen Hund bringen wir in die Scheune. Emilia wird ihn nicht im Haus dulden.«

»Das wird Schönes Mädchen nicht gefallen. Sie ist ein wenig verwöhnt.«

Nikolaus lächelte. »Wie der Herr …«, sagte er.

»… So 's G'scherr«, fiel Philipp ein. Dann lachten sie beide und der dunkle Schatten verdrückte sich aus der Zimmerecke, flüchtete fürs Erste ganz aus dem Hause Stumpf.

* * *

Am nächsten Morgen wurde Philipp von Emilia geweckt. »Ich habe einen Boten nach Miltenberg geschickt und ihm eine Nachricht für Zacharias mitgegeben«, sagte sie. »Du wirst deinen Bruder schnellstmöglich sprechen wollen.«

»Einen Boten?« Philipp runzelte die Stirn. »Das muss ein Vermögen gekostet haben.«

»Nein. Er schuldete mir noch einen Gefallen. Sei unbesorgt.« Dann wechselte sie das Thema. »Mein Vater will dich sehen.« Und als sie sein unbehagliches Zögern bemerkte: »Geh ruhig. Heute ist er besserer Laune als gestern.«

Philipp tastete sich die Stiege langsam empor, auf ein erneutes Zusammentreffen mit Meister Thaddäus hätte er gut verzichten können. Das irre Geschwätz über den *verfluchten Altar* wollte er nicht noch einmal ertragen.

Doch Emilia behielt recht. Die Stimmung des Alten war vollständig verwandelt. »Philipp«, rief er, kaum dass dieser die

Tür geöffnet hatte. »Komm rein, mein Junge. Komm zu mir ans Bett, damit ich dich umarmen kann.«

Ohne große Begeisterung kam Philipp der Bitte nach. »Setz dich«, fuhr Thaddäus fort, nachdem er ihn fest an sich gedrückt hatte. »Zu mir aufs Bett, ich will dich anschauen.«

Es roch nach frischem Stroh und sauberer Wäsche. Emilia musste sich schon ausgiebig um ihn gekümmert haben.

»Was machen deine Augen?«, fragte der alte Steinmetz. »Schmerzen sie?«

»Nein«, erwiderte Philipp, verwundert über die plötzliche Anteilnahme. »Sie schmerzen nie. Sie haben nur ihre Sehkraft verloren.«

Noch einmal drückte der Alte ihn an sich und es war Philipp, als zittere er ein wenig. Seine Stimme klang belegt, als er weitersprach. Weinte er?

»Verzeih mir den bösen Empfang, den ich dir gestern bereitet habe. Es muss die Sorge um Emilia gewesen sein, die mich dazu getrieben hat. Und auch die Sorge um dich.«

»Um mich?«

»Meine Tochter hat recht, du gehörst doch fast zu unserer Familie. Als du damals einfach auf und davon bist, waren wir alle drei erschüttert. Ein Blinder kann in dieser Welt nicht auf der Straße überleben. Wir wähnten dich tot. Als du dann gestern einfach hier hereinmarschiert bist, kerngesund und gut gekleidet – nun, da war ich im ersten Moment nicht erleichtert, sondern wütend. Verstehst du das? Wütend, weil wir uns all die Sorgen um dich völlig umsonst gemacht haben. Und weil dir das offenbar ganz gleichgültig war.«

Philipp nickte nachdenklich. War das auch der Grund für Nikolaus' Hass?

»Vergiss die Sache mit der Bezahlung«, fuhr der Alte fort. »Ich schäme mich dafür.«

»Ich habe genug Geld.«

»Davon will ich nichts mehr hören. Raus jetzt mit dir, Philipp. Ich bin ein alter Mann und brauche viel Ruhe.«

Emilia nahm ihn in der Stube in Empfang. »So ist es immer«, erklärte sie. »An einem Tag ist er wach und vernünftig, am nächsten greift der Wahnsinn nach ihm. Es belastet Nikolaus sehr, seinen Vater so verfallen zu sehen. Sei also nicht so streng mit ihm, wenn er ungerecht ist. Es ist nur der Kummer.«

Philipp nickte. Ja, so mochte es wohl sein.

Den Tag verbrachte er in großer Unruhe. Emilia bestand darauf, dass er sich von der Reise erholte und auf seinen Bruder wartete, bevor er irgendetwas unternahm. Sie hatte vermutlich recht, doch das tatenlose Herumsitzen fiel ihm schwer. Er brannte darauf, Einzelheiten über die Anklage gegen Katharina zu erfahren, wollte wissen, was genau man ihr vorwarf, damit er sich wappnen und einen Plan für ihre Verteidigung entwerfen konnte. Am liebsten wäre er direkt zu Oswald Keim gegangen, um alles zu erfragen. Emilia hielt ihn abermals zurück. »Ist es wirklich klug, Umgang mit ihrem Vater zu pflegen?«, fragte sie.

Nein. Es war nicht klug, wie Philipp wohl wusste. »Kann ich nicht wenigstens den Altar besuchen, der angeblich verflucht sein soll?«

»Himmel, Philipp! Das kann doch nicht ich entscheiden! Es ist immer noch der Altar deines Bruders.«

Wie eine alte Narbe kratzten diese Worte an Philipps Seele. *Mein Altar*, dachte er kurz, dann ließ die Verbitterung nach.

Am späten Abend, als alle sich bereits schlafen gelegt hatten, hämmerte es lautstark gegen die Tür.

»Macht auf!«, donnerte eine aufgebrachte männliche Stimme. »Lasst mich ein! Ich will sofort meinen Bruder sehen!«

Zacharias Juncker hatte eine Kutsche aufgetrieben, gleich nachdem ihn die Nachricht des Boten erreicht hatte. Vom Sprühregen durchnässt stand er nun in der Stube der Stumpfs und starrte auf seinen totgeglaubten Bruder. Beide wussten nicht, wie sie sich begrüßen sollten. Waren sie im Bösen voneinander geschieden? Oder nicht? Hätte Philipp sehen können, so wäre ihm wohl die fahle Blässe in Zacharias' Gesicht aufgefallen, die Ringe unter den Augen und die eingefallenen hohlen Wangen. So aber ahnte er nur die Müdigkeit, die hinter dem Schweigen schlummerte.

Sie brachten es nicht fertig, einander zu umarmen.

»Warum bist du zurückgekehrt?«, fragte der Ältere schließlich. »Du wirst hier nicht mehr gebraucht.«

»Ich glaube doch«, antwortete Philipp ruhig. »Ich bin gekommen, um die Rätsel der Vergangenheit zu lösen. Das Geheimnis um Annas Tod. Die vielen anderen Unglücksfälle. Und vor allem bin ich gekommen, um Katharinas Verteidigung zu übernehmen.«

»Du?« Zacharias brach in ein trauriges Gelächter aus. »Bist du närrisch geworden in der Fremde? Wie solltest du meiner Frau helfen können?«

»Ich habe zwei Jahre bei einem Rechtsgelehrten gelebt. Er ist Hexenkommissär der Stadt Borkenheim.«

»So. Hexenkommissär.« Zacharias klang noch lange nicht überzeugt.

Ohne Stock tastete Philipp sich hinab in den Keller, um einen Krug Dünnbier zu holen. In der Scheune hörte er Schönes Mädchen jaulen, die alles andere als begeistert war, des Hauses verwiesen zu sein. Zurück in der Stube stellte Philipp den Krug und einen Becher auf den Tisch und forderte seinen Bruder zum Trinken auf.

»Verstehst du wirklich etwas davon?«, fragte Zacharias zweifelnd. »Früher hast du selbst Jagd auf Hexen gemacht, oder etwa nicht?«

»Ich habe viel gelernt. Damals war ich nur ein dummer Junge.«

»Das warst du.«

»Ich verstehe wirklich etwas davon.«

»Was man von Lorenz Wolff nicht gerade behaupten kann. Er hat sich um Katharinas Verteidigung beworben. Aber er hat noch nie einen Freispruch bewirkt.«

»Balthasar Sturm hingegen schon. Und ich weiß, wie er das erreicht hat.«

Zacharias seufzte. »Es wird nicht einfach sein. So vieles spricht gegen uns. Wenn nur die Sache mit dem Altar nicht wäre!«

»Du musst mir alles erzählen, Zach. Jede Kleinigkeit. Jeden einzelnen Vorwurf, der Katharina gemacht wird. Hat man sie in den Turm gebracht? Sie gefoltert? Hat sie … gestanden?« Philipps Stimme kippte und er hatte große Mühe, sich wieder zu beruhigen. Großer Gott, er durfte Zacharias doch nicht zeigen, wie nahe ihm die Sache ging!

Sein Bruder war zu sehr mit den eigenen Gedanken beschäftigt, um Philipps Seelenpein wahrzunehmen. »Nein, nein«, beschwichtigte er. »Nichts von alledem. Man hat sie nicht eingesperrt, weil ich sofort eine Gegenanklage wegen bösartiger Verleumdung erhoben habe. Der Fall soll in wenigen Wochen, zwei Tage vor Martini, verhandelt werden.«

»Dem Herrgott sei Dank!« Eine große Erleichterung ergriff Philipp. Keine Folter. Kein Geständnis. Es gab Hoffnung.

»Ich kann dir morgen alles erzählen«, sagte Zacharias. »Jetzt bin ich müde, ich muss …«

»Nein!« Philipp schlug mit der flachen Hand auf den Tisch. »Du erzählst es mir jetzt! Eine solche Angelegenheit duldet keinen Aufschub! Und du kannst zu dieser späten Stunde den Magister sowieso nicht mehr aus dem Bett holen und um ein Nachtlager bitten.«

Verwundert betrachtete Zacharias seinen jüngeren Bruder, von dem er ein derartiges Auftreten nicht gewohnt war. Dann zuckte er ergeben mit den Schultern und begann zu erzählen. »Lucas Leibfried, erinnerst du dich an ihn? Unser Nachbar am Vögeleinstor in Miltenberg. Er ist nicht der Klügste und er kann recht boshaft sein. Seine Frau und meine Katharina sind sich nicht grün. Immer wieder kommt es zu Zankereien zwischen den beiden. Na, du weißt ja, wie Weiber sind.«

Meine Katharina. Philipp spürte einen dumpfen Druck im Herzen.

»Am güldenen Sonntag gab es einen Zwischenfall. Ich war in Walthüren an jenem Tag, kann dir also nur berichten, was meine Frau mir geschildert hat. Unser Büblein – wir haben inzwischen zwei Kinder, musst du wissen, einen Jungen und ein kleines Mädchen …«

Zacharias Stimme nahm zum ersten Mal ein leises Strahlen an und Philipp erinnerte sich, wie sehr sein Bruder und Anna unter ihrer langen Kinderlosigkeit gelitten hatten.

»Unser Büblein heißt nach mir, er zählt jetzt drei Lenze und ist besonders aufgeweckt für sein Alter. Sehr zum Unwillen von Katharina spielt er am liebsten mit dem vierjährigen Sohn der Leibfriedin, der ein bisschen zurückgeblieben ist. An jenem güldenen Sonntag haben sich die beiden Jungen nach der Messe auf der Straße herumgetrieben und sich allerlei Geschichten zusammengereimt. Worum es dabei gegangen ist, konnten wir unserem Jungen später nicht zweifelsfrei entlocken, aber es lief wohl darauf hinaus, dass die beiden irgendein Geheimnis miteinander hegten, ein Geheimnis um verborgene Zauberrituale, die sie bei der Schallin aufgeschnappt haben sollen.«

»Der Schallin?«, unterbrach Philipp verständnislos.

»Da warst du schon weg aus der Heimat – der Fall hat die ganze Gegend erschüttert. Maria Schall ist eine der reichsten Bürgerinnen von Miltenberg – aber das hat ihr nichts genützt, als man sie der Hexerei angeklagt hat. Sie wurde peinlich verhört, mehrere Male, hat aber auch unter der Folter nicht gestanden und so musste man sie wieder laufen lassen. Sie lebt weiterhin in Miltenberg, aber niemand will sich mehr mit ihr sehen lassen, denn der Makel haftet ihr weiter an und alle haben Angst, er könnte sich übertragen.«

Philipp seufzte. So war es immer. Auch nach einem Freispruch hatten die Verdächtigen mit lebenslangen Nachteilen zu rechnen, mit übler Nachrede. Sie mussten fortan noch mehr auf der Hut sein.

»Was habt ihr mit dieser Schallin zu tun?«, fragte er.

»Gar nichts. Aber als die beiden Buben sich plötzlich stritten, als beide weinten und böse Worte gegeneinander schrien und als dann der Name der Schallin fiel, wurde aus dem Kinderzwist mit einem Mal eine ernste Angelegenheit, wie immer, wenn es um Hexerei geht. Umso mehr, als an jenem Sonntag sonniges Wetter herrschte und die ganze Nachbarschaft Zeuge des Vorfalls wurde. *Der junge Zacharias Juncker kann zaubern*, wurde hinter vorgehaltener Hand geflüstert, *und wenn der Junge es kann, wird seine Mutter es erst recht können.* Eines kam zum anderen, wie das eben so ist.«

Philipps Nackenhaare sträubten sich.

»Katharina hat das einzig Richtige getan«, fuhr Zacharias fort. »Sie hat eine Rute genommen und, wenn auch mit blutendem Herzen, unser armes Büblein tapfer verdroschen. Sodann ist sie mitsamt der Rute zum Haus der Leibfriedin gegangen, hat unterwegs laut verkündet, deren Sohn habe das Büblein das Zaubern lehren wollen. Sie würde darum auch ihn ordentlich hauen, sofern die Leibfriedin es nicht selber täte. Daraufhin zückte das wütende Weib ein Messer und es ist nicht auszudenken, wozu das alles hätte führen können, wenn Katharina nicht das Weite gesucht und zu Hause Zuflucht gefunden hätte.«

Zacharias atmete tief aus. »Mein Weib zitterte noch immer am ganzen Leib, als ich abends zurückkehrte. Immerhin war es ihr gelungen, das Getuschel der Leute ein wenig zu entkräften und den Worten der Leibfriedin ihre Schärfe zu nehmen. Aber die Beschuldigung gegen Katharina war ausgesprochen und konnte nicht mehr rückgängig gemacht werden. Gleich am folgenden Tag hat Lucas Leibfried Anklage gegen meine Frau erhoben.«

Philipp beugte sich nach vorne und stützte den Kopf in die Hand. Was er vernommen hatte, war nicht gut – aber auch nicht so schlimm wie befürchtet. Solange man Katharina nicht der Teufelsbuhlschaft bezichtigte, bestand die Möglichkeit, das ganze als üble Nachrede zu entlarven. Doch es war ein Spiel mit dem Feuer, ein Spiel, das keinen Fehler erlaubte.

»Was hat der Altar damit zu tun?«, fragte er.

»Die Vorfälle sind ein großes Ärgernis und ein noch größeres Mysterium«, gab Zacharias zu. »Aber gottlob hat sich das Gerede darüber bislang noch nicht in Miltenberg verbreitet. Nur in Walthüren wird getuschelt. Magister Hoffius setzt alles daran, die Gerüchte einzudämmen. Es wäre ein Unglück, wenn man die Geschehnisse mit Katharina in Verbindung bringen würde. Das darf auf keinen Fall geschehen!« Zacharias klang verzweifelt.

»Was glaubst du?«, fragte Philipp. »Was steckt hinter den Vorfällen?«

»Nun«, begann Zacharias zögerlich, als sei er sich der Gesinnung seines Bruders noch immer nicht ganz sicher. »Mit Hexerei hat es jedenfalls nichts zu tun. Irgendjemand will mir Böses. Aber frage mich um Himmelswillen nicht, wer das sein könnte! Wenn ich auch nur die leiseste Ahnung hätte, so hätte ich längst etwas unternommen.«

Philipp nickte, grimmig lächelnd. Er bat Zacharias, ihm die unheimlichen Vorfälle genau zu schildern.

»Dreimal wurde der gesamte Altar mit Blut übergossen«, berichtete Zacharias. »Es war ein grausiger Anblick. Schlimmer als nach einem Schlachttag sah es in der Werkstatt aus! Melchior und ich brauchten Stunden, um die Sauerei zu beseitigen. Das ließ sich natürlich nicht gänzlich verbergen und so haben die Walthürner davon Wind bekommen.«

»Hast du dich nicht auf die Lauer gelegt?«, wollte Philipp wissen.

»Doch, natürlich. Aber in jenen Nächten blieb alles still. Der Halunke, der hinter allem steckt, muss gewusst haben, dass ich Wache halte.«

»Und der Geruch?«, hakte Philipp nach. »Der Altar soll bei Tage erbärmlich stinken. Ist an dieser Behauptung etwas dran?«

»Leider ja. Besonders, wenn es warm ist und die Sonne auf die Werkstatt brennt. Es ist ein bestialischer Gestank, mit nichts vergleichbar, was ich kenne. Ich weiß nicht, woher er stammt. Aber du kannst dir wohl denken, dass auch er sich nicht vor den Dürmern verbergen lässt.«

»Gibt es noch etwas, das ich wissen sollte?«

»Ungeziefer«, sagte Zacharias. »Mehrmals hatte ich Würmer, Maden und Käfer in der Werkstatt. Und einmal lagen gut zwei Dutzend tote Ratten herum. Das konnte ich jedoch glücklicherweise geheim halten. Es ist nicht nach außen gedrungen und du bist der Erste, dem ich davon erzähle.«

»Der Erste und Einzige?«

»Ja. In dieser Angelegenheit bin ich verschwiegen. Ich weiß wohl, dass ich Katharina damit schaden könnte.«

»Bist du ganz sicher, niemandem davon erzählt zu haben?«, hakte Philipp nach. »Denk nach, Zacharias. Es ist wichtig.«

»Ganz sicher, Bruderherz.«

Philipp seufzte. Die Sache wurde immer merkwürdiger. Wer konnte ein Interesse daran haben, den Altar in Verruf zu bringen? Zacharias zu schaden? Oder der gesamten Familie Juncker?

»Erzähl mir alles noch einmal«, bat er seinen Bruder. »Von Anfang an und in allen Einzelheiten. Wir dürfen nicht die geringste Kleinigkeit übersehen, wenn wir Katharina retten wollen.«

Sie redeten, bis der Morgen graute und sich beide vor Müdigkeit kaum noch auf den Beinen halten konnten.

»Lass uns ein wenig ausruhen«, sagte Philipp schließlich gähnend. »Und danach erzählst du mir alles noch einmal.«

Sein letzter Gedanke galt Nikolaus. Zacharias schwor, niemandem von dem Ungeziefer und den toten Ratten in der Werkstatt erzählt zu haben. Woher, zum Henker, wusste dann Nikolaus davon?

Kapitel 13

Walthüren, Oktober 1626

Kalter Nebel waberte durch die Gassen Walthürens, als sich Philipp gegen Mittag mit Zacharias zum Pfarrhaus aufmachte. Die Sonne hatte nicht mehr genug Kraft, um sich durchzusetzen und der Feuchtigkeit Herr zu werden. Kleine Wassertropfen bildeten sich in Philipps Haar sowie auf seinen Wimpern, bei jedem Blinzeln benetzen sie seine Augen.

Schönes Mädchen lief dicht neben ihm, sie mochte den Nebel nicht, schüttelte sich immer wieder, doch es gelang ihr nicht, das klamme Fell zu trocknen. Sie bellte leise auf.

Beide Juncker-Brüder waren müde. Die Nacht, in der sie endlos geredet hatten, saß ihnen in den Knochen. Der Schlaf am frühen Morgen war zu kurz gewesen, Emilia weckte sie wieder auf, um ein karges Morgenmahl in der Küche zuzubereiten. Sie brachte ihrem Vater das Essen nach oben in sein Schlafgemach und sofort breitete sich zwischen Philipp, Zacharias und Nikolaus ein unangenehmes Schweigen aus. Nikolaus war wieder schlecht gelaunt. »Ich muss los«, sagte er mürrisch, nachdem er ein paar Bissen gegessen hatte. »In Mudau erwartet man eine Ladung Steinquader, die ich noch behauen muss.«

»Warte«, entfuhr es Philipp, ehe er nachdenken konnte. »Wer hat dir von den toten Ratten in der Werkstatt erzählt?«

Fast konnte er hören, wie Nikolaus die Stirn runzelte, bevor er verärgert schnaubte. »Woher soll ich das noch wissen? Es wird viel geredet dieser Tage. Vielleicht hast du es mir selbst erzählt, Zacharias.«

»Bestimmt nicht!«, brauste der Bildhauer auf.

»Denk nach«, bat Philipp. »Es ist wichtig.«

Nikolaus zögerte ein wenig. »Es könnte auch Melchior Preuß gewesen sein«, sagte er dann. »Ich kann mich wirklich nicht erinnern. Und ich habe jetzt auch keine Zeit für solchen Unsinn. Ich muss zum Steinbruch. Irgendjemand muss diese Familie ja ernähren, und die Gäste, die täglich ungeladen dazukommen!«

Philipp konnte den dunklen Schatten wieder spüren, der sich zwischen sie drängte. Er seufzte. Es konnte so gewesen sein, wie Nikolaus sagte. Vielleicht hatte Melchior Preuß tote Ratten am Altar gefunden, und vielleicht war der Geselle nicht so verschwiegen wie sein Meister.

Aber genauso gut konnte es sein, dass Nikolaus ihn anlog. Irgendetwas stimmte nicht mit seinem Freund. Irgendetwas war zwischen sie getreten. Aber warum sollte Nikolaus lügen? Warum sollte er den Junckers Böses wollen? Philipp wusste es nicht. Das war ein weiteres Geheimnis, das er lösen musste, wenn er endlich seinen Frieden finden wollte.

Der Nebel drang ihm durch alle Poren. Noch bevor sie am Plan den verwaisten Marktplatz erreichten, begegnete ihnen die Wirtin von der Herberge zum Römischen König. Sie grüßte die beiden Männer, den Bildhauer und den Blinden, aber Philipp konnte deutlich hören, dass keine Herzlichkeit in ihrer Stimme lag, sondern ein Gemisch aus Neugier, Tratschsucht und einem Hauch von Furcht. Sie blieb stehen und sprach Philipp direkt an: »Du bist also tatsächlich wieder da! Ein paar Pilger aus Borkenheim am Neckar haben erzählt, dass du mit ihnen gekommen bist. Haben dort nicht auch schon einige Hexen gebrannt?« Sie senkte die Stimme. »Sogar unser Altar ist verflucht, heißt es. Nirgends ist man vor dieser Brut sicher!«

Leise Wut kroch in Philipp hoch. Wie konnte die Frau es wagen, vor Zacharias solche Rede zu führen?

»Unsinn!«, sagte er laut. »Die Schandmäuler, die so etwas behaupten, sollten sich besser in Acht nehmen, damit sie nicht selbst verklagt werden!«

Die Wirtin wich einen Schritt zurück. Wie alle Dürmer kannte sie den jüngsten Spross der Juncker-Familie nur als zurückhaltenden, übervorsichtigen Jungen – doch während seiner Wanderjahre war offenbar ein anderer aus ihm geworden, ein Mann, der trotz seiner Blindheit Würde ausstrahlte.

»Du musst mich ja nicht gleich so anfahren!«, sagte sie deshalb gekränkt. »Ich wollte euch nur warnen! Unten beim Ritter schmieden sie am Abend ihre Pläne. Der Knecht, der Matthias, hetzt die Leute auf. Sie wollen den Altar kaputtschlagen, wenn noch einmal etwas Böses geschieht! Ich würde ihn an eurer Stelle lieber bewachen, sonst erlebt er am Ende seine große Einweihung gar nicht.«

Damit schlurfte sie von dannen, murmelte noch etwas von *Undankbare Leut!* und nieste laut, bevor der Nebel sie verschlang.

Zacharias seufzte. »Sie hat recht. Wir sollten Wache halten. Zu Weihnachten wird der Altar mit einem großen Festgottesdienst geweiht. Wenn alles gut geht.«

Sie schlugen den Weg in die Burgstraße ein, die an der Kellerei vorbei über den ehemaligen Zwinger Richtung Kirche und Pfarrhaus führte. Links erstreckte sich das große Anwesen des Hans Jörg von Sternfels und Zacharias seufzte abermals. »Mit ihm habe ich vor Jahresfrist einen Rechtsstreit führen müssen«, erzählte er Philipp. »Die Mauer unterhalb seines Hofes drohte auf unser Haus zu stürzen und alles unter sich zu begraben. Zum Glück hatte der Amtskeller Dühring, der den Vorsitz vor Gericht führte, ein Einsehen und urteilte den Junker Sternfels ab, die Mauer innerhalb von vierzehn Tagen so herzustellen, dass unser Haus keinen Schaden nimmt. Nikolaus hat als sachverständiger Steinmetz seinen Rat dazu erteilt. Dennoch hat mich der Rechtsstreit beinahe in den finanziellen Ruin getrieben, denn ich musste ein Drittel der Kosten übernehmen und zudem einen steinernen Kandel für den Wasserabfluss anlegen, was nicht gerade einfach war, denn der Brunnen beim Rathaus durfte dabei nicht verunreinigt werden.«

»Nikolaus hat für dich gesprochen?«, hakte Philipp nach.

»Ja, dem Himmel sei Dank. Wer weiß, wie sonst alles ausgegangen wäre.«

Philipp spürte eine wohltuende Erleichterung und drängte den bösen Verdacht zurück, der seit der Nacht an ihm nagte.

In schweigendem Einverständnis machten die beiden Brüder einen kleinen Umweg über den Kirchhof und als Zacharias stehen blieb, wusste Philipp, dass sie an Annas Grab angelangt waren.

Seine Gedanken wanderten zu der verstorbenen Schwägerin, die immer so sanft und gut zu ihm gewesen war. Er dachte an ihren qualvollen Tod, an den Tag, an dem er sie in der Küche gefunden hatte. An jenem Tag hatte Anna ihm etwas mitteilen wollen und er war ihr ausgewichen, hatte sie auf später vertröstet, nicht ahnend, dass es dieses Später nicht mehr geben würde.

Philipp zog seinen Mantel enger um die Schultern. Er schluckte hart. Vor seiner Flucht aus Walthüren hatte er nichts von all dem wissen wollen, weil er gar zu bereitwillig daran geglaubt hatte, boshaftes Hexenwerk könne dahinter stecken. Er stieß einen grimmigen Laut aus. Er würde alles in seiner Macht Stehende daran setzen, Katharina zu retten. Aber er würde ebenso unerbittlich dafür kämpfen, den gemeinen Meuchelmord an Anna aufzuklären, denn es bestand nicht länger ein Zweifel daran, dass es ein solcher gewesen war.

Bei Gott, das schwöre ich, dachte Philipp und erst als Zacharias seinen Arm drückte und ein drittes Mal seufzte, wurde ihm bewusst, dass er es laut ausgesprochen hatte.

* * *

Sie trafen Magister Jodocus Hoffius nicht im Pfarrhaus an, sondern in der Kirche, wo er reglos auf dem harten Boden der Blutkapelle kniete und vor dem Schrein mit dem Korporale ein stummes Gebet sprach. Sie wagten nicht, ihn zu stören. Philipp hielt Schönes Mädchen fest, die Anstalten machte, neugierig zu der bewegungslosen Gestalt zu laufen, zweifelsohne um ihr Gesicht und Hände zu lecken.

Das Gebet des Pfarrers wollte kein Ende nehmen. Er musste die Anwesenheit seiner beiden Besucher längst bemerkt haben, aber er ließ sich in keiner Weise davon aus der Ruhe bringen. Erst als Philipp die Hündin loslassen wollte, damit sie die Aufmerksamkeit des Magisters erregte, schloss er mit einem Kreuzzeichen und einem leise gemurmelten *Amen* seine Andacht ab und erhob sich ächzend vom Boden.

»Der Blinde ist also wieder da«, sagte er. »Ich kann nicht gerade behaupten, dass ich dich vermisst hätte, Philipp Juncker.«

»Nun, Magister Hoffius«, erwiderte Philipp. »Das beruht ganz auf Gegenseitigkeit.« Er wusste, wie viel sein Bruder und das ganze Städtchen dem selbstlosen und unermüdlichen Einsatz des Pfarrers für die Wallfahrt zu verdanken hatten, doch das hieß noch lange nicht, dass man ihn auch mögen musste. Philipp schätzte seine Verdienste, aber den Mann dahinter schätzte er nicht.

Zu seiner Überraschung lachte der Pfarrer auf. »Gut gesprochen, mein Junge. Du scheinst erwachsen geworden zu sein.«

Zacharias räusperte sich und kam zum eigentlichen Grund ihres Besuches: »Ich erbitte für die kommende Nacht Quartier im Pfarrhaus, Magister. Und mein Bruder will sein Lager in der Werkstatt aufschlagen, um dort nach dem Rechten zu sehen.«

Der Pfarrer lachte noch einmal, diesmal klang es bitter. »Zu sehen, hast du gesagt, Bildhauer? Hat dein Bruder etwa sein Augenlicht wiedererlangt?«

»Es gibt in unserer Sprache kein besseres Wort dafür«, erwiderte Philipp ruhig. »Ist Euch noch nie in den Sinn gekommen, dass man auch mit den Händen sehen kann? Mit den Ohren und der Nase? Oder mit dem Herzen?«

»Nun, die Rechtschaffenen mögen mit dem Herzen sogar besser sehen als mit den Augen«, lenkte der Pfarrer ein. »Aber gehörst du zu den Rechtschaffenen, Philipp Juncker?«

»Warum zweifelt Ihr daran?«

»Ich weiß noch immer nicht, welche deiner Sünden der Herr so hart bestraft hat.«

»Ihr wart vor Jahren dabei, als die Werkstatt meines Vaters in die Luft flog. Kam ich Euch damals wie ein böser Schurke vor? Ich war noch fast ein Kind! Bis heute ist nicht aufgeklärt, wer damals das Feuer gelegt hat. Conrad und Johannes waren es nicht, so viel weiß ich inzwischen. Und ich bezweifle sehr, dass es unser Herr persönlich war.«

»Hüte deine Zunge und nimm dich vor Gottes Zorn in Acht, Bursche!«, donnerte der Magister erbost. »Er erlaubt keine schmähliche Rede!« Dann atmete er tief ein und fuhr ruhiger fort: »Ich hoffe, du hast recht. Meinetwegen kannst du in der Werkstatt schlafen, wenn du dir etwas davon versprichst. Schaden kann es wahrlich nicht. Die Stimmung im Städtchen ist bis aufs Äußerste angespannt. Der Ritterwirtsknecht, dieser Elende, hetzt die Bevölkerung gegen den Altar auf. Immer ist Matthias an vorderster Front dabei, wenn es darum geht, Händel zu suchen! Und die Friedfertigeren folgen ihm wie die Schafe ihrem Leithammel. Sie folgen ihm, weil er am lautesten brüllen kann. Nun, bislang ist es mir gelungen, noch lauter gegen ihn anzuschreien. Von der Kanzel herab habe ich den Aufrührer in Schach gehalten und die Zaghaften wagen es nicht, mir offen zu trotzen. Doch ich weiß nicht, wie lange meine Macht noch hält. Am letzten Sonntag ist Matthias nicht zur Messe erschienen. Und auch einige andere sind ausgeblieben. Ein böses Zeichen ist das! Sie wenden sich von Gott ab und suchen ihr Heil im boshaften Geschrei. Als wären sie auserwählt, das Böse vom Guten zu unterscheiden! Ausgerechnet sie, die huren, saufen und lästerliche Reden führen! Ach, ich spüre, wie das Unheil sich zusammenbraut! Von Hexenwerk wird wieder geflüstert. Der Name des Schuh-Lenz ist erneut im Gespräch – und sogar, wenn auch noch hinter vorgehaltener Hand, der Eurer Gattin, Bildhauer!«

Philipps Nackenhaare sträubten sich. Aus dem Munde des Pfarrers klang die Lage äußerst bedrohlich. Aber er durfte sich nicht einschüchtern lassen! Er war gekommen, um dem Spuk ein Ende zu bereiten.

»Und Ihr?«, fragte er lauernd. »Glaubt Ihr selbst an diese Möglichkeit?«

»Natürlich nicht!« Magister Hoffius schlug mit der geballten Faust in die hohle Hand. »Noch nie habe ich davon gehört, dass es dem vermaledeiten Hexenpack gelungen wäre, einen Altar oder eine Kirche zu verfluchen! Dazu ist *Seine* Kraft zu stark, *Sein* Wille zu mächtig. Niemals könnte ein böser Zauber den Heilig-Blut-Altar treffen, der in Bälde das wundermächtige Korporale bergen wird. Ich bin sicher, die Kraft des Heiligen Blutes würde sämtliche Zauberei zersprengen wie ein Wirbelsturm ein zerbrechliches Glas.«

Verwundert lauschte Philipp der Rede des Kirchenmannes. Magister Hoffius stellte nicht die Hexerei als solche in Frage.

»Eure Frau wurde in Miltenberg verklagt«, wandte sich der Pfarrer an den Bildhauer. »Damit müsst Ihr alleine fertig werden. Aber seht zu, dass die letzten Arbeiten am Altar so schnell wie möglich ausgeführt werden. Wir haben nicht mehr viel Zeit! Der Schrein muss, wie geplant, zum Weihnachtsfest geweiht werden, denn auf den zweiten Sonntag im Advent hat sich eine Delegation aus Würzburg angekündigt.

Die Herren aus Würzburg warten nur darauf, irgendwelche Unregelmäßigkeiten zu finden! Die Anklage gegen Eure Frau ist ihnen zu Ohren gekommen, Juncker. Und die Gerüchte um den *verfluchten* Altar ebenso. Sie wollen sich ein Bild von der Lage machen – und wenn sie zu dem Schluss kommen, dass etwas nicht mit rechten Dingen zugeht …« Er zögerte, als sei die Schlussfolgerung zu schrecklich, um sie auszusprechen. »Nun. Dann wird aus dem Ärgernis ein Fall für die Inquisition. Und dann … gnade uns Gott!«

* * *

Die Tür zur Werkstatt knarrte in den Angeln, als Zacharias sie aufstieß. Der Staub, den er dabei aufwirbelte, kitzelte Philipp in der Nase. Doch es war nicht der erwartete und bisweilen schmerzlich vermisste Geruch von behauenem Stein, von Farbe und Reinigungsmitteln für das Werkzeug, welcher Philipp entgegenschlug. Es war ein modriger Gestank, ein widerliches Potpourri aus Unrat, verwesendem Fleisch, Schimmel und etwas Undefinierbarem. Das üble Aroma verstärkte sich, je näher er dem Altar kam.

»Heute ist es nicht so schlimm«, erklärte Zacharias. »Das liegt am Wetter. Der Nebel schluckt das meiste. Wenn die Sonne scheint, hält man es kaum länger als ein paar Minuten hier drin aus.«

Vorsichtig tastete Philipp sich näher heran. Er atmete flach, nicht nur, weil der Gestank bestialisch war, sondern auch, um sich nicht allzu rasch daran zu gewöhnen. Schließlich war er gekommen, um dem Mysterium mithilfe seiner Nase auf den Grund zu gehen.

Schönes Mädchen bellte laut auf und Philipp hörte, wie sie mit dem Schwanz wedelte, der im regelmäßigen Takt an eine Werkbank stieß.

»Komm her«, rief er die Hündin. »Du musst vorsichtig sein, damit du nichts kaputt machst.« Sie leckte ihm über die Hand und bellte noch einmal. *Ihr gefällt der Geruch,* begriff Philipp. Für einen Hund hatte er nichts Ekelerregendes an sich.

Endlich erreichte er den Altar. Obwohl er seine Schritte nie gezählt hatte, wusste er genau, wo er sich befand, als er stehenblieb und die Hand ausstreckte. Ja, da waren sie. Die vier Reliefs, welche die Wallfahrtsgeschichte erzählten. Behutsam berührten Philipps Finger die Bilder. Eine Träne schlich sich in sein Auge und er war froh, dass er die schwarze Klappe trug, die sie sofort aufsog.

Die Bilder waren fertiggestellt, alle vier: der Priester Heinrich Otto, der das Wundertuch hinter einem losen Stein des Altars verbarg.

»Wie fein du die Details herausgearbeitet hast«, staunte Philipp. »Viel feiner als bei deinen früheren Arbeiten! Der Weihrauchkelch, die aufgeschlagene Bibel, der gekreuzigte Jesus, ja selbst die Verzierungen auf dem Altaraufbau. Du hast große Fortschritte gemacht.«

Zacharias lachte heiser und antwortete nicht, aber Philipp wusste, dass er sich über das Lob freute.

Auch das zweite Relief versetzte ihn in Staunen. »Das Korporale wird Papst Eugen dem Vierten in Rom gezeigt. Die Mitra ist beeindruckend! Und die ernsthaften, ergriffenen Gesichter der Männer!«

Beim vierten, dem letzten Relief lachte er. »Das Korporale wird in Walthüren verehrt«, erkannte er. »Du hast die Pilger vor deinem eigenen Altar versammelt! Und die vielen Hinterköpfe! Gib zu, sie haben dir am meisten Spaß gemacht! Ich weiß, wie sehr du es liebst, die Locken mit dem Bohrer zu löchern.« Philipp wurde wieder ernst. Das dritte, *sein* Relief, hatte er sich bis zum Schluss aufgespart. Es war fast fertig gewesen, als er Walthüren verlassen hatte.

»Da ist Schlitzohr«, flüsterte er, nachdem er die Pilger, den Buchenwald, die Kapelle und den Aufgang zur Brücke ertastet hatte. Dem Hund fehlten der lange Schwanz und die geknickten Ohren. Der Kopf erinnerte eher an einen Löwen. »Er ist nicht ganz perfekt getroffen«, lächelte Philipp traurig. »Und doch erkenne ich ihn wieder.«

»Du hättest eben nicht fortgehen sollen!«, knurrte Zacharias. »Mir fehlte danach die Vorlage.«

Philipp schluckte einen Kloß im Hals hinunter und zwang sich, die leise schmerzende Wehmut zu verdrängen. Er atmete tief durch und der Gestank erinnerte ihn augenblicklich an den eigentlichen Grund seines Besuchs in der Werkstatt.

»Hier ist der Geruch weniger stark als weiter rechts«, sagte er und reckte seine Nase in die Luft. Schönes Mädchen, die das Ganze für ein lustiges Spiel hielt, tat es ihm gleich.

»Bist du sicher?« Zacharias runzelte zweifelnd die Stirn. »Für mich riecht es überall bestialisch.«

Philipp beachtete ihn nicht. Er konzentrierte sich nun ganz auf die feinen Unterschiede in der Intensität des Gestanks. Ganz langsam, Zoll um Zoll tastete er sich weiter nach rechts. Schönes Mädchen folgte ihm und streckte schnuppernd die Schnauze in die Luft.

»Hier«, sagte Philipp schließlich. »Hier ist es am stärksten.« Es war nur ein Quäntchen und doch war er sich sicher.

»Das ist Unsinn«, sagte Zacharias ärgerlich. »Du willst mich zum Narren halten.«

»Nein.« Die jahrelange Übung hatte Philipp gelehrt, aufmerksamer auf seine verbliebenen Sinne zu achten. Es war ihm in Fleisch und Blut übergegangen.

»Da ist nichts«, schnaubte Zacharias. »Überhaupt nichts.«

»Es muss etwas da sein.« Philipp wusste, dass er sich rechts vom verschließbaren Schrein für das Korporale befand. Schönes Mädchen winselte sehnsüchtig und legte die Vorderpfoten auf den Alabasteraltar, von dem sie allerdings sofort wieder abrutschte. Philipp hörte seinen Bruder ungehalten schimpfen: »Lass das, du übermütiges Biest. Du zerkratzt mir ja die Predella!« Und plötzlich durchzuckte ihn die Erkenntnis wie ein Lichtblitz. Mit einem Mal wusste er, wo er suchen musste. »Das Geheimfach!«, flüsterte er mit heiserer Stimme. »Mein Gott, das Geheimfach!«

Einer der Sockel für die Figuren war hohl. Philipp selbst hatte ihn in mühsamer Kleinarbeit vor Jahren ausgeschabt. Zacharias hatte ihn stets spöttisch damit aufgezogen, aber Philipp hatte darauf bestanden: »Das Futteral für die Amulette«, hatte er ernsthaft erklärt. »Du weißt so gut wie ich, dass alle bedeutenden Bauwerke ein geheimes Fach haben, in das Amulette und Segenssprüche gelegt werden, die es beschützen, ebenso wie ihre Erbauer.«

»Der Altar wird sowieso geweiht und damit dem Segen Gottes anheimgestellt«, hatte Zacharias erwidert, aber Philipp war unerbittlich geblieben. »Doppelter Schutz kann keinem schaden!«, beharrte er und machte sich verbissen an die Arbeit.

Jetzt hörte er, wie Zacharias hinter ihm laut schluckte.

Er hat nicht mehr daran gedacht, erkannte Philipp. *Er hat die Existenz des Geheimfaches einfach vergessen.*

Vorsichtig streckte er sich und hob die Figur an. Zacharias eilte ihm zu Hilfe und stutzte. »Merkwürdig«, sagte er. »Ich habe sie mit ein wenig Mörtel fixiert, damit sie nicht vom Sockel kippt. Aber jetzt steht sie ganz locker darauf. Jemand muss sie gelöst haben.« Er betrachtete die Stelle eingehend. »Eine saubere Arbeit! Wer immer die Figur abgetrennt hat, versteht sein Handwerk.«

Zacharias nahm die Figur herunter und Philipp stellte zu seiner Verwunderung fest, dass der Deckel des geheimen Faches nicht gänzlich verschlossen war. Jemand hatte einen Holzkeil hineingeklemmt.

Mit einem Ruck öffnete Philipp das Fach vollends. Eine Welle aus verrottendem Gestank ergoss sich über die beiden Brüder. Zacharias würgte und Philipp hielt unwillkürlich die Luft an. Schönes Mädchen bellte freudig.

»Sieh nach«, befahl Philipp. »Wir müssen wissen, was drin ist.«

Zacharias tat es, würgte noch einmal und übergab sich neben dem Altar. Geistesgegenwärtig sprang Philipp zur Seite.

»Verrotteter Fisch«, keuchte Zacharias. »Blut und Hundekot. Außerdem ein verwestes Stück Fleisch. Es sieht aus wie ein Herz. Maden und Würmer. Alles schillert grünlich. Irgendjemand muss es regelmäßig erneuert und mit Flüssigkeit übergossen haben, damit der Geruch sich hält.«

»Ein Herz?« Philipp wurde kalt.

»Der Größe nach könnte es von einem Schwein stammen. Oder … von einem Menschen.«

Philipp schwindelte, doch er zwang sich, Ruhe zu bewahren. »Wir müssen den Unrat entfernen«, sagte er. »Und wir müssen dafür sorgen, dass die Dürmer davon erfahren. Das wird ihre bösen Zungen zum Schweigen bringen! Vielleicht hat jemand eine wichtige Beobachtung gemacht und weiß, wer das hineingetan hat.«

»Möglich«, gab Zacharias zu. »Aber vielleicht erreichen wir auch das Gegenteil. Vielleicht werden die hinterhältigen Stimmen umso lauter, wenn wir die Wahrheit enthüllen.« Er hatte sich wieder im Griff und nun, da sein Magen entleert war, machte er sich tapfer daran, den Inhalt des Geheimfaches zu entfernen. Er benutzte dafür das weiche Tuch, mit dem er sonst den Stein vom Staub befreite. »Wir müssen das Fach auswaschen«, erklärte er. »Aber sobald der Deckel ganz verschlossen ist, haben wir zumindest diesem Fluch ein Ende bereitet.«

Den Unrat legte er achtlos auf den Boden. »Das Tuch werde ich nicht mehr nutzen können«, stellte er bedauernd fest und machte sich auf den Weg, Wasser zu holen.

Philipp blieb nachdenklich zurück, ganz in sich versunken, und kam erst zu sich, als er ein lautes Schnappen hörte, dann ein genüsslich schmatzendes Geräusch.

»Nein!«, rief er, als ihm aufging, was es war. »Schönes Mädchen! Spuck es aus!«

Es war zu spät. Sie brauchten sich keine Gedanken mehr darüber zu machen, wem sie den handfesten Beweis für den Fluch zeigen sollten. »Du bist widerlich, Schönes Mädchen«, sagte Philipp angeekelt. Doch dann streichelte er ihren Kopf. Sie konnte ja nichts dafür. Sie war eben ein Hund.

Eine wichtige Frage drängte sich ihm auf. »Wer weiß von diesem Geheimfach?«, stellte er seinen Bruder zur Rede, als dieser mit einem Eimer Wasser vom Brunnen beim Rathaus zurückkam.

»Nur du und ich. Und Melchior Preuß. Aber er hat sicher nichts mit der Angelegenheit zu tun.«

Philipp nickte beiläufig. Nur du und ich. Und Melchior Preuß.

Aber das stimmte nicht. Er wusste es besser. Er selbst hatte einst von dem Geheimfach erzählt, hatte es im Hause Stumpf erwähnt.

Emilia wusste davon. Der alte Thaddäus. Und Nikolaus.

* * *

Philipp träumte.

Er wusste, dass er träumte, und doch war alles ganz anders als sonst. Im Traum konnte er sehen, das war nicht ungewöhnlich, aber diesmal sah er mit einer Schärfe, die er nie gekannt hatte.

Er konnte sich selbst sehen. Als schlafenden jungen Mann, der vor dem Altar auf der kalten Erde lag. Eigentlich hatte er Wache halten wollen, aber irgendwann war die Müdigkeit über ihn gekommen, kein Wunder bei zwei schlaflosen Nächte hintereinander.

Er war ganz allein in der Werkstatt. Schönes Mädchen hatte er zu Hause gelassen, damit sie einen möglichen Eindringling nicht warnen konnte.

Philipp befand sich nicht in seinem Körper. Er konnte sich zwar spüren, konnte die Faust ballen, konnte gehen, aber zu sehen war nichts. Keine Füße, keine Hände, nur gähnende Leere, wo sein Fleisch hätte sein sollen. Am merkwürdigsten war, dass dieser substanzlose, schwebende Zustand ihn keineswegs beunruhigte, sondern belustigte. Schwerelos glitt er zur Werkstatttür und öffnete sie leise. Das gelang ihm mühelos und Schönes Mädchen hob nur kurz den Kopf, als er hinausglitt.

Er sah die Sterne am Himmel, die schmale Sichel des Mondes, er roch die kühle Luft und fühlte sich wohl. Und er musste auch nicht lange überlegen, wohin er gehen wollte. *Den Gekreuzigten besuchen*, sang eine Stimme in seinem Kopf. *Mit ihm sprechen.*

In der Kirche war es kälter als draußen. Aber Philipps Geist fror nicht. Er wandte sich zur Blutkapelle – und da war es bereits, das Korporale, es wartete schon auf ihn. Der Gekreuzigte und die elf Häupter schliefen, aber sie waren da und als Philipp zu ihnen trat, öffneten sie alle schlagartig die Augen.

Nun erschrak Philipp und wich einen Schritt vor ihnen zurück. Er hatte nicht erwartet, dass er sie *kannte*, sie alle. Seine Mutter war da, in einem der Häupter, ein anderes war unverkennbar sein Vater. Zacharias natürlich. Emilia, ihr Vater, Nikolaus. Und Katharina.

Mein Gott, wie schön sie war! Noch immer so wunderschön. Tränen der Freude traten in seine Augen.

Einer der Köpfe schwoll an, doch es war nicht der von Katharina.

»Vater«, stammelte Philipp. »Es tut mir unendlich leid, dass ich mich nicht von dir verabschieden konnte.«

Michael Juncker blickte gütig. »Jetzt bist du ja hier«, sagte er lächelnd. »Um mich musst du dir keine Sorgen mehr machen. Mir geht es gut – und seit Martha wieder bei mir ist«, er deutete zum Kopf seiner Gattin hinüber, »fehlt es mir an nichts. Du solltest dich lieber um die Lebenden kümmern.«

»Dafür bin ich zurückgekehrt«, versicherte Philipp eifrig. »Kannst du mir helfen?«

»Vielleicht könnte ich es, vielleicht auch nicht. Du musst die Wahrheit schon alleine herausfinden, mein Sohn. Aber es hat noch nie geschadet, ganz an den Anfang zurückzukehren.«

Der Kopf des alten Bildhauers schrumpfte und als er seine Normalgröße erreicht hatte, schloss er die Augen.

»Vater!«, rief Philipp und streckte die Arme nach ihm aus. Aber es war vergeblich. Ein leises Schnarchgeräusch ging von dem Haupt aus.

»Verflixt! An welchen Anfang soll ich zurückkehren?«

»In die Werkstatt in Miltenberg, du Dummkopf!« Ein weiterer Kopf blähte sich auf. Er nahm sofort eine rote Färbung an. Es war Magister Jodocus Hoffius. »Und hör auf, vor dem Korporale zu fluchen, Elender!«, schob er nach, bevor die Luft aus ihm entwich.

Gespannt wartete Philipp, wer sich als Nächstes zu Wort melden würde, aber nichts geschah. Stattdessen trat ein Bild aus der Vergangenheit vor sein inneres Auge. Er stand wieder in Miltenberg, in der Schreibstube seines Vaters, benebelt vom Branntwein. Suchend blickte er sich um. Die Zwillinge waren losgezogen, um einen neuen Krug Branntwein zu holen. Und Thaddäus suchte seinen Sohn.

»Nikolaus!«, rief Philipp verblüfft. »Wo warst eigentlich *du*? Das habe ich mich all die Jahre nie gefragt! Hast du die Werkstatt wirklich verlassen? Oder hast du dich nur in einem Versteck verkrochen? Hast du … das Schießpulver entzündet?«

»Lass meinen Bruder in Ruhe!« Ein neuer Kopf wuchs an – und obwohl er sie nie als erwachsene Frau gesehen hatte, erkannte Philipp Emilia sofort. Ihre Augen sprühten Funken. »Du wagst es, Nikolaus zu beschuldigen?«, funkelte sie ihn an. »Nach allem, was du ihm und unserer Familie angetan hast?«

»Was habe ich euch denn angetan?«

»Du, dein Vater und dein Bruder – ihr habt Nikolaus' Leben zerstört! Hast du nie bemerkt, wie er sich zurückgezogen hat in ein Schneckenhaus, wo ihn keiner mehr erreichen konnte? Die Worte deines Vaters haben an ihm genagt, haben seine Kraft aufgezehrt, haben aus einem aufstrebenden Bildhauer einen armseligen, genügsamen Steinmetz gemacht, der in seinen jungen Jahren schon alle Pläne, allen Ehrgeiz hat begraben müssen. Und du hast es nicht einmal bemerkt! Hast sein Schweigen, seinen Schwermut und den trüben Blick nie wirklich sehen wollen. Ich hätte dich dafür hassen können, Philipp!«

Er spürte, wie der Boden unter ihm schwankte. »Du, Emilia?«, hauchte er. »Du hast etwas damit zu tun?«

»Unsinn. Ich war in Miltenberg gar nicht dabei. Ich war noch ein Kind. Aber ich habe die Veränderung meines Bruders gesehen. Und ich liebe meinen Bruder.«

»Aber …«

»Ja, ich liebe ihn. Aber … dich liebe ich noch mehr.« Den letzten Satz hatte sie geflüstert, ihr Kopf schrumpfte bereits, zog sich zusammen bis auf Normalgröße, dann noch mehr, schrumpfte auf die Größe einer Erbse und verschwand schließlich ganz.

Nikolaus hingegen nahm an Größe zu. Er sagte nichts, blickte Philipp nur herausfordernd an, mit einer Spur von

Trotz und einem Quantum Hass, das Philipp noch nie an ihm wahrgenommen hatte.

»Nikolaus«, sagte er, als ihm das Schweigen des Freundes zu schwer wurde. »Ich wollte dir nie etwas wegnehmen. Ich wollte …«

»Hast du aber. Du und deine ganze Familie.« Er lachte böse. »Der Altar ist verflucht. Ich habe es getan.«

»Das glaube ich nicht!«

»Weil du es mir nicht zutraust? Oder weil du es nicht glauben willst?« Nikolaus begann zu lachen, so laut, dass Philipp sich die Ohren zuhalten musste, und während er lachte, wuchs sein Haupt weiter an, nahm monströse Dimensionen an und als es schon fast die ganze Blutkapelle ausfüllte, zerplatzte es mit lautem Getöse wie eine Schweinsblase, die man zu stark aufgepumpt hatte, es zerplatzte und die Hautfetzen verteilten sich in der ganzen Kirche. Philipp wurde übel, doch er konnte die Hände nicht von den Ohren nehmen, weil das Echo des Gelächters noch immer durch den Raum hallte. Erst als es nach und nach verebbte, hörte Philipp ein leises Kichern.

Annas Antlitz hatte sich aufgebläht und lächelte vergnügt. »Das war lustig«, erklärte die Schwägerin entschuldigend. »Ich wünschte, das könnte ich auch.«

»Nein«, bat Philipp. »Bitte nicht.«

»Warum denn nicht? Es hat sich so schön angehört und ich …«

»Nein«, wiederholte Philipp. »Du musst mir sagen, was du am Tag deines Todes entdeckt hast.«

»Ach! Das ist so lange her.«

»Bitte, Anna. Es tut mir leid, dass ich dich damals nicht gleich angehört habe. Verzeih mir.«

»Na schön. Wenn du mich so nett darum bittest: Ich habe Besuch bekommen, sehr merkwürdigen Besuch. Von …« Ein Hustenanfall unterbrach sie.

»Von wem, Anna? Wen hast du getroffen?«

»Es war ...« Wieder schüttelte sie der Husten. »Es war ...«

Nach fünf Versuchen gab sie auf. »Tut mir leid«, sagte sie mit echtem Bedauern in der Stimme. »Es geht nicht. Will einfach nicht über meine Lippen. Aber du wirst schon von alleine draufkommen. Du bist ja schon ganz nah dran.« Sie schloss die Augen und wurde langsam kleiner, sanft und zart, wie es ihre Art war.

Philipp biss die Zähne zusammen. *Nah dran.* »Sagt mir doch einfach die Wahrheit!«, schrie er die Häupter des Gekreuzigten an. Sie schliefen jetzt und sahen alle gleich aus. »Warum sagt ihr es mir nicht?«

Der Gekreuzigte selbst schlug die Augen auf. »Sie können es nicht«, erklärte er. Seine Stimme klang alt und jung, gütig, wissend, aber auch ein wenig ungeduldig. »Sie sind nur Trugbilder deines Geistes. Sie können dir nur das sagen, was du selbst schon weißt oder vermutest. Deinem Herzen musst du trauen – nicht den Trugbildern!«

»Wozu sprechen sie dann überhaupt mit mir?«

»Aber das siehst du doch, mein Sohn! Sie helfen dir, deine Gedanken zu ordnen. Sie helfen dir, mit deinen Schuldgefühlen fertig zu werden. Sie stehen dir bei.«

»Und du?«, fragte Philipp leise. »Kannst du es mir nicht sagen?«

»Das könnte ich wohl«, nickte der Gekreuzigte. »Aber ich werde es sicher nicht tun. Und du solltest jetzt schnellstens in die Werkstatt zurückkehren, wenn dir dein Leben lieb ist.«

* * *

Ihm war kalt und klamm, als er aus dem Schlaf schreckte. Er konnte nichts sehen, natürlich nicht, aber er war sofort hellwach, alle restlichen Sinne waren geschärft wie ein Messer, das auf einen unsichtbaren Gegner wartete, der ganze Körper angespannt und lauernd. Er bewegte sich nicht.

Die leisen Schritte kamen von rechts, nicht von der Tür, sondern von einem der Fenster. Sie näherten sich fast lautlos.

Nicht lautlos genug, dachte Philipp grimmig und biss sich auf die Lippen, um den pochenden Herzschlag zu beruhigen. *Komm nur*, lockte er seinen Gegner in Gedanken. *Ich kann es kaum erwarten, dich zu schnappen.*

Dass der Eindringling nichts Gutes im Schilde führte, spürte Philipp mit jeder Faser seines Körpers. *Gleich*, erkannte er. *Gleich ist er da.*

Plötzlich blieb der Fremde stehen. Philipp vernahm ein leises Klappern wie von einem Eimer, dann gab es ein klatschendes Geräusch und eine Fontäne einer dicken, klebrigen Flüssigkeit traf ihn.

Blut. Frisches Blut.

Philipp würgte und sprang auf. Nun musste er den Angreifer attackieren, ihm zumindest den Fluchtweg abschneiden. »Bleib stehen, du feiger Hund!«, schrie er.

Der Mann gab einen kehligen Laut von sich – zu kurz, um zu erkennen von wem er stammte. Aber männlich, bei Gott, männlich. Emilia schied damit aus.

Das Überraschungsmoment währte nicht lange. Blitzschnell griff der Eindringling nach Philipps ausgestreckten Armen und drehte sie mit einem schmerzhaften Ruck auf seinen Rücken, wo er sie umklammert hielt.

Die Wut und der gerechte Zorn verliehen Philipp ungeahnte Kräfte. Er versetzte dem Gegner einen harten Stoß und es gelang ihm, den rechten Arm zu befreien. Gleichzeitig stieß er den Kopf nach hinten, spürte, wie sein Schädel auf die Nase des Angreifers traf, hörte ein splitterndes Geräusch und stieß ein grimmiges Geheul aus. *Gebrochen*, frohlockte er. *Die Nase ist gebrochen!*

Dann spürte er einen kalten Gegenstand an seiner Gurgel und das Lachen blieb ihm im Halse stecken. Der Angreifer hatte ein Messer.

Fieberhaft überlegte Philipp. Wenn es Nikolaus war ... Mein Gott, er konnte den Gedanken nicht länger verdrängen. Würde Nikolaus ihm wirklich die Kehle durchschneiden? War er kaltblütig genug?

Philipp musste es darauf ankommen lassen. Vorsichtig bewegte er den Kopf und spürte das Zögern des Angreifers. Dieses kurze Innehalten galt es auszunutzen. Schnell senkte er das Haupt, spürte, wie die Klinge seinen Hals ritzte, aber nur ritzte, ihn nicht durchdrang, dann versenkte er seine Zähne in der Hand des Gegners, biss zu, so fest er konnte, schmeckte das Blut des Mannes in seinem Mund, würgte, ließ jedoch nicht locker, biss noch einmal zu und noch einmal, so lange, bis der Angreifer mit einem dumpfen Schmerzenslaut lockerließ. Das Messer fiel ihm aus der Hand und er drehte ab, rannte zurück zum Fenster, durch das er gekommen war.

Sofort nahm Philipp die Verfolgung des Flüchtigen auf. Weit kam er aber nicht, denn er stürzte über einen Schemel, der im Weg stand. Bis er sich wieder aufgerappelt hatte, hörte er nur noch die Schritte, die sich auf der leeren Straße entfernten. Der Flüchtige lief zum Buchener Tor, in Richtung Obere Vorstadt und schließlich verhallten alle Geräusche in der Nacht.

Kapitel 14

Walthüren, Oktober 1626

An Schlaf war nicht mehr zu denken. Den Rest der Nacht verbrachte Philipp damit, sich selbst und die Werkstatt von dem Blut zu reinigen. Das Wasser holte er am nahen Brunnen beim Rathaus und er betete, dass niemand ihn dabei sah. Sein Ruf war in Walthüren ohnehin nicht der beste, und die Tatsache, dass er in der Dunkelheit blutverschmiert durch die Straßen lief, würde sein Ansehen wohl kaum verbessern. Es war eine stille Nacht, der Nebel war noch dichter geworden, Philipp konnte die Feuchtigkeit spüren, und er war dankbar dafür, weil er ihn sicherlich vor den Blicken der Schlaflosen verbarg. Erst als der metallische Geruch des Blutes langsam aus der Werkstatt verschwand, gönnte sich Philipp einen kurzen Moment der Ruhe. Die kleineren Spritzer musste Zacharias beseitigen.

Den Eimer und das Messer des Eindringlings, die bei dessen Flucht zurückgeblieben waren, verbarg er so gut wie möglich unter einem Haufen steinerner Abfälle. Auch darum musste sich Zacharias kümmern. Dann schlich er ein letztes Mal aus der Werkstatt, verschloss hinter sich die Tür und machte sich auf den Weg zum Hause Stumpf.

Noch immer blieb alles still, kein Hahn krähte, kein Mensch war unterwegs. Ein paar Hunde schlugen an, als Philipp vorbeilief. Niemand wurde davon wach. Die Tür zum Haus der Stumpfs öffnete sich lautlos und auch hier herrschte friedliche Ruhe. Vorsichtig schlich Philipp zu seinem Nachtlager in der Küche. Er atmete tief ein und war froh, dass Nikolaus ihm nicht auflauerte. Dann schalt er sich einen Narren. Was hatte er erwartet? Dass der Steinmetz ihn im eigenen Haus hinterrücks ermordete?

Wenn Nikolaus wirklich sein Feind war, dann agierte er schon seit Jahren im Verborgenen und brütete seine bösen Pläne im Geheimen aus. Konnte man sich in einem Menschen wirklich so täuschen?

Plötzlich ergab alles einen Sinn, das Bild fügte sich zusammen. Nikolaus – er war immer da gewesen, immer, wenn etwas Böses geschah. In der Werkstatt des Vaters, auf dem Boden der Schreibstube sitzend, ein Häuflein Elend, nachdem seine Ohren das vernichtende Urteil belauscht hatten, das nicht für sie bestimmt gewesen war. Hatten an jenem Tag sein Hass und seine Wut ihren Ursprung genommen?

So musste es gewesen sein. Von jenem Tag an war zwischen ihnen alles anders geworden. Philipp – erblindet, seiner Zukunft beraubt. Und Nikolaus – fast ebenso verbittert wie der junge Bildhauer. Entmutigt, nutzlos, ein einfacher Steinmetz. Aus der Traum von einem Leben als Künstler. Vielleicht war es anfangs nur ein vager Wunsch nach Rache gewesen, der ihn dazu verleitet hatte, die Lunte zu entzünden, die Werkstatt in die Luft zu jagen. Vielleicht war Philipps Anwesenheit gar nicht beabsichtigt, nur ein dummer Zufall gewesen, dem Branntwein geschuldet. Vielleicht hatte Nikolaus wirklich bedauert, was er dem Freund zugefügt hatte?

Wann war aus dem impulsiven Rachegefühl der bohrende, nagende Hass geworden, die an Besessenheit grenzende Verbissenheit, die ihn antrieb und dazu verleitete, die Familie Juncker zu zerstören?

Natürlich! Als Zacharias die Arbeit am Altar aufnahm! Als Nikolaus feststellen musste, dass seine Anstrengungen gänzlich umsonst gewesen waren! Zwar hatte er Meister Michaels Werkstatt in die Luft gejagt und Philipp das Augenlicht genommen, aber die Familie Juncker war wieder auferstanden, der ältere Bruder hatte einfach das Werk übernommen, das Nikolaus in seinem gekränkten Schmerz zu vernichten trachtete.

»Du wolltest deine Niederlage nicht tagtäglich vor Augen haben!«, flüsterte Philipp, weil er die schrecklichen Gedanken nicht für sich behalten konnte. »Du wolltest nicht nur die Familie Juncker tot sehen, sondern auch den Altar zerstören.«

Nikolaus war dabei gewesen, als die Achse seines Wagens brach. Hatte er sie selbst angesägt? An jenem Tag hätte eigentlich Zacharias den Wagen lenken sollen, nur die unvermutete Visitation aus Würzburg hatte alle Pläne durcheinandergeworfen und den Steinmetz selbst den Karren steuern lassen.

Als der Bohrer brach und Zacharias nur um Haaresbreite einem schweren Unfall entging – auch da war Nikolaus mit von der Partie gewesen. Er hatte das Werkzeug gebracht, aus der Schmiede von Oswald Keim!

Nikolaus kam von Berufs wegen viel in der Gegend herum. Er hatte die beste Gelegenheit, böse Gerüchte zu verbreiten – von einem Fluch, der auf dem Altar lastete. Hatte Nikolaus seinem verwirrten Vater die gefährlichen Gedanken in den Kopf gesetzt, die dieser so gern von sich gab?

Nur an Annas Todestag war Nikolaus nicht da gewesen. Was hatte die Schwägerin Philipp erzählen wollen? War sie Nikolaus' Machenschaften auf die Schliche gekommen? Dann hatte er einen Grund gehabt, sie aus dem Weg zu räumen.

Philipp lief es eiskalt über den Rücken. Er konnte, er wollte seinem besten Freund so etwas nicht zutrauen. So einer war Nikolaus nicht!

Wirklich nicht?, höhnte eine Stimme in seinem Kopf. *Früher vielleicht nicht. Aber du weißt selbst nur zu gut, was Hass und Missgunst aus einem Menschen machen können! Warst du nicht selbst auf dem besten Weg, ein widerwärtiger Mensch zu werden – einer, der seine Mitmenschen quält, weil er ihnen das Augenlicht neidet?*

Philipp schüttelte die Gedanken ab. Sie brachten ihn nicht weiter. Er musste Nikolaus überführen, dem bösen Treiben ein für alle Mal ein Ende bereiten. Aber er musste eins nach dem anderen erledigen. Vielleicht konnten sie Nikolaus mithilfe des Messers oder des Eimers überführen. Aber noch wichtiger war es, Katharina zu retten.

Mein Gott, Katharina! Hatte Nikolaus auch sie ins Unglück gestürzt? Steckte er hinter den bösen Verleumdungen?

Der Gedanke an Katharina ließ ihn endlich handeln. Schnell wechselte er seine blutbefleckte Kleidung und stopfte die wenigen Habseligkeiten, die er besaß, in den Mantelsack. Er würde heute mit Zacharias nach Miltenberg reisen. Sich auf den Prozess vorbereiten. Auch wenn er dem Wiedersehen mit Katharina voller Furcht entgegenblickte.

Kaum hatte er seinen Sack geschnürt, betrat Emilia die Küche.

»Du gehst?«, fragte sie. Eine leise Wehmut schwang in ihrer Stimme. *Sie liebt mich wirklich,* begriff Philipp. *Sie liebt mich ähnlich innig wie ich Katharina.*

»Ich muss«, sagte er sanfter als üblich und drückte sie an sich. Ihr Körper war weich und auf eine merkwürdige Weise vertraut, obwohl sie nur zweimal beisammengelegen hatten. Als er sich abwenden wollte, fiel ihm etwas ein. »Schläft Nikolaus noch?«, fragte er.

Ich habe ihm die Nase gebrochen.

»Er ist weg«, erklärte Emilia. »Noch in der Nacht zu einer Baustelle aufgebrochen, auf der er heute gebraucht wird.«

Philipp nickte traurig. Er hatte sich aus dem Staub gemacht, um ihm nicht zu begegnen. Weil er wusste, dass er dann entlarvt wäre.

»Pass gut auf dich auf!« Emilia strich ihm zärtlich übers Haar, bevor sie sich abrupt abwandte. »Ich muss jetzt meinem Vater das Frühstück richten. Er ist aus dem Bett gefallen und hat große Schmerzen. Du kennst ihn ja. Geduld ist nicht eben seine Stärke.« Ihre Stimme zitterte. Gerade erst hatte sie ihn wiedergefunden – jetzt verlor sie ihn erneut.

Ohne ein weiteres Wort verließ Philipp das Haus der Stumpfs. Die Vergangenheit war übermächtig. Aber er musste sich um die Zukunft kümmern.

Zacharias war schon wach, als Philipp das Pfarrhaus erreichte. Er berichtete ihm von den Vorkommnissen der Nacht, verschwieg jedoch, dass er nun zu wissen glaubte, wer der Angreifer gewesen war. Noch brachte er die Wahrheit nicht über die Lippen. Noch nagte ein letzter Zweifel an ihm, den es auszuräumen galt, bevor er den Namen aussprach.

»Der Eimer ist recht gewöhnlich«, sagte Zacharias, nachdem Philipp ihm die Beweisstücke übergeben hatte. »Aber das Messer kommt mir bekannt vor. Wenn ich nur wüsste …« Der Bildhauer überlegte angestrengt. Dann erhellte sich seine Miene. »Die Kerbe im Griff! Ja, ich glaube, ich habe ein solches Messer im Hause der Stumpfs gesehen! Aber …« Er stutzte. »Das ist ja Unsinn. Das kann gar nicht sein.«

Philipp seufzte und schwieg. *Ich wünschte, du hättest recht,* dachte er. W*ie sehr ich mir das wünschte!*

* * *

Ihr Duft hatte sich verändert. Philipps Nase nahm hinter dem Flieder etwas Neues wahr. Sie roch nach Milch, nach frischem Regen und nach Salbei. Auch ein Hauch von Schweiß mischte sich darunter. Philipp hatte niemals etwas Verlockenderes gerochen. *Es ist der Duft einer erwachsenen Frau,* vermutete er.

Sein Herz zog sich zusammen. Es hätten *unsere* Kinder sein sollen, dachte er und einen Augenblick lang wollte die alte Verbitterung wieder von ihm Besitz ergreifen, doch er biss sich auf die Lippen und zwang sich, so unbefangen wie möglich zu lächeln.

Sie begrüßte ihn herzlich, umarmte ihn und es schien ihm, als ruhte ihre Hand einen Moment länger auf seinem Rücken, als es schicklich war. Er sog ihren Duft ein und hätte sie am liebsten nie wieder losgelassen. Die Zeit blieb stehen, die vergangenen Jahre waren mit einem Mal verschwunden, als hätte es sie nie gegeben. Alles war ganz frisch – hatten sie nicht erst gestern auf der Hochzeit von Melchior Preuß miteinander getanzt?

Ich liebe sie noch immer und werde nie damit aufhören.

Dann erkannte auch sie, dass der Moment der Begrüßung zu lange anhielt, und ließ ihn los. Eine große Leere drohte Philipp zu überwältigen. Doch bevor das Schweigen, das sich ausbreitete, unangenehm wurde, kam das Büblein angelaufen, neugierig, wer der fremde Mann mit der Augenklappe wohl sein mochte. Das kleine Mädchen krabbelte durch die Stube und gluckste leise.

»Das ist dein Oheim«, erklärte Zacharias seinem Sohn. »Er kommt von weit her, um uns als Fürsprech in der Anhörung deiner Mutter beizustehen.«

»Was ist ein Fürsprech?«, wollte der Knirps wissen.

»Ein Mann, der einen Beklagten vor Gericht verteidigt und für seinen guten Ruf bürgt.«

»Was ist ein guter Ruf?«

»Das Ansehen, das du in deiner Stadt genießt. Je besser dein Ruf ist, desto höher ist deine Stellung und desto weiter kannst du es bringen. Wer einen schlechten Ruf hat, weil er ein liederliches Leben führt, weil er betrügerisch ist und unzuverlässig, der wird von der Bürgerschaft gemieden und hat es schwer im Leben.«

»Hast du einen guten Ruf, Oheim? Obwohl du dieses hässliche Ding über den Augen trägst?«

Bevor Philipp antworten konnte, wies Katharina den Knaben zurecht. »Genug jetzt, Zacharias! Sei nicht so vorlaut! Das gehört sich nicht!« Dann wandte sie sich an Philipp: »Du musst ihn entschuldigen, lieber Schwager. Er ist nur ein Kind und noch dazu ein reichlich naseweises. Man muss ihm Einhalt gebieten, sonst hört er mit der Fragerei gar nicht mehr auf.«

Philipp lächelte. Er schloss den Jungen sofort in sein Herz.

Er bezog die Kammer, in der er früher gemeinsam mit Nikolaus geschlafen hatte, als sie beide bei Meister Michael in die Lehre gingen. Es war seltsam, wieder in dem Haus zu wohnen, in dem er aufgewachsen war. Vertraut und fremd zugleich. Als Kind und als Lehrling hatte er sehen können. Nun ließ sich das Haus nur noch ertasten. Und aus jeder Ritze schlug ihm *ihr* Duft entgegen.

»Wenn alles überstanden ist«, sagte Zacharias beim Abendmahl, »werde ich die Werkstatt wieder aufbauen und mich für immer hier niederlassen. Die Menschen sind wohlhabender als in Walthüren. Hier gibt es viel mehr Arbeit für mich.«

»Sofern der Krieg nicht über die Stadt kommt«, warf Philipp ein.

»Aber nein, das wird nicht geschehen! Sie kämpfen jetzt viel weiter im Norden. Bestimmt ist bald alles vorüber.«

»Dein Wort in Gottes Ohr«, zweifelte Philipp. Immer wieder kam die Kunde von schweren Niederlagen der Kaiserlichen. Zu oft hatte er schon vom nahen Ende des großen Krieges sprechen hören, der schon acht Jahre wütete. Und immer wieder war er neu entflammt, oft dort, wo man am wenigsten damit rechnete.

* * *

In den kommenden Wochen saßen sie jeden Abend zusammen, Philipp, Katharina und Zacharias, um über ihr Vorgehen bei der Anhörung zu beraten. Dann bat Philipp seinen Bruder, aus der Peinlichen Halsgerichtsordnung Kaiser Karls V. vorzulesen, die er aus Borkenheim mitgebracht hatte. Es gab Abende, an denen er dem Prozess zuversichtlich entgegensah, und andere, die ihn an den Rand der Verzweiflung trieben.

Einmal hieb er voller Zorn die Faust auf den Tisch. »Wenn ich nur wüsste, wer hinter der bösen Klage steckt und was er damit bezweckt!«

Zacharias runzelte die Stirn. »Lucas Leibfried steckt dahinter. Und sein Weib, das wissen wir doch.«

»Glaubst du wirklich, der alte Dummkopf Leibfried hat allein den Mut und die Kenntnis, eine solche Klage zu führen?«, fragte Philipp höhnisch. Er konnte sich an den Nachbarn von früher noch gut erinnern. Ein tumber Mann war er, der schneller laufen als denken konnte. Der für seine Einfalt bekannt war und dem sie als Kinder oft Streiche gespielt hatten, wohl wissend, dass sein Verstand zu langsam arbeitete, um die Schuldigen zu entlarven. Lucas Leibfried nahm es mit Gesetz und Ordnung nicht allzu genau und deshalb wurde er von den Miltenbergern immer wieder für Dinge bezahlt, die sie nicht selbst erledigen wollten. Im Grunde war er ein gutmütiger Mann. Seine Frau war zwar ein bisschen gescheiter, dafür umso boshafter.

»Nein«, wiederholte Philipp. »Das Ganze ist sicher nicht auf Leibfrieds eigenem Mist gewachsen. Wenn ich mich nur mit ihm unterhalten könnte, so würde ich ihm die Wahrheit schon entlocken!«

»Das darfst du nicht!«, rief Katharina erschrocken. »Wir haben alle schwören müssen, vor der Anhörung nicht über die Angelegenheit zu sprechen.«

»Ja, das habt ihr. Aber glaubst du, die Leibfriedin hält sich daran?«

»Ich weiß es nicht. Aber *du* musst dich daran halten. Sonst lassen sie dich nicht als Fürsprech zu.«

Sie hatte recht. Aber es bereitete Philipp zunehmend Sorge, nicht zu wissen, was die Zeugen aussagen würden. So konnte er sich nur auf das Allgemeine vorbereiten, nicht auf das Besondere. Er wünschte sich, Balthasar Sturm wäre hier. Mit der

Erfahrung seines Lehrmeisters konnte Philipp noch lange nicht mithalten. Und selbst der hatte es nicht vermocht, im Prozess gegen Schlitzohr einen Freispruch zu erwirken.

Nun, beruhigte Philipp sich, Schlitzohr war ein Hund, der nicht taktisch handeln konnte. Katharina hingegen war eine kluge Frau, die ihren Richter bestimmt nicht ins Bein biss.

Tagsüber ging Philipp ihr aus dem Weg. Er war niemals mit ihr allein und das war gut so. Katharinas Nähe schmerzte und beglückte ihn gleichermaßen. Er musste sie gut verteidigen. Denn wenn er es nicht fertigbrachte, sie von dem bösen Verdacht der Hexerei reinzuwaschen, dann würde man sie in den Turm werfen, sie foltern und so lange verhören, bis sie irgendetwas gestand. Und wenn sie das getan hatte, würde es noch einen Prozess geben. Einen letzten, bei dem es nur ein Urteil geben konnte.

An dieser Stelle gebot Philipp seinen Gedanken stets Einhalt, als hätten sie die Macht, das Unsagbare heraufzubeschwören, wenn er sie nur zuließ. Dann begann er wieder von vorn, ging im Geiste alle Punkte der Anklage noch einmal durch, überlegte, was die Zeugen aussagen mochten, und bläute sich ein, dass er nicht versagen durfte. Nicht in diesem Fall.

So vergingen die Tage, es wurde eisig kalt und schneller als erwartet stand Martini vor der Tür.

* * *

»Alle Anwesenden mögen sich erheben und den Schwur nachsprechen.«

Während sie aufstanden, ergriff Philipp Katharinas Hand und drückte sie fest. Die Anhörung wurde vom Bürgermeister und vom Schultheiß geführt.

Philipp konnte sich an die beiden Männer erinnern: Der Bürgermeister, ein stattlicher Mann mit dickem Ranzen, dessen Haar sich kreisförmig lichtete, weshalb er den Kopf gern mit einem breitkrempigen Hut bedeckte. Er maß den formalen Anforderungen des Verhörs große Bedeutung bei. Das konnte für Katharina sowohl von Vor- wie auch von Nachteil sein, man musste es abwarten.

Schultheiß Baumeister hingegen war eine zwielichtige Gestalt. Groß gewachsen, schlank und stets gut gekleidet, legte er eine gewisse Arroganz und eine Eitelkeit an den Tag, die einem Mann nicht gut anstand. Er pflegte sein Äußeres in geradezu weibischer Manier, parfümierte sich gerne und schenkte seinen Händen große Aufmerksamkeit, die zart waren wie die einer edlen Frau. Ob es um sein Inneres ebenso gut bestellt war, blieb freilich unklar. Es wurde gemunkelt, der Schultheiß stünde immer auf der Seite derer, die am wohlhabendsten waren. Nie konnte ihm Bestechlichkeit nachgewiesen werden, es stand aber fest, dass Baumeisters Reichtum stetig anwuchs und keiner so recht wusste, warum.

Nun, dachte Philipp sarkastisch, bei diesem Fall würde er nichts verdienen. Lucas Leibfried war ein armer Schlucker und auch um Zacharias' finanzielle Mittel war es nicht allzu gut bestellt, denn die letzte Zahlung für den Altar würde erst nach dessen Einweihung erfolgen.

Mechanisch wiederholten sie alle die Eidesformel, mit welcher sie schworen, über alles, was während der Anhörung gesprochen wurde, Stillschweigen zu wahren und nichts nach außen dringen zu lassen. Dann rief der Schultheiß den Martin Holzwart auf, im Namen des Lucas Leibfried die Klage zu verlesen.

Philipp kannte den Mann nicht, aber seiner Fistelstimme und dem unsicheren Schwanken seiner Tonhöhe nach zu urteilen, war er kein erfahrener Ankläger. *Gut so. Somit begegnen wir beide uns auf Augenhöhe.*

»Die Junckerin, Katharina mit Namen, Hausfrau des Bildhauers Zacharias Juncker, wohnhaft am Vögeleinstor, wird beklagt von Lucas Leibfried, Fischer, und seiner Hausfrau, wohnhaft in der Brennofengasse, des Zauberns mächtig zu sein, welches sie ihrem eigenen Büblein, Zacharias Juncker dem Jüngeren, beigebracht und welches dieser nun wiederum den Jungen des Klägers am güldenen Sonntag habe lehren wollen. Mithin ist nicht auszuschließen, dass die Junckerin Umtrieb mit Hexenzirkeln und dem Teufel pflegt.«

Holzwarts Stimme schwoll an und wurde im Laufe seiner Rede selbstsicherer. *Er glaubt, was er sagt*, erkannte Philipp. *Das ist nicht gut.*

»Bildhauerin«, übernahm der Schultheiß das Wort, als der Ankläger geendet hatte. »Bekennst du dich im Sinne der vorgebrachten Anklage für schuldig?«

Philipp stieß Katharina in die Seite. Diesen Teil der Anhörung hatten sie geprobt.

»Nein«, antwortete Katharina mit fester Stimme. »Nichts davon ist wahr, die Klage aufs Unkenntlichste entstellt und verwendet, auf dass sie sich grad ins Gegenteil verkehrt hat.«

»Schreiber«, wandte sich Schultheiß Baumeister gelangweilt an seinen Gerichtsdiener. »Notiere: Die beklagte Junckerin ist nicht geständig.«

Ein hektisches Füßescharren kündigte an, dass Lucas Leibfried seinen plumpen Körper erhob und ohne Aufforderung seitens des Stadtgerichts losbrüllte: »So ist es aber gewesen! Wie der Holzwart es verlesen hat! Die Junckerin hat das Zaubern gelernt und ihr Büblein, obschon noch so klein, hat das verderbte Wissen seiner Mutter übernommen und am güldenen Sonntag nach der Messe unserem Jungen wollen beibringen! So wahr mir Gott helfe! Daraufhin hat mein Weib die Bildhauerin vom Haus vertrieben und sich aufs Äußerste gewehrt!«

Philipp erhob sich, es war Zeit einzugreifen. »Zacharias Juncker, der Mann der beklagten Katharina, weist ebenso wie seine Hausfrau selbst die boshafte Klage zurück, welche die

Dinge verdreht, auf den Kopf stellt und das Gegenteil aussagt, als was wirklich vorgefallen ist. Wir fordern den Leibfried Lucas auf, uns und dem Stadtgericht Zeugen zu nennen, welche seine Aussage bestätigen können. Wir haben höchste Zweifel anzumelden, dass es solche Zeugen überhaupt gibt.«

Eine riskante Ansprache, gewiss, aber notwendig, da Leibfried mit Sicherheit im Vorfeld bereits Zeugen aufgetrieben und gegebenenfalls bestochen hatte. Als Kläger war es sein gutes Recht, Zeugen zu benennen, während Katharina als Beklagte abzuwarten hatte, was gegen sie vorgebracht wurde.

»Wir nehmen ihm von Beginn an den Wind aus den Segeln«, hatte Philipp ihr und seinem Bruder vorgeschlagen. »Die Zeugen werden sich widersprechen und ungenaue Angaben machen. Das ist immer so. Mit ein wenig Geschick können wir Leibfrieds Leute zu unseren eigenen Verteidigern machen!«

Leibfried ging Galle speiend auf Philipps Provokation ein. »Die eitlen Töne werden dir schon noch vergehen, Philipp Juncker! Hört gut zu, wenn ich nun meine Zeugen nenne: Da ist zuvörderst Wendel Haucks Witwe Maria.«

Philipp frohlockte. Das war die Mutter von Conrad und Johannes! Ihr wollte er sowieso einen Besuch abstatten …

»Ferner Melchior von Trier, der junge, und seine Hausfrau Ottilie.«

Ein Händler, der Waren auf dem Main verschiffte. Auch Zacharias hatte er schon beliefert.

»Jost Bulleyer, Fischer, und seine Hausfrau Elisabeth.«

Ein Saufkumpan von Leibfried.

»Margarethe, Klaus Hahns Witwe.«

Der Name sagte Philipp nicht viel. Eine gläubige Frau, die täglich zur Kirche ging. Ob sie mit gleicher Inbrunst an den Teufel glaubte, wusste Philipp nicht.

»Hans Kaiser und seine Hausfrau Anna.«

Das war schlecht. Der Mann war ebenso wie seine Frau und seine Tochter ein erbarmungsloser Hexenjäger, der bei nahezu jedem Prozess als Zeuge auftrat und ohne Ausnahme gegen die Angeklagten aussagte.

»Und Anna, Abraham Baumeisters Hausfrau.«

Ein betretenes Schweigen setzte ein. In seinem Eifer hatte Leibfried übersehen, dass es sich bei der letztgenannten Zeugin um das Weib des Schultheiß handelte.

»Das halte ich für einen Irrtum«, sagte dieser mit schneidender Stimme.

»Aber sie war anwesend an jenem Tag und kann die Richtigkeit der Aussage meines Weibes bestätigen«, beharrte Leibfried trotzig.

»Das ist ein Irrtum!«, wiederholte der Schultheiß, diesmal messerscharf. »Wenn mein Weib etwas über den Vorfall wüsste, hätte sie es mir längst mitgeteilt.«

Keiner wollte unnötig in einen Prozess verstrickt werden, bei dem es um Hexerei ging. Ein Schultheiß wollte es erst recht nicht.

Holzwart ergriff schnell das Wort. »Ja«, sagte er bestimmt. »Der Kläger hat sich geirrt. Er … äh, hat die Anna Baumeisterin mit der schon erwähnten Anna Kaiserin verwechselt.«

»Gut«, erwiderte der Schultheiß. »Damit ist die Anhörung für heute beendet. Drei Tage sollten ausreichen, die genannten Zeugen aufzutreiben. Dann werden wir mit ihrer Vernehmung fortfahren. Ich ermahne alle Anwesenden noch einmal aufs Dringlichste, den Schwur zur Wahrung des Schweigens über die Inhalte der Verhandlung nicht zu vergessen.«

* * *

Drei Tage. Reichten sie aus für das, was getan werden musste? Drei Tage hatte Philipp Zeit, das Schicksal Katharinas zu ihren

Gunsten zu beeinflussen. Immerhin hatte das Warten endlich ein Ende. Jetzt konnte er handeln.

Noch am gleichen Tag führte ihn sein Weg zu Maria Hauck, deren Mann Wendel vor Jahresfrist auf dem Scheiterhaufen sein Leben verloren hatte. Zuvor waren sie vom Schwarzviertel in die Brennofengasse gezogen. Ihr Haus lag dem der Leibfrieds am nächsten.

»Gott zum Gruß«, sagte Philipp, als sich die Tür reichlich zögernd öffnete.

»Was willst du, Blinder?«, begrüßte Maria Hauck ihren Besucher misstrauisch. »Du bist der Fürsprech deiner Schwägerin, wie ich hörte. Ich darf nicht mit dir über die Klage reden, das hat mir die Leibfriedin gesagt.«

»Nein, natürlich nicht«, beschwichtigte Philipp sie. »Ich komme in einer ganz anderen Angelegenheit. Sag, Nachbarin, wann hast du zum letzten Mal von deinen Söhnen Conrad und Johannes gehört?«

»Ach! Meine Zwillinge!« Maria Hauch atmete laut seufzend aus. »Meine Augäpfel waren sie. Ich fürchte, mein Mann, Gott sei seiner Seele gnädig, hat sie nicht ausreichend gezüchtigt, denn sie sind rechte Herumtreiber geworden – aber das Mutterherz schlägt nicht immer nur für die weißen Lämmer, sondern umso kräftiger auch für die schwarzen.« Sie legte eine lange Pause ein und Philipp war sich nicht sicher, ob sie überhaupt noch da war, als sie leise weitersprach: »Ich habe Kunde bekommen, sie wären ehrenhaft aus der Soldateska entlassen und trieben sich nun im Land herum, um zu Reichtum zu gelangen. Sogar hier in der Gegend hat man sie gesehen. Aber sie sind nicht heimgekehrt, noch haben sie einen Brief schreiben lassen. Warum nicht? Wenn sie doch ehrenhafte Söldner waren? Vielleicht ist ja alles nur erlogen und meine beiden Söhne sind längst tot.«

»Nein, Mutter Hauck. Das sind sie wohl nicht. Zwar weiß auch ich nicht, was ihnen in den letzten zwei Jahren widerfahren ist, aber von den zwei Jahren davor kann ich dir allerhand berichten.«

Er vermutete, dass sie ihn nun ungläubig anstarrte, und erzählte ihr hastig von den gemeinsamen Wanderjahren nach ihrem zufälligen Aufeinandertreffen in Mergentheim, wobei er geflissentlich verschwieg, dass dieses Wiedersehen in einem Gefängnis stattgefunden hatte.

Maria Hauck hing an seinen Lippen, bat ihn ins Haus und wollte alles – alles, jede Kleinigkeit! – über ihre beiden verlorenen Söhne wissen.

Es wurde ein langes Gespräch, doch Philipp war sich sicher, die Zeit gut angelegt zu haben. Er berichtete der begierig lauschenden Mutter von allerhand Abenteuern, die sie erlebt hatten, schmückte sie aus und ließ die Zwillinge als rechte Helden dastehen. Andere Dinge behielt er lieber für sich – Conrads Holzbein beispielsweise.

Zum Abschluss, es musste bereits dunkel sein, überreichte er Maria Hauck feierlich die milchige Kristallkugel, aus der er früher geweissagt hatte und die er seither mit sich herumschleppte für den Fall, dass er sie noch einmal brauchen konnte. Jetzt schien dieser Fall eingetreten zu sein.

»Mithilfe dieser Kugel«, sagte er und legte eine gewisse Rührung in seine Stimme, »konnte Conrad in die Zukunft blicken. Er hat sich nie geirrt. Er sagte mir meine Rückkehr nach Miltenberg voraus, ebenso den Prozess, der gegen meine Schwägerin geführt wird. Er sagte mir, dass Katharina unschuldig ist und ich sie verteidigen soll, damit die Wahrheit ans Licht kommt.«

»Conrad? Er kann die Zukunft sehen?« Ein leiser Zweifel schwang in Maria Haucks Stimme mit.

»Nun, nur mithilfe dieser Kugel«, beeilte sich Philipp zu erklären. »Die Wege des Herrn sind unergründlich.«

»Das sind sie«, bestätigte Maria Hauck. »Hat er … auch etwas über mich gesehen?«

»Freilich, Gevatterin, freilich. Die beiden haben ja oft von ihrer lieben Mutter gesprochen! Wie gerne sie nach Hause zurückkehren würden – aber die Sterne, deren Lauf Conrad sah, hielten noch weitere Abenteuer für sie bereit, führten sie in einen weiteren Krieg, aus dem sie jedoch wohlbehalten, unversehrt und mit Reichtümern beladen heimkehren würden, um endlich ihre Mutter, der ein langes, gesundes Leben beschert sei, in die Arme zu schließen.«

Er hoffte, nicht zu dick aufgetragen zu haben, aber seine Zeit als Wahrsager hatte ihn gelehrt, dass dies nahezu unmöglich war, solange man nur Gutes prophezeite.

»Die Kugel ist für dich, Gevatterin«, schloss er seine Rede. »Sie soll dir Glück bringen, und deine Zwillinge haben mich bei allen Heiligen schwören lassen, dass ich sie dir persönlich überreiche.«

Nun war es um Maria Hauck vollends geschehen. Sie konnte die Tränen nicht länger zurückhalten, drückte Philipps Hand immer wieder und entließ ihn erst nach mehreren inbrünstigen Segenswünschen.

Als Philipp an jenem Abend auf sein Bett sank, hatte er das schöne Gefühl, den Tag sinnvoll genutzt zu haben.

An den nächsten beiden Tagen besuchte er alle weiteren Zeugen, die gegen Katharina aussagen sollten. Mit keinem von ihnen sprach er über die anstehende Vernehmung. Mit Melchior von Trier unterhielt er sich über die Mainschifffahrt und deutete an, dass Zacharias bereits einige größere Aufträge in Miltenberg in Aussicht habe, wofür enorme Ladungen an Alabaster benötigt würden, für die er noch einen geeigneten Zwischenhändler suche.

Mit Margarethe, der Witwe von Klaus Hahn, die er in der Sankt-Jakobus-Kirche traf, führte er ein recht frommes Gespräch, bei dem es um das gottgefällige Leben im Allgemeinen ging und im Besonderen um die schweren Strafen, die der

Herr den Menschen auferlegte, die Unwahrheit zum Schaden anderer aussprachen.

Bei Jost Bulleyer ließ er ganz nebenbei verlauten, Lucas Leibfried rede hinter seinem Rücken schlecht über ihn, erzähle gar überall herum, der Fischer sei ein rechter Schluckspecht und versaufe das wenige Geld, das er nach Hause bringe, sodass seine Kinder stets Hunger litten. So verleumdet verschluckte sich Bulleyer fast an einer Fischgräte und hustete ausgiebig, bevor er sich wutentbrannt äußerte: »Ausgerechnet der Leibfried behauptet einen solchen Unfug! Ausgerechnet! Wo seine eigene Frau als Wäscherin dazuverdienen muss, damit dem Lucas nur abends in der Schenke die Kehle nicht austrocknet! Na, der kann was erleben, so über mich herzuziehen! Dem werde ich's schon zeigen!«

So ging es noch einige Zeit weiter, aber Philipp verließ stillschweigend des Fischers Haus.

Einzig bei Hans Kaiser und seiner Hausfrau Anna fand er keinen Einlass.

Katharina äußerte sich besorgt: »Ist das rechtens, lieber Schwager, was du da tust?«

»Es gibt kein Gesetz, welches mir den Umgang und das nachbarliche Gespräch mit den Zeugen verbietet«, erwiderte Philipp. »Bedenke, es geht um nicht weniger als dein Leben, Katharina! Es darf gar nicht erst zu einem Hexenprozess kommen! Ich denke doch, da sind alle Mittel zulässig, derer wir uns bedienen können.«

Als er sich am Abend vor den Zeugenvernehmungen zur Ruhe legte, wusste er, dass er alles getan hatte, was in seiner Macht stand. Nun musste der Herrgott ihnen helfen.

* * *

Am 12. November des Jahres 1626 waren beim Stadtgericht zu Miltenberg neben dem Bürgermeister und den Schöffen wiederum der Schultheiß Baumeister sowie Schultheiß Rath zugegen, welche die Zeugenbefragungen durchführten.

Der Kläger Lucas Leibfried und seine Frau Barbara wurden erneut von Martin Holzwart vertreten, während Philipp als Fürsprech für die beklagte Katharina Junckerin fungierte. Der Schreiber führte ihn unter dem Namen Philipp Sturm, nach seinem Lehrmeister in Rechtsfragen.

Als erste Zeugen rief Schultheiß Baumeister den Händler Melchior von Trier und seine Hausfrau Ottilie auf, welche feierlich vereidigt wurden.

»Nun, was könnt Ihr zum Fall beitragen, Melchior von Trier?«, fragte Schultheiß Baumeister ohne rechte Begeisterung. Er schien der Vernehmung schon überdrüssig, bevor sie begonnen hatte.

Nicht so der Schultheiß Rath. Seine Stimme troff vor Eifer, als er nachhakte: »Was habt Ihr gesehen, was gehört? Nun sprecht schon!«

Das Zögern des Mainschiffers hielt an. Er räusperte sich so ausgiebig, dass alle Anwesenden vor Spannung den Atem anhielten. Philipp wagte nicht, sich zu bewegen, und er spürte, wie neben ihm auch Katharina erstarrte.

»Ähm«, begann der Händler endlich. Er klang verunsichert. »Nichts Rechtes kann ich beitragen, wie mir scheint. Vom Inhalt der Klage und den Vorfällen am güldenen Sonntag hab ich gar nichts gehört.«

Ein Raunen ging durch die Reihen der Anwesenden.

»Krutzitürken!«, fluchte Leibfried. »Mir habt ihr versprochen, anderes auszusagen! Fünf Eimer Hering hab ich Euch …«

Ein Tritt seiner Frau gegen sein Schienbein ließ ihn gerade noch rechtzeitig verstummen und den Rest des Satzes ungesagt hinunterschlucken.

»Nichts?«, hakte Schultheiß Rath enttäuscht nach. »Gar nichts?«

»Nein, Herr. Gar nichts.«

»Na, vielleicht kann Eure Hausfrau Ottilie uns mehr erzählen! Die Weiber sind in diesen Dingen nicht nur leichter in die Versuchung zu führen, sie beobachten auch schärfer.«

Der Eifer des Schultheiß beunruhigte Philipp. In Miltenberg hatte man schon über vierzig Hexen und Hexer verbrannt – und Rath schien ein beflissener Verfechter der Sache zu sein.

Ottilie hatte eine resolute Art und ihre Stimme klang gar nicht eingeschüchtert: »Ich schwör bei meinem schwangeren Leib, vom Inhalt der vorgelegten Klag weder gesehen noch gehört zu haben.«

Schultheiß Rath und Lucas Leibfried hieben fast gleichzeitig ihre Fäuste auf den Tisch und ihr Fluchen vermischte sich, sodass es unverständlich wurde.

Philipp unterdrückte ein zufriedenes Lächeln. Es lief gut an, aber er durfte sich nicht zu früh freuen und keinesfalls Zuversicht zur Schau stellen! Noch war nichts gewonnen, noch sollten fünf Zeugen vernommen werden und schlussendlich urteilten Schöffen, Schultheiß und Bürgermeister über Katharinas Schicksal.

Um die Ruhe wiederherzustellen, ergriff Baumeister das Wort. Er rief Maria, Wendel Haucks Witwe, in den Zeugenstand. Philipp war sich sicher, dass sie seine milchige Kristallkugel als Talisman bei sich trug.

»Hast du auch nichts gehört und gesehen, Weib?«, fragte Schultheiß Rath spöttisch, nachdem Maria vereidigt war.

»Doch, freilich habe ich das! Und ich werde es hier wiederholen, so wahr mir Gott helfe! Am verflossenen güldenen Sonntag habe ich beobachtet, wie die beklagte Junckerin ihr Söhnlein tapfer gehauen hat, vor dem Haus, auf dass die ganze Gasse es sehen konnte.«

»Tat sie das öfter?«, unterbrach Rath.

»Nein. Es war das erste Mal, darum ist es mir ja so im Gedächtnis geblieben. Sie hat ihn ordentlich verdroschen, er muss wohl etwas Schlimmes angestellt haben. Ich konnt aber nicht hören, was sie sagte, weil ihr Haus zu weit von meinem weg ist. Als der Junge greinte, lief die Junckerin mit der Rute in der Hand zu Leibfrieds Haus und hier konnte ich besser hören, was gesprochen wurde. Die Bildhauerin forderte die Leibfriedin auf, ihren Jungen auch zu hauen, weil er den Zacharias habe zaubern lehren wollen, aber die Leibfriedin hat sich nach dem Zureden ihres Mannes Lucas geweigert, solches zu tun. Danach haben die Weiber einige Zeit miteinander gehadert, ich weiß nicht, worüber. Als die Bildhauerin endlich zurückging, hat die Leibfriedin sie mit einem Messer in der Hand verfolgt und geschrien: ›Du musst's mir noch mal reden, dass mein Junge deinen Jungen soll Zaubern haben lehren wollen, wie du sagst!‹ Und die Junckerin antwortete, sie könnt nun mal nichts anderes reden, als was die Leut und ihr Büblein selbst sagten. Worauf die Leibfriedin kräftig fluchte: *Leib und Leben, Gut und Blut will ich an dich wagen!*«

Eine Welle der Bestürzung wogte durch den Saal. Das war ein böser Fluch, den keiner leichtfertig dahinsagte!

»Und dann?« Schultheiß Rath beugte sich gespannt nach vorne. »Was geschah hernach?«

»Nichts mehr von Bedeutung. Die Leibfriedin zog wieder ab, und erst als ich von der Klage gehört habe und als der Leibfried mich fragte, ob ich den Fall bezeugen könne, habe ich wieder daran gedacht.«

»Aber du hast's verdreht!«, zischte Lucas Leibfried. »Das Büblein von der Junckerin wollte *unseres* das Zaubern lehren! Und sie hat darauf das unsere beschuldigt, weil sie schlau ist, die Hex!«

Baumeister griff streng ein: »Wer hier eine Hex ist, entscheiden noch immer wir! Also hüte deine Zunge!« Er wies den

Schreiber an, den Zwischenruf des Klägers nicht ins Protokoll aufzunehmen.

Maria Hauck hatte sich mittlerweile schon aus dem Zeugenstand entfernt, und als Rath sie zurückrief, stammelte sie: »Aber mehr hab ich nicht hören und beobachten können! Der Herrgott ist mein Zeuge.«

Philipp atmete tief durch und drückte unter dem Tisch Katharinas Hand. Noch lief alles gut für sie. Es bestand Hoffnung.

Zaghaft drückte sie zurück und Philipp wurde trotz der ernsthaften Lage warm ums Herz.

Als Nächstes wurde Margarethe, Klaus Hahns Witwe, vereidigt. »Den Anfang des Streits hab ich nicht gehört!«, sagte sie, bevor man ihr noch eine Frage stellte. »Ich hab nur vom Fenster aus gesehen, wie die Leibfriedin der Junckerin mit einem Messer in der Hand bis zu Wendel Haucks Haus gefolgt ist. Dort hat sie heftig sakramentiert und gesagt: *Mein Bub soll deinen das Zaubern haben lehren wollen?*, worauf die Junckerin geantwortet hat: *Frag doch die Buben!*«

»Das ist alles, was du weißt?«, hakte Schultheiß Rath enttäuscht nach. »Kannst du uns gar nichts über den vorangegangenen Streit der Weiber erzählen? Worum es bei dem Zaubern gegangen ist? Ob der Satan im Spiel war und die Buben sich ihm verschrieben haben? Ob die Junckerin vielleicht selbst einen Bund mit ihm eingegangen sei und ihn in den Arsch geblasen habe, wie es Art der Hexen ist?«

Stoff raschelte und Philipp vermutete, dass Margarethe sich bekreuzigte.

»Nein«, sagte sie. »Von derartigem Übel weiß ich nichts. Ich dachte mir dann, es wird wohl Händel geben zwischen den Weibern, und bin davongegangen.«

Leibfried konnte auch diesmal nicht an sich halten: »Du wolltest doch zu unseren Gunsten aussagen, du Elende! Über den Streit und die Zauberei!«

»Aber das wäre eine Lüge gewesen, Lucas, wie du weißt. Und der Herr im Himmel straft Unwahrheiten, welche zum Schaden anderer ausgesprochen werden, besonders hart.«

»Du bist aus dem Zeugenstand entlassen«, knurrte Rath.

Die Witwe verließ nicht gleich den Saal, sondern trat noch zu Katharina hin. »Gott sei mit dir«, sagte sie. »Denn ich kann beim besten Willen nicht glauben, dass du mit dem Teufel umtriebig bist.«

Die vierte Zeugin war Anna, Hans Kaisers Hausfrau. Vor ihrer Aussage fürchtete sich Philipp am meisten. Ihre Stimme klang gallig, es war ein offenes Geheimnis, dass ihr Mann sie fast täglich verdrosch, was dazu führte, dass die geschundene Frau es gern den anderen Weibern heimzahlte, die mit ihren Männern ein glücklicheres Los gezogen hatten. Auch sie wartete die Fragen der Schultheißen gar nicht erst ab.

»Nach der Kirche, am güldenen Sonntag, hab ich die Buben vom Juncker und vom Leibfried belauscht, weil sie direkt hinter mir gestanden haben. Der junge Juncker hat geflüstert und gezischt und es hat bös gestunken, wie im Ziegenstall hat es gestunken, jawohl! Er hätt sich dem Teufel verschrieben, hat er geraunt, weil seine Mutter es ihm angeraten hätt, und der Teufel hätt ihm ein Kraut gegeben, mit dem er Geschwüre und Schmerzen herzaubern könnt, indem er das Kraut einem Menschen oder einem Tier anwirft! Das Kraut müsse man mit der Spucke eines Mörders und dem Schleim einer Kröte vermischen, damit es gelingt. Und wenn der junge Leibfried sich ebenfalls dem Bocksbeinigen verschriebe, dann könne der kleine Juncker ihm beibringen, wie man das Kraut anwirft, und ferner könne er ihm zeigen, wie man Läuse macht.«

Je länger sie sprach, desto fester klang ihre Stimme. Ganz offensichtlich genoss sie ihre Aussage.

»Aha!«, rief Rath triumphierend. »Endlich kommen wir der Sache näher!«

Philipp verkrampfte. Das waren schwerwiegende Vorwürfe, die er unbedingt entkräftigen musste! Aber die Kaiserin hatte noch nicht geendet.

»Der Bub vom Leibfried hat geheult und ist zu seiner Mutter gelaufen. Und die Junckerin hat, um Schaden abzuwehren, ihren Jungen auf offener Straße verdroschen und von der Leibfriedin gefordert, sie solle ihrem Söhnlein dasselbe angedeihen lassen. Darüber hat sich die Leibfriedin so aufgeregt, dass sie mit dem Messer hinter der Hex hergelaufen ist und sie zwingen wollt, die falsche Anklage gegen ihr eigenes Söhnlein wieder zurückzunehmen.«

Die Zeugin verschluckte sich beinahe vor Empörung.

»Sie muss brennen, die Junckerin! Bevor sie andere in ihrer bösen Kunst unterrichten kann!«

Philipp brach der kalte Schweiß aus. Er musste eingreifen, schnell, bevor der Schaden nicht mehr abzuwenden war! Doch ihm wollte nichts einfallen, womit er die Worte der Kaiserin entkräftigen konnte.

Die Hilfe kam von völlig unerwarteter Seite.

Der Bürgermeister klopfte mit dem Stab auf den Tisch. »Genug mit dem Unsinn, Anna Kaiser!«, sagte er scharf. »Wie oft sollen wir uns dieses Gerede denn noch anhören? Genau das Gleiche hast du schon von der Meierin, der Baumännin und der Schallin behauptet! Die ersten beiden sind unbescholtene Bürgerinnen, die dritte wurde als unschuldig freigesprochen! Wenn du deine Zunge nicht besser im Zaum hältst, werden wir eines Tages dich selbst verklagen müssen!«

Die Kaiserin begehrte auf, wenn auch nicht mehr so zornig wie zuvor: »Aber in Walthüren hat die Junckerin einen Altar verflucht, der noch nicht geweiht ist! Wollt Ihr das etwa leugnen?«

Philipp stockte der Atem. Woher wusste die Frau von dem bösen Gerücht?

»Und dass der Junge zaubern kann, steht außer Frage. Woher sonst sollte er die geheime Rezeptur des Hexenkrautes kennen?«

»Schluss jetzt«, schaltete sich Schultheiß Baumeister ein. »Du kannst gehen, wir haben genug gehört. Wir wissen alle, dass der Bub der Junckerin erst drei Jahre alt ist. Und der Sohn des Leibfrieds hat die Geistesschwäche des Vaters geerbt. Woher sollen wir also wissen, welcher Knabe den anderen das Zaubern hat lehren wollen? Vermutlich ist alles nur Kinderspiel gewesen und gar nichts dran an der Sache. Von einer Hexenverschwörung kann ich jedenfalls noch nichts sehen. Gebt Ihr mir da recht, Schultheiß Rath?«

»Nun ja«, gab dieser zähneknirschend zu. »Bislang haben wir in der Tat keine Beweise.«

»Die werdet Ihr bekommen!«, ereiferte sich Leibfried. »Hört Euch die Aussage von Jost Bulleyer an! Er hat alles gehört und kann Euch die Wahrheit sagen!«

Seufzend rief Baumeister den letzten Zeugen herein und vereidigte ihn. »Was kannst du uns also berichten?«, fragte er.

Bulleyer, ein schmaler Mann mit einer dicken, roten Nase, hielt einen Hut in den Händen, den er fahrig knetete, wie Zacharias Philipp später berichtete. Er brauchte mehrere Anläufe, bis er endlich seine Aussage tätigte.

»Der Leibfried ist ein Lügner!«, sagte er. »Er behauptet, ich versöffe mein Geld, dabei kann er selbst nicht vom Wein lassen! Als er die Klage gegen die Junckerin erhoben hat, ist er zu mir gekommen und hat mir genau erklärt, was ich vor dem Stadtgericht aussagen muss. Und ich hätte es auch getan, bei Gott, denn ich dachte, der Lucas wär mein Freund und für Freunde tut man schon so einiges. Aber die Wahrheit ist: Ich weiß vom Inhalt der Klag überhaupt nichts, denn am güldenen Sonntag bin ich gar nicht daheim gewesen, sondern die ganze Zeit des Streits über unten am Main.«

Eine lange Stille trat ein, eine Stille, wie nach einem tobenden Sturm – und diesmal schwieg Lucas Leibfried.

* * *

Das Urteil wurde noch am gleichen Tag verkündet, die Schöffen mussten nicht lange beraten.

»Wir verkünden das Urteil zur Sache Lucas Leibfried für sich, auch im Namen seines Söhnchens, gegen Zacharias Juncker und seine Hausfrau Katharina als Beklagte. Nach angehörter Klag, sowie Antwort und Kundschaft, nach Ermessen, Gestalt und Beschluss der Sache wird zurecht erkannt, dass der klagende Leibfried zu viel geklagt, derentwegen die beklagte Junckerin vor übel angestellter, mutwilliger Klag zu absolvieren und zu entledigen ist. Dass die Klag somit zu verdammen ist und wir also urteilen den klagenden Leibfried, die Gerichtskosten zu tragen.«

* * *

Als Philipp mit Katharina und Zacharias ins Freie trat, fielen dicke Schneeflocken und kündigten den Winter an, die kalte Jahreszeit, in der Not, Elend und Hunger zunehmen würden, in der Kinder erfroren und das Brot zur Neige ging.

Doch in Philipps Herzen war davon nichts zu spüren. Dort zog der Frühling ein mit zwitschernden Vögeln und summenden Bienen. Dort herrschte Frieden und Überfluss. Katharina war frei.

Kapitel 15

Miltenberg, im November 1626

Klirrende Kälte hielt in Miltenberg Einzug. Drei Tage lang fiel der Schnee ohne Unterlass und begrub Gassen, Wiesen und Felder, Bäume und Häuser unter sich. Wer nicht unbedingt hinausmusste, blieb drinnen im Warmen, setzte sich vor die Herdstatt und dankte dem Herrgott, ein Dach über dem Kopf zu haben.

Philipp, Zacharias, Katharina, der Bub und das jüngste Kind, die kleine Elisabeth, hielten sich ausschließlich in der Küche auf, dem einzigen Raum, in dem es leidlich warm wurde. Die Stimmung war heiter, wenn auch nicht ausgelassen. Erst jetzt, da alles überstanden war, kam Katharina so recht zu Bewusstsein, in welcher Gefahr sie geschwebt hatte.

Sie dankte Philipp bei jeder Gelegenheit aufs Neue für seinen Beistand, ohne den gewiss alles anders ausgegangen wäre und Leibfrieds Zeugen zu ihren Ungunsten ausgesagt hätten. Dabei klang ihre Stimme dünn und Zacharias sagte mehr als einmal: »Ich mach mir Sorgen um dich, Weib! Wie blass du bist!«

Am dritten Abend antwortete sie ihm: »Hör auf, dir Gedanken über mein Wohlergehen zu machen! Mit mir ist alles in bester Ordnung. Ich befinde mich nur in gesegneten Leibesumständen!«

Philipp schluckte hart. Dann verließ er den Raum, um die große Freude seines Bruders nicht miterleben zu müssen.

In der Nacht darauf ließ der Schneefall endlich nach und am kommenden Morgen beschien die blasse Wintersonne eine weiße Welt, aus der alle Farbe verschwunden war. »Nur das Blau des Himmels überstrahlt alles«, lächelte Katharina.

»Ich werde mir ein wenig die Beine vertreten«, verkündete Philipp düster. »Sonst fällt mir noch die Decke auf den Kopf.«

»Ich kann dich nicht begleiten«, bedauerte Zacharias. »Ich muss zum Pfarrer, wir wollen ein Taufbecken besprechen, das ich anfertigen soll.«

»Schon gut. Ich nehme den Stock und Schönes Mädchen kann mich bewachen.« Insgeheim war es ihm recht, allein zu sein. Er musste dringend seine Gedanken ordnen. Der Prozess war vorbei. Und nun? Das Geheimnis um die Vorfälle am Altar war noch immer nicht gelüftet. Nikolaus! War er wirklich der Drahtzieher, der hinter allem steckte?

Philipp musste nach Walthüren zurückkehren. Aber etwas hielt ihn davon ab. Er seufzte. Obwohl sie nun die Frau seines Bruders war, genoss er das Beisammensein mit Katharina. Die frühere Verbundenheit, sie war noch immer da – wenn er mit ihr sprach, war ihm manchmal, als gehöre sie endlich zu ihm.

Schönes Mädchen bellte laut auf und begrüßte jemanden stürmisch. *Sie*. Es war sie.

»Warte!«, rief seine Schwägerin. »So warte doch.«

Er war fast am Main angekommen, wie er am leisen Plätschern des Wassers erkannte. Und er war zum ersten Mal seit jenem Tanzabend vor dreieinhalb Jahren mit ihr allein.

»Ich begleite dich, wenn du magst«, sagte sie ein wenig schüchtern. Beherzt hakte sie sich bei ihm unter. »Im Schnee findest du dich mit dem Stock doch nicht zurecht! Du bist bereits vom Weg abgekommen und ich hatte Mühe, dich einzuholen.«

Ihre Nähe ließ ihn die Kälte vergessen. Er spürte, wie die Hitze und die Lust in ihm erwachten. *Heute bin ich nicht mehr der unbeholfene Knabe von einst. Heute weiß ich, wie man einer Frau Freude bereitet.*

»Ich bin froh, mit dir alleine zu sein«, sagte sie leise. Sie zog ihn näher zu sich und drückte seinen Arm. »Nun kann ich dir endlich angemessen danken.«

»Du hast mir schon hundertmal gedankt. Jeder andere hätte das Gleiche getan. Ich bin schließlich dein Schwager.«

»Angemessen, sagte ich.« Sie blieb stehen, strich mit der rechten Hand zart über seine Wange, dann ließ sie alle Vorsicht fahren, näherte sich seinem Gesicht und küsste ihn, küsste seinen Mund, öffnete seine Lippen, spielte mit ihm und ihr heißer Atem drang in ihn ein, ihr Duft umnebelte ihn und für einen Moment waren sie eins, es gab nichts anderes mehr, nur noch ihre wundersame Vereinigung und Philipp glaubte vor Glück zu zerspringen.

Dann erschrak er und stieß sie zurück. »Was tust du da?«, flüsterte er heiser. »Bist du von Sinnen? Wenn uns … jemand sieht?«

Sie lachte leise auf, doch es klang nicht fröhlich. »Kein Mensch ist hier. Es ist kalt und der Schnee hat alle Wege verweht.« In das traurige Lachen mischte sich ein leises Zittern.

Sie weint, begriff Philipp. *Mein Gott, sie weint.*

Sie bemühte sich gar nicht, ihre Tränen zu verbergen. Ein Weinkrampf schüttelte ihren ganzen Körper. »Seit du wieder da bist … Du hättest nicht zurückkehren dürfen! Warum bist du gekommen? Warum?« Sie trommelte mit ihren kleinen Fäusten gegen seine Brust.

Er nahm ihre Hände und hielt sie. »Ich bin gekommen, um dir im Prozess beizustehen«, sagte er. »Das weißt du doch.«

»Ich habe dich so schrecklich vermisst«, schniefte sie. »Es verging kein Tag, an dem ich nicht an dich gedacht habe! Als du plötzlich weg warst … Alles war leer, alles war grau. Geh nicht noch einmal fort, hörst du? Ich würde es nicht ertragen! Denn du bist der einzige Mann, den ich jemals haben wollte! Bleib bei mir, Philipp! Geh nicht wieder weg.«

Etwas in ihm zerbrach.

Sollten ihre Worte ihn nicht direkt in den Himmel versetzen? War es nicht genau das, wovon er all die Jahre geträumt hatte? Als Knabe schon und später nicht weniger, als blinder Bettler, als Wahrsager, als Schüler eines Rechtsgelehrten? War es nicht immer sein sehnlichster Wunsch gewesen, ein solches Bekenntnis aus ihrem Mund zu hören, ihrem süßen Mund?

Und doch ... »Wenn das wahr ist«, stammelte er leise. »Warum hast du dann meinen Bruder geheiratet?«

Sie weinte noch immer, aber ihr lautes Schluchzen ging allmählich in ein leises Wimmern über. »Liegt das nicht auf der Hand?«, fragte sie und ein bitterer Unterton schlich sich in ihre Stimme. »Ich bin eine Frau. Eine mittellose obendrein. Mein Vater ist alles andere als wohlhabend. Eine Frau hat nichts anderes als ihre Jugend, ihre Schönheit und ihre Jungfräulichkeit, um es im Leben zu etwas zu bringen. Diese drei Dinge muss sie nutzen, solange es möglich ist, denn sie vergehen schneller als jene kleinen Fliegen, die am Morgen schlüpfen und am Abend schon tot auf dem Boden liegen. Du warst nur ein blinder, unbeholfener Knabe, als du mir deine Liebe gestanden hast! Ich habe sie erwidert, oh ja! Vom ersten Tag an! Schon als du mit deinem Vater von Miltenberg aus nach Walthüren gekommen bist und mir zugelächelt hast, so schüchtern und doch so frech. *Den nehme ich mal zum Mann,* hab ich mir damals gedacht, dumm, wie junge Mädchen eben sind. Aber damals konntest du sehen, Philipp! Du warst ein junger Bildhauer, ein Mann, der es zu etwas bringen würde. Und dann – auf einmal warst du blind. Ein Knabe ohne Zukunft. Eine hilflose, verängstigte Kreatur, genau das warst du. So habe ich dich unter der Stiege gefunden, als sie gegen den Schuh-Lenz und die Hebamme gehetzt haben. Ein schmutziger und wehrloser Junge. Ich habe dich trotzdem geliebt, Philipp. Und ich habe erkannt, dass mehr in dir steckt, als du selbst geglaubt hast. Manchmal dachte ich, vielleicht ...«

Ein Schluchzen brach sich Bahn und es dauerte eine Weile, bis sie weitersprach. »Vielleicht hätte ich auf mein Herz hören müssen! Aber eine Frau hat nicht die gleichen Möglichkeiten wie ein Mann! Eine Frau muss sehen, wo sie bleibt. Du warst ein blinder Knabe ohne Zukunft. Dein Bruder hingegen ein angesehener Bildhauer. Ich hatte keine Wahl.«

Eine eisige Klammer legte sich um Philips Herz.

»Liebst du Zacharias?«, fragte er fast tonlos.

»Ich schätze ihn. Er ist gut zu mir. Aber all meine Gedanken und mein Sehnen gelten dir, Philipp.«

Er fror. Die innere Hitze war verflogen, ebenso sein Verlangen. Ihr Duft, ihre Nähe – sie wärmten ihn nicht mehr. Vorsichtig, als sei er zerbrechlich, nahm er ihren Kopf in seine Hände, seine Lippen suchten ihre Stirn und als er sie gefunden hatte, küsste er sie, wie man ein Kind küsst.

»Leb wohl, Katharina«, flüsterte er in die Locken, die unter ihrer Haube hervorquollen, so leise, dass er nicht sicher sein konnte, ob sie ihn gehört hatte. »Gott segne dich und deine Kinder.«

Dann wandte er sich ab, umklammerte seinen Stock und stapfte unbeholfen durch den kniehohen Schnee davon, die Richtung war ihm völlig gleichgültig, denn er wusste, dass er sie für immer verloren hatte.

* * *

Erst als Schönes Mädchen vor Kälte aufwinselte, hielt er inne. Stunden mochten vergangen sein seit ihrem Gespräch. Wie viele? Er wusste es nicht. Zwei, vier, sieben?

Es wurde früh dunkel dieser Tage, bestimmt war die Sonne bereits hinter den Hügeln des Mainufers versunken. Ganz unbewusst war er dem Fluss gefolgt, hatte sich nie weit vom leisen Plätschern des Wassers entfernt.

Ein Ziel hatte er nicht. Der Drang, fortzulaufen, einfach so lange weiterzugehen, bis er zusammenbrach, war größer als jeder vernünftige Gedanke. Doch irgendwo im Verborgenen wusste er: Wenn er diesmal davonlief, so wie damals, vor drei Jahren, würde es seinen Tod bedeuten. Den Tod durch Erfrieren oder durch Verhungern. Vielleicht würden Wegelagerer ihn hinmetzeln, vielleicht starb er auch einfach nur aus Verzweiflung.

Na und?, höhnte seine innere Stimme. *Was ist so schlimm am Tod?*

Das sind ketzerische Gedanken, mein Lieber, antwortete eine andere Stimme. Eine helle, weibliche. Sie klang ein wenig nach Emilia. *Deine Zeit ist noch nicht gekommen.*

Das erneute Winseln von Schönes Mädchen brachte beide Stimmen zum Verstummen. Aus der Ferne vernahm Philipp ein leises Geräusch, es klang wie Schritte im Schnee, dann hörte er einen dumpfen Aufprall. »Hallo?«, rief er bange. »Ist da jemand?«

Er drehte sich im Kreis und ihm wurde bewusst, wie hilflos er war, hier im Nirgendwo, ohne jede Begleitung.

Es kam keine Antwort. Nach kurzer Zeit wiederholte sich das Geräusch.

Niemand verirrte sich bei Nacht und Schnee an den Fluss! Woher kam der unheimliche Laut? Plötzlich traf ihn etwas am Rücken und er erschrak. Als er danach tastete, war nichts da, nichts außer ein wenig Schnee und Eis.

Eine unerklärliche Angst kroch in ihm hoch. *Hast du nicht eben noch den Tod begrüßt?*, spottete jene Stimme in seinem Kopf. Er gebot ihr Einhalt. *Schweig*, fauchte er.

Etwas stimmte nicht. Philipp konnte förmlich spüren, wie ihn jemand belauerte, ihn beobachtete.

»Wer ist da?«, rief er noch einmal mit banger Stimme. Wieder kam keine Antwort. Die Luft war aufgeladen und knisterte unheimlich.

Und wenn es sie doch gab?, schoss es Philipp mit einem Mal durch den Kopf. Die Druden, Hexen und Werwölfe, die allerorts verbrannt wurden? Wenn sie wirklich existierte, die große Hexenverschwörung, von der alle sprachen? Wenn der Satan und alle Dämonen zum großen Sturm auf die Menschheit und auf das Christentum geblasen hatten, jetzt in den Zeiten des großen Krieges, in dem diese besonders schwach und angreifbar waren?

Vielleicht hatte er ja *früher* recht gehabt, als er daran glaubte? Vielleicht hatte, o Herr im Himmel, sogar Balthasar Sturm mit dem Zauberpack unter einer Decke gesteckt?

Die Luft knisterte erneut und wieder traf ihn ein unsichtbares Geschoss.

Philipp strauchelte und das Grauen nahm endgültig von ihm Besitz. Hatte ihm eine Drud das Teufelskraut angeworfen?

Großer Gott, steh mir bei! War der Altar in Walthüren wirklich ein Ziel des Satans? Und, der schrecklichste Gedanke von allen: Verfügte Katharina tatsächlich über Zauberkraft?

Fast war ihm, als läge Schwefelgestank in der Luft. Er strauchelte erneut.

Plötzlich war wieder eine der Stimmen da. Diesmal eindeutig die von Emilia. *Zauberei?*, lachte sie. *Deine Herzensdame hatte keine Zauberei nötig, um dir den Kopf zu verdrehen, Philipp! Du warst ein williges Opfer, ganz ohne Magie. Hab ich dir nicht schon vor Jahren gesagt, du seist nicht nur mit den Augen blind, sondern auch mit dem Herzen? Habe ich dir nicht gesagt, sie würde dich niemals heiraten? Würde auf eine bessere Partie hoffen? Aber du musstest ja unbedingt beleidigt sein, wolltest nicht auf mich hören. Ach …*

Emilia hatte immer recht behalten. Sie war klug und weise. Sie war schön und eine wundervolle Liebhaberin. *Ich habe ihr großes Unrecht angetan. Sie wollte mich retten und ich habe sie dafür verstoßen.*

Katharina liebte ihn – und doch hatte sie seinen Bruder geheiratet. Philipp ließ endlich seinen Tränen freien Lauf.

Hätte sie mir gesagt, sie liebe Zacharias über alles, so hätte ich es ertragen.

Er weinte um seine Liebe. Doch er weinte nicht um Katharina. Es war vorbei. Sie hatte keinen Platz mehr in seinem Herzen.

Ein drittes Geschoss traf ihn. Und diesmal hörte er noch etwas: ein leises, unterdrücktes Kichern. Die unheimliche Spannung fiel schlagartig von ihm ab. Hexenwerk? Unsinn! Am Arm, dort wo er getroffen worden war, klebten Eis und Schnee, und das Kichern wurde lauter.

»Kommt endlich raus!«, rief er, nun ohne jede Furcht. »Ich kann euch hören! Die Schneeballschlacht ist vorbei.«

Es waren drei kleine Buben und ein Mädchen, die er an ihrem Geplapper unterscheiden konnte.

»Wir haben dir ganz schön Angst eingejagt, oder?«, lachte einer. »Du hast direkt in unsere Richtung geschaut und uns trotzdem nicht gesehen!«

»Nein, natürlich nicht. Denn ich bin blind.«

»Blind!« Das Mädchen staunte. »Hast du deshalb den komischen Stock bei dir?«

»Ja. Mit ihm kann ich mich halbwegs sicher bewegen.«

»Und wohin willst du? Es wird ja bald dunkel.«

Wohin er wollte? Philipp schwieg. In die Welt hinaus, dem Tod entgegen, hätte er noch vor wenigen Minuten geantwortet. Aber es wäre nicht die Wahrheit gewesen. Nach Walthüren, um das letzte Geheimnis seines Lebens zu klären. Aber zunächst musste er sich aufwärmen.

»Wo sind wir jetzt?«, fragte er die Kinder.

»Na in Bürgstadt, wo sonst?«

Dann war er nicht so weit gekommen, wie er geglaubt hatte.

»Könnt ihr mich in den Ort begleiten und mich zum Löwenkeller führen?« Das Wirtshaus kannte er, dort hatte er in früheren Jahren manchmal mit seinem Vater Rast gemacht.

»Ja«, sagte das Mädchen. »Der Löwenwirt ist mein Vater.«

»Was gibst du uns dafür?« Einer der Buben war vorlaut.

»Gottes Segen.«

»Sonst nichts?«

»Ist das nicht genug?«

Sie liefen mit Schönes Mädchen voraus und Philipp folgte ihrem Kichern. Natürlich machten sie sich über ihn lustig.

Der Wirt vom Löwenkeller erkannte ihn: »Du bist der blinde Juncker aus Miltenberg! Was führt dich nach Bürgstadt?«

»Dein Branntwein«, erwiderte Philipp. »Bring mir einen ganzen Krug davon und stör mich nicht beim Saufen, hörst du? Und wenn der Krug leer ist, und ich noch stehen kann, dann bringst du mir unaufgefordert einen neuen.«

Der Wirt sagte nichts, aber Philipp war sich ziemlich sicher, dass er mit großen Augen und offenem Mund beflissen nickte.

* * *

Der Gekreuzigte wirkte diesmal merkwürdig verschwommen. Die elf Häupter um ihn herum nicht minder. Gemeinsam sangen sie ein frommes Lied, aber die Töne waren schief und der Text kaum verständlich.

»Blut Chrisssti wir rrrufen sssu dir …«

Mein Gott, waren sie etwa betrunken? Alle zwölf?

Philipp kicherte. Das konnte doch nicht sein! Allerdings …

Er kicherte noch lauter und versuchte in den Gesang einzustimmen. Ein Fußtritt katapultierte ihn jäh zurück in die Wirklichkeit.

»Es ist Mittag«, donnerte die Stimme des Löwenwirts. »Zeit, deine Zeche zu bezahlen und hier zu verschwinden. Ich hab dich lang genug schlafen lassen!«

Vorsichtig versuchte Philipp sich aufzurappeln. Jedes Wort des Mannes traf seinen Schädel wie ein Keulenschlag. Ein weiterer Schmerz durchzuckte ihn, als er mit dem Kopf gegen einen harten Widerstand stieß. Er tastete nach dem Hindernis und fand vier robuste Holzbeine, die von einer Platte überspannt wurden. Ein Tisch.

Ganz langsam kehrte die Erinnerung zurück. Er hatte gesoffen. Gesoffen, bis er sich nicht mehr auf den Beinen halten konnte. Dann riss der Faden und die weiteren Geschehnisse verschwammen, wie zuvor der Traum vom Gekreuzigten.

Geschehnisse? Nein, es war nichts weiter passiert. Er war nur unter den Tisch gerutscht und eingeschlafen. Und der Wirt hatte ihn einfach liegen lassen.

»Na los, Blinder! Raus mit dir! Eine schöne Sauerei hast du angerichtet. Hast mir den ganzen Boden vollgekotzt.«

Jetzt roch Philipp es auch, den bitterem Geruch von Erbrochenem. Aber da er noch lange nicht nüchtern war, kicherte er nur.

»Fast zwei Gulden hast du versoffen!«

»Ich hab aber kein Geld bei mir«, lallte Philipp.

»Was? Na dir werde ich's zeigen, du Halunke! Glaubst wohl, du könntest dir alles erlauben, nur weil dein Vater bei mir Stammgast war?«

Bevor der Wirt auf ihn losgehen konnte, hob Philipp abwehrend die Hände: »Oho … langsam, Löwenwirt … langsam … Ich hab ja nicht gesagt, dass ich die Zeche prellen will. Mein Bruder, der Sssa … Sssacharias wird für mich ssahlen. Am besten, dein Mädchen begleitet mich nach Miltenberg, dann kann ssie die zwei Gulden gleich mitnehmen.« Er beglückwünschte sich zu seiner Klugheit. Niemals hätte er in seinem Zustand alleine zurückgefunden.

»Na schön«, knurrte der Wirt ein wenig versöhnlicher. »Obwohl ich sie eigentlich hier zum Aufputzen bräuchte.«

Das Mädchen schnüffelte. »Du stinkst«, stellte sie fest. »Du hast dich vollgekotzt.« Dann lachte sie. »Aber da bist du nicht der Erste! Mein Vater sagt immer: Der Branntwein macht aus Männern Tiere. Dein Hund ist allerdings sauberer als du!«

Sie hakte sich bei ihm unter und führte ihn durch die Kälte und den Schnee zurück nach Miltenberg. Unterwegs erzählte sie ohne Unterlass kindische Geschichten über die Bewohner Bürgstadts, die allesamt Hexen und Unholde waren. Obwohl jedes Wort seinen dröhnenden Schädel malträtierte, war Philipp dankbar, schweigen zu dürfen. Nach und nach ließ die kalte Luft den Schmerz im Kopf erträglicher werden.

»Da sind wir«, sagte das Mädchen schließlich und klopfte forsch an die Tür zu Philipps Elternhaus. Diese wurde augenblicklich aufgerissen und ein wutentbrannter Zacharias stürzte heraus. Klatsch! Schon hatte er Philipp eine schallende Ohrfeige verpasst, klatsch, eine zweite, auf die andere Wange.

Philipp, noch immer betrunken, kicherte erneut.

»Wo hast du nur gesteckt, du Vermaledeiter?« Nachdem sein Zorn verklungen war, schloss der Bildhauer seinen Bruder in die Arme. »Wir haben uns die allergrößten Sorgen gemacht, Katharina und ich!«

»Ich hab mich wohl verlaufen«, erklärte Philipp mit schwerer Zunge. »Bin im Wirtshaus gelandet – und … naja …«

»Ich seh's schon«, unterbrach Zacharias. »Gott sei Dank bist du wieder da!« Ohne zu murren, zahlte er die Zeche und gab dem Mädchen noch einen süßen Hefewecken als Wegzehrung mit. Dann brachte er Philipp einen Zuber Wasser, damit er sich säubern konnte, und schickte ihn hernach zu Bett, um seinen Rausch auszuschlafen.

Philipp erwachte erst am folgenden Morgen. Sein Magen knurrte wie ein hungriger Wolf, doch der Kopf war klar, der dröhnende Schmerz verschwunden. Und noch etwas hatte sich geändert: Sein erster Gedanke galt nicht Katharina. Und sein Herz wog nicht so schwer wie in den vergangenen Wochen.

Es ist wirklich vorbei, stellte er mit leichter Verwunderung fest. *Und vielleicht ist das gar nicht so schlimm, wie ich immer befürchtet habe.*

Sie nahm das Morgenmahl nicht mit ihnen gemeinsam ein.

»Die Schwangerschaft setzt ihr zu. Die Übelkeit. Sie ist im Bett geblieben«, erklärte Zacharias.

Philipp nickte. Er vermisste sie nicht.

»Morgen reise ich zurück nach Walthüren«, fuhr der Bildhauer fort. »Die große Einweihung des Altars steht bevor. Der Festgottesdienst soll am zweiten Adventssonntag stattfinden. Bis dahin habe ich noch ein paar letzte Feinschliffe zu tätigen. Außerdem will ich den Altar bewachen und seinen Transport in die Kirche beaufsichtigen. Willst du mich begleiten?«

»Ja«, sagte Philipp ohne Zögern. Er würde sich endlich der Wahrheit stellen, die Zeit war reif. Aber zuvor hatte er noch etwas zu erledigen. Ein letzter Gang war nötig, um sich Gewissheit zu verschaffen.

* * *

Gestärkt und ausgeruht klopfte Philipp am frühen Mittag an die Tür von Lucas Leibfried. In der Hand hielt er einen Krug Wein. Trippelnde Schritte näherten sich und als sich die Tür einen Spalt breit öffnete, war Philipp geistesgegenwärtig genug, seinen Fuß vorzuschieben, damit die Hausfrau sie ihm nicht sofort wieder vor der Nase zuschlagen konnte.

»Was willst du?«, keifte sie. »Wir reden nicht mehr mit eurer Sippe! Verschwinde, du gottloser Krüppel, und nimm den Fuß aus meiner Tür!«

»Mit dir will ich gar nicht sprechen, Weib! Wo ist dein Mann?«

»Er geht seinem Geschäft nach, wie jeder anständige Bürger es um diese Zeit tut.«

»Und wo ist das? Im Wirtshaus?«

»Elender Halunke! Wie redest du über einen ehrbaren Mann? Lucas ist unten am Main und bessert seine Gerätschaft aus!«

Grimmig lächelnd zog Philipp den Fuß zurück und entfernte sich mit einer angedeuteten Verbeugung.

Er wusste, wo sich der kleine Schuppen des Fischers befand, und ertastete sich den Weg dorthin mühelos mit dem Stock. Schönes Mädchen lief fröhlich kläffend voraus, wälzte sich im Schnee und schüttelte vor Philipp ihr nasses Fell aus.

»Leibfried!«, rief Philipp. »Komm raus, ich will mit dir reden!«

»Gibt nichts zu reden«, antwortete der Fischer. Seine Zunge schlug an die Zähne und die Worte dehnten sich. Betrunken, dachte Philipp, dem diese Anzeichen noch sehr frisch in Erinnerung waren.

»Nun komm schon, Nachbar. Ich will dir nichts Böses. Schau, ich hab dir einen Krug Wein mitgebracht!«

Dieser Verlockung konnte Lucas Leibfried nicht widerstehen. Vorsichtig streckte er die Nase vor die Tür. Sofort rannte Schönes Mädchen schwanzwedelnd auf ihn zu.

»Nimm den Krug als Geschenk. Ich bin gekommen, um Frieden zu schließen. Es ist ein Wein aus bester Lage. Ich weiß doch, dass du meine Schwägerin nicht aus Bosheit verklagt hast!«

Leibfried seufzte. »Nein, wahrlich nicht. Ehrlich gesagt ist mir dieser ganze Weiberzwist gänzlich zuwider. Immer hadern sie miteinander und nur selten weiß ein Mann, worum es dabei überhaupt geht!«

»Ja«, stimmte Philipp zu. »So sind sie nun mal.«

»Und jetzt sitz ich da mit den Gerichtskosten am Hals und kann sehen, wo ich bleibe!« Der Fischer holte sich einen Becher und schenkte von dem Wein ein. »Willst du etwa auch einen Schluck, Juncker?«, fragte er misstrauisch.

Philipp verneinte schnell und Leibfried fuhr fort, über sein Schicksal zu klagen: »Das hat man nun davon, wenn man anderen behilflich ist! Die paar Gulden, die ich für den ganzen Prozess bekommen habe, reichen beileibe nicht aus, um die Kosten zu tragen!«

Philipp spitzte die Ohren. Nun kamen sie der Sache allmählich auf den Grund! Aber er musste vorsichtig sein, durfte den Fischer nicht überrumpeln, denn der mochte zwar nicht der Klügste sein, aber ganz blöd war er auch nicht.

Leibfried zögerte. »Du bist mir doch nicht böse, Juncker? Mit dir hatte das Ganze überhaupt nichts zu tun! Von deiner Familie warst du mir immer der Liebste. Wir vertragen uns wieder, ja?« Der Wein ließ ihn offenbar sentimental werden.

»Natürlich, Lucas«, versicherte Philipp schnell. »Ich trag dir nichts nach.« Dann fragte er ganz freundlich und wie nebenbei: »Wie lange machst du denn schon Geschäfte mit dem Steinmetz aus Walthüren?«

Und Leibfried tappte in die Falle. »Ach, schon seit Jahren! Seit eurem Unfall in der Werkstatt, glaube ich. Immer mal wieder bittet er mich um einen Gefallen. Und wenn ich ihm helfen kann, tu ich es gern. Bislang hat er immer ordentlich bezahlt.«

Einen Moment lang stockte Philipp der Atem. Nun hatte er endlich Gewissheit! Ein Triumphgefühl wollte freilich nicht aufkommen.

»Hast du auch in seinem Auftrag gehandelt, als du vor Jahren die Alabasterlieferung aus Bad Windsheim verzögert hast?«

»Lass mich überlegen, das ist ja schon eine Weile her.« Leibfried nahm einen großen Schluck. »Doch, ich erinnere mich. Ja, das war auch Stumpfs Anliegen. Gewundert habe ich mich zwar, aber dann dachte ich mir, er will den Gips vielleicht für sich selbst. Gefragt hab ich nicht. Es ist nicht gut, viel zu fragen, solange dich dein Partner ordentlich bezahlt.«

»Was hat er dir für die Klage gegen Katharina gegeben?«

»Fünf Gulden. Aber wenn ich gewusst hätte, wie teuer mich das Ganze zu stehen kommt, hätte ich mich nicht damit abspeisen lassen!«

»Wann hat er dir den Auftrag erteilt, Nachbar?«

»Na, an den Wallfahrtstagen. Als ich ein großes Fass Rotaugen auf dem Walthürener Markt feilgeboten habe. Da ist er zu mir gekommen, noch vor dem Morgengrauen, und hat gesagt, er zahle mir fünf Gulden, wenn ich einen guten Grund fände, den Juncker oder die Junckerin zu verklagen, die ja in Miltenberg meine Nachbarn seien. Und als dann mein Weib mit der Bildhauerin in Hader geriet – na, das war doch eine günstige Gelegenheit!«

»Ja«, sagte Philipp bitter. »Das war es wohl.«

»Aber wenn ich das nächste Mal nach Walthüren komme«, ereiferte sich der Fischer und fuhr sich schmatzend mit der Zunge über die Lippen, »dann werde ich die Prozesskosten einfordern! Dann wird er mich kennenlernen, der Steinmetz! Mich haut man nicht so leicht übers Ohr! Wenn er die Gerichtskosten nicht übernimmt, werde ich allen erzählen, warum ich geklagt habe – und wer mir den Auftrag erteilt hat. Dann ist Schluss mit der Heimlichtuerei! Ich bin doch kein dummer Hanswurst, mit dem man nach Belieben umspringen kann!«

»Nein, das bist du nicht«, stimmte Philipp zu und klopfte dem Fischer beruhigend auf den Rücken. »Vielen Dank für das Gespräch, Leibfried. Ich werde dich jetzt nicht länger von der Arbeit abhalten. Aber bevor ich gehe, hätte ich doch gerne ein bisschen von dem Wein.«

Er nahm einem kräftigen Schluck, erhob sich und machte sich traurig auf den Nachhauseweg.

Kapitel 16

Walthüren, im Dezember 1626

Walthüren stand ganz im Zeichen des großen Festgottesdienstes zur Einweihung des Heilig-Blut-Altars. Der Bischof aus Würzburg! Hatte man je so hohen kirchlichen Besuch empfangen? Philipp Adolf von Ehrenberg weilte bereits in Amorbach, so hieß es, wo er ein paar Tage der stillen Einkehr im Kloster verbringen wollte, bevor er sich zur Segnung des Korporales und des neuen Heiligenschreins nach Walthüren begeben würde.

Überall wurde geschrubbt und gefegt, die Gassen von Schnee und Unrat gesäubert, Schweine und Ziegen in die Ställe verbannt. Die Frauen waren seit Wochen damit beschäftigt, Strohkränze für die Ausschmückung der Kirche zu flechten, Altardecken zu besticken und Bienenwachskerzen herzustellen, damit die Kirche am großen Tag heller erstrahlen würde als je zuvor. Die Kinder probten unter den strengen Ohren des Hilfspfarrers Gottfried Seifert fromme Choräle, trieben den armen, musikalischen Mann jedoch beinahe zur Verzweiflung, da sie weder die richtigen Töne noch das richtige Tempo trafen und allzu oft ihre Einsätze verpassten. »Du lieber Gott!«, stöhnte der leidgeplagte Mann. »Wer hat euch nur das Singen erlaubt?«, worauf er leises Kichern erntete, denn er selbst war der Idee verfallen, unschuldige Kinderstimmen könnten den Bischof – und den Herrgott – besonders erfreuen.

Kurzum, überall herrschte freudige Erwartung, emsiges Treiben und eifrige Aufregung. Die bösen Zungen waren allerdings auch nicht gänzlich verstummt. »Der Gehörnte wird zum letzten Angriff blasen!«, warnte Matthias, der Ritterwirtsknecht unheilschwanger. »Er muss es tun, solange der Altar noch nicht geweiht ist, denn hernach ist der Schutz zu mächtig und weder er selbst noch die Druden, die er schon getauft hat, können ihm dann noch schaden!«

Die meisten lachten, weil der Matthias immer unkte, das ganze Städtchen sei einer bösen Hexenverschwörung anheimgefallen, die den Untergang des Christentums bezweckte. Und doch blieb ein Rest Unsicherheit in ihren Herzen zurück, denn wer wusste schon so genau, wozu der Teufel, seines Zeichens Meister der List und Täuschung, Herr der Tücke, fähig war?

Zacharias war wieder im Pfarrhaus untergekommen und Magister Hoffius hatte widerwillig auch Philipp ein Quartier angeboten, obwohl er den jüngsten Juncker-Spross nach wie vor mit Argwohn betrachtete. Philipp hatte dankend abgelehnt. Seine Pläne waren gänzlich anderer Natur. Er bat im Hause Stumpf um Herberge. Sie wurde ihm ohne Zögern gewährt, mehr noch, Emilia und Thaddäus hießen ihn sogar willkommen.

Wenn ihr wüsstet, dachte Philipp bitter, *warum ich wirklich hier bin – ihr würdet mich mit Fußtritten verjagen!*

Es schmerzte ihn besonders, Emilia auf diese Weise zu hintergehen. Seit er sich von seiner zwanghaften Liebe zu Katharina befreit hatte, wurde ihm bewusst, wie sehr er seine Freundin schätzte – und wie schlecht er sie behandelt hatte, obwohl sie immer nur um sein Wohlergehen besorgt gewesen war. Hatte sie ihm nicht sogar helfen wollen, Katharina zu erobern – obwohl sie ihn doch selbst begehrt und innig geliebt hatte? Und nun beabsichtigte er, ihren Bruder der Niedertracht und des Mordes zu überführen.

Nikolaus war nicht da. Wie so oft kampierte er auf einer der Baustellen, zu der man ihn gerufen hatte. Aus demselben Grund hatte er es abgelehnt, bei der Versetzung des Blutaltars mit anzupacken, der dieser Tage von der Werkstatt in die neue Blutkapelle transportiert wurde.

»Hm«, sinnierte Pfarrer Hoffius. »Wir werden auch eine größere Kirche benötigen, sobald der Krieg vorbei ist. Und wenn der Herr mich dann noch nicht zu sich befohlen hat, werde ich … hm.«

Die Weiber jammerten und schlugen die Hände über den Köpfen zusammen. »So viel Staub!«, schimpften sie und fingen jeden Tag aufs Neue mit dem Putzen an.

Philipp wurde mit jedem Tag unruhiger. Nicht dass er das Zusammentreffen mit Nikolaus herbeigesehnt hätte! Aber mit jedem Tag, der verstrich, geriet sein Plan ein wenig mehr ins Wanken. Würde der einstige Freund überhaupt rechtzeitig zurückkehren? Reichte die Zeit dann noch aus, für die Falle, die er ihm zu stellen gedachte?

Erst am Tag vor dem großen Festgottesdienst wurde Philipps Flehen erhört. Die Kunde erreichte ihn in der Kirche, wo die Aufregung ihren Höhepunkt erreicht hatte, wo alles glänzte und jedes einzelne Staubkorn beseitigt war.

»Dein Ziehbruder ist heimgekehrt«, sagte Melchior Preuß und in seinen Worten schwang die Aufforderung mit, Philipp möge endlich von hier verschwinden, wo er sowieso nur im Weg herumstand.

Der Steinmetz gab sich gelassen. »Glückwunsch«, sagte er zur Begrüßung. »Du hast deine Schwägerin gut verteidigt. Ich bin froh, dass sich die Anklage als falsch erwiesen hat.«

Fast klangen seine Worte aufrichtig, aber Philipp ließ sich nicht mehr blenden. Lügner, dachte er, biss die Zähne zusammen und versuchte ein gequältes Lächeln. Gar zu gern hätte er gewusst, ob Nikolaus' Nase nach dem Handgemenge in der Werkstatt gerade zusammengewachsen war, aber er konnte nicht danach fragen, ohne sein geheimes Wissen preiszugeben. Nein, der ehemalige Freund sollte sich in Sicherheit wiegen und glauben, Philipp habe keine Ahnung von seinem Treiben. Beim Abendmahl saßen sie alle zusammen. Sogar der alte Thaddäus hatte sich aus dem Bett gequält, war die Stiege heruntergeklettert, um bei ihnen zu sitzen. Er wirkte milde und ruhig, gab keine bösen Flüche von sich und lächelte sogar.

»Philipp und Nikolaus. Meine beiden Söhne«, sagte er leise und Philipp fragte sich, ob sein Geist nun völlig verwirrt war, ob er tatsächlich glaubte, was er sagte.

Nach dem Tischgebet holte Philipp tief Luft. »Ich werde heute im Pfarrhaus nächtigen«, verkündete er beiläufig. »Zach will den Schrein in der Kirche noch ein letztes Mal aufpolieren und ich habe ihm meine Hilfe versprochen. Mein Bruder ist ein wenig in Sorge, weil der Altar ausgerechnet heute Nacht unbeaufsichtigt bleibt. Wenn der teuflische Angreifer einen letzten Schlag plant, wäre in dieser Nacht die beste Gelegenheit.«

Nun war es ausgesprochen. Der unbewachte Altar. Ob Nikolaus in die Falle tappte oder nicht – es lag nicht mehr in Philipps Hand.

Der Steinmetz antwortete ihm nicht. Sie beendeten das Abendmahl schweigend, wünschten sich eine gesegnete Nacht und hoben die Tafel auf.

* * *

»Sei vorsichtig!«, sagte der Gekreuzigte, der in der Kirche bereits auf ihn wartete. Philipp lächelte ihm zu, dankbar für seine Anwesenheit. Das Bild des Korporales zeichnete sich auf den Flügeltüren des Altares ab. Am deutlichsten konnte Philipp es sehen, wenn er die Augen schloss. Der Gekreuzigte wirkte ein wenig müde, die elf Häupter schliefen.

»Wirst du mir beistehen?«, flüsterte Philipp.

»Wenn ich es kann.«

»Aber du kannst alles, Herr! Hilf mir, den Unhold zu besiegen.«

»Du weißt doch, dass ich nur deiner Seele beistehen kann, nicht deinem Körper. Ich kann dein Bewusstsein stärken. Wenn du tatkräftigere Unterstützung brauchst, musst du schon deinen Bruder wecken.«

»Unmöglich. Diese Sache muss ich ganz alleine durchstehen.«

»Dann verlass dich auf deine Sinne.«

Plötzlich riss eines der Häupter die Augen auf. Es war Emilia. Voller Furcht blickte sie auf Philipp herab. »Warum bist du nicht im Pfarrhaus?«, fragte sie angstvoll.

»Das war nur eine Finte, Emilia. Verzeih mir.«

»Was hast du da unter deinem Hemd, Philipp?« Ihre Stimme wurde lauter. »Ist das etwa ein Beil? *Mein* Beil?«

»Ja, es ist das Beil, mit dem du immer die Hühner schlachtest. Ich habe es mitgenommen, bevor ich in die Kirche aufbrach. Soll ich ihm etwa gänzlich schutzlos gegenübertreten?«

Sie schrie entsetzt auf. »Du wirst ihm doch nichts antun?«

Er zögerte und antwortete nicht.

»Wenn du das Beil benutzt, werden wir dir nicht mehr beistehen können.«

Den letzten Satz hatten alle elf Häupter und der Gekreuzigte gemeinsam gesprochen, mit tiefer Stimme, die direkt aus der Unendlichkeit zu kommen schien. Sie jagte Philipp eine Gänsehaut über den Körper, eine Eiswelle über den Rücken und ließ ihn erschaudern.

Dann war das Korporale verschwunden. Zurück blieb ein meckerndes Lachen, das teuflisch klang.

Mein Gott, erkannte Philipp. *Es ist echt! Das ist keine Vision, sondern Wirklichkeit.*

Das Meckern kam von rechts.

* * *

Fieberhaft überlegte Philipp, was er tun sollte. War es dunkel in der Kirche? Oder schien irgendwo ein Licht herein?

Sehr langsam näherten sich die Schritte des Eindringlings.

Lautlos huschte Philipp um die Ecke, verbarg sich hinter dem neuen, großen Altar, der seit wenigen Tagen an der Stelle des alten stand und auf die Weihe wartete. Auf seiner Rückseite führten einige Stufen sowohl aus nördlicher als auch aus südlicher Richtung hinauf zu einem Podest hinter dem eigentlichen Schrein, der bereits das Korporale beherbergte, das jedoch noch in seinem Inneren verborgen lag. Erst am kommenden Tag würde man die Flügel des Schreins öffnen, sodass das wundermächtige Tuch vom Podest aus sichtbar würde.

Philipp hoffte, dass Nikolaus ihn noch nicht bemerkt hatte. Er musste nicht lange tasten, um zu wissen, wo er sich befand. Den Altar kannte er schließlich wie seinen Mantelsack.

Mit klopfendem Herzen wartete er ab, was als Nächstes geschehen würde. Sooft er seinen Plan in Gedanken auch durchgespielt hatte – an dieser Stelle waren seiner Vorstellungskraft stets Grenzen gesetzt. Zur Sicherheit tastete er nach Emilias Beil, das in seinem Hosenbund steckte.

Wieder erklang ein leises Meckern, das sich nun, aus der Nähe vernommen, als Keuchen entpuppte. Nikolaus musste eine schwere Last tragen, die ihm die Puste nahm. Was konnte das sein? Schließlich war er Steinmetz und das Schleppen von Felsblöcken sein täglich Brot!

Ein dumpfes Geräusch erscholl, die Last wurde abgesetzt. Der Eindringling schnaufte schwer. Dann waren schlurfende Schritte zu hören, die sich um den Altar herum und schließlich die Stufen zum Podest hinter dem Schrein hinaufbewegten.

Mit klopfendem Herzen zog sich Philipp so leise wie möglich von dort zurück. Jede Sehne seines Körpers war bis zum Zerreißen gespannt. Was hatte Nikolaus vor? Hatte er wieder einen Eimer Blut dabei? Nicht auszudenken, wenn der Bischof beim morgigen Weihgottesdienst einen besudelten Altar vorfand! Die Inquisition war Magister Hoffius dann gewiss – und was das für Walthüren sonst noch bedeuten mochte, wusste der Herrgott!

Ein unverkennbarer Geruch stieg in Philipps Nase. Ein Geruch, der ihn allzu oft in seinen Alpträumen verfolgt hatte. Ein Geruch, der ihn vor Furcht erzittern ließ. Schießpulver. Großer Gott! Nikolaus wollte den Altar mitsamt dem Korporale in die Luft jagen!

Philipp war nur noch von einem einzigen Gedanken beseelt: *Ich muss es verhindern. Und wenn es mich das Leben kostet!*

Während der Steinmetz das Schießpulver rund um den Altar verteilte, gab Philipp sein Versteckspiel auf. Mit kalter Entschlossenheit riss er das Beil aus dem Hosenbund und stürmte auf die Stelle zu, an der er Nikolaus vermutete.

»Du Hurenbock!«, rief er unter Tränen der Wut. »Ich lasse das nicht zu!«

Hilflos drosch er mit der Axt ins Leere. Links von ihm ertönte höhnisches Gelächter.

Der Feind wähnte sich in Sicherheit! Doch gerade sein leises Kichern wurde ihm zum Verhängnis. Pfeilschnell hieb Philipp das Beil in die Richtung, aus der das Geräusch kam. Ein Schmerzenslaut ertönte. Die Waffe musste Nikolaus getroffen haben. Davon zeugte ein scharrendes Geräusch: Der Gegner versuchte zu fliehen.

Es gelang ihm nicht. Philipps feines Gehör ortete genau, wo der Steinmetz sich befand. Mit aller Kraft warf er sich auf den Gegner, beide strauchelten, gingen zu Boden, Philipp spürte, wie ein scharfer Gegenstand sein Bein am Oberschenkel aufriss, doch es war ihm gleichgültig, er achtete nicht auf den Schmerz, konzentrierte sich ganz darauf, den heftig um sich schlagenden Feind festzuhalten, ihn unter sich zu begraben.

»Das Spiel ist aus, Nikolaus!«, keuchte er, während der Widerstand des Gegners erlahmte. »Du hast verloren.«

Als hätten die Worte ihn seiner Tatkraft beraubt, lag der Steinmetz nun bewegungslos auf dem Boden. Eine schiere Ewigkeit rührte er sich nicht und alles blieb still. Philipp wurde unheimlich zumute.

Hatte er Nikolaus stärker verwundet als geahnt? Zögernd tastete er nach seinem Gegner, der wie ein leerer Sack dalag, aus dem eben ein paar Hühner herausgeflattert waren. Kraftlos fühlte er sich an, geschrumpft und zerbrechlich. Philipp ertastete Bartstoppeln, eine krumm zusammengewachsene Nase, die erst kürzlich gebrochen worden war – und einen kahlen Schädel.

Er stutzte. Kahl? Was, zum Henker, ging hier vor sich?

Plötzlich bewegte sich der Steinmetz wieder. Ein Zittern durchlief den eben noch leblosen Körper, das meckernde Geräusch ertönte wieder und es dauerte eine ganze Weile, bis Philipp begriff, dass sein Gegner von einem Lachkrampf geschüttelt wurde.

»Wie blind du bist!«, krächzte eine heisere, wohlbekannte Stimme.

Sie gehörte nicht Nikolaus. Sie gehörte seinem Vater, dem alten Thaddäus Stumpf.

* * *

»Hast du wirklich geglaubt, mein Sohn wäre zu all diesen Taten fähig?« Der Alte hustete und bäumte sich unter Philipp auf. »Oh nein! Mein geliebter Sohn hat still gelitten, nachdem er die Schmach aus deines Vaters Mund vernommen hat. Weißt du überhaupt, wie sehr er davon geträumt hat, ein guter Bildhauer zu werden? Weißt du das, Philipp Juncker?«

Zu seiner Schande musste sich Philipp eingestehen, dass er es nicht wusste. Zu sehr war er damals mit seinem eigenen

Schicksal beschäftigt gewesen. *Ich habe ihn im Stich gelassen*, begriff er und diese Erkenntnis traf ihn wie ein Dolch ins Herz.

»Ihr Junckers, ihr seid alle gleich!«

Der Alte geiferte beim Sprechen. »Dein Vater, dein Bruder – und auch du selbst! Obgleich ich lange Zeit glaubte, du wärst anders. Aber nein, ihr denkt immer nur an euer eigenes Wohlergehen, die anderen sind euch gleichgültig. Immer fallt ihr auf die Füße, alles gelingt euch. Und da glaubt ihr, es müsse so sein! Dein Vater – von Kindheit an waren wir befreundet – aber auf Knien habe ich ihn anflehen müssen, dass er meinen Nikolaus in die Lehre nimmt, der doch nie etwas anderes hat sein wollen als ein Bildhauer! Ich kann es dir ansehen, Philipp. Nicht einmal das hast du gewusst.«

»Er … wollte zum Militär«, stammelte Philipp. »Er wollte Landsknecht werden!«

»Unsinn! Das Söldnerdasein hat ihn neugierig gemacht, sonst nichts. Was er wirklich wollte, war mit dir auf Wanderschaft gehen. Nun, daraus wurde nichts. Denn du solltest noch als Lehrling den großen Altar in Walthüren übernehmen! Ein Werk, von dem Nikolaus all die Jahre seiner Ausbildung im Stillen geträumt hat.«

»Das wusste ich nicht.«

»Nein.« Der Alte meckerte. »Natürlich nicht. Weil du nicht hingehört hast!«

Das Bild der zusammengesunkenen Gestalt, die in der Schreibstube von Michael Juncker auf dem Boden kauerte, stieg in Philipp auf. Er schluckte hart. Wie dringend hätte der Freund damals seines Zuspruchs bedurft! Aber er – er hatte nach einem kläglichen Versuch, nach ein paar halbherzigen Worten des Trosts aufgegeben, hatte stattdessen lieber Branntwein gesoffen und nichts, gar nichts verstanden.

»Es tut mir leid.«

»Spar dir dein Bedauern! Es kommt zu spät.« Die Stimme des Alten klang hoch, ein wenig schrill. »Ich konnte meinen einzigen Sohn doch nicht einfach so leiden lassen! Da stand dieses Fässchen mit dem Schießpulver. Ganz unbeaufsichtigt in der Schreibstube. Als warte es auf mich. Meine Hand hat ganz von alleine gehandelt. Sie hat die Pulverspur gelegt und das Feuer entfacht. Vielleicht war es gar nicht meine Hand, sondern die des Teufels.« Thaddäus kicherte irre.

Er ist wahnsinnig, erkannte Philipp. *Irgendwann muss er den Verstand verloren haben.*

»Ich wusste nicht, dass du besinnungslos in der Werkstatt lagst, Philipp. Dir wollte ich nichts antun. Damals nicht. Damals wollte ich nur deinen Vater strafen.«

Philipp schwieg.

»Dein Schicksal tat mir leid. Anfangs zumindest. Es sah so aus, als sei mein Plan aufgegangen. Dein Vater gab den Auftrag zurück und ich sprach bei Pfarrer Hoffius vor, um Nikolaus dafür zu empfehlen. Aber dann …« Der Steinmetz hustete krächzend. »Dann ist dein verfluchter Bruder aufgetaucht und hat das Werk übernommen! Und er hat *dich* zum Gehilfen gewählt. Dich! Einen Blinden hat er meinem Sohn vorgezogen!«

Ohne Vorwarnung versetzte der Alte Philipp einen harten Schlag vor die Brust. Den kurzen Überraschungsmoment nutzend, schlängelte er sich unter Philipps Körper hervor und befreite sich von dessen festem Griff. Sein gehässiges Lachen erfüllte die ganze Kirche.

»Ihr haltet mich seit Jahren für alt und gebrechlich!«, höhnte er. »Ich habe euch das vorgespielt, um meine wahren Absichten zu verbergen! Denn damals, in einer der vielen schlaflosen Nächte, sah ich ganz klar, was ich zu tun hatte! Ich musste mich dem Teufel verschreiben, um Nikolaus zu stärken! Oh ja, ich habe Luzifer gesucht und gefunden! Er begegnete mir als Landsknecht auf der Straße nach Buchen. Geld bot er mir an, wenn ich mich von ihm taufen ließe. Ich habe nicht lange gezögert, mein Junge. Als er mir sein langes, haariges Ding in den Arsch schob, habe ich das Vaterunser rückwärts gebetet, dem christlichen Glauben abgeschworen und allen Dämonen der Welt gehuldigt. Dann hat mir der Satan die Namen seiner Verbündeten geflüstert: Margarethe, die Hebamme aus Höpfingen, war darunter, der Schuh-Lenz, Matthias, der Ritterwirtsknecht, und sogar Gottfried Seifert, der Hilfspfarrer!«

Philipp lauschte mit wachsendem Entsetzen. *Er hält sich tatsächlich für einen Hexer. Er ist wahnsinnig.*

Während Thaddäus Stumpf weitersprach, entfernte er sich vom Altar. Philipp lief seiner Stimme hinterher, konnte den Alten aber nicht einholen, der immer wieder Pausen einlegte, in denen er seinen Standort wechselte und seinen blinden Verfolger narrte.

»Bist du für all das Unheil verantwortlich, das meinem Bruder widerfuhr?«, fragte Philipp, um den Alten am Reden zu halten.

»Natürlich«, kicherte der. »Zuerst habe ich den Leibfried in Miltenberg dafür bezahlt, eure Alabaster-Lieferung zu verzögern. Damals dachte ich noch, so etwas würde ausreichen, um euch aufzuhalten. Aber weit gefehlt! Ich musste härtere Geschütze auffahren! Also habe ich die Achse meines eigenen Karrens angesägt – ich konnte ja nicht ahnen, dass mein Nikolaus ihn dann selbst steuern würde! Dafür war eigentlich dein Bruder vorgesehen! Zacharias' Werkzeug zu manipulieren war ein Leichtes für mich, schließlich wohnt der Schmied nicht weit von uns entfernt und ich musste nur nachts in seine Werkstatt schleichen. Aber ihr Junckers, ihr habt ja neun Leben, wie die Katzen! Alles ging schief, der Altar gedieh und mein Sohn litt weiter, jawohl, das tat er!«

Während er sprach, hantierte der Alte an irgendetwas herum, mittlerweile hatte er sich erneut dem Altar genähert. Er verteilte wieder Schießpulver!

»Es ging nicht mehr darum, Nikolaus zum Bildhauer zu machen«, fuhr er fort. »Dafür war es zu spät. Es ging nur noch darum, die Schmach zu sühnen. Der Altar musste weg. Weg, damit mein Sohn wieder frei atmen konnte, damit er nicht jeden Tag seine Niederlage vor Augen hatte! Rache wollte ich, Rache und Vergeltung. Und der Bocksfüßige stärkte mich.«

Er ließ sein meckerndes Lachen ertönen.

»Da euch mit meinem Ränkespiel nicht beizukommen war, musste ich meine Vorgehensweise ändern. Ich streute Gerüchte. Erfand einen Fluch, der auf deinem Bruder und seinem Werk liege. Und meine Geschichten fielen auf fruchtbaren Boden! Alle Leute fürchten sich heutzutage vor dem Teufel und seinen Anhängern – das macht es so leicht, sie zu beeinflussen! Sie haben sich vor dem Falschen gefürchtet! Vor mir hätten sie sich in Acht nehmen sollen! Aber keiner dieser Rechtschaffenen hat mich je in der Nacht mit dem Besen aus dem Schornstein fliegen sehen, weil sie sich in der Dunkelheit in ihren Häusern verkriechen und das Kreuz schlagen, wenn sie den Pfeifer hören, der zum Hexentanz aufspielt!«

Philipp blieb stehen. Es hatte keinen Zweck, Thaddäus' Stimme zu folgen. Wenn er den Alten aufhalten wollte, musste er anders vorgehen. Er musste ihn zu sich locken. Vorsichtig tastete er sich um den Altar herum, auf die Rückseite, wo die Stufen zum Podest hochführten. »Du bist dabei, einen großen Fehler zu begehen, Thaddäus«, höhnte er.

Der Alte stutzte, hielt in seiner Tätigkeit inne. »Einen Fehler?«, krächzte er. »Oh nein. Nur einmal habe ich einen Fehler gemacht. Bei deiner ersten Schwägerin, der Anna. Aber dann nie wieder.«

»Was war mit Anna?«

»Ich habe sie heimgesucht, um sie dem Teufel zuzuführen. Wollte eine Drud aus ihr machen, sie zur Verbündeten haben. Geld und Wohlergehen hab ich ihr angeboten, eines Nachts, als sie allein daheim war, weil dein Bruder auswärts zu tun hatte. Aber sie wollte nicht! Hat mir befohlen, ihr Haus zu verlassen! *Bist du närrisch, Steinmetz?*, hat sie mich gefragt. *Wenn du nicht sofort verschwindest, muss ich dem Keller erzählen, was für einen Unsinn du redest!* Sie hat mir gedroht, die Metze! Also hab ich ihr am nächsten Tag von dem Teufelskraut ins Essen gemischt, das der Satan mir gegeben hat, damit sie den Mund hält. Und den hat sie dann ja auch gehalten.«

Philipp wurde übel.

»Bei dem zweiten Weib bin ich vorsichtiger gewesen! Da hab ich einfach meinen alten Kumpanen Leibfried dafür bezahlt, dass er die Katharina besagt. Und das hätte beinahe geklappt, wenn du nicht zur unrechten Zeit zurückgekehrt wärst. Meine eigene Tochter hat dich geholt, weil sie einen Narren an dir gefressen hat. Ach, wenn du kein Juncker wärst, mein Junge, dann würd ich sie dir ja sogar geben, meine Emilia!«

Er versetzte dem Fässchen mit dem Schießpulver einen Tritt, woraus Philipp schlussfolgerte, dass es mittlerweile leer war.

»Woher hast du das Pulver?«, fragte er, um Zeit zu schinden. »Hat der Bocksbeinige es dir gegeben?«

»Nein«, meckerte der Alte. »Das war nicht nötig. Es ist das Pulver von damals. Glaubst du etwa, du wärst heute hier, wenn ich an jenem Tag alles entzündet hätte?«

Ein kalter Windhauch streifte Philipp. Thaddäus Stumpf hatte in all den Jahren nichts anderes im Sinn gehabt als seine wahnwitzige Rache! Vom Teufel besessen? Ja, das war er zweifellos. Aber dazu brauchte es keinen Pakt, keinen Besen und keine Schmiere, dazu reichte sein grenzenloser Hass.

»Das spielt jetzt ohnehin keine Rolle mehr!«, zischte der Alte. »Denn nun werden wir beide sterben. Und mit uns fliegt der verfluchte Altar samt Kirche in die Luft!«

Fieberhaft überlegte Philipp, wie er den Steinmetz aufhalten konnte. Und auf einmal wusste er, was er tun musste.

»Du hast recht, Thaddäus«, sagte er und legte einen kalten Ton in seine Stimme. »Wir müssen das Werk vernichten. Es gefällt dem Satan nicht.«

Am sprachlosen Zögern des Alten erkannte er, dass er ihn verwirrt hatte. »Ja«, fuhr Philipp fort. »Du hörst richtig: Ich bin ein Hexenmeister wie du! Ich hab's in Borkenheim gelernt, wo viele von uns leben!«

»Du?«, stotterte Thaddäus verunsichert. »Ein Hexer?«

Philipp nickte. »Was glaubst du, woher meine neuen Stiefel kommen? Die gute Kleidung? Nicht von meinem Lehrmeister, wie ich Emilia erzählt habe! Nein, der Teufel hat sie mir geschenkt! Seit ich ihm meine Seele verschrieben habe, gelingt mir alles, was ich in Angriff nehme.« Er hoffte sehr, den Alten mit diesem Gerede zu überzeugen. Schließlich hatte er gelernt, wie die Menschen dachten, die sich selbst für Zauberer hielten!

Thaddäus Stumpf schwieg.

»Wir müssen das Korporale retten«, sagte Philipp schnell. »Der Bocksbeinige will es haben. Es liegt ein großer Zauber darauf.«

»Mir hat er befohlen, den Altar samt Wundertuch zu zerstören!«, beharrte der Alte störrisch.

»Mich hat er geschickt, um das Zaubertuch zu holen!«

Einen Augenblick lang herrschte angespanntes Schweigen zwischen ihnen, dann gab der Steinmetz endlich nach. »Nun gut. Wenn er es haben will.«

Er stieg die Stufen hinauf zum Schrein, wo Philipp auf ihn wartete. Als der Alte ihn erreichte, handelte Philipp schnell und ohne Zögern. Er hieb dem Gegner das Beil ins Knie und der Steinmetz brach augenblicklich zusammen.

»Was tust du da?«, stammelte er und begann um sich zu schlagen. Aber nun, da er auf dem Boden lag, hatte er dem Jüngeren nicht genug entgegenzusetzen. Philipp war stärker und wendiger.

Thaddäus Stumpf wimmerte. »Tu mir nichts! Der Altar muss doch vernichtet werden …«

Philipp holte mit der Axt zu einem finalen Schlag aus, der zweifellos den Schädel des Steinmetz gespalten hätte – doch im letzten Moment hielt er inne.

Er konnte es nicht. Schwer atmend ließ er das Beil sinken.

Wenn er den Alten am Leben ließ, würde der allen seine irre Geschichte erzählen. Man würde ihn verbrennen. Aber jeder Hexer nannte während der Tortur unzählige Namen von Leuten, mit denen er angeblich getanzt hatte. Welche Namen würde der alte Stumpf wohl nennen?

Philipp grauste. Noch einmal hob er den Arm.

Plötzlich nahm ihm eine Hand von hinten das Beil ab. Kurz darauf ertönte ein Schlag, ein grässliches Geräusch, ein Aufschrei, der alsbald erstarb.

»Es musste sein«, sagte Nikolaus, nachdem er das blutige Handwerk beendet hatte. »Er war vollkommen wahnsinnig.«

Kapitel 17

Walthüren, 6. Dezember 1626

»Großer Gott, wir loben dich!
Herr, wir preisen deine Stärke!
Vor dir neigt die Erde sich
und bewundert deine Werke!«

Alles, was einen Mund zum Singen hatte, stimmte in die Lobeshymne ein. Nie zuvor hatte das Städtchen einen solch gewaltigen Choral vernommen. Die kleine Kirche war zum Bersten gefüllt, die wenigsten hatten einen Sitzplatz ergattert. Die große Menge stand dichtgedrängt an den Rändern, in den hintersten Reihen musste man die Hälse recken, um einen Blick auf Philipp Adolf von Ehrenberg zu erhaschen.

Der Fürstbischof von Würzburg verzog keine Miene. Streng blickte er drein, die schmalen Augen hatten einen harten Glanz, den Mund konnte man zwischen dem gezwirbelten Oberlippenbart und dem spitz zulaufenden Kinnbart nur erahnen. Das Haar fiel ihm in sanften Wellen bis zur Schulter. Seine prächtigen Gewänder, die strahlend violette Farbe, der feine Spitzenkragen, die golddurchwirkte Schärpe – all dies entschädigte für die Mühen, welche die Walthürner auf sich genommen hatten, um den hohen Kirchenmann zu empfangen.

Nur die Lahmen und Bettlägerigen waren an diesem großen Tag zu Hause geblieben. Alle anderen wollten den Bischof nicht nur sehen, sondern seinen Segen empfangen. Auch Magister Hoffius schien heute größer, würdevoller und mächtiger als sonst. Sogar der Husten, der ihn im Allgemeinen plagte, war verschwunden.

Der Altar erstrahlte im Glanz der gut hundert Kerzen, die man um ihn herum verteilt hatte, kein Staubkorn, keine unpolierte Fläche trübte den Gesamteindruck. Ein wahres Meisterwerk war er geworden, darin waren sich alle einig, und nicht einmal der Fluch der Druden hatte ihm etwas anhaben können, nein, er hatte allen Versuchen, ihn zu zerstören, widerstanden.

Der verkniffene Gesichtsausdruck des Fürstbischofs deutete darauf hin, dass ihm ein bisschen Hexenwerk vielleicht gar nicht ungelegen gekommen wäre, ein paar Brände in Walthüren erst recht nicht – schließlich hatten allein in Würzburg schon fast zweihundert Scheiterhaufen gebrannt. Der Erzbischof war auf diese Weise viele ungeliebte Gegner losgeworden, denn jeder fünfte hingerichtete Hexer war ein Priester oder Ordensbruder gewesen. Wenn es also in Walthüren den lästigen Mainzer Pfarrer getroffen hätte – umso besser.

Zacharias Juncker platzte vor Stolz. Er saß ganz vorne, in der ersten Bank auf der Männerseite, und war fast so farbenfroh gekleidet wie der Fürstbischof. Die Hälfte seines Lohnes hatte er für die Robe in Aschaffenburg gelassen – allerdings hatte er mit dem Schneider vereinbart, dass er das Gewand nach dem Festgottesdienst zurückzugeben durfte und einen Teil des Geldes wiederbekam.

Auch Katharina hatte sich herausgeputzt. Sie saß mit ihren beiden Buben auf der Weiberseite, lächelte verbindlich in alle Richtungen, ganz die würdige Gattin. Nur wer sie sehr gut kannte, nahm den wehmütigen Zug um den Mund und die leise Trauer in ihren Augen wahr.

Philipp stand eingekeilt in der Menge und lauschte dem nun einsetzenden Kinderchor, der, oh Wunder, ohne falsche Töne sein frommes Liedlein schmetterte.

Die ganze Aufregung, der Lärm, das Scharren der Füße, das Rascheln der Stoffe – es schien aus weiter Ferne zu kommen.

»Alles was dich preisen kann:
Cherubim und Seraphinen,
stimmen dir ein Loblied an.
Alle Engel, die dir dienen,
rufen dir, stets ohne Ruh,
heilig, heilig, heilig zu ...«

»Psst, Philipp! Nun komm schon! Wir haben nicht endlos Zeit. Selbst dieser Gottesdienst wird irgendwann zu Ende gehen!«

Jemand zupfte an seinem Ärmel und Philipp wusste, dass es Emilia war. Sie nahm seine Hand und half ihm, sich durch das Gedränge zu schieben. Leicht war es nicht, die Kirche gegen den Strom zu verlassen, der nach vorne, zum Alter floss. Aber schließlich schafften sie es doch.

Draußen war der Gesang noch immer zu hören, doch gleichzeitig herrschte eine fast magische Stille, nicht einmal Hundegebell unterbrach sie. In sanften Flocken fiel Schnee aus einem bleigrauen Himmel. Er kitzelte Philipps Nase.

Emilia zog ihn weg von der Kirche, nach hinten, zu den Bäumen, die hügelaufwärts wuchsen. Dort, unter dem Schirm einer mächtigen, jetzt kahlen Buche, wartete Nikolaus auf sie. Er hatte Schönes Mädchen bei sich, die voller Wiedersehensfreude auf Philipp zulief, sich auf die Hinterbeine stellte und sein Gesicht leckte.

Philipp war dankbar für ihre Anwesenheit – sie half ein wenig über die spürbare Befangenheit hinweg, die zwischen ihm und seinem alten Freund herrschte.

»Soll ich euch alleine lassen?«, fragte Emilia.

»Nein!«, riefen Philipp und Nikolaus gleichzeitig aus. Dann lachten sie und das Eis war gebrochen.

»Wohin willst du gehen?«, wollte Philipp wissen.

Nikolaus seufzte. »Ich weiß nicht. Immer mit der Nase gegen den Wind. Und immer dem Krieg davon.«

»Du willst nicht mehr Landsknecht werden?«

»Das wollte ich nie, Philipp. Zumindest darin hatte mein Vater recht.«

Philipp biss die Zähne fest zusammen. Eine unangenehme Frage drängte sich auf. Er hätte sie gerne unausgesprochen hinuntergeschluckt, doch die Zeit der Lügen und Halbwahrheiten war unwiderruflich vorbei.

»Und der Rest, Nikolaus? Stimmt es, dass du immer davon geträumt hast, ein berühmter Bildhauer zu werden?«

Nikolaus dachte lange nach, bevor er sich zu einer Antwort durchdrang: »Ja«, sagte er schließlich. »Und nein. In der Lehre und in der ersten Gesellenzeit, da schon. Geträumt habe ich davon. Aber wie das mit Träumen eben so ist: Sie haben wenig mit der Wirklichkeit zu tun. Weißt du, warum mich die Worte deines Vaters so hart getroffen haben? Weil ich schon damals ihre Wahrheit erkannte! Auch wenn ich mir das zu jenem Zeitpunkt niemals eingestanden hätte.«

Philipp ergriff die Hand des Freundes. »Ich hätte für dich da sein müssen, Nikolaus«, sagte er aufrichtig. »Ich wage kaum, dich um Vergebung zu bitten.«

Nikolaus entzog sich ihm, nicht aus Ablehnung, sondern aus Verwunderung.

»Aber nein!«, rief er. »Es gibt nichts zu verzeihen! Längst habe ich erkannt, dass ich ein guter Steinmetz bin. Und dass ich es gern bin. Ich liebe meine Arbeit, Philipp. Aber der Alte … Ach! Sein Wahnsinn hat auf mich übergegriffen. Immer hat er versucht, mir seinen Hass ins Herz zu pflanzen, und manchmal ist es ihm geglückt. Ich war zerrissen – an schlechten Tagen habe ich seinen Neid auf euch Junckers geteilt. Deshalb habe ich auch so lange die Augen vor dem bösen Treiben des Alten verschlossen, von dem ich nichts wusste, von dem ich aber hätte ahnen können. Anzeichen gab es genug! Sein wirres Gerede, der bedenkliche Geisteszustand. Manchmal waren am

Morgen seine Kleider schmutzig, obwohl er den ganzen Tag im Bett verbracht hatte. Aber man glaubt nur, was man glauben will. Ich habe große Schuld auf mich geladen, Philipp. *Ich* muss um Verzeihung bitten, nicht du!«

Emilia stampfte mit dem Fuß auf. »Genug davon! Euer Jammern bringt uns nicht weiter! Mein lieber Bruder, musst du wirklich fort?«

Sie schwiegen, denn alle drei wussten, dass es keine andere Lösung gab. Irgendwann würde man den Alten vermissen und Nachforschungen zu seinem geheimnisvollen Verschwinden anstellen.

Philipp und Nikolaus hatten den Leichnam noch in der Nacht aus der Kirche geschafft und hinter dem Friedhof verscharrt. Wenn man ihn je fand, würde der gespaltene Schädel Fragen aufwerfen. Aber selbst wenn er verschwunden blieb, würde es Gerede geben: War Thaddäus Stumpf nicht seit Jahren bettlägerig? Musste der Sohn nicht doppelt so hart arbeiten, um ihn durchzufüttern? Hatte er nicht immer wieder in der Schänke darüber geklagt? Wer hatte also einen Vorteil von seinem Tod?

Die Spur würde unweigerlich zu Nikolaus führen. Und deshalb musste er verschwinden, solange noch Zeit dafür blieb.

Emilias Stimme zitterte, als sie wieder sprach: »Und du, Philipp? Was wirst du tun?«

Die Frage schmerzte. Was würde er mit seinem neuen Leben anfangen? Seit dem Prozess in Miltenberg schob er die Entscheidung darüber hinaus. Musste ausgerechnet Emilia ihn danach fragen? Ausgerechnet sie?

Nikolaus räusperte sich. »Ich gebe euch bis zum Elf-Uhr-Läuten Zeit, um eure Angelegenheit zu klären. Keine Minute länger, verstanden?«

Damit verschwand er im Gestrüpp hinter dem Kirchhof, wie Philipp an den knackenden Zweigen hörte.

Er war mit Emilia allein.

»Auch dich muss ich um Verzeihung bitten«, flüsterte er mit heiserer Stimme. In seinem Hals hatte sich eine Art Stein festgesetzt, der ihm das Schlucken erschwerte. »Du hast immer das Rechte getan, warst auf meiner Seite, und deine Liebe war aufrichtiger, selbstloser, als alles, was ich jemals erfahren habe. Ich hätte das früher erkennen müssen, Emilia!«

Er konnte sich nicht daran erinnern, die Steinmetztochter jemals sprachlos erlebt zu haben, doch nun war der Fall eingetreten. Statt nach Worten zu suchen, ergriff sie seine Hand.

»Das hättest du«, sagte sie schließlich. Sie ließ es zu, als er sie in die Arme schloss.

»Ich habe immer geglaubt, Liebe und Leid seien untrennbar miteinander verknüpft«, erklärte er. »Ich habe es nie anders erfahren und mich darin verrannt. Deshalb konnte ich nicht erkennen, dass es auch anders sein kann. Ich konnte nicht erkennen, dass ich dich liebe, Emilia.«

Nun war es ausgesprochen und eine süße Woge der Erleichterung durchflutete Philipp.

Sie drückte sich fester an ihn, wisperte »Ich weiß« in sein Haar, dann löste sie sich langsam. Er strich ihr über die Wangen und spürte die Tränen, die ihr ganzes Gesicht nässten.

Mit leiser, aber fester Stimme sagte sie: »Es ist zu spät, Philipp. Bei unserer Rückkehr nach Walthüren, als du mich hast stehen lassen, oben auf der Heide, da wusste ich, dass es vorbei war. Ich wusste, dass die Wunde, die du mir zugefügt hast, niemals ganz verheilen würde. Ich musste mir eine gemeinsame Zukunft mit dir aus dem Kopf schlagen. Und das habe ich getan. Du wirst immer einen Platz in meinem Herzen haben, Philipp, aber wenige Tage nach unserer Rückkehr habe ich mich dem Hans Leiblein versprochen, dem Bäckersohn, der schon lange um mich freit. Er ist ein guter Mann und mir recht zugetan. Zu Ostern wollen wir heiraten.«

Der Stein in Philipps Kehle schwoll an. Er schluckte hart und spürte, wie ihre Worte langsam und grausam in sein Bewusstsein sickerten. Verloren. Er hatte auch sie verloren.

Und doch …

Ihre Worte überraschten ihn nicht. *Ich habe es gewusst*, erkannte er. Der Stein im Hals machte jedes Sprechen unmöglich. Philipp nickte und wandte sich nicht ab, als auch ihm das Wasser in die Augen trat. Das war er ihr schuldig. Zumindest seine Tränen durfte sie sehen, durfte wissen, wie es um ihn bestellt war. Sie hielten sich noch bei den Händen, lautlos um ihre Liebe weinend, als dass Elf-Uhr-Läuten einsetzte und Nikolaus zurückkehrte.

* * *

Eine halbe Stunde später war das Schneetreiben noch stärker geworden. Schönes Mädchen kläffte vergnügt und drehte sich im Kreis, immer im Bestreben, die Flocken zu schnappen, die vor ihrer Nase tanzten. In der Kirche wurde noch einmal ein lauter Choral angestimmt, der Abgesang auf den Festgottesdienst. Man konnte das Lied bis zum Hause Stumpf in der Oberen Vorstadt hören, wo Philipp und Nikolaus letzte Vorbereitungen für ihren gemeinsamen Aufbruch trafen. »Nimmst du mich mit?«, hatte Philipp seinen Freund gefragt, als ihm schmerzlich bewusst wurde, dass es nichts mehr gab, was ihn noch in Walthüren hielt. Und Nikolaus hatte *ja* gesagt, als sei es längst so abgesprochen.

»Ihr müsst euch beeilen.« Emilia zog schniefend die Nase hoch.

Philipp lächelte ihr zu. Eine kleine, tapfere Person war sie! Weise und voller Willenskraft. So würde er sie immer in Erinnerung behalten.

Dann zurrte er den Mantelsack fest, tastete nach dem Papier

in seiner Tasche, das dort trocken und sicher verwahrt war, das Papier mit der Landkarte von Balthasar Sturm, die Nikolaus lesen konnte. Schließlich nahm er seinen Stock in die Rechte und hakte sich links bei dem Freund unter.

»Leb wohl, Emilia! Alles Glück der Welt soll dir zuteil werden! Und vergiss nicht, Zacharias meinen Entschluss zu überbringen.«

Es war keine Zeit für einen Abschied von seinem Bruder geblieben, sie wollten weg sein, wenn die Menschen aus der Kirche strömten.

»Nun geht schon. Es hilft nichts, den Aufbruch hinauszuzögern. Dadurch wird es nicht leichter.«

Philipp pfiff nach Schönes Mädchen und zu dritt, er, Nikolaus und die Hündin, stapften sie hinaus in den Schnee.

Wohin?

Immer mit der Nase gegen den Wind! Vielleicht nach Florenz. Wo stets die Sonne schien und die Menschen den ganzen Tag lachten.

Philipp wusste, dass er das Richtige tat. Vielleicht fand er den Weg zur Familie Sturm. Vielleicht war Johanna, die Magd, mit ihnen gegangen. Vielleicht fand er in der Toscana die Liebe, die ganz anders war, als er immer geglaubt hatte. Vielleicht konnte sie tatsächlich frei sein von Schmerz und Leid? Vielleicht war sie wie die Nachmittage mit Johanna im Schober. Vielleicht war sie auch wie ein Vogel, der oft flatterte, gelegentlich zwitscherte und manchmal sang. Wie ein warmer Windhauch in einer kalten Nacht. Vielleicht …

Nun, vielleicht käme auch alles ganz anders. Weil das Leben ja doch nie tat, was man von ihm erwartete. Und vielleicht war das auch gut so.

– Ende –

Nachwort

Hexenprozesse

Eigentlich wollte ich niemals ein Buch über Hexenverfolgungen schreiben. Dieses dunkle Kapitel aus der Geschichte der frühen Neuzeit jagt mir kalte Schauer über den Rücken, die Grausamkeit und Sinnlosigkeit jener Prozesse lassen sich nur schwer ertragen. Als ich mich jedoch entschloss, einen Roman über den Bau des Walldürner Heilig-Blut-Altars zu schreiben, blieb mir nichts anderes übrig, als mich auch mit dieser düsteren Thematik zu befassen, denn der Glaube an schwarze Magie, Schadenszauberei, Satanskulte und Hexenzirkel war im ausgehenden 16. und beginnenden 17. Jahrhundert allgegenwärtig.

Anders als in der früheren Literatur zum Thema dargestellt, ging der Wunsch nach dem Hexenbrennen nur selten von der Kirche aus, meist war das gemeine Volk die Triebfeder und forderte von der Obrigkeit die Verurteilung und Hinrichtung der verdächtigen Personen. Niemand war vor der Anklage durch Nachbarn und Bekannte sicher. Alter, Herkunft, Wohlstand, Aussehen und Beruf spielten keine Rolle – nicht einmal das Geschlecht, denn viele *Hexen* waren Männer.

Absolute Höhepunkte erlebte der europäische Hexenwahn in den Jahren 1570 bis 1590 und noch einmal von 1620 bis 1630, während des Dreißigjährigen Krieges, als Missernten, Kälteeinbrüche, militärische Einquartierungen, marodierende Landsknechte und Seuchen das Land verwüsteten.

Wer einmal angeklagt war, hatte schlechte Karten. Hingerichtet wurde zwar nur, wer auch gestand – doch nach wiederholter peinlicher Befragung, sprich Folter, tat dies fast jeder und gab auch die unsinnigsten Vorwürfe zu. In den mainfränkischen Hochburgen der Hexenverfolgung (Würzburg, Aschaffenburg, Miltenberg) starben in jener Zeit Hunderte von Menschen auf dem Scheiterhaufen.

Der Prozess von Lucas Leibfried gegen die Bildhauersgattin Katharina Juncker ist aktenkundig – er fand im Jahr 1629 in Miltenberg statt und ging für die Beschuldigte nur deshalb glimpflich aus, weil sie gar nicht erst der Hexerei verklagt wurde. Wären die Vorwürfe gegen sie und ihren Buben (noch ein Kleinkind) wenige Jahre früher ausgesprochen worden, hätte sie vermutlich nicht überlebt.

Ob es in Walldürn je zu Hexenverbrennungen gekommen ist, wird wohl für immer ungeklärt bleiben, da die Aktenlage aus jener Zeit äußerst dürftig ist. Die im Roman geschilderte Hetze gegen den »Schuhlenz« hat im Jahr 1593 tatsächlich stattgefunden. Im Wald zwischen Höpfingen und Walldürn fand man Ende des 19. Jahrhunderts eine sogenannte »Hexenfessel« und vermutete, dass sich dort ein Verbrennungsplatz befand. Die Eisenkette mit den beiden Handfesseln befindet sich heute im Walldürner Stadt- und Heimatmuseum. Es ist also durchaus anzunehmen, dass der Wahn jener Zeit auch vor den Toren der Wallfahrtsstadt nicht Halt gemacht hat.

Stadtbild in der frühen Neuzeit

Im Jahr 1610 zählte das Städtchen Walthüren (andere Schreibweisen: Waltthüren, Waltdürn) 1254 Einwohner. Der Platz innerhalb der mittelalterlichen Stadtmauer war zu eng geworden und so entstanden die Obere und die Untere Vorstadt. Dort konnten sich Bauernhöfe ansiedeln, die Platz für Vieh und Felder benötigten. Einige betrieben auch Herbergen für die Pilger, so zum Beispiel die heute noch existierenden Gasthäuser »Ritter« (1605) und »Römischer König« (1609). Handwerksbetriebe zogen nach, vor allem solche, die in enger Verbindung zur Landwirtschaft standen.

Das ehemalige Schloss der Edelherren von Dürn war 1492 in eine Mainzer Kellerei umgebaut worden. In den Jahren 1622 bis 1626 hieß der Keller Johann Michael Dühring, zu seinen Aufgaben gehörte unter anderem der Vorsitz vor Gericht.

Neben der Kirche und der Kellerei prägten die beiden Tortürme (der Obere oder Buchener Turm und der Untere oder Miltenberger Turm) das Stadtbild, sowie zwei prächtige Gebäude an der Hauptstraße: das 1448 erbaute Rathaus, ein Fachwerkbau mit offenen Arkaden, und das »Haus zum Güldenen Engel«, das heutige Heimatmuseum, das der reiche Walldürner Bürger Valentin Stumpf im Jahr 1588 errichten ließ.

Der Marktplatz des Städtchens befand sich am heutigen »Plan«.

Magister Hoffius und die Wallfahrtserneuerung

Walldürn war ein rein katholisches Städtchen geblieben, die Reformation konnte vermutlich auch deshalb bei der Bevölkerung nicht Fuß fassen, weil der Mainzer Erzbischof ein strenges Regiment führte und der Stadt viele frühere Freiheiten entzogen worden waren, nachdem sich die Walldürner Bauern 1524–1525 am Bauernkrieg beteiligt hatten.

In den Jahren 1586 bis 1628 war Magister Jodocus Hoffius der Pfarrer von Walldürn. Während sich viele frühere Amtsinhaber nur selten im Ort blicken ließen, herrschte seit dem Konzil von Trient (1545–1564) Residenzpflicht für den Pfarrer, ein Umstand, der für die Entwicklung der Wallfahrt von großer Bedeutung war.

Jost Hoffmann, so sein Geburtsname, stammte aus Aschaffenburg, studierte vermutlich in Mainz und wurde zum großen Erneuerer und Förderer der Wallfahrt. Wie seine Vorgänger wurde er vom Mainzer Erzbischof eingesetzt, obwohl das Patronatsrecht eigentlich Würzburg zustand. Dort wurde er offiziell nie anerkannt, de facto jedoch geduldet. Regelmäßig statteten die Würzburger ihm Visitationen ab, um seine Amtsgeschäfte und seine seelsorgerischen Qualitäten zu überprüfen. Dem Magister war jedoch nichts vorzuwerfen: Er muss ein eifriger Vertreter des Glaubens gewesen sein, seine Predigten waren sehr sprach- und bildgewaltig. In seinen zweiundvierzig Amtsjahren gelang es ihm, durch unermüdliche Werbung (zum Beispiel mithilfe gedruckter Andachtszettel!) die Pilgerzahlen auf jährlich bis zu 30 000 zu erhöhen und dem ursprünglichen Wallfahrtstag (Oktav von Fronleichnam) zwei weitere hinzuzufügen, für die er einen eigenen Ablass erwirkte. Er ließ die Kirche erweitern, die Blutkapelle erneuern – und den heutigen Heilig-Blut-Altar errichten.

Die Bildhauerfamilie Juncker

Mit dem Werk betraute Hoffius zunächst den längere Zeit in Walldürn wohnhaften Bildhauer Michael Juncker, der in den 1590er Jahren nach Miltenberg verzogen war. Im Jahr 1619 verwüstete eine Explosion, die mutwillige Musterungspflichtige verursachten, seine Werkstatt und nahm seinem Sohn und Gehilfen Philipp das Augenlicht. Daraufhin gab Michael Juncker den Auftrag und die bereits erhaltene Anzahlung zurück und empfahl seinen (hoch verschuldeten) Sohn Zacharias, Bildhauer und Bürger in Würzburg, für die Arbeit.

Zacharias Juncker (der Ältere) war der Bruder des in Aschaffenburg tätigen bekannten Künstlers Hans (Johannes) Juncker. Viele von Zacharias' frühen Würzburger Arbeiten fielen den Wirren des Dreißigjährigen Krieges zum Opfer, der Walldürner Blutaltar ist jedoch sein Haupt- und Meisterwerk. Er entstand in den Jahren 1622 bis 1626.

In Bälde öffnet in Walldürn ein kleines Museum zu Leben und Hauptwerk des Künstlers seine Pforten, es ist im heute umgebauten ehemaligen Junckerhaus in der Hauptstraße untergebracht.

Nach der Vollendung des Altars ließ sich Zacharias Juncker mit seiner zweiten Frau Katharina und seinen Kindern am Vögeleinstor in Miltenberg nieder und schuf dort noch unter anderem die Kanzel für die Sankt-Jakobus-Pfarrkirche.

Dichtung und Wahrheit

Die Familie Juncker, Katharina Keim (oder Kuhn), Melchior Preuß, Magister Jodocus Hoffius sowie alle Zeugen im Miltenberger Prozess sind historisch verbriefte Personen, die Urteilsverkündung ist mit dem Originaltext wiedergegeben. Die Familien Stumpf und Sturm sowie die Hauck-Zwillinge sind hingegen meiner Fantasie entsprungen.

Vom weiteren Schicksal des bei der Werkstatt-Explosion erblindeten Philipp Juncker ist nichts überliefert. Sein Leben könnte also ähnlich wie in meinem Roman verlaufen sein, oder auch ganz anders.

Der rätselhafte Fluch und die Vorgänge rund um den Altar sind selbstverständlich meine Erfindung. Ich habe mir ferner die Freiheit genommen, für den Roman die Zeit ein wenig zu raffen und Ereignisse, die in Wahrheit weiter auseinanderlagen, auf vier Jahre zu verdichten. So fand die bereits erwähnte Hetze gegen den Schuhlenz bereits 1593 statt, der Prozess gegen Katharina Juncker erst 1629–30. Zacharias' erste Frau Anna habe ich ein wenig länger leben lassen (sie starb 1622) und die Hochzeit mit Katharina wurde nach hinten verlegt, sie fand in Wahrheit am 17. April 1622 statt.

Mit einer einzigen Ausnahme sind auch alle Orte des Romans real, erfunden ist lediglich *Borkenheim am Neckar.* Der Ort steht exemplarisch für eine typische kleine Stadt in der frühen Neuzeit.

Die merkwürdigen Tierprozesse fanden tatsächlich statt. Mancherorts wurden Schweine, Hunde und sogar Ratten angeklagt und vor Gericht gestellt, wenn sie Menschen verletzt hatten. Man sprach ihnen also ein Gewissen sowie ein Bewusstsein zu, das sie dazu befähigte, Recht und Unrecht voneinander zu unterscheiden. Wenn sie für schuldig befunden wurden, richtete man sie hin, gelegentlich zog man ihnen dazu menschliche Kleidung an.

Danksagung

Zum Abschluss danke ich all jenen Menschen ganz herzlich, die maßgeblich zum Gelingen des Romans beigetragen haben. Allen voran sind das Achim Ullrich und Gabriele Eder-Herold vom Bücherladen in Walldürn, die den Anstoß für die Geschichte lieferten, mich stets mit Informationen versorgten und mich sogar ins Junckerhaus einließen.

Mit Rat und Tat stand mir auch mein geschätzter Geschichtslehrer Studiendirektor i. R. Walter Gramlich zur Seite, und in Miltenberg gewährte mir Wilhelm Otto Keller M. A., Autor des Buches »Hexer und Hexen in Miltenberg und der Cent Bürgstadt«, Einblick in die Prozessakten des Falles Leibfried gegen Juncker und half mir, diese einzuordnen.

Ein dickes Dankeschön gilt ferner meiner Familie und meinem Mann Alex, ohne dessen Geduld, Aufbauhilfe und wertvolle Ratschläge dieser Roman nicht entstanden wäre.